KB058593

MERLIN 2

일곱 개의 노래

THE SEVEN SONGS

MERLIN₂

일곱 개의 노래

THE SEVEN SONGS

토머스 A. 배런 지음 | 김선희 옮김

T. A. BARRON

arte

커리(Currie)에게 이 책을 바칩니다.
커리는 자신의 삶을 노래합니다.
그것이 마치 '마법의 일곱 노래'의 구절이라도 되는 것처럼.

그리고 로스(Ross)에게 특별히 감사의 말을 전합니다.
로스는 두 살인데, 가슴으로 모든 걸 봅니다.

잃어버린 땅

폐허가 된 바리갈 거인들이 여기 있을까?

W E
S

얼굴 호수

소인들이 마지막으로 목격된 곳

살아 있는 바위 투아하의 무덤 건넘목

그랜드 엘루사의 수정 동굴 과수원

안개 낀 언덕

수선공의 마가목 리아의 집 아바사

드루마 숲

잊힌 섬

마지막 소모라 나무

트러블이 발견된 곳

모래언덕

엠리스가 도착한 곳

차 례

　　때때로 나는 새벽이 올 때까지 한참 동안 그냥 누워 들리는 소리에 귀를 기울인다. 바람에 미루나무 가지가 흔들리는 소리를, 큰 수리부엉이가 후후 얌전히 울어대는 소리를, 그리고 이따금씩 멀린이 속삭이는 소리를……. 멀린의 목소리를 듣기 위해(멀린의 잃어버린 어린 시절에 대한 이야기를 알아차릴 만큼 분명히 듣는 것은 차치하고라도 말이다) 난 조금 배워야 했다. 그리고 많이 잊어야 했다. 무엇보다도, 그저 두 귀로 듣는 것 이상으로 관심을 기울여 들어야 했다. 왜냐하면 이 마법사는 경이로움으로 가득 차 있으니까.

　　이 연작의 1권 『잃어버린 시간』에서는 멀린이 자신의 시간을 잃어버리게 된 기이한 사건이 드러났다. 전설에서 이 시기가 사라진 이유는 무엇일까? 왜 수세기가 지난 이제야 드러나게 되었을까? 그 대답은 멀린이 그 시절에 겪었던 급격한 변화, 즉 끔찍한 고통과 관련이 있을 것이다. 하지만 먼 훗날 아서 왕의 스승이 될 사람에게 그 시간들은 무척이나 중요한 시기였다.

멀린의 잃어버린 시간에 대한 이야기는 죽음의 문턱에 선 소년이 웨일스의 거친 해안에 떠밀려갔을 때부터 시작되었다. 바다는 멀린이 한때 알았던 모든 걸 빼앗아가 버렸다. 자신이 언젠가 역사상 가장 위대한 마법사가 되리라는 걸 전혀 알지 못한 채, 멀린은 기억할 수 없는 어두운 그림자 때문에 괴로워하며 바닷가에 쓰러져 있었다.

아무것도 기억나지 않았다. 집도. 이름도.

멀린 자신의 말을 빌려, 우리는 그날의 영원한 트라우마와 숨겨진 희망을 느낄 수 있다.

눈을 감고 바다의 넘실거리는 호흡을 빨아들이면, 아주 오래전 그날이 아직도 생생하게 떠오른다. 거친 바다는 죽은 듯 차가웠다. 내 폐에 공기가 하나도 남지 않은 것처럼, 아무런 희망도 없었다.

그날 이후, 나는 셀 수 없이 많은 날을 보아왔다. 하지만 그날은 갈라토만큼이나 눈부시게 빛난다. 내가 내 이름을 알게 된 그날만큼이나, 내가 아서라는 이름의 아기를 처음 요람에 넣어 흔든 그날만큼이나 눈부시게. 내가 그날을 아주 또렷하게 기억하는 건 어쩌면 내 영혼에 난 상처와도 같은 그 고통이 영원히 사라지지 않을 것이기 때문이다. 아니면 그날이 완전한 끝을 의미하기 때문인지도 모른다. 아니, 어쩌면, 그날이 끝과 동시에 시작을 의미하기 때문인지도 모른다. 내 잃어버린 시간의 시작을……

이제 어린 멀린의 이야기가 계속된다. 멀린은 거인의 춤에 관한 수수께끼를 풀었지만, 그 앞에는 또다시 엄청난 수수께끼 한 다발이 놓여 있다. 멀린이 그 수수께끼를 성공적으로 풀지, 주어진 시간 안에 여정을 끝낼 수 있을지는 책을 읽어보면 알 것이다. 도전은 실로 어마어마하다. 멀린은 자신 안에 숨겨진 힘을 발견했지만, 그것을 완전히 익히지는 못했다. 드루이드, 그리스 인, 켈트 인의 지혜에 대해 듣기는 했지만, 이제 막 그걸 이해하기 시작했을 뿐이다. 그리고 자신의 원래 이름, 자신의 진정한 운명에 대한 암시를 알아냈지만, 가장 깊숙이 숨겨진 자아의 비밀은 아직 알아내지 못했다.

멀린은 마법사가 된다는 게 어떤 의미인지 아직 알지 못한다.

이미 많은 것을 잃었지만 자신 안에 있는 마법사의 자질을 찾기 위해서는 더 많은 걸 잃게 될 것이다. 그러는 사이, 몇 가지를 얻게 될 것이다. 마침내 친구 리아의 비밀을 알게 될 것이다. 시력과 통찰력의 차이를 깨달을 것이다. 슬프게도, 자신 안에 어둠과 밝음이 모두 존재한다는 사실을 발견할 것이다. 기쁘게도, 때로는 반대라고 여겨지는 다른 자질들, 즉 젊음과 늙음, 남자와 여자, 필멸과 불멸 또한 자신에게 있다는 사실을 발견할 것이다.

전설적인 영웅들은 때로 자아, 세계 그리고 사후 세계의 3단계를 올라간다. 처음에는 자기 안의 숨겨진 통로를 찾아야만 한다. 다음으로 지구의 유한한 삶에서의 적들을 상대로 승리를 거두어야 한다. 마지막으로 영혼의 위기와 가능성에 직면해야 한다. 어떤 점에서 보면 멀린은 이 책에서 사후 세계로의 여행을 시도함으로써, 이런 전통적인 경로를 변경한다. 『잃어버린 시간』에서 이미 보았듯이, 멀린은 규칙을 따르는 걸 썩 잘하지는 못한다. 바로 이 책에서 그리고 다른 책들에서 진실이 드러난다. 멀린은 이 세 가지 단계를 한꺼번에 탐험하게 될 것이다.

멀린의 여정에서 핵심은 사후 세계, 즉 정령의 영역이다. 그곳은 신비한 장소로, 유한한 삶을 살아가는 인간이 거의 방문한 적이 없는 곳이었다. 영감은 물론이고 위험으로 가득 차 있다. 멀린이 어떻게 해서든 마법의 일곱 노래를 완전히 익히고, 자신의 할아버지를 파괴한 악의 세력을 무찌르고, 사후 세계 계단통*의 비밀을 찾아낼 수 있다면, 정령의 영역에 이르는 길을 정말로 찾을 수 있을 것이다. 만약 그렇게 된다면, 멀린은 신비한 다그다와 위험한 리타 고르를 모두 만날 것이다. 그리고 어떤 형태로든, 충직한 친구 트러블의 흔적을 찾을 것이다.

그리고 그 과정에서 멀린은 그 이상의 무엇을 발견할 것이다. 언젠가 예이츠가 썼듯이, 인간은 '정령에 대한, 신에 대한, 자연의 아름다움에 대한 인식을 재결합시키기 위해서' 우주 질서와의 연결고리를 찾으려고 끊임없이 갈망해왔다. 그것이 바로 나뭇가지 위에서 폭풍을 견뎌냄으로써 자신이 지닌 재생 능력을 처음으로 알아차린 어린 멀린이, 마법사에 이르는 험난한 길을 따라가면서 그와 같은 연결고리를 만들어내려 고군분투하는 이유다.

멀린의 이번 여정은 지난 여행이 끝난 곳, 즉 전설의 섬 핀카이라에서 시작한다. 켈트인들은 핀카이라가 파도 사이에 존재하는 섬이며, 이 세상과 사후 세계 사이의 절반의 지점에 있다고 믿었다. 그리스인들은 중심, 배꼽이라는 뜻의 옴파로스(Omphalos)라고 부를 것이다. 하지만 핀카이라를 가장 잘 묘사할 수 있는 말은 멀린의 엄마인 엘런이 지었다. 엘런은 그곳을 '중간 지대'라고 불렀다. 딱히 물도 아니고 그렇다고 공기도 아닌 안개처럼, 핀카이라는 딱히 필멸의 운명도 아니고 딱히 불멸의 운명도 아니다. 핀카이라는 그 사이의 그 무엇이다.

멀린 또한 그 사이의 그 무엇이다. 딱히 인간도 아니지만, 그렇다고

---

* 계단통은 층층대에 둘러싸여 우물같이 아래위가 뚫린 부분을 지칭한다.

14

딱히 신이라고 할 수도 없다. 아주 늙은 것도 아니지만, 그렇다고 아주 어린 것도 아니다. 정신의학자 카를 융은 멀린에게서 주목할 수밖에 없는 캐릭터를 찾아낼 수 있을 것이다. 왜냐하면 멀린의 신화적인 능력은 무의식과 의식 모두에서 툭 튀어나왔기 때문이다. 마치 멀린의 지혜가 자연과 문화 모두에서 흘러나온 것처럼 말이다.

멀린에 대한 가장 오래된 이야기들이 신성한 어머니와 마법의 능력을 가진 아버지를 설정하는 건 결코 우연이 아니다. 그것은 바로 우리 모두 안에 존재하는 밝은 측면과 어두운 측면에 대한 은유라 할 수 있다. 그리고 멀린의 위대한 지혜는 어두운 측면을 추방하거나 제거하는 데에서 나온 것이 아니라, 그것을 포용해 자신의 일부로 받아들이는 데에서 왔다. 결국 멀린을 아서 왕의 스승에 적합하게 만든 건 바로 인간의 가능성은 물론이고 이런 인간적인 결점에 대한 자각이라 할 수 있다.

1권 저자의 말에 이름을 올린 모든 사람에게 여전히 깊은 감사를 전한다. 특히 아내이자 가장 좋은 친구인 커리, 대단히 현명한 편집자인 퍼트리샤에게 감사한다. 더불어 모두에게 계속 영감을 불어넣어준 로이드 알렉산더, 유머의 지혜를 이해한 수전 컬리난, 내가 글을 쓸 때 종종 내 발을 따뜻하게 데워준 온화한 래브라도 견 샤샤에게 감사한다.

다시 한 번, 멀린이 속삭인다. 귀를 기울이자. 하지만 조심하자. 왜냐하면 이 마법사는, 우리가 잘 알듯이, 놀라움과 경이로움으로 가득 차 있으니 말이다.

토머스 A. 배런

나는 진정한 자아를 내놓았다.

나는 정령이다. 나는 알았다…

자연의 비밀을,

새의 비행을,

별의 방랑을,

그리고 물고기가 유연하게 헤엄치는 법을.

멀린, 12세기 몬머스의 제프리(Geoffrey of Monmouth)의

〈멀린의 생애(VITA MERLINI)〉 중에서

수많은 시간이 어떻게 흘러갔는지……. 한때 나를 등에 태우고 날던 그 용감한 매, 트러블보다 단연코 훨씬 더 빨리 흘러갔다. 사실 내가 엄마를 잃었던 그날 내 심장을 후벼 팠던 그 고통의 화살보다 더 빨랐다.

거인의 춤이 거대한 성을 무너뜨리고 그 잔해 속에 있는 서 있는 돌의 원형 돌덩이 안에서 핀카이라의 대표자회의가 열리던 모습이 지금도 생생하다. 대표자회의가 그곳에서 소집된 건 정말 오랜만이었다. 그리고 오랫동안 다시 소집되지 않을 것이다. 대표자들은 몇몇 어려운 문제를 결정해야 했다. 타락한 군주를 어떻게 처벌할지, 후계자를 정해야 할지의 문제도 포함해서 말이다. 하지만 그중에서 가장 중요한 문제는 마법의 힘을 가진 핀카이라의 보물들, 특히 꽃 피는 하프를 어떻게 처리하느냐였다.

나는 그 모임이 어떻게 시작되었는지 잊을 수가 없다. 그 모임이 어떻게 끝났는지도 역시 절대 잊을 수 없다.

밤보다 더 어두운 한 무리의 그림자, 원형 돌덩이가 산마루에 똑바로 서 있었다.

그 어떤 움직임도, 그 어떤 소리도 밤공기를 방해하지 않았다. 외로운 박쥐 한 마리가 폐허를 향해 휙 내려앉더니 이내 저 멀리 방향을 틀었다. 어쩌면 슈라우디드 성이 다시 솟구칠지도 모른다는 두려움 때문이었을지도 모른다. 하지만 남아 있는 성의 탑과 벽은 둥그런 돌덩이에 불과하고, 버려진 무덤처럼 고요하기만 했다.

서서히 기괴한 한줄기 빛이 돌덩이 위로 퍼지기 시작했다. 그건 태양빛이 아니었다. 태양이 떠오르려면 아직 몇 시간 남았으니까. 그건 하늘 위를 수놓은 별빛이었다. 별은 차츰차츰 밝아졌다. 마치 원형 돌덩이에 가까이 다가와, 수천수만 개의 불타오르는 눈으로 지켜보고 있기라도 한 것처럼…….

버터처럼 누리끼리하고 넓적한 날개가 달린 나방 한 마리가 돌 위에 내려앉았다. 곧 나방 옆에 연청색 새 한 마리와 깃털이 숭덩숭덩 빠진 늙은 수리부엉이 한 마리가 합류했다. 쓰러진 기둥을 가로질러 그림자 속으로 뭔가가 미끄러졌다. 염소의 다리와 발굽, 사내아이의 가슴과 얼굴이 달린 파우나 한 쌍이 원형 돌덩이 안의 빈터에서 뛰어다녔다. 그 뒤를 이어 물푸레나무, 참나무, 산사나무, 소나무 등 걸어 다니는 나무들이 청록색 밀물처럼 산마루를 스쳐 지나갔다.

눈동자에 놀라움이 가득 찬 핀카이라 사람 일곱 명이 원형 돌덩이 안으로 발을 들여놓자, 그 뒤로 붉은 수염의 소인 한 무리, 검은 종마 한 마리, 까마귀 몇 마리, 물의 요정 한 쌍(돌 아래 웅덩이 안에서 서로에게 귀에 거슬리는 소리를 내며 물을 튀겼다), 얼룩 도마뱀 한 마리, 앵무새, 공작, 유니콘 한 마리(모피는 뿔만큼이나 하얗게 빛났다), 초록색 딱정벌레 가족(자기들이 앉을 나뭇잎을 가지고 왔다), 새끼와 함께 도착한 암사슴 한 마리, 커다란 달팽이 한 마리 그리고 불사조 한 마리(군중을 눈 하나 깜빡이지 않고 계속 응시하고 있었다)가 들어왔다.

대표들이 속속 도착하는 동안, 핀카이라 사람 하나가 일어서서 눈앞에 펼쳐지는 장관을 지켜보았다. 그 사람은 머리털이 덥수룩한 시인으로, 이마가 높고 눈동자는 깊고 예리했다. 이윽고 시인은 쓰러진 기둥 위로 발걸음을 옮겨 덩굴을 엮어 만든 옷을 입은 활기찬 여자아이 옆에 앉았다. 그 여자아이 맞은편에는 배배 뒤틀린 지팡이를 든 소년 하나가 앉아 있었는데, 열세 살 나이에 비해 조숙해 보였다. 숯보다 검은 소년의 눈동자는 이상할 정도로 공허해 보였다. 그 소년은 최근 멀린이라는 이름을 얻었다.

끽끽 울어대며 날개를 펄럭이고, 윙윙 소리를 내며 으르렁거리고, 식식 울어대는 소리가 허공을 가득 메웠다. 태양이 높이 솟아오르며 원형 돌덩이를 황금빛으로 물들이자, 시끄러운 소리도 덩달아 높아졌다. 귀에 거슬리는 소음은 딱 한 번 잠잠해졌는데, 그건 종마보다 두 배나 큰 거대한 흰 거미가 돌덩이 안으로 들어올 때였다. 모든 생명체들이 일제히 잠잠해지며 재빨리 옆으로 물러섰다. 전설적인 그랜드 엘루사가 합류하는 걸 모두가 자랑스럽게 여겼다. 하지만 안개 낀 언덕의 수정 동굴에서부터 이곳까지 여행을 하며 식욕이 더 늘지는 않았을지 걱정스럽기도 했다. 그랜드 엘루사는 그다지 큰 어려움 없이 앉을 자리를 찾았다.

그랜드 엘루사는 부서진 바위더미 위에 자리를 잡고 나서, 여덟 개의 다리 가운데 하나로 등에 난 혹을 긁어댔다. 그러면서 다른 다리로 커다란 갈색 주머니를 등에서 잡아당겨 옆에 내려놓았다. 그리고는 돌덩이 주위를 흘끗 바라보다, 잠시 멈추어 멀린을 물끄러미 쳐다보았다.

계속해서 더 많은 생명체가 몰려들었다. 반인반마(半人半馬)의 켄타우로스 하나가 원형 돌덩이 안으로 진지하게 성큼성큼 걸어 들어왔는데, 턱수염이 발굽까지 길게 내려왔다. 켄타우로스의 등장을 알아차린 여우 한 쌍이 통통 뛰며 꼬리를 높이 치켜들었다. 뒤이어 어린 숲의 요정 하나가 왔는데, 고동색 머리카락에 두 팔과 다리는 호리호리했다. 이끼로 얼룩진 살아 있는 돌 하나가 중앙으로 굴러들어 오면서 느릿느릿 움직이는 고슴도치를 가까스로 피했다. 기운 넘치는 벌 떼가 땅 가까이로 낮게 날아 들어왔다. 거의 끝자락에 도깨비 가족이 서로를 마구 할퀴고 물어대며 시간을 흘려보내고 있었다.

　그러고 나서도 계속해서 몰려왔다. 멀린은 그중 상당수를 알아보지 못했다. 몇몇은 불같은 눈을 지닌 바스락거리는 덤불처럼 보였고, 몇몇은 비비 꼬인 막대기나 진흙더미를 닮았다. 그리고 여전히 다른 것들은 제대로 보이지 않았다. 불빛이 어렴풋하게 흔들리는 것 같았다. 멀린은 특이한 얼굴, 무시무시한 얼굴, 진기한 얼굴 또는 아무 얼굴도 없는 생명체들을 보았다. 한 시간도 채 안 되어 조용한 원형 돌덩이는 마치 카니발이 벌어지는 공간처럼 변했다.

　시인 카이르프레는 주변에 가득한 기괴하고 놀라운 생명체들에 대한 멀린의 질문에 대답하기 위해 최선을 다했다. 카이르프레는 그것을 달빛처럼 신출귀몰하는 여자 설인, 그리고 600년에 한 번씩 꽃잎을 음식으로 먹는 글린-엄마에 대해 말해줬다. 카이르프레가 알지 못하는 생명체들은 드루마 숲에서 온 덩굴 옷을 입은 여자아이 리아가 알기도 했다. 하지만 카이르프레와 리아 둘 다 알지 못하는 생명체도 간혹 있었다.

　그렇게 놀랄 일은 아니었다. 그랜드 엘루사를 제외하면, 핀카이라의 다양한 거주자들을 전부 다 볼 수 있을 만큼 오래 산 생명체는 없기 때문이다. 거인이 춤을 춰 사악한 왕 스탕마르를 무찌르고 슈라우디드 성을 무너뜨리고 나자, 곧장 수많은 지역에서 대표자회의를 소집하라는 요구가 일었다. 결국 핀카이라에 사는 생명체들, 그러니까 새, 짐승, 곤충이나 그 밖의 유한한 생명체인 주민들은 모두 대표자회의에 대표를 보내라는 초대를 받았다.

거의 대부분의 종족이 이 초대를 받아들였다. 몇몇 빠진 종족 중에는 고블린 전사와 속임수의 유령도 있었는데, 이들은 스탕마르가 패한 뒤에 어둠의 언덕의 굴속으로 쫓겨났다. 트릴링 종족은 아주 오래전에 이 땅에서 사라져버렸다. 그리고 핀카이라 주변 물속에 사는 인어 종족은 어디 있는지 찾지 못해 초대할 수가 없었다.

군중을 유심히 살펴보고 나서, 카이르프레는 안타깝게도 핀카이라의 가장 오래된 종족 중 하나인 위대한 협곡 독수리가 아직 도착하지 않았다는 사실을 알아차렸다. 그 옛날에 협곡 독수리는 감동적인 울음소리로 항상 대표자회의의 시작을 알렸다. 하지만 이번은 아니었다. 스탕마르의 군대가 그 자랑스러운 새들을 모조리 사냥해 없애버렸기 때문이다. 카이르프레는 협곡 독수리의 울음소리가 다시는 이 땅의 언덕에서 울려 퍼지지 못할 거라고 결론지었다.

그때 멀린은 창백하고 둥글납작한 노파 하나를 어렴풋이 보았다. 머리에는 머리카락 하나 남아 있지 않고, 눈동자에 자비라고는 눈곱만큼도 깃들어 있지 않았다. 멀린은 그 모습을 보자 몸서리쳤다. 수세기를 거치며 수많은 이름을 지녔지만, 그 노파는 흔히 '어두운 운명'이라는 뜻의 돔누로 불렸다. 멀린이 돔누의 존재를 알아차리자마자, 돔누는 군중 속으로 사라져버렸다. 멀린은 돔누가 자신을 피한다는 걸 알았다. 돔누가 왜 자신을 피하는지도 알았다.

갑작스레 우르르 쾅쾅 커다란 굉음이 집회의 소음보다 훨씬 더 큰 소리로 산마루를 뒤흔들었다. 서 있는 돌 하나가 아슬아슬하게 흔들렸다. 그 굉음은 점점 더 커지더니, 돌이 땅으로 무너져 내리며 어미 사슴과 새끼 사슴을 거의 덮치려 했다. 멀린과 리아는 서로를 바라보았다. 두려움의 눈빛이 아니라 왜 그런지 이해한다는 눈빛이었다. 두 사람 모두 거인의 발자국 소리를 들은 적이 있었기 때문이다.

거대한 형체 둘이 원형 돌덩이를 향해 성큼성큼 걸어왔다. 둘 다 이곳에 한때 서 있던 성만큼이나 컸다. 거인들이 자신들의 오래된 도시 바리갈의 재건을 잠시 미뤄두고 대표자회의에 참석하기 위해 저 멀리 산맥에서부터 온 것이다. 멀린은 몸을 돌려 친구 심을 찾을 수 있기를 바랐다. 하지만 심은 새로 도착한 일행 속에 없었다. 멀린은 한숨을 내쉬었다. 어쨌든 심은 대표자회의에 참석하더라도 분명 모임 내내 잠이나 잘 게 분명하다고 혼잣말을 했다.

연한 초록색 눈동자를 가진 첫 번째 거인은 입이 뒤틀리고 머리카락은 온통 헝클어져 있었다. 이 거인은 투덜거리며 몸을 숙여 쓰러진 돌을 일으켜 세웠다. 말 스무 마리가 낑낑거려야 움직일 수 있는 돌을 아무런 어려움 없이 제자리에 갖다놓았다. 그러는 사이 팔이 참나무 둥치처럼 두툼하고 혈색이 좋아 보이는 동료 거인은 두 손을 허리에 얹고 그 광경을 지켜보기만 했다. 한참 뒤, 그 거인은 여자 거인에게 고개를 까닥였다.

여자 거인도 고개를 까닥였다. 그러고는 다시 한 번 투덜거리며, 두 손을 허공에 들어 올렸다. 마치 흘러가는 구름을 붙잡기라도 하는 것 같았다. 이 모습을 바라보며 카이르프레는 곤혹스럽다는 듯이 텁수룩한 눈썹을 치켜떴다.

문득 하늘 저 높은 곳에서 자그마한 검은 점 하나가 나타났다. 그 점은 구름을 뚫고 빙글빙글 돌면서 급히 움직였다. 마치 눈에 보이지 않는 소용돌이에 붙잡히기라도 한 것처럼 말이다. 점은 아래로, 아래로 내려왔다. 마침내 원형 돌덩이 안에 모인 모든 생명체의 눈이 그 점을 향했다. 다시 한 번 모임은 침묵에 휩싸였다. 심지어 항상 시끄럽게 떠들어대기만 하는 물의 요정들도 잠잠해졌다.

검은 점은 내려오며 점점 커졌다. 곧 거대한 날개가 보이더니, 뒤이어 넓은 꼬리가 나타났다. 마침내 보이는 굽은 부리 위에 태양빛이 반짝였다. 날카로운 울음소리가 갑작스레 허공을 가르며, 이 산마루에서 저 산마루로 울려 퍼졌다. 협곡 독수리의 부름에 마침내 땅이 대답하는 것 같았다.

날개가 마치 돛처럼 힘차게 쫙 펼쳐졌다. 독수리는 날개를 뒤로 젖히고, 엄청난 발톱을 땅을 향해 내밀었다. 토끼와 여우는 그 모습에 비명을 질러대고, 수많은 동물들이 움츠러들었다. 날개를 딱 한 번 위풍당당 움직이며 커다란 협곡 독수리가 머리카락이 헝클어진 거인의 어깨 위에 내려앉았다.

드디어 핀카이라의 대표자회의가 시작되었다.

첫 번째 순서로, 대표들은 모든 문제를 결정할 때까지 누구도 이 모임을 떠날 수 없다는 데 동의했다. 또한 생쥐의 요청에 따라, 대표들은 회의를 진행하는 동안에는 각자 다른 누구도 먹어 치우지 않겠다고 약속했다. 여우들만 이 제안에 반대했는데, 그 이유는 꽃 피는 하프를 어떻게 할 것인가 하는 문제를 논의하는 데만도 며칠이 걸릴지 모르기 때문이었다. 그럼에도 불구하고, 그 규칙은 채택되었다. 확실히 하기 위해,

그랜드 엘루사 자신이 직접 그 규칙을 이행하겠노라고 친절하게 선언했다. 어떻게 그 계획을 지킬지에 대해서는 말하지 않았지만, 누구도 그랜드 엘루사한테 굳이 따져 묻지는 않았다.

다음으로, 원형 돌덩이를 신성한 기념물로 삼을 것이라고 선언했다. 요란한 소리를 내며 목을 가다듬고 나서, 거친 머리카락의 거인은 슈라우디드 성의 폐허는 새로운 이름으로 불러야 한다고 제안했다. 거인들의 고대어로 거인의 춤을 뜻하는 에스토나헨지로 말이다. 대표자회의에 모인 대표들은 그 이름을 만장일치로 채택했다. 하지만 동시에 원형 돌덩이 위로 무거운 침묵이 흘렀다. 거인의 춤은 밝은 미래에 대한 핀카이라의 희망을 상징했지만, 그것은 가장 커다란 슬픔을 겪고 나서야 봄이 온다는 희망과 같기 때문이다.

이윽고 스탕마르의 운명에 대한 논의가 시작되었다. 사악한 왕을 물리치긴 했지만, 왕은 아직 목숨을 부지하고 있었다. 그것도 다름 아닌 자기 아들 멀린에 의해서 말이다. 멀린은 핀카이라의 일부에 불과하기 때문에 대표자회의에서 견해를 드러낼 권한이 없었지만, 시인 카이르프레가 멀린을 대신해 발언권을 행사했다. 자기 아버지의 운명이 아무리 비참해도 목숨만은 살려줘야 한다는 소년의 간청을 듣고 나서, 대표자회의는 몇 시간에 걸쳐 논의를 거듭했다. 마침내 거인과 협곡 독수리의 강력한 반대에도 불구하고, 스탕마르는 남은 평생을 어둠의 언덕 북쪽의 절대 탈출할 수 없는 동굴 감옥에서 보내는 것으로 결정됐다.

다음으로, 누가 핀카이라를 다스려야 하느냐 하는 문제를 논의했다. 벌 떼는 자기들 여왕이 모두를 다스릴 수 있다고 제안했지만, 누구도 그 생각에 동의하지 않았다. 스탕마르의 왕정에 따른 고통이 아직 가시지 않았기에, 많은 대표들이 지도자를 뽑는 것에 악착같이 반대했다.

심지어 시민의회를 만드는 것에도 반대했다. 권력은 언제나 부패하기 마련이라는 이유에서였다. 카이르프레는 그것이 아주 어리석은 생각이라고 비판했다. 카이르프레는 다른 사람들을 파멸로 이끈 무정부 상태의 사례들을 언급했다. 그리고 지도자가 없으면 핀카이라는 또다시 사후세계의 흉악무도한 지휘관의 먹잇감이 될 것이라고 경고했다. 하지만 대부분의 대표들이 카이르프레의 걱정을 대수롭지 않게 생각했다. 결국 그 어떤 지도자도 옹립하지 않는다는 의견에 압도적으로 찬성했다.

그러고 나서 가장 중요한 문제를 다루었다. 핀카이라의 보물들을 어떻게 할 것인가?

모두가 외경심에 휩싸여 지켜보는 가운데, 그랜드 엘루사는 자기 옆에 놓인 자루를 열어 꽃 피는 하프를 꺼냈다. 물푸레나무 장식과 꽃무늬 조각의 참나무 울림통이 으스스한 빛을 뿜었다. 초록색 나비 한 마리가 그 위로 떠돌아다니며 줄 위에 내려앉았다. 그랜드 엘루사는 커다란 다리 하나를 크게 휘둘러 나비를 먼 곳으로 쫓아내버렸는데, 이 때문에 줄이 가볍게 튕겼다. 그랜드 엘루사는 잠시 가만히 그 소리를 듣고 있다가 나머지 보물도 꺼냈다. 디퍼컷, 꿈의 소환자, 불의 고리를 비롯해 현명한 도구 일곱 개 중 여섯 개가 차례로 나왔다(아아 슬프다, 일곱 번째 도구는 성이 무너지면서 사라져버렸구나).

눈동자들이 죄다 보물들을 유심히 지켜보았다. 아주 오랜 시간 동안, 아무도 움직이지 않았다. 돌덩이들도 좀 더 자세히 보려고 앞으로 몸을 기울이는 것처럼 보였다. 대표들은 알고 있었다. 스탕마르가 등장하기 아주 오래전에 이 전설적인 보물들은 모든 핀카이라 사람들의 소유였다는 것을. 그리고 이 땅의 모든 생명체가 그것을 자유롭게 공유했다는 것을. 그래서 도둑이 보물들을 쉽게 훔쳐갈 수 있었다는 것을. 스탕마르가 직접 보여주었듯이 말이다. 점박이 무늬 산토끼가 각각의 보물에 관리자를 정해서, 보물을 현명하게 사용하는지 책임지고 감시하게 하자고 제안했다. 그렇게 하면 보물을 지키면서 공유할 수도 있다면서 말이다. 대부분의 대표들이 이에 동의했다. 대표들은 그랜드 엘루사가 직접 관리자를 선택하라고 했다.

하지만 거대한 거미 그랜드 엘루사는 이 제안을 정중히 거절했다. 그리고 자기보다 훨씬 더 현명한 사람만이 그처럼 중요한 선택을 할 수 있다고 말했다. 투아하와 같은 진정한 마법사가 필요하다고 말했다. 투아하의 지식은 너무 방대해서, 사후 세계로의 비밀통로를 찾아낸 후 정령 중에서 가장 위대한 정령 다그다와 상의했다고 전해진다. 하지만 투아하는 오래전에 죽었다. 결국 수많은 논의 끝에 그랜드 엘루사가 자신의 수정 동굴에서 보물들을 보관하기로 했다. 단, 적당한 수호자를 찾을 때까지만 그렇게 하겠다는 단서를 덧붙였다.

보물의 관리에 대한 문제는 임시방편으로 해결되었지만, 꽃 피는 하프의 문제는 아직 해결되지 않았다. 주변 땅덩어리는 리타 고르의 마름병에 감염되어 전혀 생명의 흔적을 보이지 않았다. 파릇파릇한 풀이 돋아나는 봄은 차치하고라도 말이다. 특히나 어둠의 언덕은 도움이 절실했다. 그곳의 피해가 가장 심각했기 때문이다. 오직 꽃 피는 하프의 마법만이 그 땅을 되살릴 수 있었다.

하지만 누가 꽃 피는 하프를 가져갈 것인가? 잃어버린 땅에 사는 용이 파괴한 숲을 치유하기 위해 투아하는 꽃 피는 하프를 사용했었다. 그 이후로 하프는 아주 오랫동안 소리를 낸 적이 없었다. 숲은 결국 생명을 되찾았지만, 투아하는 이제 하프를 연주하기 위해서는 분노한 용한테 마법을 걸어 잠들게 하는 것 이상의 기술이 필요하다고 선언했다.

마법사의 마음을 지닌 자가 만질 때에만 하프가 반응할 것이라는 경고였다.

가장 나이 많은 공작이 맨 먼저 나섰다. 눈부시게 빛나는 꼬리 깃을 쫙 펼치고 뽐내면서 걸어가 하프를 내려다보았다. 재빨리 부리를 움직여 줄 하나를 잡아당겼다. 순수하고 낭랑한 가락이 흘러나오며 허공에 울려 퍼졌다. 하지만 아무런 반응이 없었다. 하프의 마법은 꼼짝도 않고 겨울잠을 자고 있었다. 공작은 다시 시도해보았지만, 이전과 마찬가지로 달랑 한 음을 울리고는 꿈쩍도 하지 않았다.

하나씩하나씩 몇몇 대표들이 앞으로 나섰다. 유니콘은 하얀색 모피를 번쩍이며 뿔로 줄을 미끄러지듯이 건드렸다. 멋진 화음이 흘러나왔지만 그뿐이었다. 그 뒤로도 거대한 갈색 곰 한 마리, 턱수염이 무릎까지 내려오는 소인, 씩씩해 보이는 여자 그리고 물의 요정이 차례로 나섰지만 아무 성과가 없었다.

마침내 황갈색 피부의 두꺼비 한 마리가 멀린의 발 옆, 그림자 속에서 폴짝 뛰어나와 그랜드 엘루사 위로 뛰어올랐다. 거대한 거미의 손이 닿지 않을 정도의 거리에서 멈춰 서서, 두꺼비가 헐떡헐떡 귀에 거슬리는 소리로 말했다.

"당신은 마-법사가 아닐지는 몰라도, 난 당신이 마법사의 마음을 가지고 있다고 진-심으로 믿어요. 당신이 하프를 가-져갈래요?"

그랜드 엘루사는 그저 고개를 절레절레 저었다. 그러더니 다리 세 개를 들어 올려 카이르프레가 있는 쪽을 가리켰다.

"나? 말도 안 돼! 난 마법사의 마음이 아니라 돼지의 머리를 지녔을 뿐이라오. 내 지식은 너무 짧고 내 지혜는 너무 하찮소. 난 하프를 건드릴 줄도 모른다오."

시인이 침을 튀기며 다급하게 말했다. 그러더니 턱을 쓰다듬으며 옆에 있는 소년을 쳐다보았다.

"하지만 하프를 연주할 수 있는 사람을 한 명 생각해낼 수는 있지."

"저 소년이?"

갈색 곰이 의심의 눈초리로 으르렁거렸다. 당황한 소년이 몸을 움직였다.

"소년에게 마법사의 마음이 있는지는 모르겠소. 소년이 알고 있는지도 의심스럽고."

카이르프레는 멀린을 곁눈질로 흘끗 바라보며 고개를 끄덕거렸다.

갈색 곰은 발을 땅에 쿵 내딛었다.

"그렇다면 왜 소년을 추천하는 거지?"

시인은 살짝 미소 짓는 듯했다.

"소년에게는 숨겨진 자질이 있다고 생각하기 때문이라오. 결국 소년이 슈라우디드 성을 파괴했잖소. 소년이 하프에 손을 대보게 합시다."

"나도 동의해요. 소년은 투아하의 손자니까."

호리호리한 부엉이가 입을 쩍 벌려 말했다.

"그리고 스탕마르의 아들이기도 하지. 설령 저 아이가 그 마법을 깨운다 할지라도, 저 아이는 절대 믿을 수가 없어."

갈색 곰이 으르렁거렸다.

그때 숲의 요정이 원형 돌덩이 한가운데로 걸어 들어갔다. 고동색 머리카락이 강물처럼 잔물결을 일으켰다. 숲의 요정이 리아에게 가볍게 고개를 숙이자 리아도 같이 인사했다. 곧 숲의 요정은 경쾌한 목소리로 군중을 향해 일장 연설을 했다.

"난 소년의 아버지는 몰라요. 하지만 이야기는 들었어요. 어릴 적에 그 사람은 드루마 숲에서 자주 연주를 했대요. 비뚤어진 나무가 곧게 높이 자랄지 어쩔지 모르는 것처럼, 그 잘못이 그 사람 본인에게 있는지 아닌지 난 잘 몰라요. 하지만 난 소년의 엄마는 알아요. 우리는 그 여인을 사파이어 빛 눈동자의 엘런이라고 불렀죠. 엘런이 날 치료해준 적이 있어요. 그때 난 열병에 걸려 몸이 펄펄 끓었죠. 엘런의 손길에는 마법이 있었어요. 엘런 자신도 이해할 수 없는 엄청난 마법이었죠. 어쩌면 엘런의 아들에게도 그런 재능이 있을지 모르죠. 저 아이에게 하프를 연주해보라고 해요."

모임 사이로 동조의 분위기가 파도처럼 퍼져갔다. 갈색 곰은 이리저리 오가며 혼자 투덜거렸지만, 반대하지는 않았다.

멀린이 일어섰다. 리아는 잎사귀가 덮인 팔로 멀린의 손을 감싸주었다. 멀린은 고마워하는 표정으로 리아를 흘끗 바라보고는 천천히 하프 쪽으로 걸어갔다. 멀린이 조심스레 하프를 들어 올리며 두 팔로 울림통을 껴안자, 대표들은 다시 한 번 침묵에 휩싸였다. 멀린은 한숨을 크게 들이쉬고, 손을 들어 올려 줄 하나를 튕겼다. 허공에 묵직한 음이 한참 동안 울려 퍼지고 또 울려 퍼졌다.

별다른 일이 일어나지 않는다는 걸 알아차리고, 멀린은 리아와 카이르프레를 향해 실망스러운 표정을 지어 보였다. 갈색 곰은 만족스럽다는 듯이 으르렁거렸다. 그런데 갑작스레 거인의 어깨에 앉아 있던 협곡 독수리가 날카롭게 울어댔다. 그러자 다른 생명체들도 독수리의 울음에 합류하며, 열정적으로 으르렁거리고 아우성치고 두드려댔다. 멀린의 신발 끝 위로 풀 한 포기가 파릇파릇 피어났기 때문이다. 빗물에 씻긴 묘목처럼 초록색이었다. 멀린은 미소 지으며 다시 줄을 튕겼다. 그러자 더 많은 풀포기가 피어났다.

마침내 흥분이 가라앉자, 카이르프레가 멀린에게 성큼성큼 걸어 나와 손을 꽉 잡았다.

"잘했어, 아주 잘했어."

그러더니 잠시 말을 멈추었다.

"이건 정말 중요한 책임이야. 너도 잘 알겠지만, 이 땅을 치유하는 일 말이다."

멀린은 침을 꼴깍 삼켰다.

"저도 알아요."

"일단 네가 이 임무를 시작하면, 끝마칠 때까지 멈춰서는 안 돼. 지금도 리타 고르의 군대가 새로운 공격을 계획하고 있어. 그걸 명심해야 해! 수많은 군대가 어둠의 언덕 깊숙한 곳, 동굴과 크레바스에 숨어 지내고 있어. 그곳은 마름병 때문에 제일 큰 타격을 입었어. 그리고 가장 취약한 곳이기도 하지. 우리가 할 일은 언덕을 재빨리 회복시키는 거란다. 그래서 평화로운 생명체들이 그곳으로 돌아와 살 수 있게 하는 거지. 그러면 침략자들의 사기를 꺾을 수 있어. 또한 핀카이라 사람들도 공격에 대비할 수 있을 테고……."

카이르프레는 참나무 악기를 부드럽게 두드렸다.

"그러니 넌 어둠의 언덕에서부터 시작해야 해. 그리고 그 임무가 끝날 때까지 그곳에 머물러 있어야 한다. 녹슨 평원을 무엇보다 먼저 구하도록 해라. 리타 고르가 돌아오기 전까지 어둠의 언덕을 반드시 치유해야 해. 안 그러면 우리에게 주어진 유일한 기회를 잃게 될 거야."

카이르프레는 생각에 잠겨 입술을 깨물었다.

"그리고 한 가지 더. 리타 고르가 돌아오면 그자는 널 찾을 거야. 네가 자신에게 큰 문제를 안겨준 것에 대해 감사의 뜻을 표현하려고 말이다. 그러니 그자의 관심을 끌 만한 건 무엇이든 피해야 해. 그저 어둠의 언덕을 치유하는 임무에만 집중하도록 해라."

"하지만 만약 이곳을 떠난 뒤에, 제가 하프를 제대로 다루지 못하면 어쩌죠?"

"만약 하프가 네 손길에 반응하지 않는 거라면, 이해할 거야. 하지만 기억해라. 만약 네가 하프를 연주할 수 있는데도 네 임무를 게을리한다면, 절대 용서받지 못하리라는 사실을."

멀린은 천천히 고개를 끄덕였다. 대표들이 보고 있는 동안, 멀린은 하프의 가죽 삼각 끈을 어깨에 멨다.

"기다려!"

노파 돔누의 목소리였다. 돔누는 두 눈을 크게 뜨고 이마를 한껏 찡그린 채 멀린을 향해 앞으로 나왔다. 그러더니 팔을 들어 올려 울퉁불퉁한 손가락으로 멀린을 가리켰다.

"인간의 피를 물려받은 저 아이가 하프를 가져갈 수는 없어. 저 아이는 이 섬을 떠나야만 해! 저 아이가 이곳에 머무르면, 핀카이라는 불길한 운명에 빠질 테니까!"

거의 모든 생명체가 돔누의 말에 움츠러들었다. 하지만 멀린 자신보다 더 움츠러든 생명체는 없었다. 돔누의 말은 이상한 힘으로 그 어떤 칼보다 더 깊게 가슴을 찔렀다.

돔누는 삿대질을 했다.

"지금 당장 저 아이가 떠나지 않는다면, 우리 모두가 끝장날 거야."

차가운 바람이 원형 돌덩이 안을 휩쓸고 지나갔다. 거인들조차도 벌벌 떨었다.

"다그다가 내린 금지령을 모두 잊었어? 누구든 인간의 피를 물려받은 자는 이 섬에 오래 머물러 있으면 안 된다는 것 말이야. 오래된 금지령에도 불구하고, 저 아이가 이곳에서 태어났다는 사실을 모두 잊은 거야? 만약 저 아이가 하프를 가져가게 내버려두면, 저 아이는 분명 핀카이라를 자신의 진짜 고향이라고 주장할 게 틀림없어. 안개 너머 세상으로 돌아갈 의도가 전혀 없을 거야. 내 경고를 잘 새겨들어. 저 아이는 이 세상의 균형을 깰 수 있다고! 우리 모두에게 다그다의 분노를 가져올 수 있어. 더욱 나쁜 것은……."

돔누는 심술궂은 눈초리로 덧붙였다.

"저 아이는 리타 고르의 앞잡이가 될 수 있어. 이전에 저 아이의 아빠가 그랬던 것처럼."

"아니에요! 당신은 그냥 내가 사라지기를 바라는 거죠? 그래야 나한테 갈라토를 되돌려줄 필요가 없을 테니까."

멀린이 돔누의 말에 반박했다.

돔누의 눈동자가 이글이글 타올랐다.

"거봐, 봤지? 저 아이는 이곳 주민이 아닌데도 대표자회의에서 지껄여대고 있어. 저 아이한테는 핀카이라의 법에 대한 존경심이 티끌만큼도 없다고. 진실에 대한 존경심도 전혀 없고. 빨리 추방할수록 좋아."

군중의 상당수가 고개를 끄덕이며, 돔누의 연설이 지닌 마력에 푹 빠져들었다. 멀린은 다시 입을 열려 했지만 누군가 먼저 말하고 나섰다.

그건 바로 리아였다. 리아는 활활 타오르는 청회색 눈동자로 대머리 노파를 똑바로 바라보았다.

"난 당신 말 믿지 않아요, 절대로."

리아가 숨을 깊이 들이마시며 덧붙였다.

"당신, 뭔가를 잊고 있는 거 아닌가요? 그 예언, 바로 그 오래된 예언,

오직 인간의 피를 물려받은 아이만이 리타 고르와 그를 받드는 자들을 물리칠 수 있다는 그 예언 말이에요! 그게 멀린을 뜻하는 거라면 어떻게 할 건데요? 그래도 여전히 멀린을 쫓아내기를 원하나요?"

돔누는 입을 떡 벌려 시커매진 이빨을 드러냈다. 그러고는 다시 꾹 다물었다.

"저 여-자아이가 진-실을 말-하는군."

그랜드 엘루사의 굵은 목소리가 우레처럼 울려 퍼졌다. 그랜드 엘루사는 다리 여덟 개 달린 커다란 몸통을 들어 올리며 돔누를 똑바로 노려보았다.

"소-년은 머-물러야 한-다."

마치 주문이 풀리기라도 한 것처럼, 대표들이 모두 동의의 뜻으로 발을 쿵쿵거리고 으르렁거리며 날개를 펄럭였다. 돔누는 이 모습을 지켜보며 우거지상을 하고 투덜거렸다.

"난 경고했어. 저 아이는 우리 모두를 망칠 거야."

카이르프레가 고개를 절레절레 저으며 말했다.

"시간이 지나면 알게 되겠지."

돔누는 카이르프레를 노려보았다. 그러더니 뒤돌아서 군중 속으로 사라져버렸다. 하지만 이내 멀린을 노려보았다. 멀린은 배가 옥죄어오는 느낌이 들었다.

리아가 카이르프레를 향해 물었다.

"멀린이 하프 메는 걸 도와주지 않을 건가요?"

시인은 껄껄 웃었다. 텁수룩한 머리털이 바람에 날렸다.

"물론 도와줘야지."

시인은 하프의 가죽 끈을 멀린의 머리 위로 들어 올린 다음, 어깨 위에 내려놓았다.

"이건 막중한 책임이라는 걸 너도 잘 알 거다. 모든 게 너한테 달렸어. 그래도 커다란 기쁨이기도 하지! 네가 이 줄을 퉁길 때마다, 들판에서 꽃이 피어날 거야."

시인은 잠시 말을 멈추고, 멀린을 유심히 바라보았다. 그러더니 목소리를 낮추어 덧붙였다.

"그리고 너 자신을 치유하게 될 거야. 이 땅을 치유하면서 말이다."

동조한다는 외침이 신성한 돌덩이 주위로 울려 퍼졌다. 그와 더불어, 핀카이라의 대표자회의는 해산했다.

1부

1

치유자의 멜로디

언덕 꼭대기에 이르러 어깨에 멘 꽃 피는 하프를 살짝 끌어당겼다. 동틀 녘의 첫 빛줄기가 하늘을 가로질러 줄무늬를 펼치며 구름을 진홍색과 심홍색으로 물들였다. 루비색 빛이 저 멀리 언덕에 닿자, 지평선 위에 드문드문 서 있는 호리호리하고 가냘픈 나무들이 붉게 타올랐다. 하지만 나무가 붉게 타오르는데도 언덕은 여전히 거무스름했다. 내 가죽 신발 아래의 푸석한 풀포기와 똑같은 색이었다. 말라비틀어진 피의 색깔······.

그럼에도 불구하고, 나는 바싹 마른 언덕의 경사면을 터벅터벅 걸으며 씩 웃었다. 갈색 옷 사이로 파고들며 내 뺨을 깨무는 차가운 바람을 거의 알아차리지도 못했다. 내가 맡은 임무 때문에 이미 마음이 훈훈해져 있었기 때문이다. 난 지금 이 땅을 되살리는 임무를 3주 이상 착실히 이행하는 중이었다.

위대한 마법사 투아하, 그러니까 우리 할아버지가 아주 오래전에 했던 것처럼, 하프를 들고 들판과 황폐한 숲을 누볐다. 그리고 투아하가 했던 것처럼, 그 땅에 다시 생명을 불어넣었다. 믿기지 않을 정도로 쉬였노라고 덧붙여야겠다. 하프는 시간이 지날수록 점점 더 수월하게 반응했다. 하프는 내가 바라는 것만큼 열정적으로 임무를 수행하는 것처럼 보였다. 하프는 투아하의 뒤를 이어 내가 나타나기를 간절히 기다려 온 것 같았다.

분명하게도, 이런 성공을 누리는 가운데에서도 내가 마법사가 아니라는 사실을 깨달았다. 나는 마법의 원리에 대해 아는 게 거의 없었다. 투아하와 같은 위대한 마법사의 견습생 생활은 단 하루도 버티지 못했을 거다. 그럼에도…… 나는 대단했다. 나는 내 친구 리아를 스탕마르의 손에 죽을 고비에서 살려냈다. 또한 스탕마르의 성을 모조리 무너뜨렸다. 거기다 스탕마르의 주인, 리타 고르의 계획을 무산시켰다. 대표자 회의에서 내게 하프를 맡긴 건 아주 적절해 보였다. 그리고 하프는 내 명령을 당연히 따라야 했다.

톡 튀어나온 바위의 그늘진 곳으로 가보니, 그 아래를 흐르는 메마른 도랑 하나가 보였다. 이 도랑은 분명 수년 동안 물 한 방울 보지 못했을 것이다. 흙은 햇볕에 탄 시체처럼 짝짝 금이 가고 색이 바랬다. 나무둥치에 푸석푸석한 나무껍질만 걸친 채, 나뭇잎 하나 없이 서 있는 울퉁불퉁한 외로운 나무 한 그루를 제외하고, 이곳에는 살아 있는 생명체가 전혀 없었다. 식물도, 곤충도, 그 어떤 동물도 없었다.

확신에 찬 미소를 지으며, 나는 울퉁불퉁한 지팡이 자루를 쓰다듬었다. 나무의 홈을 느끼며 솔송나무의 향긋한 냄새를 맡았다. 지팡이를 땅에 내려놓고 하프의 가죽 끈을 어깨에서 풀었다. 엄마가 예전에 나한테 주었던 약초가 든 가방 끈하고 엉키지 않도록 조심했다. 하프를 왼손에 들고, 하프에 복잡하게 새겨진 꽃무늬, 조각된 물푸레나무, 얌전히 자리 잡은 울림통을 유심히 지켜보았다. 염소 내장으로 만든 끈은 이른 새벽의 빛을 받아 희미하게 빛났다. 울림통이 기둥과 만나는 목 부분은 백조의 날개처럼 우아하게 휘어져 있었다. 난 스스로에게 약속했다. 언젠가 이런 하프를 만드는 법을 꼭 배우겠노라고……

획 차가운 바람이 불어왔다. 나는 줄 위로 손가락을 드리웠다. 이윽고 한줄기 음악이 갑작스레 쏟아져 나왔다. 경쾌하고 마법과도 같은 음악이었다. 그 음악에 마음이 가벼워졌다. 아주 오래전 엄마가 불러준 노래 이후 처음 듣는 음악이었다. 비록 지금 수많은 언덕 위로 하프를 들고 다녔지만, 나는 그 낭랑한 노래에 조금도 싫증나지 않았다. 그리고 앞으로도 절대 그럴 일이 없으리라는 걸 알았다.

자그마한 고사리 가지 하나가 땅에서 올라오더니 서서히 벌어지기 시작했다. 나는 다시 줄을 튕겼다.

즉각적으로 언덕 경사면에 생명이 싹텄다. 푸석푸석한 줄기는 부드러운 초록색 풀포기로 변했다. 시냇물이 도랑을 타고 졸졸 흐르며 메마른 땅을 촉촉이 적셨다. 이슬방울이 흩뿌려져 푸릇푸릇해진 자그마한 꽃이 강둑을 따라 피어났다. 새로운 향기가 공기를 가득 채웠는데, 라벤더, 사향초, 향나무 향이 뒤섞인 것 같았다.

나는 허공에 맥박 치는 하프의 멜로디에 귀를 기울이며, 이 향기의 멜로디를 듬뿍 들이마셨다. 문득 얼굴에서 미소가 사라졌다. 엄마의 약초 향기가 기억났기 때문이다. 그 향기를 맡아본 지 얼마나 오래되었는지! 내가 태어나기도 전부터, 사파이어 빛 눈동자의 엘런은 마른 꽃잎, 씨앗, 잎, 뿌리, 나무껍질 등 상처 치유에 이용할 수 있는 거라면 뭐든 곁에 두었다. 때때로 엘런이 그저 단순히 향기가 좋아서 삶을 그런 것으로 채우는 게 아닐까 의심했었다. 내가 그랬으니까. 단, 딜은 제외였다. 딜의 냄새를 맡으면 언제나 재채기가 나왔다.

하지만 그 모든 향기 이상으로, 나는 엘런이 곁에 있는 게 그냥 좋았다. 엘런은 언제나 나를 포근하게 감싸주고 안전하게 지켜주려 노력했다. 세상이 엘런을 힘들게 할 때도 말이다. 그리고 세상이 엘런을 힘들게 한 경우는 너무 흔했다. 웨일스라고도 불리던 귀네드에서의 그 잔혹했던 시절 내내, 엘런은 내게 안식처를 제공해주었다. 그럼에도 감사를 요구하지도 않았다. 날 과거로부터 지키고자 하는 마음 때문에 우리 관계가 서먹서먹해졌을 때에도, 아버지가 누군지 묻는 내 질문에 대답하지 않아 내가 분노에 휩싸여 제멋대로 굴었을 때에도, 내가 엘런을 사랑했으면서도 엘런이 가장 듣고 싶어 했던 말인 엄마라고 불러주지 않았을 때에도 한결같았다.

그리고 이제는 엘런이 나를 위해 무엇을 해주었는지 깨달았다. 하지만 엘런에게 고마움을 표현할 수 없었다. 엘런은 멀리, 아주 멀리, 안개 너머, 바다 너머, 귀네드의 바위 투성이 거친 해안 너머에 있다. 나는 엘런에게 닿을 수 없다. 엘런을 엄마라고 부를 수도 없다.

마도요새 한 마리가 나뭇가지에서 찍찍 울어대는 바람에, 나는 다시 현실로 돌아왔다. 너무나 명랑하고 기운찬 노래였다! 나는 하프 줄을 한 번 더 튕겼다.

눈앞에서 나무가 생명을 틔워냈다. 싹이 트고, 잎이 자라고, 밝은 날개의 나비가 나뭇가지 사이를 날아다녔다. 부드러운 회색 나무껍질이 나무둥치와 나뭇가지를 전부 뒤덮었다. 나무뿌리가 쑥쑥 자라며 강둑으로 뻗어 나가, 이제 언덕 경사면 아래를 재빨리 뒤덮었다.

너도밤나무였다. 나는 밝게 미소를 지으며, 우람한 나뭇가지가 하늘을 향해 쭉 뻗는 모습을 지켜보았다. 산들바람에 은빛 나뭇잎이 살랑거렸다. 너도밤나무의 모습을 보면 왠지 평화로운 느낌, 조용한 힘이 느껴졌다. 난 너도밤나무를 살려냈다. 나무에 생명을 불어넣어 주었다. 내가 이 언덕의 경사면을 모두 구한 것처럼, 전에도 그랬듯이 난 여러 차례 내 자신의 힘에 대해 전율을 느꼈다. 대표자회의는 아주 탁월한 선택을 했다. 정말로, 내게 마법사의 마음이 있는 건지도 모르겠다.

그 순간 나는 물웅덩이에 비친 내 모습을 보았다. 물웅덩이는 강둑 근처의 나무뿌리 사이에 있었다. 흉터 난 뺨과 보이지 않는 검은 눈을 본 순간, 미소가 싹 사라졌다. 우리가 처음 만났을 때, 리아가 내 눈을 보고 뭐라고 했더라?

구름 뒤에 숨은 별 두 개가 생각나네.

두 눈으로 다시 직접 볼 수 있었으면 하고 바랐다.

물론 투시력이 있으니 아무것도 보지 못하는 것보다야 훨씬 낫다. 두 눈이 없어도 실질적으로 볼 수 있다는 사실을 발견했던 그 기적과도 같은 순간을 절대 잊지 못한다. 하지만 투시력이 진짜 시력을 대체할 수는 없었다. 색은 희미하고, 세부적인 것은 흐릿하고, 어둠이 가까이 있는 모든 걸 짓누른다. 두 눈을 치료할 수 있다면 난 무엇이든 내놓겠다! 두 눈은 불에 타버려 쓸모없어졌지만, 그곳에 그대로 있다는 걸 언제나 알고 있었다. 두 눈은 내가 잃어버린 모든 것을 끊임없이 되새기게 해준다.

나는 너무나 많은 걸 잃었다. 이제 고작 열세 살인데! 그런데 이미 엄마와 아버지, 내가 알고 있던 집뿐만 아니라 두 눈까지 잃었다. 엄마는 내가 무엇을 얻었는지 보라고 격려의 말을 했었다. 하지만 과연 무엇을 얻었단 말인가? 어쩌면 혼자 살 용기일지도 모르겠다. 어쩌면 마름병에 걸린 핀카이라의 모든 땅을 구할 능력일지도…….

나는 다시 너도밤나무로 몸을 돌렸다. 이미 그 신성한 원형 돌덩이 슈라우디드 성의 폐허에서부터 유령의 늪 북쪽 경계에 이르기까지, 어둠의 언덕 상당 부분을 살려냈다. 다음 몇 주 동안, 나머지 땅에 생명을 불어넣을 것이다. 그리고 나서 녹슨 평원에도 똑같은 일을 할 수 있다. 사실 핀카이라는 그렇게 넓은 땅이 아니었다.

나는 하프를 내려놓고 너도밤나무 곁으로 다가갔다. 부드러운 은빛 나무껍질 위에 두 손을 올려놓고, 손가락을 쫙 펴서 으리으리한 나무등치를 통해 전달되는 생명의 흐름을 느꼈다. 그리고 나서 입술을 오므리고 바스락거리는 소리를 나지막하게 냈다. 나무가 부들부들 몸을 떨었다. 마치 눈에 보이지 않는 쇠사슬에서 벗어나기라도 하는 것처럼, 나뭇가지가 흔들리며 내가 낸 소리와 비슷하게 바스락거리는 소리를 냈다.

나는 내 재주가 마음에 들어 고개를 끄덕였다. 다시 한 번 바스락 소리가 났다. 다시 나무가 반응했다. 하지만 이번에는 단순히 흔들리는 것 이상이었다. 내가 명령을 내렸기 때문이다.

숙여. 땅으로 숙여.

나는 나뭇가지 꼭대기 위에 앉고 싶었다. 나무 꼭대기에게 다시 똑바로 서라고 명령해서, 나를 하늘 높이 들어 올리게 하고 싶었다. 내 기억이 맞는다면, 나는 날씨가 어떻든 상관없이 나무 꼭대기에 오르는 걸 무척 좋아했다. 하지만 항상 직접 나무에 올라가야만 했다. 오늘까지는.

무언가 탁탁 터지는 소리와 삐걱거리는 소리가 나더니, 커다란 너도밤나무가 머뭇머뭇 아래로 몸을 숙였다. 나무껍질 일부가 나무등치에서 떨어져 나갔다. 나는 목을 길게 빼고, 가장 높은 나뭇가지가 내려오는 모습을 지켜보았다. 나무가 내 앞에 몸을 숙였다. 나는 내가 앉을 자리를 머릿속에 그려보았다. 꼭대기에서 그리 멀지 않은 V자 공간이었다.

갑작스레 또 다른 바스락 소리가 들려왔다. 나무가 몸을 기울이다가 멈칫했다. 나무는 천천히 다시 똑바로 서기 시작했다. 나는 화가 나서, 다시 명령을 내렸다. 그러자 나무가 멈추더니 나를 향해 다시 몸을 숙이기 시작했다.

다시 바스락거리는 소리가 허공을 가득 메웠다. 나무는 몸을 숙이다 말고 다시 곧게 폈다.

두 뺨이 뜨거워졌다. 어떻게 이럴 수 있지? 나는 손가락으로 나무둥치를 꽉 쥐고, 다시 해보려고 했다. 그때 종소리 같은 웃음소리가 두 귀에 또렷하게 들렸다. 나는 몸을 휙 돌렸다. 청회색 눈동자와 곱실거리는 갈색 머리카락의 소녀가 거기 있었다. 반짝거리는 덩굴이 몸 전체를 감싸고 있었다. 마치 나무라도 된 것처럼 보였다. 소녀는 풀을 엮어 만든 벨트에 손을 얹고서 여전한 미소를 지으며 나를 바라보았다.

"리아! 너라는 걸 진작 알아차려야 했는데."

리아는 한쪽으로 고개를 기울였다.

"벌써 너도밤나무한테 말하는 게 싫증난 거야? 네 목소리는 다시 켈트 족 사람이 말하는 것처럼 들려."

"네가 우릴 방해하지 않았으면, 난 아직도 너도밤나무한테 말하고 있었을 거야."

리아는 잎사귀로 뒤덮인 자신의 갈색 곱슬머리를 흔들었다.

"네 말을 방해한 게 아니야. 그냥 네 명령만 중단시켰을 뿐이지."

나는 화가 나서, 나무를 흘끗 올려다보았다. 나무는 이제 아예 똑바로 서 있었다. 은빛 잎사귀가 바람에 흔들렸다.

"날 그냥 내버려두면 안 되겠어?"

곱슬머리가 다시 흔들렸다.

"넌 가이드가 필요해. 안 그러면 길을 잃고 방황할 거야. 아니면 멍청한 짓을 저지를걸."

리아는 너도밤나무를 주의 깊게 바라보았다.

나는 얼굴을 찡그렸다.

"넌 내 가이드가 아니야! 난 너한테 함께하자고 초대했어, 기억 안나? 그리고 내가 널 초대했을 때에는, 네가 날 방해하리라고는 전혀 생각하지 않았어."

"나무의 언어를 가르쳐주었을 때, 네가 나무를 다치게 하는 데 그걸 써먹으리라곤 생각하지 않았으니까."

"다치게 한다고? 내가 지금 뭐 하는지 안 보여?"

"보여. 난 그런 거 안 좋아해."

리아는 두 다리로 땅을 쾅쾅 밟으며 풀을 평평하게 골랐다.

"그런 식으로 나무 몸을 기울이는 건 위험해. 예의바르지 못한 행동이기도 하고. 나무가 상처를 입는단 말이야. 아니면 죽게 될 수도 있고. 나무에 앉고 싶으면 직접 나무에 올라가."

"나도 그 정도는 알아."

"알긴 뭘 알아? 넌 지난 3주 동안 아무것도 배우지 못했어! 나무의 언어 첫 번째 규칙 기억 안 나? 말하기 전에 귀담아듣는다."

"그냥 지켜봐. 내가 얼마나 잘 배웠는지 보여줄 테니까."

리아는 내게 성큼성큼 걸어와 억센 손으로 내 팔꿈치를 꼬집었다.

"널 보고 있으면 가끔씩 꼬마 남자애가 떠올라. 별다른 이유도 없으면서 자신에 대해서 지나치게 확신하는 아이 말이야."

"저리 가. 내가 이 나무를 살렸단 말이야! 이 나무에 생명을 되찾아줬어! 내가 원하면, 이 나무가 고개를 숙이게 만들 수 있다고."

나는 고래고래 소리쳤다.

리아가 이마를 찌푸렸다.

"아니, 멀린. 넌 나무를 구하지 않았어."

리아가 내 팔꿈치에서 손을 떼며 풀 위에 놓인 악기를 가리켰다.

"꽃 피는 하프가 나무를 구했어. 넌 그저 하프를 연주한 사람에 불과할 뿐이야."

2

진정한 친구의 환대

"단맛은 다 어디로 간 거야?"

나는 약간 경사진 목초지의 부드럽고 향기로운 풀에 기대어 누웠다. 하프에 머리를 부딪히지 않으려 주의를 기울였다. 투시력으로 리아의 손에 있는 포동포동한 분홍색 열매를 쉽게 알아차릴 수 있었다. 나는 리아의 질문이 열매를 두고 하는 말이라는 걸 알았다. 열매는 리아의 입맛에는 그다지 달지 않은 것 같았다. 하지만 너도밤나무를 둘러싼 대립 이후 며칠 동안, 나는 우리의 우정에 대해서 내 자신에게 똑같은 질문을 던지곤 했다.

예상치 못한 시간에 불쑥 나타났다가 사라지기는 했지만, 리아는 절대 나를 오랫동안 떠나지는 않았다. 리아는 때로는 아무 말 없이, 때로는 노래를 부르면서 산마루와 계곡 너머로 계속 나를 따라왔다. 리아는 근처에서 야영을 하며 대부분의 자기 음식을 나와 함께 나누었다. 심지어 자신을 계속 내 가이드라고 말했다. 내게 가이드가 필요 없다는 것이 매우 분명한데도 말이다.

리아가 계속 내 옆에 있었지만, 눈에 보이지 않는 벽이 이제 우리 둘 사이를 갈라놓았다. 어떤 점에서 우리는 함께 여행했지만, 사실 따로따로 다니는 거나 마찬가지였다. 리아는 이해하지 못했다. 그리고 그것이 계속해서 나를 괴롭혔다. 이 땅에 생명을 가져오는 전율, 이 땅을 새싹과 약속의 초록으로 변하게 만드는 전율을 나는 리아에게 설명할 수조차 없었다. 내가 설명하려 할 때마다, 리아는 꽃 피는 하프에 대해 일장 연설을 늘어놓았다. 아니면 내 마음을 꿰뚫어보는 것 같은 표정을 지어 보였는데, 이게 더 나빴다. 마치 물어보지 않아도 내가 생각하고 느끼는 모든 걸 속속들이 알고 있는 것처럼 굴었다. 난 리아에게 할 만큼 했다! 여자애들은 전부 리아처럼 꽉 막혔을까?

나는 손으로 덤불을 가리켰다. 덤불의 뒤얽힌 나뭇가지에는 분홍색 열매가 가득했다.

"좋아하지도 않으면서 왜 자꾸 그걸 먹는 거야?"

리아가 나뭇가지에 달린 열매를 연신 따면서 대답했다.

"여기 어딘가에 분명 더 달콤한 맛이 있을 테니까. 분명해."

"네가 어떻게 알아?"

리아는 한 손 가득 열매를 입안으로 집어넣으면서 무심하게 어깨를 으쓱해 보였다.

"음, 그냥 알아."

"누가 말해줬어?"

"내 안의 작은 목소리. 열매를 이해하는 목소리."

"제발 말 좀 되는 소리를 해라, 리아! 이 덤불의 열매는 그냥 아직 익지 않은 거야. 다른 곳을 찾을 때까지 좀 기다리는 게 낫겠어."

리아는 내 말을 못 들은 체하고 계속 우적우적 열매를 씹었다.

나는 풀을 한 움큼 뜯어 언덕 저 아래로 내던졌다.

"시큼한 열매를 그렇게 많이 먹으면 배불러서 달콤한 열매를 먹기 힘들 텐데 어쩌려고 그래?"

리아는 나를 바라보았다. 입안이 열매로 터질 것처럼 부풀었다. 마치 도토리 열매를 입안 가득 넣고 있는 다람쥐 같았다.

"음. 그렇다면 오늘은 달콤한 열매가 아니라 시큼한 열매를 먹는 날이 되겠지. 하지만 그 자그마한 목소리는 내게 말해. 이곳에 달콤한 열매가 있다고 말이야. 이건 열매에 대한 믿음 문제라고."

리아는 열매를 꿀꺽 삼키며 말했다.

"열매를 믿는다고? 도대체 무슨 헛소리를 하는 거야!"

"그냥 내가 말한 대로 큰 강물에 떠내려가는 것처럼 삶을 대하는 게 때로는 최선이야. 물소리에 귀를 기울이고, 그게 널 이끌도록 내버려두는 거야. 강물의 흐름을 바꾸려고 굳이 애쓰지 않고 말이야."

"열매가 강물하고 무슨 관계가 있다는 거야?"

리아가 고개를 흔들자 갈색 곱슬머리가 펄럭였다.

"남자애들은 전부 너처럼 꽉 막혔니?"

"그만 좀 해!"

나는 벌떡 일어나 꽃 피는 하프를 등에 휙 걸쳐 멨다. 어깻죽지의 오래된 통증 때문에 몸이 움찔했다. 나는 목초지를 건너기 시작했다. 지팡이가 풀밭에 자그마한 구멍을 남겼다. 새롭게 살아났지만 아직 축 늘어져 있는 왼쪽의 산사나무를 바라보며 나는 어깨로 팔을 뻗어 줄 하나를 튕겼다. 산사나무는 즉각 몸을 펴더니 분홍색과 흰색 꽃을 피웠다.

나는 리아를 흘끗 뒤돌아보았다. 빈말이라도 나를 칭찬해주길 바라면서. 하지만 리아는 열매가 달린 나뭇가지를 손가락으로 만지작거리는데 푹 빠져 있었다. 목초지 가장자리에 솟구쳐 있는 초록색 언덕을 바라보며, 나는 그쪽을 향해 기운차게 발걸음을 옮겼다. 언덕의 정상은 그늘진 바위 돌출부로 덮여 있었다. 고블린 전사의 동굴이 있을 것만 같은 바위 돌출부였다. 어둠의 언덕을 여행하는 동안 그런 장소를 수없이 보아왔지만, 아직까지는 고블린의 흔적을 보지 못했다. 어쩌면 카이르 프레의 걱정은 기우에 불과한지도 몰랐다.

문득 나는 발걸음을 멈췄다. 정상에 솟은 날카로운 언덕 두 개를 보고 지팡이를 만지작거렸다. 순간, 새로운 생각이 떠올랐다. 나는 서쪽으로 방향을 틀어 언덕 아래로 내려갔다.

리아가 소리쳤다.

나는 지팡이를 땅에 꽂고 리아를 바라보며 물었다.

"왜?"

리아는 열매로 얼룩진 손으로 언덕을 가리켰다.

"너 방향 틀린 거 아니야?"

"아니야, 만나볼 친구가 있어서……."

리아가 이마를 찌푸렸다.

"네 임무가 뭔데? 어둠의 언덕에 생명을 꽃 피우는 일을 마치기 전까지는 쉴 수 없다는 거 잘 알잖아!"

"쉬러 가는 거 아니야!"

나는 신발 아래 있는 풍성한 풀을 발로 툭 걷어찼다.

"친구를 만나지 못한다고는 아무도 말하지 않았어. 특히 내가 하고 있는 일을 실제로 인정해줄 친구라면 말이야."

흐릿한 눈으로도 리아의 불그스레한 뺨이 보였다.

"내 친구들한테 정원이 있어. 그 정원을 그 어느 때보다 풍요롭게 만들어줄 거야."

리아가 눈을 흘겼다.

"만약 그 사람들이 진정한 친구라면, 네게 옳은 말을 할 거야. 가서 네 임무를 끝내라고 말할 거라고."

나는 성큼성큼 걸어갔다. 거센 바람 한줄기가 내 얼굴에 불어왔다. 보이지 않는 두 눈에서 눈물이 났다. 하지만 언덕 아래로 계속 걸어 내려갔다. 옷이 휘날렸다.

만약 그 사람들이 진정한 친구라면, 네게 옳은 말을 할 거야.

리아의 말이 머릿속에 맴돌았다. 친구란 무엇일까? 얼마 전까지만 해도 리아가 내 친구라고 생각했었다. 그런데 지금 리아는 내 입장에서 입 안에 들어 있는 가시나 마찬가지였다. 친구 없이 하지 뭐! 어쩌면 그게 답일지도 몰랐다. 친구는 너무 믿을 수 없고, 요구하는 건 너무 많다.

나는 입술을 깨물었다. 물론 제대로 된 친구라면 다르겠지만. 엄마와 같은 사람은 전적으로 믿을 만하고, 날 항상 지지해준다. 엄마는 진정한 친구였다. 핀카이라에는 엄마와 같은 사람이 없었다. 하지만…… 어쩌면, 시간이 충분하다면, 진정한 친구를 사귈 수 있을지도 모른다. 내가 찾아가려 하는 두 사람, 테일린과 갈라타처럼 말이다. 하프 줄을 한 번 튕겨서, 정원사 노부부의 정원과 우리의 우정을 모두 비옥하게 만들 것이다.

바람이 잠시 약해졌다. 나는 옷소매로 눈을 쓱 닦았다. 뒤쪽의 풀밭에서 리아의 부드러운 발자국 소리가 들렸다. 리아의 태도가 실망스럽긴 했지만, 왠지 모를 안도감이 느껴졌다. 물론 내가 리아와 함께 가야 했기 때문에 그런 건 아니었다. 그저 내가 곧 진정한 친구들한테서 받게 될 그 모든 감사와 존경과 칭찬을 리아에게 보여주고 싶었을 뿐이다.

나는 뒤돌아서 리아를 쳐다보았다.

"너도 같이 갈 거야?"

리아가 근심 어린 표정으로 고개를 저었다.

"넌 여전히 가이드가 필요해."

"난 방황하지 않아. 네가 말하는 게 그런 거라면 말이야."

리아는 그저 이마를 찌푸렸다.

아무 말도 하지 않고, 나는 언덕 옆쪽으로 내려가기 시작했다. 내 뒤 꿈치가 풀밭에 박혔다. 리아는 그림자처럼 조용하게 나를 가까이 따라왔다. 평원에 이르니 바람도 잦아들었다. 안개가 눅눅한 공기 중에 떠돌고 태양이 우리 몸을 달구었다. 눈을 닦아내자 땀이 눈에 들어가 따끔 거렸다.

오후 내내 우리는 아무 말 없이 길을 뚜벅뚜벅 걷기만 했다. 메마른 땅이 바스락거릴 때마다 나는 악기를 가볍게 튕겨 푸릇푸릇한 풀과 물을 튀기며 흐르는 시내 등 그 모든 새로운 생명의 흔적을 뒤에 남겼다. 하지만 태양은 계속해서 우리 등을 뜨겁게 달구는 데 반해, 우리 기분은 전혀 새로워지지 않았다.

마침내 깊게 파인 낯익은 언덕이 보였다. 그 안에 언덕의 바위와 땅에서 불쑥 튀어나온 것처럼 보이는 회색 돌로 만들어진 오두막 한 채가 자리 잡고 있었다. 그 오두막은 허물어진 벽과, 늘어진 덩굴과 앙상한 과실나무로 드문드문 둘러싸여 있었다. 사실 정원이라고 할 수도 없었다. 하지만 슈라우디드 성이 무너지기 전까지만 해도 그곳은 녹슨 평원 한가운데에 솟아난 오아시스 같은 곳이었다.

내가 그 황폐한 정원에 풍성한 수확을 가져다주면, 옛 친구인 테일린과 갈라타가 얼마나 놀랄까? 말로 표현할 수 없이 고마워하겠지. 리아도 마침내 감동받을 것이다. 벽의 맞은쪽, 잎이 좀 달린 나뭇가지 그늘

안에 흰머리의 두 사람이 보였다. 테일린과 갈라타였다. 두 사람은 나란히 연노란색 꽃의 화단 위에서 오직 자신들만 들을 수 있는 음악에 맞추어 천천히 머리를 위아래로 까딱거렸다.

나는 씩 웃으며, 저 노부부를 위해 가져온 놀라운 선물을 생각했다. 슈라우디드 성으로 가는 길에 저들을 마지막으로 보았을 때, 나는 희망이라고는 전혀 없이 그저 하루하루를 살아가는 누더기를 걸친 소년에 불과했다. 저들은 나를 다시 보리라고는 상상도 못했을 것이다. 내가 돌아오리라고 예상하지도 못했을 것이다. 발걸음이 빨라졌다. 덩달아 리아의 발걸음도 빨라졌다.

허물어진 벽에서 스무 발자국 정도 앞에 이르렀을 때, 머리 둘이 하나처럼 올라왔다. 마치 아침 목초지의 산토끼 같았다. 테일린이 먼저 일어섰다. 테일린은 주름투성이의 큼지막한 손을 갈라타에게 내밀었다. 하지만 갈라타는 그 손을 뿌리치고 혼자 힘으로 일어섰다. 두 사람은 우리가 다가오는 모습을 지켜보았다. 테일린은 헝클어진 자신의 구레나룻을 쓰다듬었고, 갈라타는 손을 들어 햇빛을 가리고 우리를 쳐다보았다. 나는 벽 위로 걸어 올라갔다. 뒤에 리아가 따라왔다. 어깨 위의 하프가 무거웠지만, 나는 최대한 꼿꼿하고 당당하게 서서 걸었다.

갈라타의 주름진 얼굴에 부드러운 미소가 번졌다.

"돌아왔구나."

"네, 그리고 제가 뭘 좀 가져왔어요."

나는 대답하며 돌아섰다. 그래서 두 사람 다 하프를 볼 수 있었다.

테일린의 이마에 주름이 잡혔다.

"뭔가를 가져왔다고?"

리아가 앞으로 나섰다. 단출한 오두막 앞에 서 있는 늙은 정원사 부부를 보고 리아의 청회색 눈동자가 반짝반짝 빛났다. 소개를 기다리지도 않은 채, 리아는 꾸벅 인사를 했다.

"전 리아라고 해요."

"테일린이란다. 여기는 67년 동안 나와 함께 산 갈라타야."

흰머리 할머니는 이마를 찌푸리며 테일린의 정강이를 발로 툭 찼다. 하지만 목표물을 놓쳤다.

"68년이라고요, 이 늙은 멍청이 양반아."

"미안하오, 이런! 68년이지."

테일린은 한 발 뒤로 물러서며 덧붙였다.

"마누라 말이 항상 옳단다. 너희도 봐서 알겠지만."

갈라타가 콧방귀를 뀌었다.

"손님이 와서 다행인 줄 아시구려. 손님만 아니었으면 모종삽을 들고 당신을 쫓아갔을 테니까."

테일린은 화단에 반쯤 묻힌 모종삽을 흘끔 쳐다보고는, 두 팔을 허공에 내저었다. 새끼 곰이 장난치는 것처럼 보였다.

"또 옳은 말이구려. 날 보호해줄 손님들이 이따금씩 오지 않았다면, 내가 이렇게 오래 살 수 있었을지 모르겠단 말이야."

리아는 웃음을 애써 꾹 참았다.

갈라타는 표정이 부드럽게 풀려서, 테일린의 손을 잡았다. 두 사람이 잠시 함께 일어섰다. 오두막의 돌처럼 회색이었다. 사방에서 나뭇잎이 살랑거렸다. 마치 아주 오랫동안 이 정원을 가꾸어온 노고에 감사의 표시를 하는 것 같았다.

"두 분을 보고 있으니 나무 두 그루가 생각나요. 뿌리를 비롯해 전부 다 오랜 시간 동안 함께 자라며 같은 땅을 공유해온 나무 말이에요."

리아가 말했다.

갈라타는 반짝반짝 빛나는 눈으로 남편을 흘끗 바라보았다.

나는 다시 말을 꺼내보려고 했다.

"자라는 것에 대해 말이 나왔으니 말인데, 제가 두 분을 위해 가져온 게 있어요……."

"그래! 네 친구 리아를 데려왔구나."

테일린은 내 말을 싹둑 자르며 큰 소리로 말했다.

"햇빛을 환영하듯이 너희들을 환영한다."

갈라타는 내 옷 소맷자락을 잡아당겼다.

"전에 너랑 함께 왔던 그 친구는 어떻게 되었니? 코가 감자만큼이나 컸던 친구 말이다."

"심은 잘 지내요. 그리고 지금……."

내가 퉁명스럽게 대답했다.

"그런데 심의 코는 예전보다 훨씬 더 커졌어요."

리아가 끼어들었다.

갈라타가 눈썹을 치켜떴다.

"정말 놀랍게 생겼었지, 정말이고말고."

나는 힘을 주어 목을 가다듬었다.

"그리고 제가 이제 두 분을 위해 엄청난 선물을 가져왔어요……."

하지만 내가 말을 채 끝마치기도 전에, 흰머리 할머니는 다시 리아에게 말했다.

"넌 드루마 숲에서 왔니? 숲의 요정들처럼 옷을 짰네?"

"드루마가 제 고향이에요. 지금까지 그곳에서 살았어요."

갈라타는 가까이 몸을 기울였다.

"내가 제대로 들은 게 맞나? 나무 중 가장 희귀하다는 그 나무, 나뭇가지마다 각기 다른 열매가 달린다는 그 나무, 그곳에 가면 여전히 볼 수 있니?"

리아의 얼굴이 환하게 빛났다.

"맞아요. 소모라 나무는 진짜 거기에 있어요. 거기가 바로 제 마당이에요."

"그렇다면 정말 대단한 마당을 갖고 있구나. 정말 대단한 정원을 갖고 있어!"

난 점점 실망감에 사로잡혔다. 나는 지팡이로 땅을 쾅쾅 두드렸다.

"바로 이 정원에 줄 선물을 가져왔다고요."

하지만 정원사 부부 누구도 내 말을 듣지 못한 것 같았다. 두 사람은 계속해서 리아에게 드루마 숲에 대해 물어봤으니까. 나보다 리아에게 더 관심이 있는 것 같았다. 내가 두 사람을 위해 이처럼 귀중한 물건을 가져왔는데도 말이다!

마침내 테일린은 머리 위의 나뭇가지에 달린 나선형 열매를 향해 우락부락한 팔을 쭉 뻗었다. 그러더니 손을 우아하게 들어 올려 열매를 땄다. 연보라 열매가 테일린의 손바닥에서 빛났다.

"라콘이란다. 이 땅이 초라한 우리 집에 주는 가장 사랑스러운 선물이지."

테일린이 읊조렸다. 그러더니 나를 재빨리 쳐다보며 말했다.

"넌 이 열매 맛을 좋아했었지."

'마침내.'

이런 생각을 하며 내가 손을 뻗어 열매를 잡으려 할 때, 테일린은 몸을 휙 돌려 그걸 리아에게 건넸다.

"그러니 네 친구도 분명 너처럼 이걸 좋아할 거야."

리아가 열매를 받아드는 모습을 지켜보는 내 양쪽 뺨이 붉어졌다. 하지만 내가 미처 뭐라 말하기도 전에, 테일린은 나선형 열매를 하나 더 따서 내게 건넸다.

"네가 돌아와 정말 영광이다."

"영광이라고요?"

나는 믿기지 않는다는 목소리로 물었다. 더 말하고 싶은 것이 있었지만 꾹 참았다.

테일린은 갈라타와 눈빛을 교환했다. 그러고는 날 다시 바라봤다.

"얘야, 널 우리 집 손님으로 환영하는 건 우리가 줄 수 있는 최고의 영광이야. 지난번에도 그랬고, 지금도 마찬가지란다."

"하지만 할아버지, 난 꽃 피는 하프를 가져왔다고요."

"그래, 그래, 나도 이미 봤다."

테일린의 입꼬리가 축 처졌다. 처음으로 테일린은 수많은 세월의 무게를 보여주는 것 같았다.

"얘야, 꽃 피는 하프는 그 모든 보물 중에서도 가장 경이로워. 씨앗의 마법으로 축복받았지. 하지만 우리는 등에 짐을 지고 왔다고 해서 손님을 환영하지는 않는단다. 그 짐을 다른 곳으로 가져가기 때문에 환영하는 것이지."

수수께끼! 내가 친구라고 생각했던 사람이 수수께끼 같은 말을 했다. 얼굴을 찡그리며, 나는 얼굴에 흘러내린 머리카락을 옆으로 밀었다.

테일린은 숨을 크게 들이마시고는 말을 이었다.

"널 손님으로 맞는 사람으로서, 우리는 널 환대한다. 하지만 솔직하게 말할게. 너무 늦기 전에 우리 땅을 치유하는 게 중요해. 너한테 많은 게 달렸어, 애야. 분명 넌 우리 같은 보통 사람들을 방문할 시간이 정말 별로 없을 거야."

나는 입술을 앙다물었다.

"용서하세요. 하지만 전 그저 진실한 사람이 되고 싶을 뿐이에요."

"기다려, 멀린."

리아가 만류했다.

난 리아의 마지막 말을 듣지 않았다. 이미 돌벽 위를 걸어 나가고 있었기 때문이다. 혼자서 평원을 터벅터벅 걸어갔다. 하프 줄이 내 등에 부딪혀 시끄럽게 소리를 냈다.

3

바람 누이, 아일라

그날 밤 나는 별을 이불 삼아, 움푹 파인 강둑에 들어가 몸을 웅크리고 보냈다. 머리 밑에는 이슬을 머금어 축축한 골풀*이 있었다. 한 손으로 물방울을 튀기며 흘러가는 물을 만질 수도 있었다. 강물은 초록색 이끼가 덮인 돌계단 위를 폭포처럼 흘러갔다. 나는 다른 한 손으로, 갈대 위에 내려둔 꽃 피는 하프와 내 지팡이를 매만졌다.

혼자 있어서 다행스러웠다. 이 세상이 친구라고 부르는 것으로부터 자유로웠으니까. 하지만 이곳에서 마법의 줄을 튕겨 이 강물에 생명을 불어넣는 일은 내게 아무런 기쁨도 주지 못했다. 메마른 땅에서 골풀과 이끼가 자라는 모습을 지켜보는 것 또한 전혀 기쁘지 않았다. 심지어 한밤중의 하늘에서 페가수스를 발견하는 것도 기쁘지 않았다. 엄마가 내게 처음으로 그 별자리를 보여준 바로 그 밤 이후, 나는 아주 오랫동안 별자리 페가수스를 제일 좋아했는데도 말이다.

난 자다 깨다 선잠을 잤다. 예전에는 꿈속에서 수없이 페가수스의 날

---
*골풀과의 여러해살이풀.

개 달린 등에 올라탔는데 이번에는 그러지 않았다. 대신 다른 꿈을 꾸었다. 난 보라색 돌 위에 앉아, 엄마가 다가오는 걸 지켜보고 있었다. 어찌된 영문인지, 두 눈은 다 나아 있었다. 난 다시 볼 수 있었다. 정말로 볼 수 있었다! 엄마의 황금빛 머리카락에서 햇빛이 빛나고, 생기 넘치는 푸른 두 눈에는 또 다른 빛이 음악처럼 흐르고 있었다. 엄마가 손에 들고 있는 자그마한 솔송나무 가지도 보였다.

그때 앞니가 길게 자라났다. 깜짝 놀랐다. 엄청나게 길어졌다. 이가 점점 커지며 멧돼지의 엄니처럼 옆으로 휙 휘었다. 단검처럼 뾰족한 끝이 내 두 눈을 향했다! 이가 계속해서 길어지자 당황스러웠다. 나는 비명을 질렀다. 엄마가 달려왔지만, 날 도와주기에는 너무 늦었다. 나는 얼굴을 더듬거리며 맨손으로 이를 뽑아내려 버둥거렸다. 하지만 빼지지가 않았다. 이는 계속해서 자랐다.

서서히 무지막지하게 이가 구부러지더니 마침내 그 끝이 내 눈에 닿았다. 내 두 눈에! 몇 초만 있으면 내 눈을 뚫어버릴 것이다. 아파서 꽥 비명을 지르며, 눈이 찢어지는 걸 느꼈다. 다시 앞을 보지 못하게 되었다. 완전히 눈이 멀었다.

그리고 꿈에서 깨어났다.

강물이 내 옆에서 물방울을 튀기며 흐르고 있었다. 페가수스가 머리 위에서 흘러가고 있었다. 나는 골풀에서 머리를 들어 올렸다. 그저 꿈일 뿐이다. 그런데 왜 심장이 아직도 이처럼 쿵쾅거리는 걸까? 조심스럽게 내 뺨을 만져봤다. 현실에서 두 눈을 멀게 만든 그 화재로 생긴 상처 난 뺨을. 방금 전 마구 긁어댄 바람에 뺨이 끔찍하게 아팠다. 하지만 내 심장은 그보다 더 아팠다. 이 모든 건 내가 낸 불 때문이었다! 두 눈을 잃어버린 건 정말 끔찍한 경험이었다. 그런데 더 끔찍한 건 그 비극을 스스로 초래했다는 것이다. 몇 달 만에 처음으로, 내가 낸 불에 갇힌 또 다른 소년 디나티우스가 그 불 속에서 살아남았는지 궁금했다. 디나티우스의 고통스러운 비명 소리가, 두려움에 울부짖는 소리가 여전히 들렸다.

나는 얼굴을 골풀에 묻고 눈물을 흘렸다. 강물이 흐르고, 내 눈물도 흘렀다. 이윽고 흐느낌이 잦아들었다. 하지만 강물의 흐름 뒤 어딘가에서 흐느끼는 소리가 계속되는 것 같았다. 나는 고개를 들고 귀를 기울였다.

더 많은 흐느낌이 길어지며 커져가는 신음과 뒤섞였다. 옷소매로 축축이 젖어 따끔거리는 두 뺨을 톡톡 두드려 닦고 나서, 나는 강물 가장자리 가까이로 기어갔다. 어두웠지만, 투시력으로 저 멀리 강줄기를 따라갔다. 하지만 그 황량한 소리가 어디서 흘러나오는지 찾을 수가 없었다. 어쩌면 그저 내 자신의 기억이 울려 퍼진 건지도 모른다.

거침없이 흐르는 강물 위로 몸을 기울여 두 손으로 골풀 사이를 쓰다듬었다. 내 무릎은 진흙투성이 강둑 가장자리로 계속 미끄러졌다. 거의 물에 빠질 뻔했다. 계속해서 찾아보았지만 아무것도 찾을 수가 없었다. 아무것도. 하지만 그 흐느낌과 신음은 아주 가까이에서 들려오는 것 같았다. 어쩌면 강물 그 자체에서…….

강물 그 자체에서.

바로 그거다! 하지만 어떻게 그럴 수 있지?

나는 왼손을 물속에 담가보려다 움찔했다. 어깻죽지의 오래된 통증이 다시 지근거렸다. 일종의 속임수일까? 핀카이라의 숨겨진 위험 중 하나일까? 이를테면 누군가를 유혹해 죽음에 이르게 할 정도로 오랫동안 호기심을 끄는 존재로 변신할 수 있는 속임수의 유령 같은 것일까? 리아는 알 것이다. 하지만 안타깝게도 리아는 더 이상 나랑 함께 있지 않다.

신음 소리가 다시 커졌다. 달빛이 어두운 강물 표면에 반짝였다. 강물은 마치 수정처럼 보였다. 나는 입술을 깨물며 손을 다시 물속에 찔러 넣었다. 굉장히 차가운 물이 손목과 팔뚝에 닿았다. 손에 닿는 물이 너무 차가워서 움찔했다. 문득 손가락에 뭔가가 만져졌다. 매끄럽고 둥그스름했다. 돌보다 부드러웠다. 나는 그 반들반들한 물체를 잡으려 더 듬거렸다. 마침내 그걸 잡아서는 물 밖으로 꺼냈다. 그건 플라스크였다. 내 주먹보다 작았다. 묵직한 공기 주머니 같았다. 가죽 뚜껑은 밀랍으로 단단히 봉해져 있었다. 물방울이 똑똑 떨어지는 볼록한 플라스크가 희미하게 빛났다.

나는 플라스크를 꽉 잡았다. 그러자 커다란 통곡이 두 귀를 후벼 팠다. 흐느낌이 흘러나왔다. 가슴이 아플 정도로 침울한 소리였다. 나는 나무 지팡이 끝으로 밀랍을 벗겨냈다. 밀랍은 아주 천천히 벗겨졌다. 마치 꽉 잡은 손아귀의 힘을 풀지 않으려는 것 같았다. 마침내 밀랍이 벗어져 나갔다. 뚜껑을 열자 한줄기 바람이 두 뺨을 스쳐 지나갔다. 따뜻하고 부드러운 느낌이었다. 더불어 계피 향이 살짝 났다. 플라스크가 쪼그라들면서 한줄기 공기가 얼굴과 머리로 불어왔다. 마치 살아 있는 숨처럼 느껴졌다.

"고맙다, 인간아! 정말 고마워."

내 머리 뒤에서 가느다란 목소리가 자그마하게 흘러나왔다.

나는 플라스크를 바닥에 툭 떨어뜨리고 휙 돌아보았다. 하지만 나와 저 멀리 있는 별 사이에는 아무것도 보이지 않았다.

"아니, 이렇게 말해야겠군. 고마워, 엠리스 멀린!"

그 목소리가 다시 속삭였다.

나는 숨을 죽였다.

"어떻게 내 이름을 알아요?"

"아, 그래. 난 그 옛날 엠리스라는 이름보다 멀린이 훨씬 더 좋아."

그 목소리가 거침없이 말했다.

나는 손을 위로 뻗으며 밤공기를 더듬었다.

"어떻게 그렇게나 많이 알고 있지요? 당신은 누구예요? 도대체 어디 있는 거예요?"

내 앞 허공에서 숨결이 가득 담긴 부드러운 웃음이 솟아났다.

"난 아일라라고 해."

다시 웃음이 터졌다.

"하지만 대부분의 사람들은 그냥 바람 누이라고 불러."

"아일라. 바람 누이."

나는 그 말을 되뇌었다. 다시 하늘을 향해 손을 뻗어봤는데, 이번에는 내 손가락 끝에 따뜻한 공기의 흐름이 느껴졌다.

"이제 말해주세요. 어떻게 그렇게 많은 걸 알고 있는지 말이에요."

계피 향이 더 짙어졌다. 따뜻한 공기가 천천히 내 주위를 휘감았다. 내 옷자락이 펄럭거렸다. 나는 휘몰아치는 바람의 둥근 원에 둘러싸인 느낌이었다.

"난 공기 그 자체만큼이나 많은 걸 알고 있어, 엠리스 멀린. 순식간에 멀리까지 여행하기 때문이야. 잠을 자지도, 멈추지도 않아."

눈에 보이지 않는 아일라의 망토가 계속해서 내 주위를 서서히 빙글 빙글 돌았다.

"그것이 바로 바람 누이가 하는 일이란다, 엠리스 멀린. 나처럼 붙잡히지 않는 한 말이야."

아일라는 살짝 흐느끼며 말을 멈추었다.

"누가 그런 짓을 했는데요?"

"아주 사악한 자란다, 엠리스 멀린."

따스한 바람이 저 멀리로 빙글빙글 돌다가 사라졌다. 갑작스럽게 한기가 몰려왔다.

"누군지 말해줘요."

"아주 사악한 자. 아하, 그래. 여러 이름으로 불리지. 하지만 대부분의 사람들은 돔누라고 불러."

아일라는 내가 잠들었던 강둑 근처에서 숨을 크게 내쉬었다.

몸이 떨려왔다. 밤공기 때문이 아니었다.

"돔누를 알아요. 돔누가 교활하다는 걸 알고 있어요. 하지만 사악하다고 할 수는 없어요."

"분명 선하지는 않지, 엠리스 멀린."

"선하지도 악하지도 않아요. 그저 존재할 뿐이지요. 마치 운명처럼 말이에요."

"어두운 운명을 말하는 거구나."

아일라의 산들바람이 하프의 줄을 가로질러가자, 줄이 가볍게 튕겨졌다.

"돔누는 바람을 잡을 정도로 노회하고 힘센 몇 안 되는 자 가운데 하나야. 나도 그 이유를 모르겠다, 엠리스 멀린. 난 그저 돔누가 날 플라스크에 넣어 던져버렸다는 것만 알고 있을 뿐이야."

"유감이군요."

따스한 바람의 호흡이 내 뺨을 어루만졌다.

"오늘 밤 네가 날 도와주지 않았다면, 엠리스 멀린, 난 분명 죽었을 거야."

나는 속삭이듯 물었다.

"바람도 정말 죽을 수 있나요?"

"아, 그럼, 엠리스 멀린. 그럴 수 있단다."

다시 한 번 아일라는 내 뺨을 쓰다듬었다.

"바람은 인간처럼 외로움 때문에 죽을 수 있어."

"당신은 이제 혼자가 아니에요."

"너도 마찬가지야, 엠리스 멀린. 아무렴, 너도 혼자가 아니지."

4

핀카이라의 보물들

하프를 연주하는 선율이 다시 한 번 나를 가득 채웠다. 이건 내가 어둠의 언덕을 떠나온 뒤로 느끼지 못했던 감정이다. 사실 녹슨 평원의 고원지대를 가로지르자, 땅은 벌써 새로운 생명을 틔워내는 것 같았다. 내가 걸음을 멈추어서 참나무로 만들어진 악기를 연주하기 전에도 말이다. 메마른 풀이 내 앞으로 몸을 숙였다. 생명력 없는 나뭇잎들이 땅에서 솟아나며, 빙빙 소용돌이치고, 발밑에서 빙글빙글 춤을 추었다. 그건 아일라가 내 옆에서 함께 움직였기 때문이다. 아일라의 부드러운 산들바람이 때로는 내 팔을 스쳐 지나갔다. 내가 마법의 줄을 울릴 때마다 아일라의 가느다란 웃음소리가 솟아올랐다.

그렇지만 내 발걸음은 이따금씩 무거워졌다. 돌로 만든 오두막이나 과실나무 숲을 지날 때마다, 나는 지팡이에 몸을 기대어 테일린과 갈라타를 만났던 기억을 떠올리며 얼굴을 찌푸렸다. 그 노부부와 그 정원을 찾아갈 생각을 하지 말걸 하고 후회했다. 더불어 동쪽의 그늘진 산마루를 흘끗 쳐다볼 때마다, 내가 실수를 저지르고 있다는 생각에 괴로웠다. 임무를 마무리하기 위해 그곳으로 돌아가지 않은 실수 말이다. 하지만 난 아직 돌아갈 준비가 되어 있지 않았다. 아직은 아니었다. 리아와 다른 사람들이 좀 더 초조해하게 내버려둘 거다.

나는 화가 나서 시뻘게진 얼굴로 하프를 튕겼다. 놀랍게도 이번에는 발아래의 푸석푸석한 풀이 푸릇푸릇한 초록색으로 변하지 않았다. 대신 마치 구름이 태양을 가리기라도 한 것처럼 목초지가 온통 어두워진 느낌이었다. 당혹스러워서 하늘을 바라보았다. 하지만 하늘에는 구름 한 점 없었다.

나는 초조한 마음으로 다시 하프를 튕겼다. 하지만 풀은 계속해서 뻣뻣해지고 어두워졌을 뿐이다. 나는 악기를 향해 얼굴을 찡그렸다. 도대체 뭐가 문제인 거지?

따스한 바람이 내 옷깃을 펄럭였다.

"넌 화가 났어, 엠리스 멀린."

나는 퉁명스럽게 말했다.

"어떻게 그런 걸 알아요?"

"알지 못해. 그저 느낄 뿐이지. 네가 지금 무척 화가 났다는 걸 느껴."

아일라가 살랑거렸다.

나는 성큼성큼 발걸음을 옮겼다. 이 초원을 빨리 벗어나고 싶었다. 어두워진 풀잎이 마치 수천 개의 가시처럼 내 신발을 잡아당겼다.

"왜 그렇게 화가 난 거지, 엠리스 멀린?"

나는 어두워진 풀밭 너머로 움직이다 말고 걸음을 멈추었다. 숨을 깊이 들이쉬고 천천히 내뱉었다.

"나도 잘 모르겠어요."

아일라는 공기 같은 기운으로 나를 빙 둘러쌌다. 코에 계피 향이 가득 찼다.

"누군가를 그리워해서 그런 게 아닐까?"

나는 지팡이를 꽉 움켜쥐었다.

"난 그리운 거 없어요."

"엄마도 그리워하지 않는다고?"

무릎이 휘청거리며 꺾일 뻔했다. 하지만 난 아무 대답도 하지 않았다. 아일라가 내 곁을 빙빙 돌았다.

"네 엄마를 만나본 적은 없어, 엠리스 멀린. 하지만 네 엄마를 만나본 자들을 많이 알고 있단다. 네 엄마는 분명 좋은 친구였을 거야."

나는 보이지 않는 두 눈에 맺힌 눈물방울을 깜빡였다.

"그래요. 엄마는 좋은 친구였어요. 어쩌면 내 유일한 친구일지도 모르죠."

아일라의 따스한 숨결이 내 뺨에 닿았다.

"내게 네 엄마 얘기 좀 해주지 않을래? 듣고 싶어."

나는 지팡이를 메마른 녹색 풀밭에 빙빙 돌리면서 다시 걷기 시작했다.

"엄마는 밤하늘을 좋아했어요. 밤하늘의 그 모든 별과 꿈과 신비를요. 올림포스와 아폴로의 섬, 델로스처럼 오래된 곳에 대한 이야기를 무척 좋아했고요. 초록으로 자라는 것들, 하늘을 날거나 땅을 걷거나 헤엄치는 모든 생명체를 좋아했어요. 그리고 날 무척 좋아했어요."

빙글빙글 도는 속도는 느려졌지만, 아일라가 그 어느 때보다 내게 가까이 다가온 것처럼 느껴졌다. 아일라가 나를 포근하게 감쌌다.

"당신 말이 맞아요. 난 엄마가 보고 싶어요. 정말 미칠 듯이 보고 싶어요."

나는 수긍했다. 망설이며, 숨을 크게 들이쉬었다.

"다시 함께할 수 있으면 정말 좋겠어요, 아일라! 단 한 시간만이라도 엄마와 같이 있고 싶어요."

"알아. 아, 그래, 이해하고말고."

공기 같은 모습에도 불구하고, 아일라는 엄마와 비슷한 특징이 있었다. 아일라는 따뜻했다. 나를 걱정해주었다. 그리고 내게 억지로 충고를 하려고 들지도 않았다.

바로 그때 그리 멀지 않은 곳에 있는 푸른빛의 나무껍질과 넓적한 잎사귀의 나지막한 덤불이 보였다. 리아와 지내는 동안 그런 곳에 먹기 좋은 열매가 달려 있다는 것을 배웠다. 꽃 피는 하프와 지팡이를 내려놓고, 나는 덤불로 다가가 뿌리 옆에 있는 두툼한 푸른색 덩이줄기를 뽑았다. 옷으로 껍질을 쓱 닦은 뒤, 향이 강한 과일을 한 입 베어 물었다.

"이 음식을 당신과 함께 나눠 먹을 수 있을까요? 당신이 뭘 먹는지 모르지만, 뭐가 됐든, 당신에게 뭔가를 주면 좋겠어요."

아일라가 그 위를 지나가자, 관목의 넓적한 잎사귀가 부르르 떨렸다.

"난 아직까지 탐험하지 않은 땅의 아득한 향기만 먹는단다. 난 이리저리 방황할 수밖에 없어, 너도 알겠지만."

아일라는 내 머리카락을 부드럽게 헝클어뜨렸다.

"그리고 안타깝게도 이제 우리가 헤어져야 할 시간이 된 것 같아."

나는 열매를 먹다 말고 물었다.

"헤어진다고요? 왜요?"

공기처럼 통통 튀는 목소리가 내 귀에 속삭였다.

"난 바람이니까, 엠리스 멀린. 난 날아가야만 해. 항상 솟구치고, 항상 빙글빙글 돌아. 그게 내 방식이지. 난 수많은 곳을 보았어. 핀카이라는 물론이고 다른 세상들도 말이야."

잠시 동안 아일라는 하프 근처를 배회하는 것 같았다.

"그리고 너도 날아가야 해. 어둠의 언덕에서 해야 할 일이 아직 남아 있으니까."

나는 얼굴을 찌푸렸다.

"당신도 이러기예요, 아일라? 적어도 당신만은 이래라저래라 말하지 않을 거라 생각했어요."

"너한테 뭘 하라고 그러는 게 아니야, 엠리스 멀린. 그저 바람은 어둠의 언덕에서 혼란스러운 것들, 사악한 것들의 소식을 가져온다고 말하는 것뿐이야. 리타 고르와 결탁한 세력이 다시 움직이기 시작했어. 그자들은 시간이 지날수록 점점 더 대담해지고 있어. 머지않아 고블린이 동굴에서 나올 거야. 그리고 고블린과 함께 속임수의 유령도 나올 거고. 그러면 너무 늦어. 땅을 치유하기 어려울 거야."

그 말에 배가 옥죄어왔다. 난 카이르프레가 내게 하프를 건네며 했던 경고를 떠올렸다.

리타 고르가 돌아오기 전까지 어둠의 언덕을 반드시 치유해야 해. 안 그러면 우리에게 주어진 유일한 기회를 잃게 될 거야. 기억해라. 만약 네가 하프를 연주할 수 있는데도 네 임무를 게을리한다면, 넌 절대 용서받지 못하리라는 사실을.

나는 지평선 위의 산마루를 바라보았다. 구름의 그림자가 다가오고 있었다.

"만약 그 말이 사실이라면, 난 지금 당장 돌아가야만 해요. 나랑 같이 가지 않을래요? 그러면 좀 더 오랫동안 함께 여행할 수 있잖아요?"

"우린 이미 오랫동안 함께 지냈어, 엠리스 멀린. 날개가 없는 사람과 지금껏 이렇게 오랫동안 함께한 적이 없었어."

아일라는 내 목에서 다시 살랑살랑 움직였다.

"게다가 이제 난 가야 해."

우울한 마음에 나는 덩이줄기를 한쪽으로 던져버렸다.

"핀카이라 사람들은 한때 날개가 있었다고 들었어요. 어쩌면 그건 그저 아주 오래된 이야기에 불과할지도 몰라요. 하지만 난 그 이야기가 사실이었으면 좋겠어요. 날개를 잃지 않았다면 정말 좋았을 텐데. 그렇다면 내게도 날개가 있을 테니까요. 그러면 나도 당신과 함께 날아갈 수 있을 테니까요."

소용돌이 같은 바람이 어깨를 가로지르는 게 느껴졌다.

"아, 엠리스 멀린, 너도 그걸 알고 있구나. 그렇지? 날개가 있었다가 잃어버린 것. 그건 정말 큰 비극이었지! 수많은 핀카이라 사람들은 어떻게 그런 일이 일어나게 되었는지 잊었지만, 어깨 사이에 쿡쿡 쑤시는 통증을 잊을 수는 없을 거야."

나는 두 팔을 뻣뻣하게 뻗으며, 오래된 통증을 느꼈다.

"아일라, 당신은 어떻게 된 일인지 아나요? 수많은 이야기를 들어온 카이르프레조차도 핀카이라 사람들이 어떻게 날개를 잃어버렸는지 알지 못해요. 그 이유를 찾아낼 수 있다면, 자신의 도서관 절반을 줄 수 있다는 말까지 했거든요."

따뜻한 바람이 이제 나를 둘러싸며 천천히 빙글빙글 돌았다.

"그 이야기는 알고 있어, 엠리스 멀린. 어쩌면 언젠가는 말해줄게. 하지만 지금은 아니야."

"정말 가려는 거예요? 난 항상 이렇다니까요. 뭘 찾아내든 곧바로 잃어버려요."

"날 다시 찾아내길 바랄게, 엠리스 멀린."

갑작스러운 바람 한줄기에 내가 입은 갈색 옷 소맷자락이 펄럭였다. 그러고는 아일라는 순식간에 사라졌다.

나는 한참 동안 그 자리에 서 있었다. 마침내 배 속에서 배고프다고 으르렁거렸다. 나는 그걸 모른 체했다. 그 으르렁거림을 다시 듣고는, 몸을 숙여 내가 던져버렸던 덩이줄기를 집어 들었다. 다시 한 입 베어 물며 아일라를 생각했다. 마침내 다 먹고 나서 걷기 시작했다. 동쪽으로 어둠의 언덕을 향해……

커다랗게 넘실거리는 파도처럼, 주변은 온통 녹슨 평원이 펼쳐져 있었다. 나는 발을 질질 끌며 계속 걸었다. 발아래로 척척 마른 풀 소리가 들려왔다. 부드러운 바람이 다시 내 등을 만지며, 태양의 열기를 식혀주었다. 하지만 내가 기대하는 그 바람은 아니었다. 그리고 아일라가 함께하는 것 이상으로, 나는 내 임무가 가져다주는 기쁨의 감정이 그리웠다. 어깨에 멘 하프가 무겁게 느껴졌다.

때때로 길을 걸으며 치유의 약초가 든 작은 가방에 손을 가져다댔다. 엄마가 크르 버딘의 그 돌보 된 눅눅한 방 안에서 작별인사를 하면서 건네준 가방이었다. 그 어느 때보다 엄마가 그리웠다. 그리고 엄마 또한 날 그리워하리라는 걸 알았다. 만약 엄마가 이곳에 있다면, 다른 사람들처럼 날 내팽개치지는 않을 것이다. 하지만 엄마는 저 멀리 가버린 바람만큼이나 아주 먼 곳에 떨어져 있었다.

황금빛 태양이 낮게 드리울 무렵, 나는 예닐곱 줄로 심어져 있는 나무 근처에 이르렀다. 과수원의 나뭇가지에는 아무런 열매도 달리지 않았지만, 살며시 빛나는 하얀색 꽃이 나를 향해 친숙한 향을 내뿜었다. 사과 꽃이었다. 나는 맛 좋은 향을 깊이 들이마셨다. 그래도 기분이 좋아지지 않았다. 어쩌면 하프를 연주하며 이 땅에 새로운 삶을 가져오는 기쁨을 다시 느끼는 것이 도움이 될지도 몰랐다.

나는 악기를 두 손으로 꽉 잡았다. 하지만 어두운 목초지에서의 기이한 경험이 떠올라 주저했다. 어쩌면 그저 운이 좋았을 뿐인지도 모른다는 생각이 들었다. 천천히 손가락을 줄로 가져갔다. 그러자 곧장 선명한 색상의 페인트 붓이 나무와 나무를 둘러싼 초록의 밭을 휩쓸었다. 나뭇가지에 사과가 열리며 큼지막하게 부풀어 올랐다. 나무둥치는 튼실해지고, 뿌리는 아래로 쭉쭉 뻗어 나갔다. 나무는 하늘을 향해 곧게 뻗어가며, 열매가 주렁주렁 달린 나뭇가지를 자랑스럽게 흔들어댔다. 그 모습을 보자 내 가슴도 부풀어 올랐다. 어두운 목초지에서 무슨 일이 있었든, 분명 그건 지금 아무런 문제가 되지 않았다.

갑작스러운 외침 소리가 들려왔다. 웃통을 벗은 내 또래의 소년 하나가 나무 위에서 쿵 하고 떨어졌다. 소년은 나뭇가지 밑으로 흐르는 관개용 수로에 고꾸라졌다. 또 다른 목소리가 들렸다. 나는 소리 나는 곳으로 얼른 달려갔다.

소년이 수로에서 기어 나왔다. 머리카락과 피부가 흙처럼 새까만 색이었다. 그런데 놀랍게도 또 하나의 모습이 나타났다. 아까 그 소년과 비슷하게 생겼는데, 좀 더 나이 들어 보이고 몸집이 좀 더 컸다. 땅의 남자였다. 그 남자가 누구인지 금방 알아보았다.

그러나 남자도, 그 소년도 나를 알아차리지 못했다. 내가 사과나무 그늘에 서 있었기 때문이다. 셔츠를 입지 않은 남자는 널찍한 등을 똑바로 펴고는 소년의 어깨를 끌어안았다.

"다치지 않았어, 아들?"

소년은 시퍼렇게 멍든 갈빗대를 문질렀다.

"아니요. 아빠가 멋진 쿠션이 되어주었잖아요."

소년은 수줍게 웃었다.

남자는 놀란 듯이 아들을 바라보았다.

"이상하네, 넌 나뭇가지에서 잘 떨어지지 않는데……."

"나뭇가지는 날 흔들어서 떨어뜨리지는 않아요! 저거 보세요, 아빠! 사과가 달렸어요!"

남자가 깜짝 놀랐다. 소년과 마찬가지로, 남자는 입을 떡 벌린 채 달라진 나무를 바라보았다. 나는 웃음이 나왔다. 이것이 바로 리아와 다른 사람들이 보여주었으면 하는 반응이었다. 엄마가 보여주었던 그런 반응이었다. 엄마는 언제나 갓 열린 사과의 아름다움과 향기에 환하게 기쁨을 표현했다.

"이건 기적이야, 아들. 이건 위대한 다그다가 내려준 선물이야."

나는 그림자 밖으로 성큼성큼 걸어 나갔다.

"아니에요, 혼. 이건 제가 주는 선물이에요."

남자는 깜짝 놀라서 움찔했다. 남자는 나를 쳐다보고 우리 위에 활짝 자란 나무를 올려다보고, 다시 나를 내려다보았다. 마침내 남자는 자기 아들을 향해 말했다.

"그 아이야! 내가 전에 말했던 그 아이 말이야."

소년의 눈이 왕방울만큼 커졌다.

"사악한 왕을 물리친 그 아이요? 매의 이름으로 불린다는 아이요?"

"난 멀린이야. 네 아버지가 날 한 번 도와주었어. 내게 도움이 절실히 필요할 때 말이야."

내가 소년의 어깨를 와락 끌어안으며 말했다.

혼은 먼지로 얼룩진 머리카락을 손으로 쓸어 넘겼다.

"정말 고맙구나, 얘야. 네가 성공했다는 이야기를 전해 듣기 전까지는 이미 죽었을 거라고 생각했단다."

나는 지팡이에 몸을 기대며 환하게 웃어 보였다.

"이유가 있었죠. 아저씨가 제게 준 그 요긴한 칼이 없었다면, 전 분명 죽었을 거예요."

혼은 강인한 턱을 쓰다듬며 날 잠시 살펴보았다. 웃통을 벗은 가슴 아래, 헐렁한 갈색 각반을 제외하고 혼은 아무것도 입지 않았다. 혼의 두 손은 쩍쩍 금이 가고 굳은살이 박여 있었지만, 나무뿌리만큼이나 튼튼해 보였다.

"그 낡은 단검이 유용했다니 정말 기쁘구나, 얘야. 지금 그 칼은 어디에 있니?"

"슈라우디드 성의 폐허 안 어딘가에 있을 거예요. 골리안트를 죽이는 데 실패했어요. 스탕마르의 불사의 군인 말이에요. 하지만 그 칼은 제게 소중한 시간을 벌어줬어요."

"그 말을 들으니 기쁘구나."

혼의 시선이 마법의 악기로 옮겨 갔다.

"꽃 피는 하프를 찾아냈구나."

혼은 소년을 팔꿈치로 살짝 밀었다.

"봐라, 아들. 이건 정말 기적이다! 유한한 생명을 가진 인간이, 젊은 매처럼 재능이 있는 이 아이조차도 이런 일을 할 수는 없어. 우리 과수원을 되살린 것은 이 아이가 아니라 하프였어."

나는 움츠러들어서 뭔가를 말하려 했다. 하지만 내가 입을 열기도 전에, 혼이 이어 말했다.

"내 생각에, 아들, 핀카이라의 모든 보물들은 다그다가 빚어낸 기적의 물건이야."

74

혼은 경건한 목소리로 조용히 덧붙였다.

"거기에는 쟁기도 있단다. 현명한 일곱 가지 도구 중 하나지. 그 쟁기는 땅을 어떻게 가는지 알고 있어. 정말이야! 그 쟁기가 닿은 밭은 어디든 풍성한 수확을 거두어들인다는 소문이 자자해. 너무 많지도, 너무 적지도 않게 말이야."

소년은 깜짝 놀라 고개를 내저었다. 그러더니 도랑 옆에 놓여 있는 낡아빠진 나무 쟁기를 향해 손을 흔들며 미소를 지었다.

"저것과 헷갈릴 일은 없을 거예요, 아빠! 아빠가 저 쟁기를 끄는 모습을 지켜보는 것만으로도 내 등이 다 아프다니까요."

혼도 환하게 웃었다.

"네가 나무에서 뛰어내릴 때 내 등이 아픈 만큼 아프지는 않겠지."

둘은 함께 껄껄 웃었다. 혼은 아들의 어깨에 우람한 팔을 두르고는 나를 향해 돌아섰다. 혼의 얼굴에는 자부심이 가득했다.

"사실 내게도 보물이 있단다. 여기 내 어린 친구 말이야. 이 아이는 기적으로 사득한 바다보다 더 나한테 소중해."

나는 침을 꼴깍 삼키고 엄마가 건네준 작은 가죽 가방을 손가락으로 매만졌다. 잘 익은 사과 향기 너머로 달콤한 약초 향기를 맡을 수 있었다.

"그 보물을 잃어버린다면 어떻게 하겠어요, 혼? 저 친구 말이에요?"

혼의 얼굴은 돌처럼 딱딱하게 굳었다.

"흠, 되찾기 위해 죽을힘을 다할 거다."

"그것이 당신의 일을 끝마치지 못하는 걸 의미한다고 해도요?"

"그것보다 더 중요한 일은 없을 거야."

나는 무겁게 고개를 끄덕였다.

그것보다 더 중요한 일은 없을 거야.

나는 수로 위로 발걸음을 옮겨 걷기 시작했다. 과수원 끝자락에 도착하자 잠시 멈추어 어둠의 언덕을 바라보았다. 어둠의 언덕은 지는 햇빛을 받아 석탄처럼 빛났다. 내 지팡이의 기다랗고 가느다란 그림자가 톱니처럼 들쭉날쭉한 언덕을 똑바로 가리키고 있는 것 같았다. 내 임무에서 벗어났던 바로 그 언덕을…….

느릿느릿 나는 북쪽을 향해 돌아섰다. 머지않아 그 언덕으로, 내 임무로 돌아갈 것이다. 그리고 그곳에서 마지막 풀잎까지 모두 되살릴 것이다. 하지만 우선은 다른 할 일이 있었다. 우리 엄마를 다시 찾아야 한다. 그리고 혼과 마찬가지로, 엄마를 찾을 수 있도록 죽을힘을 다할 것이다.

5

웃기지 못하는 어릿광대

다음날 늦게 황금빛이 녹슨 평원을 물들일 때 나는 언덕 꼭대기에서 있었다. 저 아래에 둥그렇게 정돈된 진흙 벽돌집들이 옹기종기 모여 있었다. 초가지붕은 주위 평원처럼 환하게 빛났다. 벽과 벽 사이에 놓여 있는 기다란 나무판자가 집들을 이어주고 있었다. 마치 어린아이들이 팔에 팔을 잡고 둥글게 서 있는 것처럼 말이다. 장작불에 곡물 굽는 냄새가 내 코를 간질였다.

나는 기대감에 부풀어 올랐다. 하지만 한편으로는 여전히 불안했다. 이곳은 바로 음유시인의 마을, 크르 네이단이었기 때문이다. 나는 시인 카이르프레가 대표자회의 이후에 이곳에 오기로 약속했다는 걸 알고 있었다. 스탕마르 때문에 파괴된 마을을 복구하는 데 도움을 주기 위해서 말이다. 그리고 핀카이라를 통틀어 우리 엄마를 찾는 데 도움을 줄 수 있는 유일한 사람이 있다면, 그건 바로 카이르프레였다. 나는 그 사실을 잘 알고 있었다.

카이르프레는 날 다시 보면 기뻐하지 않을지도 모른다. 내 임무가 아직 다 끝나지 않았으니까. 하지만 카이르프레는 아주 오래전에 자신이 가르쳤던 사파이어 빛 눈동자의 엘런을 알고 있었다. 나는 카이르프레도 엘런이 돌아오길 바란다고 믿었다. 엘런이 자신한테서 배운 것보다, 오히려 자신이 엘런한테서 치유의 예술에 대해 훨씬 많은 걸 배웠다고 말하지 않았던가? 어쩌면, 정말 어쩌면, 카이르프레는 이 섬을 둘러싸고 있는 안개의 장막을 뚫고 엘런을 데려올 수 있는 방법을 알고 있을지 모른다. 그렇다면 마침내 엘런과 재회하고, 기쁜 마음으로 어둠의 언덕을 되살리는 내 임무를 완수할 수 있을 것이다.

나는 언덕을 내려갔다. 지팡이가 딱딱한 땅을 두드리고, 하프는 내 등을 쿵쿵 쳐댔다. 마을에서 들려오는 소리를 들으니, 지난번 이곳에 왔을 때 뒤덮여 있던 으스스한 침묵이 떠올랐다. 침묵은 천둥 번개 치는 비바람보다 더 시끄러웠다.

사실 음유시인의 마을은 침묵으로 알려진 적이 거의 없었다. 핀카이라의 그 어떤 촌락도 이보다 더 풍부한 이야기와 노래의 역사를 가진 곳은 없었다. 오랫동안 이곳은 이 땅에서 가장 큰 영감을 지닌 수많은 이야기꾼들의 고향이었다. 그리고 그 이야기꾼들의 첫 공연이 수없이 펼쳐졌었다. 시인으로서 카이르프레의 명성을 나는 다른 사람들한테서 들었는데, 카이르프레도 사실 저 진흙 벽돌집 중 한 곳에서 태어났다고 했다.

황금빛으로 빛나는 마을 문에 가까이 다가가자, 많은 사람들이 자기 집에서 나오기 시작했다. 기다란 흰색 옷을 입은 사람들은 바짝 말라 쩍쩍 금이 간 진흙 집, 건물과 건물을 이어주는 짙은 나무판자, 창턱에 매달려 있는 텅 빈 꽃 상자와는 완전히 상반된 모습으로 서 있었다. 나는 하프에 손을 뻗어 이 꽃 상자들에 그림자가 아닌 더 많은 걸 가득 채우고 싶은 유혹을 느꼈다. 하지만 인내심을 갖고 내가 도착했다는 사실을 알리기 전까지 기다리기로 마음먹었다.

점점 더 많은 사람들이 나왔다. 피부색, 나이, 머리카락, 체형, 키 등 모두 제각각이었다. 그 긴 흰색 옷 말고도 한 가지 공통점이 더 있었다. 모두 망설이는 듯했다. 뭔가 불안한 것 같았다. 사람들은 집 한가운데 뻥 뚫린 광장으로 모여드는 대신, 바깥쪽 가장자리에 계속 머물러 있었다. 몇몇은 자기 집 대문간에 서서 초조한 표정으로 왔다 갔다 했다. 하지만 대부분은 빈 공간을 둥글게 둘러싼 나무판자 위에 앉아 있었다. 사람들은 어떤 목적 때문에 모여 있는 것 같았지만, 그 사람들의 행동에는 뭔가 꺼림칙한 게 있다는 느낌을 떨쳐버릴 수 없었다.

그 순간 키가 크고 수척한 사람이 옷 위에 갈색 망토를 입고, 뻥 뚫린 공간 한가운데로 걸어 들어왔다. 머리 위에는 꼭짓점이 세 개 있는 기이한 모자를 쓰고 있었다. 마치 술을 너무 많이 마시기라도 한 것처럼, 모자가 한쪽으로 아슬아슬하게 기울어져 있었다. 모자 가장자리에는 반짝반짝 빛나는 둥근 금속 물체가 달려 있었다. 그 남자가 기다랗고 호리호리한 팔을 흔들자, 헐렁한 소매가 펄럭거렸다. 그 남자는 제대로 알아들을 수 없는 말을 크게 내뱉었다.

나는 집들이 둥그렇게 모여 있는 이유를 바로 알아차렸다. 마을 전체가 극장이었던 것이다! 그리고 공연이 시작할 때 내가 도착한 것이다.

나는 마을 문에 도착했을 때 약간 주저했다. 지난번에 이곳에 왔을 때와는 달리, 내 가슴에 창을 겨누는 경비는 없었다. 대신 문기둥에 붙어 있는 새롭게 조각한 표지판이 나를 맞아주었다. 늦은 오후의 햇빛에 반짝이는 표지판에는 이렇게 적혀 있었다.

크르 네이단, 음유시인의 마을, 평화롭게 오시는 모든 이를 환영합니다.

그 아래에 적혀 있는 카이르프레의 노래 가사 하나를 알아차렸다.

이곳에서 노래는 하늘에 항상 울려 퍼지고, 이야기는 나선형 계단에 올라가리.

마을 문 안에 발을 들여놓자마자, 텁수룩한 머리의 호리호리한 남자가 나무판자에서 벌떡 일어나 성큼성큼 걸어왔다. 짙은 눈동자 위에 가시관목처럼 헝클어진 눈썹이 매달려 있었다. 나는 지팡이에 몸을 의지한 채 그 남자가 가까이 오기를 기다렸다.

"안녕하세요, 카이르프레."

"멀린!"

카이르프레가 두 팔을 쭉 뻗으며 자그맣게 말을 건넸다. 마치 기뻐서 박수를 치기라도 하려는 것 같았다. 그러나 어깨 너머로 뭔가를 암송하고 있는 수척한 남자를 흘끗 보더니, 분명 손뼉을 치려는 마음을 바꾼 듯했다.

"널 보니 반갑구나, 얘야."

나는 고개를 끄덕였다. 분명 카이르프레는 어둠의 언덕에서의 내 임무가 끝났다고 확신하고 있는 것 같았다. 카이르프레에게 사실대로 말하는 건 쉽지 않은 일이다.

카이르프레는 공연하는 남자를 다시 쳐다보고는, 공연을 지켜보는 사람들의 우울하고 거의 울 것 같은 얼굴을 흘끗 바라보았다.

"네가 좀 더 행복한 공연을 할 때 왔으면 좋았을 것……."

"아, 괜찮아요. 사람들 얼굴이 시무룩한 걸 보니, 저 남자는 분명 사람들을 슬프게 만드는 재능이 있는 것 같네요. 어떤 공연을 하는 거예요? 비극적인 시 같은 건가요?"

내가 속삭였다.

카이르프레는 눈썹을 치켜떴다.

"미안하지만 그건 아니야. 믿거나 말거나, 저 불쌍한 사람은 웃기려고 노력하는 중이란다."

카이르프레가 텁수룩한 머리털을 내저었다.

"웃기는 중이라고요?"

"그래."

바로 그때 내 귀에 짤랑짤랑 소리와 덜거덕거리는 소리가 요란하게 들려왔다. 나는 공연이 펼쳐지는 곳을 돌아보았다. 그 남자가 머리를 마구 흔들자, 끝이 뾰족한 모자가 이리저리 움직였다. 그 소리는 동그란 쇠붙이에서 들려왔다. 종이었다. 그 종은 그저 사람들을 웃게 만들려고 달아놓은 것 같았다. 그런데 안타깝게도 듣기에 너무나도 거슬리는 소리를 냈다. 청아하게 울려 퍼지는 종이라기보다는 서로 쨍쨍 부딪치는 칼 같았다.

그 남자를 잠시 지켜보았다. 두 손이 축 늘어지고 어깨가 움츠러들고 등이 굽었다. 실상가상으로 눈썹, 눈, 입을 포함해서 그 남자의 얼굴 전체가 찌푸린 것처럼 보였다. 그 효과는 뒤섞였다. 그 남자의 가냘픈 몸에도 불구하고 턱이 축 늘어졌기 때문이다. 그래서 그 남자의 입이 한번 아래로 향하면, 대여섯 번이나 아래로 향하는 것 같았다.

갑자기 그 남자가 마치 연설을 하려는 것처럼 두툼한 망토를 자기 몸에 걸쳤다. 그러더니 슬프고도 느린 어조로 노래를 부르기 시작했다. 아니, 보다 정확히 말하면 흐느끼기 시작했다. 그 남자의 목소리는 우는 것처럼 들렸다. 호흡이 흐느낌처럼 흘러나왔다. 카이르프레와 마찬가지로 그리고 대부분의 마을 사람들과 마찬가지로, 나는 움츠러들 수밖에 없었다. 그 남자는 사람들을 웃기려고 노력했지만, 그 남자의 노래는 장송곡처럼 하나도 기쁘게 들리지 않았다.

종소리가 귀에 닿으면,
모든 두려움을 버려라!
오랜 슬픔은
기쁨으로 바뀌리라.

기뻐하라, 즐거워하라.
어릿광대가 여기 있으니!

나는 야단법석을 부리며 껑충껑충 뛴다.
입술에 웃음을 가득 머금고!
종은 달콤하게 울리고,
난 당신을 완전히 가슴 설레게 하리라.

기뻐하라, 즐거워하라.
어릿광대가 여기 있으니!

흐느낌이 계속 이어졌다. 나는 카이르프레를 돌아보며 말했다.

"저 사람은 자기 목소리가 어떻게 들리는지 모르나 봐요. 지금껏 저렇게 재미없는 사람은 처음이에요. 최악이에요."

시인은 한숨을 크게 내쉬었다.

"자기도 알고 있을걸. 어쨌든 저 사람은 계속 노력 중이란다. 이름은 붐벨리라고 하지. 아이 때부터 노래로 새들을 깜짝 놀라 도망가게 만들었어. 그때부터 어릿광대를 꿈꾸었단다. 그저 단순히 사람들을 즐겁게 하는 장난꾸러기가 아니라 진정한 어릿광대. 유머의 외관에 지혜를 입히는 진정한 예술을 실천하는 사람. 스스로를 '유쾌한 붐벨리'라고 부른단다."

"고통스러운 붐벨리가 더 어울릴 것 같은데요."

"그래그래. 말했잖니, 자신의 한계를 뛰어넘어 솟구치려면 꿈을 크게 꾸어라."

공연이 펼쳐지는 동안, 마을 사람들은 붐벨리 본인만큼이나 우울해 보였다. 많은 사람들이 얼굴을 찡그린 채 두 손으로 머리를 움켜쥐었다. 어떤 여자아이는 자기 엄마의 팔을 흔들어 빼더니 검은 머리카락을 나부끼며 근처 집으로 쏜살같이 달려갔다. 그 여자는 자기 자리에 그대로 남아 있었지만, 여자아이가 부러운 표정이었다.

나는 찡그린 채 다시 카이르프레를 돌아보았다.

"왜 마을 사람들이 저 남자의 노래를 듣고 있는 거예요?"

"아, 저 사람의 익살스러운 공연은, 저 사람은 그걸 그렇게 부른단다, 식사 세 끼를 망칠 수도 있어. 하지만 크르 네이단의 다른 모든 주민들처럼 저 사람도 매해 자기가 태어난 날에 마을에서 공연을 하는 거란다."

카이르프레는 고개를 절레절레 저었다.

"그리고 이곳 주민들은 공연을 봐야 하지. 이곳에 살고 있지 않지만, 어쩌다 우연히 이 불행한 순간에 이곳에 머물게 된 나 같은 사람도 예외 없이 말이야."

카이르프레는 둥글게 모여 있는 마을 사람들을 손으로 가리켰다. 목소리는 더 이상 속삭임이 아니었다.

"이곳에서 그동안 보았던, 진정으로 기억에 남을 만한 그 모든 공연을 생각해보려무나! 밤의 망치, 환영의 배, 지레인트의 맹세."

카이르프레는 빙글 돌며 무척 낡아 보이는 작은 집 하나를 가리켰다.

"프월의 절망적인 미소가 수많은 시집에 영감을 줬는데, 그는 저기서 첫 번째 시를 썼지."

카이르프레는 나무 현관이 있는 나지막한 집을 가리켰다.

"라온과 램은 저 집에서 태어났단다. 그리고 반자도 잊지 마. 주시바, 지피안, 그 사람들은 모두 이 마을을 고향이라고 불렀어. 수많은 전설적인 음유시인들과 마찬가지로……."

나는 다시 붐벨리를 흘끗 바라보았다. 노래를 계속하는 동안, 붐벨리의 기다란 팔은 도리깨질하듯 마구 움직였다.

"저 남자가 어릿광대가 될 수 있는 곳은 자신의 꿈속뿐일 것 같네요."

카이르프레는 무뚝뚝하게 고개를 끄덕였다.

"우리 모두에게는 꿈이 있지. 하지만 우리 중 자신의 진정한 능력에서 이렇게나 멀리 떨어진 꿈에 매달리는 사람은 거의 없어! 아주 오래전에 붐벨리는 핀카이라의 보물 중 하나인 꿈의 소환자로 알려진 마법의 뿔의 도움을 받지 못한 게 틀림없어. 생각해보렴, 멀린. 엄청난 지혜를 가진 자가 꿈의 소환자를 불면, 어떤 사람이 평생 가장 소중하게 간직한 꿈을 이루어준단다. 붐벨리의 꿈처럼 가장 설득력 없는 꿈이라 할지라도 말이야. 이야기와 노래에서 꿈의 소환자가 때때로 '희소식의 뿔'이라고 불리는 이유가 바로 그거란다."

카이르프레의 이마에 주름살이 깊이 파였다. 내 얼굴의 상처보다 더 깊이. 나는 리타 고르가 어떻게 꿈의 소환자의 마법을 망쳤는지 시인이 떠올리고 있다는 걸 알았다. 리타 고르는 오직 사악한 소식만을 가져왔다. 리타 고르는 이 마을의 시인, 음유시인 또는 음악가에게 가장 끔찍

84

한 꿈을 가져왔었다. 이곳의 모든 거주민들의 목소리를 완전히 없애버려서 영혼의 도구를 쓸모없게 만들어버렸다. 그래서 지난번에 이곳에 왔을 때 음유시인의 마을이 무덤처럼 조용했던 것이다. 슈라우디드 성이 무너져 내리면서 저주가 풀렸지만, 그 기억은 여전히 생생하게 살아 있다는 것을 카이르프레의 고통스러운 표정이 말해주었다.

붐벨리의 모자에 달린 종이 다시 짤랑짤랑 소리를 내기 시작했다. 소리가 전보다 훨씬 더 커졌다. 만약 지팡이를 들고 있지 않았다면, 난 내 두 귀를 틀어막아 버렸을 것이다. 나는 카이르프레를 팔꿈치로 툭 치며 물었다.

"왜 직접 꿈의 소환자를 저 사람한테 시도해보지 않는 건가요?"

"난 할 수 없거든."

"왜요?"

"우선, 얘야. 난 지금 그랜드 엘루사의 동굴에 있는 보물 중 그 어떤 것도 갖고 싶지 않단다. 나보다 훨씬 용감한 사람을 위해 그걸 남겨둘 거야. 아니면 더 멍청한 사람이든가. 하지만 그게 진짜 이유는 아니야. 사실, 난 꿈의 소환자를 사용할 정도로 현명하지 않아."

나는 깜짝 놀라 눈을 깜빡거렸다.

"현명하지 않다니요? 음, 시인 카이르프레는 이 땅에서 모르는 사람이 없다고요……."

"시를 쓰는 사람, 인용하는 사람, 이상주의적인 바보로서, 난 환상 따위는 갖고 있지 않아. 오히려 혼란으로 가득 차 있단다. 적어도 중요한 사실 하나를 알 만큼 현명하기는 하지. 내가 아는 게 보잘것없다는 사실 말이다."

카이르프레가 대신 말을 끝마쳤다.

"말도 안 돼요. 당신의 도서관을 봤어요. 그 책들을 전부 봤다고요! 당신이 아무것도 모른다고 말할 수는 없어요."

"난 아무것도 모른다고 말하지 않았단다, 얘야. 충분히 알지 못한다고 말했지. 그 두 가지는 큰 차이가 있어. 그리고 전설적인 꿈의 소환자에게 명령을 내릴 수 있다고 생각하는 것은, 음, 그건 끔찍한 교만이란다."

"교만이라고요?"

"교만이란 그리스어 하이브리스(hybris)에서 유래한 것으로, 잘난 체하고 뽐낸다는 뜻이지. 스스로에 대한 지나친 자부심이라고 할까. 그건 많은 위대한 인간들이 물려받은 결함이야."

카이르프레의 목소리는 다시 속삭임으로 줄어들었다.

"말했듯이, 네 할아버지도 포함해서 말이야."

나는 몸이 뻣뻣하게 굳었다.

"그러니까…… 투아하를 말하는 건가요?"

"그래, 투아하. 핀카이라에서 가장 힘이 셌던 마법사. 다그다와 의논하기 위해 특별히 사후 세계를 드나들 수 있었던, 더더군다나 유한한 생명을 가진 사람 중에서 살아 돌아온 유일한 사람. 투아하조차도 교만에 빠졌었지. 그 교만이 투아하를 죽게 만들었고."

꽃 피는 하프가 갑자기 무겁게 느껴졌다. 끈이 어깨 깊숙이 파고들었다.

"어떻게 돌아가셨는데요?"

카이르프레는 내게 몸을 가까이 기울였다.

"나도 자세한 건 모른단다. 아무도 모르지. 내가 아는 건 투아하가 자신의 힘을 과대평가하고, 리타 고르의 가장 무시무시한 부하인 외눈박이 도깨비 벨러*를 과소평가했다는 사실이란다."

카이르프레는 몸을 떨며 이어 말했다.

"자, 이제 우리 좀 유쾌한 이야기를 하자꾸나! 얘야, 하프 이야기를 해주렴. 이곳 평원까지 이렇게 일찍 온 걸 보니, 어둠의 언덕에서의 임무를 아주 빨리 끝마쳤나 보구나."

나는 안절부절못하며 울퉁불퉁한 지팡이 자루를 손으로 비벼댔다. 지팡이의 깊은 홈을 만지자 솔송나무 향이 공기 중에 퍼지면서 머릿속에 한 여인이 떠올랐다. 그 여인의 향기가 내 어린 시절을 가득 채웠었다. 내가 무엇을 하고자 하는지 그리고 내가 무엇을 하지 않고 남겨두었는지, 이제 카이르프레에게 말할 때가 되었다.

나는 숨을 깊이 들이쉬고 나서 선언하듯 말했다.

"언덕에서의 임무를 끝마치지 못했어요."

카이르프레가 깜짝 놀란 표정으로 물었다.

"끝마치지 못했다고? 무슨 문제라도 있었니? 고블린 전사가 나타나기라도 한 거냐?"

나는 고개를 가로저었다.

"모두 저 때문에 생긴 문제예요."

카이르프레의 한없이 깊은 눈동자가 나를 유심히 바라보았다.

"도대체 무슨 말을 하는 거냐?"

"제 임무보다 더 중요한 일을 찾았어요."

나는 시인을 똑바로 바라보았다.

"엄마를 찾고 싶어요. 엄마를 이곳 핀카이라로 모셔오고 싶어요."

---

*켈트 신화에 등장하는 거인족 중 한 명. 한쪽 눈으로 사람을 죽이는 힘이 있었는데 그 눈으로 노려보면 모두 죽어버렸다고 한다.

카이르프레의 얼굴에 분노가 스쳐 지나갔다.

"그것 때문에 우리 모두를 위험에 빠뜨릴 작정이냐?"

목이 뻣뻣해졌다.

"카이르프레, 제발요. 임무를 완수할 거예요. 약속할게요! 하지만 엄마를 다시 만나고 싶어요. 그것도 가능한 한 빨리요. 그게 그렇게 무리한 요구인가요?"

"그래! 넌 이 땅의 모든 생명체를 위험에 빠뜨리고 있어."

나는 감정을 억누르려 노력했다.

"엘런은 저를 위해 모든 걸 포기했어요, 카이르프레! 엘런은 이곳에서의 삶을 무척 좋아했어요. 영혼 깊숙이 좋아했다고요. 그런데 단지 절 보호하기 위해 그 모든 걸 버렸어요. 귀네드에서 살던 시간 동안, 음, 저는 엘런의 유일한 동반자였어요. 엘런의 유일한 친구였다고요. 친구로서 자격이 없었는데도 말이에요."

나는 말을 멈추고 엘런의 슬픈 노래, 엘런의 치유의 손길, 엘런의 경이로운 푸른 눈을 떠올렸다.

"우리 사이에는 문제가 좀 있었어요. 하지만 그 누구보다 가까웠죠. 그런데 어느 날 그곳에 엘런을 남겨두었어요. 달랑 혼자요. 그냥 내버려두었다고요. 엘런은 분명 비참하게 지내고 있을 거예요. 그 차가운 돌집에서 말이에요. 몹시 아플지도 몰라요. 큰 곤경에 처해 있을지도 모르고요. 그러니까 엘런을 이곳으로 데려오는 일이 저를 위한 일이라 해도, 그건 엘런을 위한 일이기도 해요."

카이르프레의 표정이 약간 누그러졌다. 카이르프레는 내 어깨에 손하나를 얹으며 말했다.

"잘 들어, 멀린. 널 이해한다. 나 역시 얼마나 오랫동안 엘런을 다시 보고 싶어 했는지 몰라! 하지만 안개 너머의 세상에서 누군가를 이곳으로 데려오기 위해 어둠의 언덕에서의 임무를 미루는 건, 음, 그건 상상 이상으로 위험하단다."

"정말요? 바다는 제 목숨을 두 번이나 살려주었어요."

"바다를 말하는 게 아니야, 애야. 바다를 건너는 여행이 엄청나게 위험한 건 사실이지만……. 핀카이라는 그 자체의 방식, 자체의 리듬이 있어. 유한한 삶을 살아가는 자들은 그저 추측할 뿐이지. 다그다 자신조차도 안개 장막을 뚫고 지나가는 걸 허락받을 수 있는지 감히 예언할 수 없다고 알려져 있단다."

"전 그 말 안 믿어요."

카이르프레의 표정이 어두워졌다.

"외부에서 이곳으로 오는 사람은 위험에 빠질 거야. 핀카이라의 나머지 사람들도 위험에 빠질 테고."

카이르프레는 생각에 잠긴 듯 두 눈을 감았다.

"누구든지 이곳에 도착하는 생명체는, 심지어 아주 자그마한 나비라 할지라도, 핀카이라에서 삶의 균형을 바꾸고 엄청난 파괴를 일으킬 수 있다는 걸 넌 이해하지 못하고 있어."

"마치 돔누처럼 말하는군요. 제가 핀카이라를 폐허로 만들 거라고 말씀하시잖아요."

나는 코웃음을 치며 말했다.

카이르프레는 마을 문을 향해 고개를 휙 돌렸다. 그곳은 더 이상 황금빛을 띠고 있지 않았다. 문 너머에서 어둠의 언덕이 폭풍우 치는 바다의 시커먼 파도처럼 일렁거렸다.

"네가 그렇게 만들 수도 있어. 특히 네가 시작한 임무를 끝마치지 않는다면 말이야.”

“저를 안 도와주실 거예요?”

“방법을 알고 있다 해도, 난 도와주지 않을 거다. 넌 아이에 불과해. 그리고 생각보다 넌 훨씬 더 멍청하구나.”

나는 지팡이로 땅을 탁 내리쳤다.

“제게는 하프를 연주할 수 있는 능력이 있어요, 안 그래요? 당신 입으로 대표자회의에서 그렇게 말했잖아요. 제게 마법사의 마음이 있다고요. 음, 어쩌면 우리 엄마를 이곳에 데려올 능력도 가지고 있을지 몰라요.”

내 어깨를 힘껏 움켜잡은 카이르프레 때문에 나는 움츠러들었다.

“농담이라도 그런 말 하지 마라. 마음만 갖고서는 진정한 마법사가 될 수 없어. 네겐 정신, 직관, 경험이 필요해. 지식이 필요하단다. 우주의 형태와 마법의 모든 기술에 대한 엄청난 지식 말이다. 그리고 무엇보다 지혜가 필요해. 그런 기술을 언제 사용할지, 언제 자제할지를 말해줄 수 있는 그런 지혜 말이다. 진정한 마법사는 자신의 능력을 신중하게 사용한단다. 뛰어난 궁술가가 화살을 신중하게 쏘는 것처럼.”

“난 화살을 말하는 게 아니라고요. 우리 엄마 엘런 이야기를 하고 있잖아요. 절 도와주지 않겠다면, 다른 방법을 찾겠어요.”

나는 몸을 꼿꼿이 세웠다.

카이르프레의 이마에 다시 주름이 잡혔다.

“진정한 마법사는 한 가지가 더 필요해.”

“그게 뭔데요?”

나는 까칠하게 물었다.

“겸손. 잘 들어라, 애야! 이 미친 짓은 잊어라. 하프를 들고 언덕에서의 네 임무로 돌아가. 넌 네가 지금 어떤 위험을 불러일으키고 있는지 전혀 몰라."

"우리 엄마가 되돌아온다면, 전 뭐든 할 거예요."

카이르프레는 하늘을 바라보며 소리쳤다.

"오, 도와줘요, 다그다!"

그러더니 다시 날 바라보며 물었다.

"어떻게 하면 널 이해시킬 수 있을까? 속담 하나를 알려주마. 이 섬만큼이나 아주 오래된 속담이지. 말하는 조개의 해안에서 온 가장 현명한 조개만이 누군가를 안개 사이로 이끌 수 있다고 하지. 말은 쉬워 보여. 하지만 역사상 그 어떤 마법사도, 투아하조차도, 감히 시도해보지 않았어. 이 말을 듣고도 얼마나 위험한 일인지 감을 못 잡겠니?"

나는 빙그레 웃었다.

"모르겠어요. 하지만 그 말을 들으니 좋은 생각이 떠오르네요."

"멀린, 안 돼! 그러면 안 돼. 그 모든 위험 중에서 가장 위험한 게 또하나가 있단다. 신비로운 마법 같은 걸 시도하는 건 리타 고르한테 네가 정확히 어디 있는지 그리고 그 이상을 말해주는 것과 같아. 난 그게 두렵구나. 이 세상 모두를 지배하려고 혈안이 되어 있는 리타 고르가 돌아오면, 그자는 반드시 널 뒤쫓을 거야. 내 말 새겨들어."

나는 하프 끈을 잡아당겼다.

"저는 그자가 두렵지 않아요."

카이르프레는 가시덤불 같은 눈썹을 치켜떴다.

"그렇다면 어디 네 맘대로 해봐. 그런 교만을 지녔으니, 넌 그자에게 가장 달콤한 복수의 기회를 안겨주겠구나. 넌 리타 고르의 하수인이 되고 말 거야. 네 아버지가 그랬던 것처럼."

마치 한 대 얻어맞은 것처럼 배 속이 뒤틀렸다.

"당신은 그러니까, 제가 스탕마르보다 뛰어나지 않다는 말인가요?"

"그저 너한테 약점이 있다고 말하는 거다. 만약 리타 고르가 널 곧장 죽이지 않는다면, 그자는 널 노예로 삼으려 할 거다."

바로 그때 한 남자의 그림자가 우리 위로 다가왔다. 몸을 휙 돌려보니 붐벨리가 눈앞에 있었다. 붐벨리는 공연을 끝마치고 우리에게 다가온 게 분명했다. 우리는 대화에 푹 빠져 있어서 붐벨리가 우리 이야기를 듣고 있다는 사실조차도 몰랐다. 붐벨리는 어정쩡하게 고개를 숙여 인사했는데, 그 때문에 모자가 쨍그랑 요란한 소리를 내며 땅에 떨어졌다. 붐벨리는 모자를 집어 들었다. 그러고는 어깨를 구부정하게 굽히고 카이르프레를 바라보았다.

"제 공연 정말 끔찍했지요, 그렇죠?"

카이르프레는 여전히 나를 노려보며 붐벨리를 물리쳤다.

"나중에 이야기하세. 난 지금 이 아이와 대화 중이거든."

붐벨리는 일그러진 턱을 내게 향한 채 우울하게 말했다.

"그럼 네가 말해주렴. 내 공연 끔찍했지? 그렇지 않아?"

대답해주면 붐벨리가 자리를 뜨리라 생각하고, 나는 붐벨리를 향해 이마를 찌푸렸다.

"그래요, 그래. 당신 정말 끔찍했어요."

하지만 붐벨리는 떠나지 않았다. 그저 언짢은 듯 고개를 까닥까닥 움직였다. 종이 짤랑짤랑 울려댔다.

"그럼 내가 메세지를 전달하는 데 실패했다는 거구나. 그럼, 그렇지, 그렇고말고."

"멀린, 내 경고 귀담아들어! 난 널 정말로 도와주려는 거야."

카이르프레가 화난 목소리로 말했다.

내 두 뺨이 붉게 물들었다.

"절 도와준다고요? 그래서 지난번엔 슈라우디드 성에 가려는 저를 막았나요? 그래서 스탕마르가 사실은 제 아버지라는 걸 말해주지 않았던 건가요?"

카이르프레는 얼굴을 찌푸렸다.

"네 아버지에 대해 말해주지 않은 건, 그런 끔찍한 진실이 너한테 영원히 상처가 될까 봐 두려웠기 때문이란다. 네 자신을 의심하거나 스스로를 증오하게 될지도 모르니까. 어쩌면 내가 그 점은 틀렸을지도 모르겠구나. 네가 성을 무너뜨릴 수 없다고 잘못 생각했던 것처럼 말이다. 하지만 지금은 틀리지 않았어. 어둠의 언덕으로 어서 돌아가."

나는 마을 문을 흘끗 바라보았다. 그늘에 가려, 문은 묘비처럼 어둡게 서 있었다.

"먼저 말하는 조개의 해안으로 갈 거예요."

카이르프레가 미처 뭐라 말하기도 전에 붐벨리가 목을 가다듬었다. 겹겹이 접힌 턱이 떨렸다. 그러고는 망토를 자기 몸에 휙 두르며 말했다.

"나도 같이 갈래."

"뭐라고요? 난 당신이랑 같이 안 가요."

나는 소리쳤다.

"그럼, 그렇지, 그렇고말고. 하지만 난 같이 갈 거야."

카이르프레의 짙은 눈동자가 번득였다.

"그 선택을 곧 후회하게 될 거다."

6
마르지 않는 강

썩은 열매를 베어 문 후 입안에 한참 동안 남아 있는 쓴맛처럼, 붐벨리는 종을 짤랑짤랑 울리며 내 곁에 남아 있었다. 열매라면 입을 헹궈 그 맛을 없애면 그만이었다. 하지만 붐벨리는 그 어떤 말과 행동으로도 떨쳐낼 수 없었다. 하프를 울리려 발걸음을 멈추지도 않고 아무리 기운차게 걸어도, 도저히 붐벨리에게서 벗어날 수가 없었다.

붐벨리는 나를 따라 크르 네이단의 문 밖으로 나왔다. 카이르프레는 그 모습을 아무 말 없이 지켜보기만 했다. 붐벨리는 나를 따라 평원의 높고 낮은 곳을 넘었다. 날이 어두워지고 나서도 한참 동안 걷고, 늙은 버드나무 아래에서 나와 함께 야영하고, 그러고 나서 그 다음날에도 내리쬐는 햇볕 속을 땀을 뻘뻘 흘리며 계속 걸었다. 붐벨리는 나를 따라 콸콸 소리 내어 흐르는 커다란 수로를 향해 나아갔다. 그곳은 내가 아는 마르지 않는 강이었다.

그러는 내내 붐벨리는 더위에 대해, 신발에 들어간 돌에 대해, 어릿광대의 힘든 삶에 대해 중얼중얼 혼잣말을 했다. 우리가 강에 다가가는 동안 붐벨리는 수수께끼를 들으면 기운이 좀 날 거라면서 종에 대한 유명한 수수께끼를 들어보지 않겠느냐고 여러 차례 물어보았다. 내가 수수께끼는 고사하고 그놈의 종소리도 듣기 싫다고 말할 때마다, 붐벨리는 그저 약간 부루퉁해질 뿐이었다. 그러고 나서 또다시 물어보았다.

"아, 하지만 이건 정말 대단하고 멋진 수수께끼라고."

붐벨리는 큰 소리로 말했다.

"수수께끼를 내는 사람의 평범한 수수께끼지. 아니, 그건 시대에 뒤떨어진 거야. 젠장, 또 제대로 전달을 못했네! 평범한 수수께끼를 내는 사람의 수수께끼야. 그래, 그게 맞아. 우스꽝스러워. 그리고 정말 현명해. 그건 내가 알고 있는 유일한 수수께끼라고."

붐벨리는 잠시 말을 멈추었다. 평상시보다 훨씬 더 우울해 보였다.

나는 고개를 저으며, 마르지 않는 강을 향해 성큼성큼 걸어갔다. 가파른 돌투성이 강둑이 가까워지자, 저 아래에서 우레와 같은 급류 소리가 끓듯이 들려왔다. 물보라가 높이 치솟으며, 태양빛에 어른거리는 무지개다리를 들어 올렸다. 물방울이 마구 튀고 요란한 소리는 더욱 커졌다. 강물 소리가 하도 요란해서 음유시인의 마을을 떠나고 나서 처음으로 붐벨리의 종소리가 귀에 들어오지 않았다. 자신의 수수께끼를 들어보라는 붐벨리의 간청 또한 들리지 않았다.

나는 붐벨리를 향해 돌아서서 요란한 강물 소리 너머로 소리쳤다.

"난 갈 길이 멀어요. 저 남쪽 끝 해안까지 가야 한다고요. 강을 건너는 건 위험해요. 이제 돌아가세요."

붐벨리가 우울한 목소리로 소리쳤다.

"내가 함께 가는 게 싫어?"

"네!"

붐벨리의 턱이 여섯 겹으로 접혔다.

"물론 넌 날 원하지 않겠지. 아무도 날 원하지 않으니까. 하지만 난 널 원해. 넌 행운의 아이거든."

붐벨리는 나를 잠시 뚫어져라 쳐다보았다.

나는 붐벨리를 마주 보았다.

"행운이라고요? 절대 그렇지 않아요! 제 삶은 실망과 낙담의 연속이었다고요. 하나를 잃으면 또 하나를 잃는단 말이에요."

"그래서 너한테 어릿광대가 필요한 거라고. 암, 그렇고말고."

붐벨리는 단호하게 말했다. 그러고는 이맛살을 잔뜩 찌푸리며 덧붙였다.

"널 웃게 만들어줄게. 그런데 말이야, 종에 대한 내 수수께끼를 말해 줬었나?"

붐벨리가 목청을 가다듬었다.

나는 마구 고함치며 붐벨리의 머리를 향해 지팡이를 휘둘렀다. 붐벨리는 몸을 숙였다. 평상시보다 몸이 더 구부정해졌다. 지팡이는 붐벨리의 망토 뒤를 스쳐 지나갔다.

"당신은 어릿광대가 아니에요. 당신은 저주라고요! 그것도 아주 끔찍한 저주라고요!"

나는 소리쳤다.

"그럼, 그렇지, 그렇고말고."

붐벨리가 신음 소리와 같은 한숨을 내뱉었다.

"난 어릿광대로서 실패작이야. 완전한 실패작이지. 어릿광대한테는 딱 두 가지가 있어야 해. 지혜와 웃음. 그런데 난 둘 다 없어."

조바심치는 눈물 한 방울이 붐벨리의 뺨을 타고 흘러내렸다.

"그게 어떤 느낌인지 상상할 수 있겠니? 엄지손가락부터 발가락까지 아픈 걸 알아? 내 운명은 모두를 슬프게 만드는 어릿광대가 되는 거야. 내 자신을 포함해서 말이야.”

“나한테 왜 이러는 거예요? 다른 사람을 쫓아다니면 안 돼요?”

나는 대들었다.

“그럴 수도……. 하지만 넌 너무…… 불행해 보여. 내가 그동안 만나 본 그 어떤 사람보다도 더. 넌 어릿광대로서 나의 진정한 시험 무대가 될 거야! 널 웃게 만들 수 있다면, 누구든 웃게 만들 수 있다고!”

붐벨리는 포효하는 급류 위로 소리쳤다.

나는 또다시 짐승처럼 고함쳤다.

“당신은 아무도 웃길 수 없어요. 확실해요!”

붐벨리는 턱을 내게 내밀고는 망토를 자랑삼아 빙빙 돌리기 시작했다. 하지만 동시에 돌 위에서 비틀거리다 옆으로 쓰러지고 말았다. 모자를 날려버리고 강둑 너머로 미끄러질 뻔했다. 붐벨리는 모자를 붙잡아 다시 자기 머리에 거꾸로 썼다. 고함을 치며 똑바로 서려 안간힘을 썼다. 하지만 이내 다시 넘어지더니 진흙투성이 땅에 처박히고 말았다. 붐벨리는 투덜거리며 다시 똑바로 서서, 궁둥이에 묻은 진흙 덩어리를 툭툭 털어냈다.

“음, 그렇다면 적어도 너한테는 나와 함께 있는 기쁨을 줄 수 있어.”

붐벨리는 짤랑짤랑 종소리를 내며 선언하듯 말했다.

나는 눈을 흘겼다. 그러고는 어깨 너머로 마르지 않는 강을 흘끗 쳐다보았다. 만약 맹렬하게 흐르는 강물 속으로 뛰어들면, 강물이 날 하류 쪽으로 데려갈 것이다. 인간의 형상을 한 이 끝없는 고문에서 벗어날 수 있다. 여전히 그러고 싶은 유혹을 느꼈지만, 이 지점에서 강은 매우 빨리 흐르며, 뾰족뾰족 솟은 바위들이 단검처럼 튀어나와 있다는 것을 잘 알고 있었다. 분명 하프가 망가질 것이다. 어쩌면 내 자신도. 내가 필요로 할 때 리아는 도대체 어디 있는 걸까? 리아라면 강의 정령에게 말해 물살을 진정시키는 법을 알 텐데……. 나는 몸을 움츠리고 어떻게 우리가 헤어지게 되었는지 생각했다. 하지만 그건 내 잘못이 아니라 리아의 잘못이었다. 리아는 지나치게 자신감이 넘쳤다. 분명 리아는 내가 보잘것없는 존재라는 걸 알고 기뻐했을 것이다.

나는 하프를 어깨 높이 치켜 멨다. 일단 강을 건너면, 난 저 위의 잿빛 하늘처럼 한없이 펼쳐져 있는 이 바싹 마른 평원에 둘러싸이지는 않을 것이다. 내가 끝내지 않은 임무를 끊임없이 되새기게 만드는 곳에서 벗어날 것이다. 남쪽에서는 강이 상당히 넓어진다는 게 기억났다. 그곳에서 강을 건널 수 있다. 그러면 말하는 조개의 해안에 갈 수 있겠지. 붐벨리와 함께든 아니든.

그런데 당황스럽게도 붐벨리와 함께 가게 되었다. 이 우울한 어릿광대는 소맷자락을 펄럭이고 종을 울려댔다. 내 뒤를 그림자처럼 졸졸 따라오며 포효하는 폭포를 지나, 축축한 늪지대를 건너, 강의 범람원*의 부드러운 돌덩이 위를 지나갔다. 마침내 거대한 계란 모양의 큰 바위 더미 아래 얕은 곳에 이르러, 우리는 마르지 않는 강을 비틀비틀 건넜다. 정강이에 차가운 물이 부딪혔다. 걸을 때마다 부드러운 바닥이 내 신발을 잡아당겼다. 웬일인지 나는 강 그 자체가 나를 막으려는 것 같다는 느낌을 받았다.

우리는 강물에서 나와 계속해서 서쪽 해안을 따라 걸었다. 몇 시간 동안 뾰쪽한 갈대밭 사이를 터벅터벅 걸었다. 오른쪽으로, 드루마 숲의

---

*홍수 때에 하천의 물길에서 넘쳐흐른 물로 뒤덮이는 평원.

우뚝 솟은 나무들이 하늘을 향해 뻗어 있었는데, 저 멀리 안개 낀 언덕까지 초록색 담요가 땅을 뒤덮었다. 밝은색 날개의 새들이 나뭇가지 사이에서 푸드득거리며 날아다녔다. 리아라면 분명 저 새가 어떤 새인지 알았을 텐데. 그러는 내내 나는 내 뒤를 따라오는 구부정한 모습의 어릿광대와 짤랑거리는 종소리를 애써 무시하려 최선을 다했다.

마침내 물결 모양의 모래언덕이 보였다. 그 뒤로 일렁이는 안개 벽이 있었다. 심장이 뛰었다. 미약한 투시력이지만, 내 앞에 펼쳐진 강렬한 색을 보고 충격에 휩싸였다. 황금빛 모래, 초록색 잎이 우거진 덩굴, 분홍색과 보라색 조개, 노란색 꽃……

첫 번째 모래언덕에 올랐을 때, 신발이 푹신한 모래에 푹푹 빠졌다. 정상에 이르자, 마침내 파도가 일렁이는 해안이 곧장 보였다. 파도는 잔잔했다. 짙은 안개 장막 아래서 수많은 조개가 모래를 뒤덮고 있었다. 조개가 물을 뿜어대며 철벅거리는 소리가 들려왔다. 부리가 기다랗고 굽은 물새들이 재잘거리며 그 소리에 합류했다. 자그마한 조개 수천 개가 바위틈에 붙어 있었다. 커다란 붉은색 불가사리, 입이 넓은 물레고동, 반짝반짝 빛나는 해파리가 사방에 널려 있었다. 게가 경쾌하게 미끄러져가며 새의 발을 피해 다녔다.

나는 바다 냄새로 폐를 가득 채우며 해초의 냄새를 다시 맡았다. 그리고 소금 냄새를. 그리고 신비의 냄새를…….

나는 허리를 숙여 모래를 한 움큼 쥐었다. 손가락 사이로 빠져나가는 느낌이 따뜻하고 좋았다. 내가 바로 이 지점에 처음으로 상륙한 그날 그랬던 것처럼……. 그날 핀카이라는 나를 따뜻하게 맞아주었다. 내가 바다에서 마주한 폭풍을 피할 수 있는 피난처를 제공해주었다.

나는 모래 알갱이 몇 개를 움켜잡았다. 모래 알갱이가 내 손가락 사이로 흘러내려 손바닥을 팅기는 모습을 지켜보았다. 모래 알갱이는 마치 살아 있기라도 한 것처럼 밝게 빛났다. 내 피부처럼. 핀카이라 그 자체처럼……. 웬일인지 내가 이 땅에 속해 있다는 느낌이 들기 시작했다. 이곳에서 지내며 가끔씩 비참하기는 했지만, 나는 핀카이라의 인상적인 지형과 놀라운 이야기와 다양한 종족들에게 강하게 끌렸다. 그리고 뭔지 정확히 모를 다른 뭔가에도 강하게 끌렸다.

엄마가 자주 말했듯이, 이 땅은 중간 지대였다. 불멸의 존재와 유한한 삶을 살아가는 존재가 함께 살아갈 수 있는 장소. 물론 항상 조화롭게 사는 건 아니다. 하지만 두 세계의 그 모든 풍요로움과 신비로움과 강력한 힘이 한꺼번에 존재한다. 반은 하늘이고 반은 땅이다. 반은 이 세계이고 반은 사후 세계다.

나는 그곳에 서서 핀카이라 해안의 소리와 냄새를 한껏 들이마셨다. 어쩌면 언젠가 이곳에서 진정으로 편안함을 느낄지도 모른다. 어떤 면에서는 이미 그랬다. 적어도 귀네드의 비참한 마을에서 느꼈던 것보다는 훨씬 더 편안했다. 만약 내게 특별한 사람이 이곳에 함께 있었다면 핀카이라가 고향처럼 느껴졌을 것이다. 하지만 지금 그 사람은 저 멀리에 있다. 안개 너머, 귀네드의 시커먼 바위 해안 너머에…….

나는 하프를 빙 돌려 양손에 감싸 쥐었다. 불모의 평원을 따나온 뒤로 꽤 오랫동안 하프 줄을 팅기지 않았다. 이처럼 풍요롭고 생명으로 비옥한 곳에서 내가 무엇을 더 만들어낼 수 있단 말인가?

나는 가장 높은 음의 줄을 팅겼다. 고드름이 툭 부서지는 것 같은 소리가 났다. 음조가 허공을 울리며, 모래언덕의 바다 쪽에서 빨간색 꽃 한 송이가 튀어나와 커다란 종 같은 모습을 만들어냈다. 그 꽃이 소금기를 머금은 산들바람에 흔들리는 모습을 보자, 나는 그 꽃을 만져보고 가만히 냄새를 맡아보고 싶었다.

하지만 시간이 없었다. 지금은 아니다. 나는 하프와 지팡이를 모래 위에 내려놓고, 붐벨리가 건드리지 못하게 잘 살폈다. 붐벨리는 이미 해변에 자리 잡고 앉아, 이마를 찌푸리며 부어 오른 다리를 파도에 씻고 있었다. 세 귀퉁이 모자는 그 옆에 놓여 있었다. 모자에 달린 종이 적어도 지금은 조용했다. 붐벨리는 그리 멀지 않은 곳에 있었지만, 깊은 생각에 잠긴 것 같았다.

나는 해안 이쪽저쪽을 자세히 살펴보았다. 파도가 찰싹찰싹 몰려왔다 몰려갈 때마다, 각양각색의 알록달록한 조개가 모래 위에서 뒹굴었다. 이 해변의 광활함과 아름다움만으로도 이미 경이로웠다. 이곳에 처음 상륙했던 그날처럼……. 바로 그날, 이 해안의 조개가 내게 뭐라고 속삭였었다. 나는 그 말을 제대로 이해하지 못했었다. 오늘은 말하는 조개를 찾을 수 있을까? 조개가 뭐라고 말하는지 이해할 수 있을까?

이곳 어딘가에 내가 찾는 바로 그 조개가 있을 것이다. 문제는 그 조개가 어떻게 생겼는지 모른다는 사실이다. 내가 아는 거라고는 카이르프레의 말뿐이었다.

속담이 하나 있단다. 이 섬만큼이나 아주 오래된 속담이지. 말하는 조개의 해안에서 온 가장 현명한 조개만이 누군가를 안개 사이로 이끌 수 있다고 하지.

내 지팡이가 놓인 곳 근처의 점박이고둥에서 시작해, 나는 조개들을 샅샅이 뒤지기 시작했다. 평평한 조개, 둥근 조개, 구부러진 조개, 앵무조개 등 온갖 조개들이 손에 닿았다. 하지만 어떤 것도 내가 찾는 그 조개처럼 보이지는 않았다. 사실 어떻게 알아볼 수 있는지조차 확실하지 않았다. 리아가 뭐라고 말하는 소리가 들리는 듯했다. "열매를 믿어."

와 같은 말도 안 되는 소리였다. 물론 우스꽝스러웠다. 하지만 뭔가를 믿어야 했다. 난 내 자신이 뭔가를 알았으면 하고 바랄 뿐이었다.

어쩌면 내 지적 능력을 믿어야 할지도 몰랐다. 그렇다. 바로 그거였다. 자, 이제 어떤 조개가 가장 현명해 보이지? 그 조개는 눈에 띄일 거야. 근사하겠지. 해안의 황제일 거야. 분명 지혜로운 만큼이나 그 크기도 대단할 거야.

붐벨리는 커다란 파도가 자신을 덮치자 크게 소리쳤다. 파도가 물러나면서 모래를 쓸고 갔다. 그때 나선형 조개 하나가 살짝 그 모습을 드러냈다. 연분홍색 조개였다. 주위의 어떤 조개보다도 컸다. 붐벨리 바로 뒤에 있었다. 붐벨리는 그 조개를 보지 못한 것 같았다. 저게 내가 찾고 있던 바로 그 조개일까? 내가 가까이 다가가려 하자, 붐벨리는 몸을 흔들며 차가운 바닷물에 불만을 터뜨리더니 뒤로 몸을 기댔다. 붐벨리의 팔꿈치가 조개에 닿자, 바스락 깨지는 소리가 크게 들려왔다. 붐벨리는 비명을 지르며 옆으로 뒹굴더니, 상처 난 팔꿈치를 움켜잡았다. 나는 고개를 절레절레 저으며, 이 탐색이 이제 시작에 불과하다는 걸 깨달았다.

가장 현명한 조개만이⋯⋯.

나는 모래 해안을 따라가며 조개를 찾았다. 다양한 모습, 다양한 색상, 다양한 감촉에도 불구하고, 그 어떤 것도 감탄할 정도는 아니었다. 몇몇 조개를 귀에 대보았다. 하지만 바다의 한없는 신음 소리 말고는 아무 소리도 들리지 않았다.

마침내 바다를 향해 툭 튀어나와 굽이치는 안개 속으로 모습을 감춘 바위투성이 반도에 이르렀다. 그곳에 서서 축축한 바위틈을 뒤져봐야 하나 궁금해하고 있을 때, 오렌지색 게 한 마리가 내 신발 옆을 가로질러 갔다. 게는 잠시 멈추어 마치 나를 관찰하려는 것처럼 자그마한 두 눈을 들어 올렸다. 그러더니 재빨리 반도 저 끝으로 사라져버렸다.

웬일인지 나처럼 이 해안을 홀로 방황하고 있는 그 자그마한 생명체한테 끌렸다. 아무 생각 없이 나는 게를 따라 반도 위로 들어섰다. 굽이치는 안개가 나를 휘감았다. 나는 바위를 가로질러 조심스럽게 움직이면서 미끄러지지 않으려 했다. 게는 사라진 것 같았다. 나는 곧 나선형 조개를 또 하나 찾아냈다. 그 조개는 바다풀을 뒤집어쓴 채 평평한 돌 위에 놓여 있었다. 붐벨리가 깨뜨린 조개보다 훨씬 더 컸다. 내 머리통만큼이나 컸다. 그 조개는 짙은 파란색으로 빛이 났다. 기이한 그림자가 조개 표면에서 흔들렸다. 나는 그 그림자가 휘감기는 두툼한 안개의 속임수에 불과하다고 굳게 믿으며 가까이 다가갔다.

내가 한 발 한 발 가까이 다가갈 때마다, 조개는 더욱더 사랑스러워 보였다. 우아한 곡선에 하얀색 테가 둘러쳐져 있었다. 이상하게도 그 조개에 끌렸다. 그 빛나는 색에 매료되었다.

가장 현명한 조개만이……

그 순간 안개 속에서 강력한 파도가 몰려와 반도 위를 덮쳤다. 나는 물보라를 뒤집어썼다. 상처 난 두 뺨이 소금기로 따끔거렸다. 파도가 물러나면서 나선형 조개를 바위 밖으로 끌어냈다. 손으로 움켜잡기도 전에 조개는 물속으로 풍덩 들어가 휘감아 도는 안개 속으로 사라져버렸다.

내 입에서 욕설이 튀어나왔다. 나는 다시 평평한 바위로 되돌아왔다. 조개는 사라져버렸지만 기이한 그림자는 여전히 바다풀 위에서 아른거렸다. 좀 더 가까이 다가가보려고 팔을 쭉 내밀다 멈칫했다. 나도 왜 그랬는지 모르겠다. 바로 그때 오렌지색 게가 근처 바위 밑에서 나타났다. 게는 옆으로 재빨리 움직이며 암층 밑으로 지나 맞은편에서 튀어나왔다. 게는 물살이 이는 웅덩이 가장자리를 재빨리 지나가더니, 물 위로 둥둥 떠다니는 나뭇조각 속으로 뛰어들었다.

나는 게의 움직임을 따라가는 것에 흥미를 잃고 뒤돌아섰다. 내 시선은 맑고 고요한 또 다른 물웅덩이에 닿았다. 바닥에서부터 해초의 잎 사이로 뭔가가 반짝였다. 허리를 숙여 보니, 그저 평범해 보이는 조개 하나였다. 푸른색 커다란 점이 박힌 갈색 조개로, 보라색 성게 사이에 자리 잡고 있었다. 왠지 그 조개가 호기심을 불러일으켰다. 나는 차가운 물속에 손을 넣어 성게의 날카로운 가시를 조심스레 피해서 그 조개를 끄집어냈다.

평범하게 생긴 그 조개는 마치 내 손바닥에 원래 있었던 것처럼 딱 맞았다. 나는 조개를 들어 올려 무게를 가늠해보았다. 어림짐작했던 것보다는 약간 가벼운 것 같았다.

나는 조개를 귀에 대보았다. 아무 소리도 들리지 않았다. 하지만 이 조개에는 뭔가 특별한 게 있었다. 나는 망설이는 목소리로 물었다.

"네가 가장 현명한 조개니?"

놀랍게도 탁탁거리며 귀에 거슬리는 목소리가 들려왔다.

"넌 바보구나, 아이야."

"뭐라고? 나보고 바보라고 한 거야?"

나는 고개를 저으며 물었다.

"멍청한 바보."

조개가 내뱉듯 말했다.

내 두 뺨이 붉게 타올랐다. 하지만 나는 화를 꾹 참았다.

"그러는 넌 누군데?"

"어찌됐든 가장 현명한 조개는 아니지. 하지만 난 바보는 아니야."

조개는 입술을 쩝쩝거리는 소리를 냈다.

난 조개를 바다 속으로 내던지고 싶은 유혹을 느꼈다. 하지만 엄마를 모시고 오겠다는 결심이 아직은 분노보다 훨씬 강했다.

"그렇다면 가장 현명한 조개를 어디서 찾을 수 있는지 말해줘."

갈색 조개는 껄껄 웃으며 내 귀에 물을 떨어뜨렸다.

"나무와 물이 만나는 곳을 찾아봐, 이 바보 소년아."

당혹스러워하며, 나는 조개를 뒤집어봤다.

"가장 가까운 나무는 모래언덕 맞은편에 있다고. 바다 근처에는 숲이 없어."

"확실해?"

"확실하고말고."

"정말 바보처럼 말하는구나."

마지못해 나는 반도를 꼼꼼히 살펴보았다. 한참 있다가 게가 사라졌던 둥둥 떠다니는 바로 그 나뭇조각을 발견했다. 썩은 해초가 다 해진 헝겊 조각처럼 나무를 감싸고 있었다. 나는 믿기지 않는 표정으로 고개를 내저었다.

"저기 있는 저 형편없는 자그마한 무더기를 말하는 건 아니겠지?"

"정말 바보처럼 말하는구나."

조개는 같은 말을 반복했다.

제대로 하고 있다는 확신도 전혀 없이, 나는 갈색 조개를 웅덩이에 내려놓고 둥둥 떠다니는 나뭇조각을 향해 발걸음을 옮겼다. 해초를 벗겨내면서 조개의 흔적을 찾아보았지만 아무것도 없었다.

그만두려 할 때쯤 나무의 갈라진 틈 사이에서 자그마한 형체가 보였다. 자그마한 원뿔처럼 생긴 모래 빛깔 조개였다. 내 엄지손가락에 딱 맞을 정도의 크기였다. 조개를 들어 올리자, 벌레 같은 검은 형체 하나가 열린 입구 밖으로 살며시 몸을 내밀었다. 그러더니 재빨리 안으로 쏙 들어가버렸다. 그렇게 생긴 걸 귀에 가까이 가져다대는 게 꺼림칙해서, 나는 약간 멀찍이 들어 올렸다. 확신할 수는 없었지만, 뭔가 희미하고 축축한 속삭임이 들리는 것 같았다.

호기심이 생겨서 그 조개를 좀 더 귀 가까이 가져다댔다. 물기를 머금은 목소리가 다시 흘러나왔다. 마치 자그마한 조개의 깊숙한 방 안에서 파도가 출렁이는 것 같았다.

"너, 철썩, 아주 잘 골랐어, 멀린."

나는 깜짝 놀랐다.

"방금 내 이름을 말한 거니?"

"그래, 철썩, 넌 내 이름을 모르겠지. 내 이름은, 철썩, 와시암발라야. 조개의 현인이지."

"와시암발라."

나는 그 이름을 되뇌며, 물기를 머금은 자그마한 원뿔을 내 귓불 가까이 가져다댔다. 그 목소리에서 느껴지는 뭔가에 희망이 솟구쳤다.

"내가 여기 왜 왔는지도 알고 있니?"

"물론, 철썩, 알고 있지."

심장이 두근거렸다.

"그럼 날 좀 도와줄래? 우리 엄마를 핀카이라로 다시 데려다줄래?"

조개는 잠시 동안 아무 말도 하지 않았다. 마침내 꾸르르 성대를 울리는 자그마한 소리로 다시 말했다.

"도와줄 수 없어, 멀린. 너무, 철썩, 위험해. 네가 알고 있는 것보다 훨씬 더 위험해."

"하지만……."

"난 도와줄 수 없어. 하지만 네 안에 뭔가가 있다는 걸 느껴……. 내가 저항할 수 없는 뭔가를. 네가 알아가야 할 게 아주 많지만, 철썩, 이것도 분명 그중 하나겠지."

조개가 말을 이었다.

와시암발라가 말을 멈춘 사이, 나는 조개의 축축한 호흡에 귀를 기울였다. 감히 아무 말도 할 수 없었다.

"우리 성공할지도 몰라, 철썩. 아니면 실패할지도 모르지. 난 몰라. 성공조차도 실패를 가장한 모습일지 모르니까. 그런데도 넌 여전히, 철썩, 해보고 싶은 거니?"

"그래."

내가 단호하게 말했다.

"그렇다면 날 꼭 잡아, 철썩. 심장 가까이 날 가져다 대. 그리고 네가 간절히 바라는 소망에 집중해."

두 손으로 조개를 꽉 잡은 채, 조개를 가슴에 갖다 대고 꼭 눌렀다. 엄마를 생각했다. 엄마의 약초가 놓인 탁자, 자극적이고 톡 쏘는 향기, 감정이 충만한 엄마의 푸른 눈동자, 엄마의 친절함, 차분한 표정, 아폴로, 아테나 그리고 올림포스라고 불리는 장소에 대한 엄마의 이야기. 신과 나에 대한 엄마의 신념. 조용하지만 강한 엄마의 사랑……

주위에서 안개가 휘몰아쳤다. 파도가 신발을 핥았다. 하지만 그 이상의 변화는 없었다.

"더 열심히 해봐, 철썩, 더 열심히 해야 해."

엘런의 슬픔이 느껴졌다. 다시는 핀카이라로 돌아올 수 없다는 것. 자기 아들이 어엿한 남자로 자란 모습을 볼 수 없다는 것. 그리고 귀네드에서의 그 모든 시간 동안 내가 엄마라고 부르지 않았던 일, 최소한의 대화, 끈끈한 유대감······. 나는 움츠러들었다. 내가 엘런한테 얼마나 큰 상처를 주었는지 떠올랐다.

서서히 엘런의 존재가 더 강하게 느껴졌다. 엘런의 포옹을 느낄 수 있었다. 엘런의 두 팔에 안겼을 때의 그 크나큰 안도감을 느낄 수 있었다. 적어도 아주 짧은 순간 동안, 우리를 따라다니는 그 모든 고통을 잊을 수 있었다. 엘런의 베개에서 풍기는 향나무 나무껍질 조각의 냄새를 맡을 수 있었다. 갈망의 바다 저 건너편에서 엘런이 나를 부르는 목소리를 들을 수 있었다.

그 순간 바람이 미친 듯이 휘몰아쳤다. 윙윙거리며 불어대는 강풍 때문에 나는 바위 위에 사정없이 내동댕이쳐졌고 물보라에 흠뻑 젖었다. 몇 차례 바람이 사정없이 불어대며 나를 끊임없이 두들겨 팼다. 갑작스레 뭔가 탁 하는 소리가 울려 퍼졌다. 마치 안개 너머에서 뭔가가 부러지는 것 같은 소리였다. 내 앞에 펼쳐진 굽이치는 구름이 일그러지더니 기이한 모습으로 변했다. 먼저 똬리를 틀고 공격할 자세를 취하는 뱀 한 마리가 보였다. 하지만 공격하기 전에, 뱀의 모습이 안개 자욱한 꽃의 형태로 녹아내렸다. 꽃은 천천히 부풀어 오르며 깜빡이지 않는 거대한 눈동자로 변했다.

그러더니 눈동자 한가운데에서 시커먼 모습이 나타났다. 처음에는 그저 그림자에 불과했다. 그러다가 순식간에 보다 단단한 물체로 변했다. 머지않아 마치 안개 속을 더듬거리며 가는 사람처럼 보였다. 혹은 해안에서 비틀거리는 사람 같거나.

그건 바로 나의 엄마였다.

7

죽음의 그림자

엘런은 물기를 잔뜩 머금은 바위 위에 쓰러졌다. 두 눈은 꼭 감겨 있고, 크림색 피부는 창백해서 생기 하나 없어 보였다. 여름 달처럼 황금빛이 나는, 땋지 않은 기다란 머리카락은 짙은 청색 옷 여기저기에 엉겨 붙어 있었다. 하지만 여전히 숨을 쉬고 있었다. 살아 있었다.

나는 자그마한 조개에 재빨리 고맙다는 인사를 건네고, 다시 나뭇조각 사이에 놓아주었다. 그러고는 엄마 곁으로 달려갔다. 머뭇머뭇 엄마에게 팔을 뻗었다. 손가락이 엄마의 다부지고 아름다운 얼굴에 닿자마자, 엄마는 두 눈을 떴다. 엄마는 잠시 동안 나를 올려다보며 당혹스러운 표정을 지었다. 곧 사파이어 빛 눈동자의 엘런은 눈을 껌뻑이면서 팔꿈치를 세워 몸을 일으키더니, 다시는 듣지 못하리라 생각했던 목소리로 말했다.

"엠리스! 너로구나."

고마움에 목이 다 막혔다. 나는 대답했다.

"네, 저예요……. 엄마."

그 말을 듣자, 엄마의 두 뺨에 분홍빛이 감돌았다. 그러고는 천천히 손 하나를 내밀었다. 비록 피부는 나보다 차갑고 축축했지만, 그 감촉은 내 온몸을 따뜻하게 해주었다. 엘런이 일어나 앉았다. 우리는 부둥켜안았다.

잠시 뒤 엄마는 몸을 뒤로 빼내 불에 탄 내 두 뺨과 눈 위를 손가락으로 부드럽게 어루만졌다. 마치 피부 아래의 내 영혼을 들여다보는 것 같았다. 우리가 헤어진 뒤 몇 달 동안 내가 느꼈던 그 모든 걸 엄마가 느끼려 한다는 걸 알 수 있었다.

엄마가 갑자기 내 목을 만지며 숨을 헐떡였다.

"갈라토! 아, 엠리스. 갈라토가 없어!"

나는 보이지 않는 두 눈을 떨구었다.

"잃어버렸어요."

아버지를 찾으러 가는 길에 그걸 잃어버렸다고 어떻게 말할 수 있단 말인가? 그리고 마침내 아버지를 만나서, 그보다 더 귀한 걸 잃어버렸다고 어떻게 말할 수 있단 말인가?

나는 고개를 들었다.

"하지만 이렇게 엄마를 다시 만났잖아요. 우린 이제 함께 있어요. 이곳 핀카이라에서 말이에요."

엄마는 고개를 끄덕였다. 눈에는 눈물이 고였다.

"그리고 저한테 새로운 이름이 생겼어요."

"새로운 이름이라고?"

"멀린이요."

"멀린. 하늘 높이 나는 매와 같은 이름이구나."

엄마가 말했다.

트러블을 떠올리자, 슬픔의 고통이 나를 스쳐 지나갔다. 날 구하기 위해 자신의 생명을 바친 자그마한 매. 난 트러블이 사후 세계 저기 어디에선가 여전히 하늘을 솟구쳐 날기를 진심으로 바랐다. 지금도, 내 어깨에 앉아 뽐내며 걷는 그 익숙한 느낌이 그리웠다.

그리고 진실을 고백하자면, 다른 친구들도 그리웠다. 내가 잠시 알고 지내다 잃어버린 친구들. 카이르프레, 혼, 테일린과 갈라타, 바람 누이 아일라 그리고 몇 주 전에 저 산맥 너머로 발을 질질 끌며 가버린 심 그리고 물론 리아.

나는 엄마의 손을 꽉 움켜잡았다.

"엄마를 다시는 잃지 않을 거예요."

내 맹세를 들은 엄마는 슬프기도 하고 사랑스럽기도 한 표정을 지었다.

"나도 널 다시는 잃지 않을 거야."

나는 모래언덕을 바라보았다. 붐벨리는 바닷가에 앉아 소매로 종을 닦고 있었다. 진흙이 잔뜩 묻은 망토를 연신 쪼아대는 갈매기들을 애써 무시하기로 작정한 듯했다. 꽃 피는 하프는 내 지팡이와 함께, 내가 놓아둔 모래 위에 그대로 있었다. 거기서 멀지 않은 곳에, 붉은색의 향기로운 꽃이 산들바람에 이리저리 흔들렸다.

"이리 와보세요. 보여드릴 게 있어요."

나는 자리에서 벌떡 일어나 엄마를 일으켜 세웠다.

우리는 바위투성이 반도를 건너 해변의 고운 모래밭으로 걸어갔다. 서로 허리에 팔을 감싸고, 엄마와 다시 걷는 기쁨을 맛보았다. 다시 엄마와 함께 있는 기쁨을 만끽했다. 엄마한테 꽃 피는 하프를 그리고 그걸로 해낼 수 있는 그 모든 일을 보여주려니 가슴이 마구 뛰었다.

엄마가 아주 오래전에 예언한 것처럼, 난 이제 내 자신의 힘을 느끼고 있었다. 투아하가 십 대가 되었을 때 능력을 얻게 되었다는 이야기를 엄마에게서 들은 적이 있었다. 그러니 나도 얼마든지 해낼 수 있었다. 결국 투아하가 자신의 그 모든 마법으로도 결코 시도해보지 못한 걸 난 이미 해내지 않았던가? 나는 혼자 씩 미소를 지었다. 이 섬을 휘감고 있는 변화무쌍한 안개조차도 날 막을 수 없을 거다.

꽃 피는 하프에 이르자, 엄마는 놀라움을 금치 못했다. 살아서 자라는 그 모든 생명체에 대한 엄마의 애정을 짐작해봤을 때, 엄마가 관심을 기울인 게 하프 그 자체가 아니라는 걸 깨닫고도 난 놀라지 않았다. 엄마가 관심을 보인 건 바로 모래언덕에서 피어나는 붉은 꽃이었다. 사실 꽃은 막 피어났을 때보다 지금 훨씬 더 아름답게 자랐다. 종처럼 생긴 깊이 오므라진 모양의 꽃잎은 휜 줄기 위에 활처럼 우아하게 자리잡고 있었다. 완벽할 정도로 둥근 연두색 잎은 수많은 보석처럼 아름답게 줄기를 에워쌌다. 꽃잎 가장자리마다 이슬방울이 반짝반짝 빛났다.

"향기를 맡아봐야겠어."

엄마가 큰 소리로 말했다.

"그러세요. 어쨌든 제가 만들어냈으니까요."

내 얼굴에 미소가 번졌다.

엄마는 잠시 멈칫하더니 나를 향해 돌아섰다.

"네가 만들었다고? 정말이야?"

"손가락을 튕겨서요. 어서요, 가까이 가서 보세요."

내가 자랑스럽게 말했다.

꽃에 가까이 다가갈수록 꽃향기를 맡아보고 싶다는 충동이 점점 강해졌다. 꽃향기를 살짝 맡는 데 그치지 않고, 얼굴을 온통 꽃잎에 파묻고 싶었다. 황홀한 꽃의 꿀을 깊이 들이키고 싶었다. 꽃잎 속으로 얼굴을 거꾸로 그리고 기분 좋게 집어넣고 싶었다. 나는 꽃잎을 가로질러 움직이며 기이하게 흔들리는 그림자를 미처 알아차리지 못했다. 예전에 본 것처럼, 흐릿한 불빛이 또다시 속임수를 부렸다. 제아무리 어두운 그 어떤 그림자라도 이 꽃의 눈부신 아름다움을 가릴 수는 없었다.

엄마가 내 허리에서 팔을 풀었다. 내 팔도 엄마에게서 떨어졌다. 우리는 마치 황홀경에 빠진 것처럼, 아무 말 없이 계속 꽃을 향해 걸었다. 우리의 발은 축축한 모래를 철벅철벅 걸으며, 뒤로 짙은 발자국을 남겼다. 내 생각은 온통 꽃의 놀라운 향기를 맡는 것에만 사로잡혀 있었다. 문득 소금기를 머금은 산들바람이 우리 얼굴로 불어왔다. 그에 아랑곳하지 않고, 우리를 맞이하는 꽃잎을 향해 우리는 고개를 숙였다.

나는 잠시 주저했다. 엄마부터 먼저 향기를 맡으라고 해야 하는 게 아닌가 하고 생각했다. 엄마는 그 향기를 무척이나 좋아할 것이다. 그때 그림자가 다시 흔들렸다. 꽃향기를 맡아보고 싶은 충동이 더 강렬해졌다. 그 밖의 다른 것은 모두 잊을 정도로 아주 강렬해졌다. 나는 얼굴을 숙였다. 가까이, 더 가까이.

갑자기 초록색 형상 하나가 모래언덕 꼭대기 위에서 툭 튀어나와 나를 세게 밀어냈다. 나는 뒤로 고꾸라지고 말았다. 나는 데굴데굴 구르다 모래를 뒤덮어 쓴 채 마침내 멈추었다. 이윽고 휙 몸을 돌려 날 공격한 자를 마주했다.

"리아! 날 죽이려는 거야?"

나는 입에서 모래를 뱉어내며 분노로 가득 찬 목소리로 외쳤다.

리아는 뒤로 얼른 물러났다. 내 말을 완전히 무시하고는 우리 엄마를 향했다.

"멈춰요! 그만둬요!"

리아는 목청껏 있는 힘을 다해 외쳤다.

하지만 엘런은 멈추지 않고 한 손으로 머리카락을 뒤로 넘기고는 붉은 꽃을 향해 고개를 숙였다.

리아는 이 모습을 바라보며 모래언덕으로 쏜살같이 달리기 시작했다. 끔찍한 비명이 들리자 리아가 발걸음을 멈추었다. 그 비명 소리에 내 혈관 속의 피가 모두 얼어붙었다. 꽃 한가운데에서 시커먼 덩어리가 튀어나와 엄마의 얼굴을 곧장 들이받았다. 엄마는 주춤주춤 뒤로 물러서며 두 손으로 얼굴을 감쌌다.

"안 돼! 안 돼!"

나는 하늘과 바다와 안개에 대고 소리쳤다.

하지만 이미 늦었다. 엄마는 비틀거리며 모래언덕 아래로 데굴데굴 굴렀다. 마침내 엄마의 움직임이 멈추자, 엄마의 얼굴 전체를 덮고 있는 그림자가 버르적거리는 모습이 보였다. 그러고 나서 끔찍하게도 그 그림자는 엄마의 입안으로 스르르 미끄러져 들어가 사라져버렸다.

8

상처의 언어

나는 엄마 곁으로 달려갔다. 엄마는 모래언덕 아래 쓰러져 있었다. 축축하게 젖은 모래가 파란색 옷과 한쪽 뺨에 묻었다. 바닷바람이 거세지며 해안으로 안개가 몰아쳤다.

"엄마!"

"저 사람이 네 엄마야? 네 진짜 엄마야?"

리아가 옆으로 다가와 물었다.

"그래."

엘런이 힘없이 대답했다. 엘런은 몸을 돌려 바로 누웠다. 푸른 눈으로 내 얼굴을 살펴보았다.

"무사하니, 아들?"

나는 엄마 뺨에서 모래를 털어냈다.

"무사하냐고요? 무사하냐고요? 난 망했어요. 완전히 망했다고요. 엄마를 독살당하게 하려고 이곳으로 데려온 게 아니라고요!"

나는 울부짖었다.

엄마는 기침을 심하게 했다. 마치 몸속에서 그림자를 쫓아내려고 하는 것 같았다. 하지만 얼굴은 점점 더 고통스럽고 점점 더 두려워하는 것처럼 보였다.

나는 리아를 돌아보았다.

"나 대신 우리 엄마를 구해줬어야지!"

리아는 덩굴 하나를 자기 옷 안으로 밀어 넣으며 말했다.

"좀 더 일찍 오지 못해 미안해. 널 찾아 여기저기 다 뒤졌단 말이야. 결국 크르 네이단에 갔어. 네가 떠나고 나서 몇 시간 뒤에. 카이르프레가 네가 무슨 짓을 하려는지 말해주었어. 난 최대한 빨리 널 뒤쫓아 온 거야."

리아는 슬픈 표정으로 엘런을 내려다보며 말했다.

"정말 끔찍한 기분일 거예요. 나쁜 꿈을 꾼 것처럼 말이에요."

"난…… 난 괜찮아."

엘런이 대답했다. 하지만 비참한 표정은 괜찮지 않다는 걸 말해주었다. 엘런은 일어나려 애썼다. 그러다 다시 모래에 드러누웠다.

내 뒤에서 종이 짤랑짤랑 하고 울렸다. 익숙한 목소리가 신음 소리를 냈다.

"공기에서 죽음이 느껴져."

나는 휙 뒤돌았다.

"저리 가요, 제발! 알았어요? 당신은 그 독을 품은 꽃만큼이나 나쁘다고요!"

붐벨리의 고개가 평소보다 훨씬 더 축 처졌다.

"난 너하고 슬픔을 같이 나눌 거야. 정말이야. 어쩌면 내가 네 짐을 가볍게 해줄 수 있을지도 모르잖아. 유쾌한 붐벨리의 우스꽝스러운 노래로 말이야."

"싫어요!"

"그럼 수수께끼는 어때? 종에 대한 내 유명한 수수께끼 말이야."

"싫다고요!"

"좋아. 그렇다면 너에게 말해주지 않을 거야. 저 여자에게 독을 넣은 게 꽃이 아니라는 사실을 말이야."

붐벨리는 심술궂은 표정으로 말하고는 몇 차례 얼굴을 찡그렸다.

"그리고 이것도 확실히 말하지 않을 거야. 그게 리타 고르의 짓이라는 걸 말이야."

배가 옥죄어왔다. 엄마가 숨을 헐떡였다. 나는 붐벨리의 넓은 소맷자락을 붙잡고 흔들어댔다. 종이 짤랑짤랑 울렸다.

"무슨 근거로 그런 말을 하는 거예요?"

"죽음의 그림자. 죽음의 그림자에 대한 이야기를 수없이 들었어. 나 같은 바보조차도 까먹지 않을 정도로 여러 번이나 말이야. 그건 리타 고르가 좋아하는 복수의 방법 중 하나야."

엘런은 몸서리치며 고통스럽게 울부짖었다.

"저 사람은 진실을 말하고 있어, 아들. 만약 내가 주문에 걸리지 않았다면 좀 더 일찍 깨달았을 텐데."

엘런의 얼굴이 일그러졌다. 산들바람이 다시 거세졌다. 마치 바다 그 자체가 크게 한숨을 내뱉고 있는 것 같았다.

"그런데 왜 나지? 왜 나냐고?"

나는 갑자기 힘이 쭉 빠졌다. 왜냐하면 죽음의 그림자가 우리 엄마를 노린 게 아니었다는 걸, 뼛속 깊이 알고 있었기 때문이다. 죽음의 그림자는 날 노렸다. 그런데 나 때문에, 내 어리석음 때문에, 죽음의 그림자가 나 대신 우리 엄마를 내리쳤다. 카이르프레의 말을 들었어야 했다!

엄마를 이곳에 데려오지 말았어야 했다.

"리타 고르는 자기가 정말로 복수하고 싶은 사람들에게만 이런 방법을 쓴다고. 왜냐하면 이 방법은 서서히 죽음에 이르게 하니까. 아주 고통스러울 정도로 서서히. 그리고 그 어떤 말로도 표현할 수 없을 정도로 끔찍하게. 고통을 당하는 사람은 한 달 내내, 그러니까 달의 모습이 네 번 바뀌는 동안* 괴로워하다 마침내 죽게 된다고. 하지만 죽음을 맞는 마지막 순간에는 더 큰 고통과 더 큰 고뇌와 견딜 수 없는 더 큰 괴로움을 겪는다고 들었어. 그 어느 때보다 훨씬 더."

붐벨리는 단조로운 가락으로 읊조렸다.

엘런은 다시 한 번 끙끙 앓는 소리를 내며 무릎을 가슴으로 끌어당겼다.

"그만해요! 그런 말 그만하라고요! 엄마를 더 일찍 죽게 만들고 싶은 거예요? 아무 말도 하지 않는 게 더 나아요. 치료법을 아는 게 아니라면 말이에요."

나는 그 불쾌한 어릿광대를 향해 두 손을 내저었다.

붐벨리는 저만치 몸을 돌리며 고개를 가로저었다.

"치료법은 없어."

나는 약초가 든 작은 가방을 열었다.

"어쩌면 이 안에 뭔가 있을지도……."

"치료법은 없어."

붐벨리는 침통한 목소리로 되풀이했다.

"아, 하지만 분명 있을 거야. 아무리 끔찍한 병이라 해도 모든 병에는

---

*달의 모습은 한 달 동안 그믐, 상현, 보름달, 하현으로 네 번 변한다.

치료법이 있어. 넌 그저 상처의 언어를 알기만 하면 돼."

리아가 우리 엄마 옆에 무릎을 꿇고 앉아 이마를 문지르며 말했다.

리아의 말을 듣자마자 엘런의 얼굴이 환해졌다.

"그 말이 맞아. 분명 치료법이 있을 거야."

엘런은 한참 동안 리아를 유심히 살펴보았다. 그러더니 힘없는 목소리로 물었다.

"이름이 뭐지, 어린 아가씨? 어떻게 치유의 기술에 대해 그렇게 많이 알고 있는 거지?"

리아는 덩굴로 짠 옷을 톡톡 두드렸다.

"드루마 숲의 나무들이 가르쳐줬어요. 나무들은 제 가족이나 마찬가지예요."

"그런데 이름은?"

"대부분의 사람들이 저를 리아라고 불러요. 숲의 요정만 제외하고요. 숲의 요정들은 여전히 저를 리아논이라고 불러요."

엄마의 얼굴이 고통으로 일그러졌다. 몸이 아파서 그런 것 같지는 않았다. 분명 또 다른 종류의 고통 때문이었다. 다른 곳에서 느껴지는 고통……. 하지만 엄마는 아무 말도 하지 않았다. 그저 해변 너머 자욱하게 일렁이는 안개를 향해 얼굴을 돌렸다.

리아가 엘런에게 가까이 다가갔다.

"당신의 이름을 알려주세요."

"엘런."

엄마는 나를 흘끗 바라보았다.

"엄마라고도 불리지."

가슴이 찌르르 아파왔다. 엄마는 모르고 있었다. 이 모든 게 내 잘못

119

이라는 걸. 내가 카이르프레의 강한 반대에도 불구하고 엄마를 이곳에 데려왔다는 걸. 내가 마법사처럼 행동하려 했다는 걸. 나의 무지 때문에, 아니, 나의 교만 때문에 이렇게 되었다는 사실을…….

리아는 엘런의 이마를 계속 문질러주었다.

"벌써 너무 뜨거워요. 점점 나빠지는 것 같아요."

"점점 나빠지겠지. 모든 게 항상 나빠져. 훨씬 더 나빠지지."

붐벨리가 당연하다는 듯이 말했다.

리아는 내게 다급한 표정을 지어 보였다.

"더 늦기 전에 치료법을 찾아내야 해."

붐벨리는 소맷자락을 휘날리며 모래를 가로질러 걷기 시작했다.

"이미 너무 늦었어. 이런 일에서는 아무리 이른 것도 너무 늦는 법이라고."

"아직까지 아무도 찾아내지 못한 치료법이 있을지도 몰라요. 우리가 찾아봐야 해요."

리아가 되받아쳤다.

"실컷 찾아봐. 하지만 아무 도움이 되지 않을걸. 아니, 너무 늦었어. 아주 많이 늦었다고."

내 마음은 이리저리 빙글빙글 춤을 추었다. 나는 리아의 집요한 희망과 붐벨리의 우울 사이에서 우왕좌왕했다. 둘 다 사실이 아닐 수도 있다. 하지만 둘 다 그럴듯해 보였다. 난 하나를 믿고 싶었다. 하지만 다른 말이 옳을지 몰라 두려웠다. 갈매기 한 쌍이 시끄럽게 울어대며 머리 위를 스쳐 불가사리와 홍합이 있는 땅 위로 내려앉았다. 나는 입술을 깨물었다. 치료법이 있다 할지라도, 어떻게 제때 그걸 찾아낼 수 있단 말인가? 모래언덕과 일렁이는 파도 말고는 아무것도 없는 이곳의 외딴 해변에서는 의지할 사람이 한 명도 없었다. 도움을 청할 사람이 없었다.

불현듯 나는 몸을 곤추세웠다. 의지할 존재가 하나 있었다! 나는 벌떡 일어나 해안을 가로질러 안개 낀 반도로 뛰어갔다. 미끄러운 바위 위에서 몰아치는 파도를 무시하고 뛰어가다 몇 차례나 비틀거렸다. 설상가상으로 안개가 소용돌이치고 있었다. 현명한 늙은 조개를 남겨두었던 나뭇조각의 흔적을 찾을 수 없었다. 거센 파도가 그 조개를 쓸어가 버린 걸까? 심장이 덜컥 내려앉았다. 다시는 그 조개를 찾지 못할지도 모른다!

두 손과 무릎으로 나는 젖은 바위를 구석구석 샅샅이 뒤지고, 미끌미끌한 해파리를 뒤집으며 물웅덩이를 세밀히 뒤졌다. 마침내 물보라에 흠뻑 젖은 채 물 위에 둥둥 떠다니는 나뭇조각 하나를 발견했다. 그곳에 나뭇조각과 함께 자그마한 조개가 쉬고 있었다. 같은 조개일까? 나는 재빨리 모래색 원뿔을 귀에 갖다 댔다.

"와시암발라, 너니?"

아무 대답도 없었다.

"와시암발라, 너라면 대답 좀 해줘! 죽음의 그림자를 치료할 방법이 있니? 어떤 치료법이든 있으면 말해줘!"

나는 간청했다.

마침내 기다랗고 축축한 한숨 소리가 들려왔다. 아주 느릿느릿 몰아치는 파도 소리 같았다.

"넌 배웠구나, 철썩, 가장 고통스러운 고통을."

"그래그래! 하지만 지금 날 좀 도와줄 수 있니? 치료법이 있다면 제발 좀 알려줘. 우리 엄마가 죽어가고 있단 말이야!"

"지금도 여전히, 철썩, 갈라토를 갖고 있니?"

나는 얼굴을 찡그렸다.

"아니…… 줘버렸어."

"다시 되찾을 수 있어? 철썩, 아주 빨리?"

"아니, 그건 지금 돔누가 가지고 있어."

실망하는 조개의 한숨을 두 귀로 느낄 수 있었다.

"그렇다면 어떤 도움도 줄 수 없어, 철썩. 치료법이 있기는 해. 하지만 그걸 찾으려면, 철썩, 사후 세계로 여행을 떠나야만 해."

"사후 세계라고? 정령들의 땅 말이야? 하지만 그곳에 가는 유일한 방법은 죽는 거잖아!"

나는 고개를 저었다. 검은 머리카락에서 물방울이 튀었다.

"만약 그게 우리 엄마를 구하는 길이라면 죽음도 마다하지 않겠어. 정말이야. 하지만 만약 내가 사후 세계에 이르는 그 긴 여정을 떠난다 할지라도, 치료법을 갖고 이곳으로 되돌아올 수는 없을 거야."

"맞아. 긴 여정은 죽은 자를, 철썩, 사후 세계로 데려가지. 하지만 살아 있는 자들의 땅으로 다시 돌려보내지는 않아."

새로운 생각이 떠올랐다.

"잠깐! 투아하, 그러니까 우리 할아버지는 살아서 사후 세계로 여행하는 방법을 찾아냈어. 위대한 다그다와 상의하기 위해 말이야. 내가 투아하의 길을 따라갈 수는 없을까?"

"그 길이 결국 그 사람을 죽게 만들었지, 철썩. 그걸 잊지 말라고. 그 사람은 벨러한테 죽임을 당했어. 리타 고르의 지시만 따르는 도깨비 말이야. 지금도 벨러가 비밀의 입구를 지키고 있어. 그곳은, 철썩, '사후 세계 계단통'이라고 불리는 곳이지. 벨러는 그 길을 지나가려는 다그다의 어떤 협력자도 멈춰 세우기로 맹세했어."

"사후 세계 계단통이라고? 그건 정령의 땅으로 이끌어주는 일종의 계단 같은 곳이니?"

"그게 무엇이든, 그걸 발견하는 게, 철썩, 유일한 희망이야. 왜냐하면 네가 찾고 있는 치료법은 다그다의 묘약*이니까. 그리고 다그다만이 그걸 줄 수 있으니까."

조개의 목소리가 꿀렁거렸다.

차가운 파도가 내 다리 위로 밀려왔다. 바위에 넘어져 생긴 생채기에 소금물이 닿아 따끔거렸다. 하지만 난 개의치 않았다.

"다그다의 묘약. 음, 도깨비가 있든 없든, 반드시 그걸 얻어야 해, 사후 세계로 가는 그 계단을 어떻게 하면 찾을 수 있어?"

나는 느릿느릿 물었다.

다시 한 번 조개는 땅이 꺼져라 절망에 찬 한숨을 내쉬었다.

"그걸 찾으려면 기이하고 매혹적인 음악을 들을 수 있어야 해, 철썩. 밀린, 그건 바로 마법의 음악이란다."

"마법의 음악이라고? 그런 걸 어떻게 들을 수 있단 말이야?"

나는 자그마한 원뿔을 거의 놓칠 뻔했다.

"마법의 음악을 알지 못하고는 사후 세계 계단통을 찾지 못해. 투아하의 길을 찾을 수 있는 유일한 방법은, 철썩, 마법의 일곱 노래를 완전히 익히는 거니까 말이야."

"마법의 일곱 노래가 도대체 뭔데?"

내가 조개의 대답을 기다리는 동안, 바람이 불어와 옷자락을 펄럭였

---

*Elixir of Dagda, 만병통치약.

다. 마침내 내 귀에 자그마한 목소리가 다시 들려왔다.

"조개 중에서 가장 현명한 나도 그건 몰라. 내가 해줄 수 있는 말이라고는, 철썩, 투아하가 직접 마법의 일곱 노래를 드루마 숲의 커다란 나무에 새겨놓았다는 것뿐이야."

"음…… 설마 아바사는 아니지?"

"응, 맞아."

"나 그 나무 알아! 그건 리아의 집이야."

그곳에서 보았던 그 기이한 문자를 떠올리며 나는 얼굴을 찡그렸다.

"하지만 그 글이라면 읽을 수 없어! 난 하나도 읽을 수 없었어."

"그렇다면 다시 시도해봐야지, 멀린. 그게 네 엄마를 구할 수 있는, 철썩, 유일한 기회야. 사실 가능성이 아주 희박하긴 하지만 말이야."

나는 죽음의 그림자 때문에 고통당하면서 모래언덕 그늘에 누워 있는 엄마를 떠올렸다. 엄마의 호흡은 갈수록 짧아지고 있었다. 내가 엄마를 이 꼴로 만들었다. 이제 어떤 위험을 감수하고라도 원래대로 되돌려야 했다. 하지만 진정한 마법사의 자질에 대한 카이르프레의 묘사를 떠올리자 몸서리가 쳐졌다. 그건 분명 부족한 자질이다. 마법의 일곱 노래가 무엇이든, 나는 그걸 완전히 익힐 가능성이 거의 없었다. 죽음의 그림자가 자신의 끔찍한 임무를 완수하기 전의 그 짧은 시간 안에 해내지 못할 게 분명했다.

"그건 무리야. 난 마법사가 아니야! 어찌어찌해서 일곱 개의 노래를 완전히 익힌다 해도, 어떻게 사후 세계 계단통을 찾아서 뻴러를 피해 다그다의 영역으로 올라갈 수 있겠어? 더더욱 그 모든 걸 한 달 안에 말이야?"

나는 풀이 죽어서 말했다.

"널 절대, 철썩, 도와주지 말았어야 하는 거였는데."

지난밤에 흘끗 보았던 희미한 초승달을 떠올렸다. 아주 희미한 은빛만으로는 투시력을 통해 초승달을 찾기가 거의 불가능했다. 난 이번 달이 완전히 사라지기 전까지 다그다의 묘약을 찾아야 한다. 하루도 더 지체해서는 안 된다. 달이 지면 우리 엄마도 죽을 테니까.

보름달이 되면 내 시간도 절반이 흐른 셈이다. 달이 기울면 내 시간은 거의 끝난다. 그리고 마침내 달이 사라져버리면 내 희망도 사라져버린다.

"너한테 핀카이라에서의, 철썩, 모든 행운을 빌게. 행운이 필요할 거야, 철썩. 아니, 행운 그 이상이 필요하지."

조개가 말했다.

9

땅의 별빛

엄마는 이미 너무 기운을 잃어서 걸을 수도 없었다. 그래서 리아와 나는 내 지팡이와 주운 나뭇가지로 들것을 만들었다. 덩굴을 얼키설키 엮으며, 나는 조개에게 들은 이야기를 리아한테 들려주었다. 그러면서 아바사에게로 데려가 달라고 부탁했다. 하지만 내가 그 커다란 나무의 이름을 말하는 순간, 이상하게 불길한 예감에 강하게 휩싸였다. 나도 그 이유를 몰랐다.

이와 대조적으로, 리아는 아바사의 벽에 적힌 글에 사후 세계 계단통을 찾아내는 데 필요한 비밀이 담겨 있다는 내 말에 별다른 관심을 보이거나 놀라지 않는 것 같았다. 어쩌면 아바사가 예전에 아주 많은 질문에 대해 아주 많은 대답을 해준 것을 보아왔기 때문인지도 몰랐다. 리아는 그저 고개를 끄덕이고 계속 덩굴만 엮었다. 마침내 우리는 들것을 완성하고 엄마를 들것에 눕혔다. 엄마 이마에 손을 올려보니, 열이 더 높아진 걸 알 수 있었다. 상황이 악화되었지만, 엄마는 아무런 불평도 하지 않았다.

그런데 붐벨리는 그러지 못했다. 우리가 발걸음을 떼기도 전에, 붐벨리는 들것 뒤쪽을 든 채 자기만의 스타일로 말하는 그 조개를 흉내 내기 시작했다. 마침내 자신의 이런 흉내를 보고도 즐거워하는 사람이 아무도 없다는 걸 깨닫고는, 종이 달린 모자의 복잡함에 대해 묘사하기 시작했다. 마치 자기 모자가 일종의 왕관이라도 되는 것처럼 말이다. 하지만 그것 또한 잘 먹히지 않자, 이처럼 무거운 짐을 운반하면 가냘픈 등이 혹사당해 어릿광대로서 능력이 발휘되지 않을 거라고 불평을 늘어놓기 시작했다. 난 아무 대꾸도 하지 않았다. 붐벨리의 모자를 입안에 확 쑤셔 넣어 붐벨리와 그 짤랑거리는 종을 모조리 입 다물게 하고 싶은 걸 꾹 참았다.

리아는 꽃 피는 하프를 어깨에 걸쳐 메고 앞장섰다. 나는 들것 앞쪽을 들었지만, 내 죄의 무게가 그 어느 것보다 무거운 짐처럼 느껴졌다. 모래언덕을 건너고 종 모양의 꽃 옆을 지나는 것도 고생스러운 행군처럼 느껴졌다.

드루마 숲에 들어서기 전, 우리는 신록이 우거진 푸릇푸릇한 초원을 지나갔다. 상물에 둘러싸인 초원의 풀은 물결처럼 움직였다. 마치 바다의 수면 같았다. 모든 개울이 철썩거리며 잔물결을 일으키고, 강둑을 따라 식물들이 줄지어 자랐다. 강은 리본처럼 구불구불 이어졌다. 지금과 다른 처지였다면 이곳이 얼마나 아름답게 보였을까! 마법의 악기나 엄청난 마법 없이도 생겨난 아름다움. 아름다움은 그냥 거기에 있었다.

마침내 작은 나뭇가지와 발아래 솔잎이 바스락거리는 소리를 내며, 우리는 오래된 숲에 들어섰다. 밝은 초원은 사라지고 모든 것이 짙어졌다. 때로는 자극적이고 때로는 달콤한 송진 향이 강하게 풍겼다. 머리 위에서 나뭇가지가 소곤소곤 속삭이고 재잘재잘 떠들어댔다. 나무 뒤에서 그림자들이 조용히 떠다니는 것 같았다.

다시 한 번 이 숲의 으스스함을 느꼈다. 이 숲은 각양각색의 살아 있는 생명체들이 모여 있는 것 그 이상이었다. 이 숲은 사실상 살아 있는 존재 그 자체였다. 한때 이 숲은 내게 솔송나무 지팡이를 주었다. 하지만 이제 분명히 느꼈다. 이 숲은 나를 의심스럽게 지켜보고 있었다.

발가락이 나무뿌리에 부딪혔다. 고통에 움츠러들었지만, 나는 들것을 단단히 잡았다. 투시력은 지난번 이곳에 왔을 때보다 훨씬 더 좋아졌다. 하지만 희미한 빛은 여전히 시야를 방해했다. 햇빛은 이 빽빽한 숲의 가장 꼭대기 층에만 비추었기에, 숲 바닥에는 닿는 빛이 거의 없었다. 하지만 속도를 줄일 생각은 없었다. 내겐 시간이 없었다. 우리 엄마 또한 시간이 없었다.

우리는 리아를 따라 덩굴로 만든 들것을 든 채 숲 깊숙이 들어섰다. 나무가 우리의 일거수일투족을 지켜보고 있다는 기이한 느낌은, 걸음을 옮길 때마다 더욱더 커져갔다. 우리가 나무 아래를 지나가자 탁탁거리는 나뭇가지 소리가 요란스러워졌다. 다른 생명체들도 우리를 알아차린 것 같았다. 텁수룩한 꼬리, 노란색 눈동자가 어렴풋이 보였다. 거무스름한 나뭇가지 사이에서 빽빽 소리와 윙윙 소리가 가끔씩 울려 퍼졌다. 그리고 한 번은 아주 가까운 곳에서 뭔가 벅벅 긁어대는 소리가 크게 들렸다. 마치 날카로운 발톱이 나무껍질이나 피부를 잡아 뜯기라도 하는 것 같았다.

팔과 어깨가 무척 아팠다. 하지만 점점 크게 들리는 엄마의 신음 소리에 마음이 훨씬 더 아팠다. 붐벨리는 적어도 엄마의 고통을 보고 불평을 자제할 만큼 마음을 고쳐먹은 듯했다. 하지만 붐벨리의 종은 연신 짤랑짤랑 소리를 냈다. 그리고 산들바람처럼 가볍게 숲속을 나아가는 동안 리아는 걱정스러운 표정으로 들것을 자주 돌아다보았다.

몇 시간 동안 이끼와 고사리로 뒤덮인 어두운 빈터를 걸었더니 어깨가 지근거렸다. 어깨가 언제라도 터져버릴 것만 같았다. 두 손은 거의 아무런 감각이 없어져서 더 이상 들것을 쥘 수도 없었다. 지름길은 없을까? 리아가 길을 잃은 건 아닐까? 나는 메마른 목을 가다듬으며 리아를 부르려 했다.

그때 머리 위의 나뭇가지에서 새로운 빛이 흘끗 보였다. 우리는 고사리 밭 사이를 밀고 나아갔다. 고사리가 무릎과 허벅지에 달라붙었다. 빛은 점점 강렬해지고 나무둥치 사이의 공간은 점점 넓어졌다. 신선한 박하처럼 향기로운 산들바람이 땀으로 축축한 이마를 시원하게 어루만져주었다.

우리는 풀밭으로 뒤덮인 빈터로 들어섰다. 빈터 한가운데에 거미줄처럼 뻗은 우람한 뿌리에서부터 솟구쳐 오른 커다란 참나무 한 그루가 서 있었다. 아바사였다. 보이는 것보다 훨씬 오래되고, 우리가 그동안 보았던 그 어떤 나무보다도 훨씬 키가 컸다. 나무둥치는 대여섯 그루의 나무가 하나로 뭉쳐졌을 정도로 엄청나게 컸는데, 첫 번째 나뭇가지가 뻗어 나오는 곳까지만 해도 내 키보다 몇 배나 더 높았다. 그곳에서부터 나무는 위로 위로 솟구쳐서 마침내 구름과 뒤섞였다.

낮은 쪽 나뭇가지 한가운데에 참나무 나뭇가지로 지은 자그마한 집이 자리 잡고 있었다. 이리저리 굽고 비틀린 나뭇가지들이 벽과 바닥과 지붕을 만들었다. 초록색 잎사귀의 어른거리는 장막이 창문마다 늘어져 있었다. 밤에 이 자그마한 나무집을 처음 보았을 때가 떠올랐다. 당시 집 안에서 빛이 새어나왔다. 폭발하는 별처럼 환하게 빛났었다.

리아는 마치 솟구치는 나뭇가지처럼 두 팔을 들어 올렸다.

"아바사."

그 커다란 나무가 흔들렸다. 우리 머리 위로 이슬방울이 비처럼 쏟아져 내렸다. 어둠의 언덕에서 너도밤나무의 고개를 숙이려 했던 내 서투른 시도가 떠올라 괴로웠다. 그날 리아는 그런 나를 보고 바보라고 놀렸다. 엄마의 들것을 풀밭에 살며시 내려놓으며, 나는 리아의 말이 옳든 그르든, 그날 너무나도 멍청한 짓을 했다는 걸 깨달았다.

"로즈메리. 저것 좀 가져다줘, 부탁이야."

엘런이 말했다. 목소리가 신음하듯 거칠었다. 엘런은 뾰족뾰족한 어린 싹이 무성하게 달린 관목을 가리켰다. 그 관목은 빈터 가장자리 근처에서 자라고 있었다.

리아는 재빨리 잔가지 하나를 뽑아 엘런에게 주었다.

"여기 있어요. 향기가 무척 좋아요. 이걸 보니 햇빛을 받은 솔잎이 생각나네요. 이걸 뭐라고 부르셨어요?"

"로즈메리."

엄마는 그걸 손바닥 사이로 굴렸다. 그러자 강한 향기가 공기를 가득 채웠다. 엄마는 바스러진 잎사귀를 얼굴로 가져가 그 향을 깊이 들이마셨다.

얼굴이 약간 편안해진 것 같았다. 엄마가 손을 내렸다.

"그리스 사람들은 이것을 '땅의 별빛'이라고 불렀단다. 정말 아름답지 않니?"

리아는 고개를 끄덕였다. 곱슬머리가 어깨에 찰랑거렸다.

"그리고 그건 류머티즘에 좋아요, 안 그런가요?"

엘런은 놀라운 표정으로 리아를 바라보았다.

"세상에, 그걸 어떻게 알았니?"

"크웬이 그걸 손에다 자주 쓰곤 했어요. 크웬은 제 친구였어요."

리아의 얼굴에 어두운 그림자가 스쳐 지나갔다.

"크웬은 고블린들과 몰래 약속을 했어요. 그러느라 우리를 거의 죽일 뻔했죠. 크웬은 트……, 리아, 그걸 뭐라고 불렀지?"

내가 리아에게 물었다.

"트릴링 종족. 반은 나무, 반은 인간이죠. 크웬은 트릴링 종족의 마지막 생존자였어요."

리아는 잠시 동안 우리 머리 위 참나무 잎사귀의 속삭임에 귀를 기울였다.

"아바사는 제가 아기 때부터 저를 돌봐주었어요. 숲에 버려진 저를 발견한 뒤로 줄곧 말이에요."

엄마는 고통에 몸을 움츠렸다. 눈동자는 리아에게 고정되어 있었다.

"넌…… 넌 네 진짜 가족이 그립니, 애야?"

리아는 손을 가볍게 흔들었다.

"아, 아니요. 전혀요. 나무가 제 가족인걸요. 특히 아바사요."

다시 나뭇가지가 흔들리며 우리에게 이슬비를 소나기처럼 내려주었다. 하지만 낙천적인 리아의 말에도 불구하고, 청회색 눈이 슬퍼 보인다는 걸 알아차릴 수 있었다. 그 어느 때보다도 슬퍼 보였다.

붐벨리는 눈썹, 입, 턱을 찡그리며 들것 옆에 몸을 구부리고 엄마의 이마를 만져보며 우울하게 말했다.

"뜨거워요. 아까보다 더 뜨거워요. 이제 내 종에 대한 수수께끼를 낼 때예요. 그건 내가 가장 좋아하는 것 중 하나죠. 다른 수수께끼는 제가 모르거든요. 이제 수수께끼를 낼까요?"

"아니, 당신의 수수께끼와 노래는 우리 엄마 기분을 더 나쁘게 만들기만 할 거예요."

내가 붐벨리를 옆으로 거칠게 밀치며 말했다.

붐벨리는 입을 삐죽거렸다. 턱이 망토의 걸쇠 위에서 전부 다 흔들렸다.

"그럼, 그렇지, 그렇고말고."

그러더니 붐벨리는 몸을 약간 곧게 폈다.

"하지만 분명히 말하는데, 언젠가 난 사람들을 웃게 만들 거야."

"정말 그렇게 생각해요?"

"응, 너도 분명 웃게 될 거야."

"좋아요. 그런 날이 오면, 난 내 신발을 먹어 치울게요. 이제 저리 가요. 당신은 저주, 전염병, 태풍보다 더 나빠요!"

엘런은 신음하며 들것에서 몸을 뒤척였다. 엘런은 리아에게 뭔가를 말하려 했다. 엘런의 푸른 눈에 걱정스러운 기색이 가득했다. 그러고 나서 무슨 이유 때문인지 입을 다물어버렸다. 대신 로즈메리 향을 다시 맡았다. 엘런이 나를 바라보며 물었다.

"레몬 밤 좀 가져다줄래? 그게 있으면 두통이 좀 가라앉을 거야. 어디서 자라는지 알고 있지?"

"전 잘 몰라요. 리아가 알 거예요."

리아는 여전히 어두운 눈동자를 하고서 고개를 끄덕였다.

"그리고 캐모마일도 좀 가져다줘. 찾을 수 있다면 말이야. 캐모마일은 소나무 근처에서 자라. 줄기에 빨간색 털이 있는 자그마한 하얀색 버섯 옆에 있단다."

"나무가 절 안내해줄 거예요. 하지만 먼저 안으로 모실게요."

리아가 아바사의 우람한 나뭇가지를 올려다보며 말했다.

리아는 나무껍질로 만든 아담한 신발을 벗고, 나무뿌리의 움푹 팬 곳 안으로 들어섰다. 그러고는 참나무 언어로 바스락거리며 문장을 길게 말했다. 나무뿌리가 리아의 다리를 감쌌다. 리아는 아바사 옆에 붙은 어린 새싹처럼 서 있었다. 리아가 두 팔을 벌려 거대한 나무둥치를 감싸자, 나뭇잎이 무성한 나뭇가지 하나가 내려와 리아의 등을 감쌌다. 곧 나뭇가지가 위로 들리고, 뿌리가 갈라지고, 나무둥치에 주름이 생기고, 나무껍질에 작은 문이 나타났다. 리아는 그 안으로 들어서며 우리에게 따라오라고 손짓했다.

나는 허리를 숙여 들것의 앞쪽을 잡으며, 엄마를 바라보았다. 뺨과 이마에 땀이 송골송골 맺혀 있고, 얼굴은 엄청난 고통으로 일그러져 있었다. 이런 엄마의 모습을 보니, 뾰족한 창이 가슴을 후벼 파는 것처럼 아팠다. 엄마가 지금 느끼는 이 고통이 바로 나 때문이라는 생각을 떨쳐버릴 수 없었다.

붐벨리는 혼자 투덜거리며 들것 뒤를 들었다. 우리는 뿌리의 미로를 건너 문으로 비틀비틀 걸어갔다. 내가 겨우 두 발 옮겼을 때, 작은 문이 닫히기 시작했다. 예전에 내가 처음 아바사에 왔을 때처럼! 다시 한 번 나무는 나를 안으로 들이기를 원하지 않았다.

리아가 새된 소리를 질렀다. 리아는 두 손을 휘휘 내저으며 바스락바스락거리며 나무의 언어로 나무를 야단쳤다. 나무는 부들부들 떨었다. 문은 닫히다 말고 천천히 다시 열렸다. 리아가 무척이나 단호한 표정으로 내게 눈길을 보냈다. 리아는 이내 다시 몸을 돌려 나무둥치 안의 나선형 계단을 오르기 시작했다. 나는 리아 뒤를 쫓아가며, 고개를 숙여 문을 통과했다. 비 내린 뒤의 낙엽처럼 풍요롭고 축축한 냄새가 확 풍겨왔다. 나는 나무둥치의 어마어마한 크기에 놀랐다. 아바사는 밖보다 안이 훨씬 더 커 보였다. 그렇다 하더라도, 희미한 불빛 속에서 들것이 벽이나 지붕에 부딪히지 않도록 집중해야만 했다. 안 그러면 엄마가 들것에서 떨어질 테니까.

우리는 조심스럽게 살아 있는 나무의 계단을 올라갔다. 거미줄처럼 복잡하게 얽힌 기이한 글씨가 벽을 가로질러 끊임없이 이어져 있었다. 얽히고설킨 룬 문자가 계단 바닥부터 꼭대기까지 가득 채워져 있었다. 하지만 예전처럼 이해할 수 없기는 마찬가지였다. 희망이 더욱 깊이 가라앉았다.

마침내 우리는 두툼한 잎사귀 장막에 이르렀다. 리아의 작은 집 입구라 할 수 있는 곳이었다. 장막을 밀치며 우리는 나뭇가지로 짠 넓은 바닥에 발을 들여놓았다. 사방에 이리저리 엇갈린 나뭇가지에서부터 나무로 된 가구들이 앞으로 튀어나와 있었다. 나는 벽난로 옆에 있는 나지막한 탁자와 튼튼한 의자 두 개 그리고 가장자리에 초록색 잎이 늘어서 있는 꿀색 장식장을 알아보았다.

"아, 정말 아름다운 곳이구나."

엘런이 좀 더 자세히 보려고 몸을 뒤척이며 감탄했다.

나는 붐벨리에게 고개를 끄덕였다. 우리는 들것을 최대한 살며시 내려놓았다. 붐벨리는 몸을 꼿꼿하게 세우기는 했지만, 찌푸렸던 눈살이 약간 풀어졌다. 주위를 둘러보던 붐벨리는 이 작은 집의 인테리어에 푹 빠졌다. 하지만 내 머릿속은 온통 저 아래 계단통에 쏠려 있었다.

내 마음을 읽기라도 한 것처럼 리아가 내 팔에 손을 얹었다.

"네 엄마한테 드릴 약초가 좀 있어."

리아는 꽃 피는 하프를 어깨에서 풀어 들것 옆 벽에 세워두었다.

"있잖아, 네 엄마를 구할 생각이라면, 넌 해야 할 일이 많아."

10

아바사의 비밀

아바사의 안 깊숙한 곳에서 난 열심히 매달렸다. 수수께끼의 열쇠를 찾기 위해 가능한 모든 것을 시도해봤다. 나선형 계단을 오르락내리락 하며, 단서가 될 만한 곳을 찾아보았다. 뒤로 멀찍이 물러서서 일정한 패턴을 찾아 벽을 유심히 살펴보았다. 앞으로 가까이 다가가 차가운 나무에 이마를 대고 룬 문자를 하나씩하나씩 살펴보았다. 하지만 아무 소용도 없었다.

시간이 흘러갔지만 나는 벽에 적힌 신비한 문자에만 차분히 몰두했다. 엘런의 치료약이 있는 곳으로 날 인도해줄 글이 절실히 필요했다. 정교하게 조각된 문자에는 숨은 의미가 가득한 것처럼 보였지만, 도저히 그 뜻을 이해할 수 없었다.

해가 지자 계단통의 희미한 빛은 완전히 사라져버렸다. 투시력을 사용하기 위해 고군분투해보았으나 어둠 속에서는 아무 소용이 없었다. 리아가 내게 특이하게 생긴 횃불 하나를 가져다주었다. 그 횃불은 내 주먹만 한 크기의 둥그스름한 물건이었는데, 얇지만 견고한 밀랍으로 되어 있었다. 그 안에서 수십 마리의 딱정벌레가 기어 다니며 호박빛을

135

계속 뿜어냈다. 자그마한 글자를 읽을 수 있을 정도로 환했다.

횃불이 있어서 다행이었다. 난 아무 말 없이 그 횃불을 받아들었다. 접시 두 개도 마찬가지로 다행스러웠다. 하나에는 물이, 다른 하나에는 커다란 초록색 나무 열매가 가득 담겨 있었는데, 그건 붐벨리가 나중에 가져다준 것이었다.

계단에 발이 걸린 붐벨리가 비틀거리다 물을 거의 절반이나 내 목에 쏟았지만, 나는 신경 쓰지 않았다. 나는 내가 해야 할 일과 죄책감에 완전히 빠져 있었다. 기이한 룬 문자에 내 모든 정신을 집중했기에, 저 위에 누워 있는 여인, 내가 이곳 핀카이라로 데리고 온 여인이 주기적으로 흘리는 한숨과 신음 소리를 계속 듣지는 못했다.

밖에서 창백한 초승달이 드루마 숲 위로 솟아오르며, 아바사의 나뭇가지를 희미한 은빛으로 물들이고 있었다. 치료약을 찾을 때까지 내게 주어진 시간은 고작 한 달뿐이다. 그런데 벌써 하루가 지나가고 있었다. 이 임무는 힘들고, 어쩌면 불가능할지도 모른다. 그런데 나는 아직 시작도 못했다. 아직 문자를 해독하지도 못했다. 문자는 자신의 비밀을 알려줄 아무런 실마리도 보여주지 않았다.

피곤에 지쳐서 나무 벽에 손을 얹었다. 갑작스레 룬 문자에서 따뜻한 불꽃같은 게 살짝 느껴졌다. 그것이 내 손바닥을 찌르는 것 같았다. 그러다 이내 사라졌다. 그런데 이 글귀를 위대한 마법사 투아하가 직접 새겼다는 느낌이 뼛속까지 전해졌다. 투아하는 언젠가는 자기 손자가 이 신비한 문자를 읽으려 고군분투하리라는 걸 그때 벌써 알고 있었을까? 이 글귀가 사후 세계와 다그다의 묘약으로 가는 계단을 찾게 해줄 유일한 희망이라는 걸 알고 있었을까? 다그다의 묘약이 엘런의 목숨을 구하는 데 필요하리라는 걸 알고 있었을까? 자신보다 막강한 힘을 지닌 마법사를 낳으리라고 직접 예언해준 바로 그 여인의 목숨을 말이다.

내가 바로 그 마법사라고? 마법의 악기가 내게 없었을 때, 나는 내 능력으로 무얼 만들어냈지? 내 자신과 내 주변 사람들에게 불행을 가져다준 것 말고는 아무것도 없었다. 난 두 눈을 잃었을 뿐만 아니라, 엄마의 생명까지도 위태롭게 했다.

나는 계단통 바닥으로 내려섰다. 낙심한 채 벽에 기대었다. 손을 뻗어 손가락 끝으로 첫 번째 룬 문자를 어루만졌다. 제멋대로 자란 기다란 수염이 달린 네모난 해바라기처럼 보였다. 천천히 그 글자의 굴곡과 주름을 따라가며 다시 한 번 그 뜻을 조금이나마 알아차리려 노력했다.

아무것도 모르겠다.

나는 고개를 푹 숙였다. 어쩌면 자신감의 문제일지도 몰랐다. 신념의 문제일지도.

나는 마법사가 되기 위해 태어났다. 그렇지 않은가? 투아하가 직접 그렇게 말했다. 난 투아하의 손자다. 투아하의 후계자다.

다시 한 번 룬 문자를 쓰다듬었다.

역시 아무것도 알아차릴 수 없었다.

내게 말해, 룬 문자! 이건 명령이다!

여전히 아무것도 없었다. 나는 주먹으로 벽을 꽝 쳤다.

내게 말하라고 했잖아! 명령이라고!

계단통으로 다시 한 번 고통스러운 신음 소리가 울려 퍼졌다. 내 배가 옥죄어왔다. 나는 숨을 천천히 힘겹게 들이마셨다.

날 위해 하기 싫다면, 저 여인을 위해 해줘! 네 비밀을 알아내지 못하면, 저 여인은 죽고 말 거야.

눈물이 뺨을 타고 흘러내렸다.

제발, 저 여인을 위해. 엘런을 위해. 우리…… 엄마를 위해.

손가락 사이로 뭔가 따끔따끔 고동쳤다. 뭔가 가볍게 바람처럼 움직였다.

나는 손가락을 문자에 밀어대며 좀 더 집중했다. 엘런을 생각했다. 나무 바닥에 홀로 누워 있는 엘런을 생각했다. 나에 대한 엘런의 사랑을 생가했다. 엘런에 대한 내 사랑을 생각했다. 손가락에 닿은 나무가 더 따뜻해지는 것 같았다.

제발 우리 엄마를 도와줘. 우리 엄마는 날 위해 모든 걸 아낌없이 주었어.

순간적인 깨달음이 번뜩였다. 첫 번째 룬 문자는 그 뜻을 직접 내 마음에 말해주었다. 생전 처음 들어보는, 깊게 울려 퍼지는 목소리였다. 하지만 웬일인지 늘 알고 있던 목소리 같았다.

이 글귀는 사랑으로 읽어야 해. 안 그러면 전혀 읽을 수 없어.

이윽고 단어가 강물처럼 우수수 흘러나왔다. 그 강이 나를 덮쳐 쓸고 가버렸다.

마법의 일곱 노래, 하나의 멜로디와 수많은 멜로디가, 그대를 사후 세계로 인도할 것이다. 비록 아무런 희망이 없다 할지라도…….

흥분에 휩싸여, 룬 문자를 계속 읽어가며 계단을 하나씩 올라갔다. 가끔씩 멈추어서 그 단어들을 속으로 되뇌었다. 그렇게 계속 나아갔다. 마침내 꼭대기에 이르렀을 때, 첫 번째 여명이 계단통으로 스며들며 룬 문자 위에서 이글거렸다. 밤사이 일곱 개의 노래는 내 마음속에 단단히 새겨졌다. 한때 아바사의 벽에 조각되었던 것처럼 단단하게…….

11

하나의 멜로디와
수많은 멜로디

나는 마지막 나무 계단에 올라 나뭇잎 장막 속으로 걸어 들어갔다. 엄마는 여전히 바닥에 누워 있었다. 더 이상 들것에 있지는 않았다. 내가 들어오는 소리를 듣고, 엄마는 나방에서 뽑은 실로 짠 가벼운 은빛 담요 아래에서 몸을 뒤척였다. 그러고는 고개를 들어 올리려 안간힘을 썼다. 리아는 그 옆에서 책상다리를 하고 앉아, 근심 가득한 표정을 짓고 있었다. 붐벨리는 저쪽 벽에 기대어, 침울한 표정으로 나를 바라보았다.

"글을 읽었어. 이제 그게 무슨 뜻인지 확인해봐야 해."

나는 자랑스레 말했다.

"우리한테 조금 들려줘봐. 처음에 어떻게 시작해?"

엘런이 속삭였다. 창문으로 흘러들어온 새벽의 분홍빛이 엘런의 창백한 두 뺨에 닿았다.

나는 엄숙하게 엘런 옆에 무릎을 꿇고 앉았다. 그리고 엘런의 얼굴을 살펴보았다. 무척 고통스러워 보이기는 했지만 여전히 사랑스러워 보였다. 나는 노래를 암송했다.

마법의 일곱 노래,

하나의 멜로디와 수많은 멜로디가,

그대를 사후 세계로 인도할 것이다.

비록 아무런 희망이 없다 할지라도…….

"그대에게 아무런 희망이 없다 할지라도. 그럼, 그렇지. 그렇고말고."

붐벨리가 자기 모자를 멍하니 바라보며 내 말을 한 번 더 따라했다.

나는 붐벨리를 노려보았다. 리아는 소나무 향이 나는 자그마한 베개에 손을 뻗었다.

"그게 무슨 뜻이야? 하나의 멜로디와 수많은 멜로디라니?"

"나도 잘은 모르겠어. 하지만 일곱 개의 노래는 저마다 위대하고 영광스러운 별의 노래의 일부라고 적혀 있어. 그러니 그것과 무슨 관련이 있겠지."

나는 리아가 엄마의 머리 밑에 베개를 받쳐주는 모습을 지켜보았다.

"관련이 있단다, 아들. 다른 말은 안 적혀 있었니?"

엘런이 나를 잠시 유심히 바라보았다.

나는 한숨을 내쉬며 말했다.

"많이 있었어요. 대부분은 이해할 수 없었어요. 묘목, 원 그리고 마법의 숨겨진 근원에 대한 것이었어요. 그리고 좋은 마법과 나쁜 마법 사이에는 딱 한 끗 차이가 있는데, 바로 마법을 휘두르는 자의 의도라는 글도 있었어요."

나는 엄마의 손을 잡았다.

"그리고 경고로 시작되는 일곱 개의 노래가 적혀 있었어요."

각각의 노래에 담겨 있는 진실을 밝혀라.

우선 명심하라!

진실은 오랜 세월 자라는 나무와 같고,

각각의 나무는 씨앗에서 시작한다.

나는 잠시 말을 멈추었다. 우리가 지금 앉아 있는 거대한 아바사조차도, 그저 하나의 씨앗에서 시작되었다는 사실을 떠올렸다. 하지만 그다음에 이어진 문장을 떠올리니 별다른 격려가 되지 못했다.

일곱 개의 노래를 차례로 따라가라.

부분이 모여 전체가 된다.

각각의 노래에 담긴 가장 깊은 혼(魂)을 찾을 때까지

절대 움직이지 마라.

"각각의 노래에 담긴 가장 깊은 혼이라니, 그게 무슨 뜻이라고 생각하니?"

리아가 내 말을 반복하며 물었다.

나는 나무 바닥을 어루만졌다.

"나도 몰라. 전혀 모르겠어."

엄마가 내 손을 힘없이 잡았다.

"어떤 노래인지 들려주지 않겠니?"

나는 리아의 질문을 곰곰이 생각하면서 노래를 암송했다.

첫 번째는 '변신'의 교훈으로,

트릴링이 잘 알고 있다.

두 번째는 '결속'의 힘으로,

얼굴 호수가 말해줄 것이다.

세 번째는 '보호'의 기술로,

깊이 땅굴을 파는 소인들과 같다.

네 번째는 '이름'의 예술로,

슬란토스가 간직하고 있는 비밀이다.

다섯 번째는 '도약'의 힘으로,

바리갈에서 조심하라.

여섯 번째는 '살생'으로,

잠자는 용의 동굴이다.

마지막은 '시력'의 재능으로,

잊힌 섬의 주문이다.

그리고 이제 사후 세계의 계단통을

찾으려 노력해라.

하지만 보라! 노래가 끝날 때까지

계단통에 발을 들여놓지 마라.

벨러의 외눈으로

위험이 그대의 모든 발자국에 몰래 다가가리니.

방 안에 침묵이 내려앉았다. 붐벨리의 종조차 꼼짝도 하지 않았다. 마침내 나는 가라앉은 목소리로 말했다.

"어떻게 이 노래가 요구하는 그 모든 걸 해내고 이곳으로 돌아올 수 있을지, 그것도……."

"죽기 전에. 네가 가지 않도록 설득할 방법이 없을까, 아들? 그러면 적어도 우리가 마지막 순간만큼은 함께할 수 있을 텐데."

엘런이 내 뺨에 손을 들어 올렸다. 하지만 이내 손이 바닥으로 다시 떨어졌다.

"아니요! 제가 엄마를 이렇게 만든 거라고요. 치료약을 찾아내야 해요. 가능성이 백만분의 일이라 할지라도 말이에요."

이미 창백한 엘런의 얼굴이 더욱더 하얗게 변했다.

"나만 죽는 것이 아니라, 너까지 죽을 수 있어. 그래도 그렇게 하겠다는 거니?"

리아가 안타까운 듯이 내 어깨를 토닥여주었다. 갑자기 기억 속에 날갯짓하는 소리가 떠올랐다. 그리고 내가 잃은 누군가가 떠올랐다. 슈라우디드 성의 싸움에서 목숨을 잃은 그 용감한 매. 우리는 그 매에게 '트러블'이라는 이름을 붙여주었다. 다른 어떤 이름보다 더 어울리는 이름이었다. 트러블의 행동은 내 귓가에 성난 비명보다 훨씬 더 크게 울려 퍼졌다. 나는 트러블의 정령이 사후 세계에 살고 있을지 궁금했다. 내가 이 여정에서 실패한다면, 그곳에서 엄마와 트러블과 함께할 수 있을지 궁금했다.

엘런의 몸이 뻣뻣해졌다. 몸에 또 다른 고통의 경련이 지나가는 동안 주먹을 꽉 쥐었다. 리아는 노란색 약이 담긴 그릇에 손을 뻗었다. 고기 스프 향이 강하게 났다. 조심스럽게 리아는 엄마가 스프를 몇 모금 마시게 도와주었다. 바닥에 고기 스프를 조금 흘렸다. 리아는 그릇을 들어 올리더니 혀를 입천장에 두드려 딱딱 소리를 냈다.

장식장 꼭대기에서 커다란 갈색 눈의 다람쥐 한 마리가 바닥으로 쪼르르 달려 내려오더니 리아 옆으로 달려갔다. 다람쥐는 발 하나를 리아의 허벅지 위에 올리고는, 털북숭이 꼬리를 흔들었다. 리아가 혀를 차서 또 다른 명령을 내리기도 전에, 다람쥐는 리아의 손에 들린 그릇을 낚아챘다. 대담하듯 시끄럽게 딱딱 소리를 내며, 이빨로 그릇을 물고는 통통거리며 갔다.

"익스마예요. 여기서 가까운 빈터에서 다리가 부러져 울어대는 녀석을 제가 찾아냈죠. 다리를 고쳐줬어요. 그 뒤로 가끔 이곳에 와서 절도와줘요. 자기가 할 수 있는 일이 있으면 말이에요. 제가 녀석에게 시켰어요. 캐모마일을 좀 더 꺾어 당신의 그릇을 채워 오라고요."

리아가 엄마한테 설명했다.

엄마는 고통에도 불구하고 미소를 지으려는 것 같았다.

"넌 정말 놀라운 아이구나, 정말이야."

하지만 이내 엄마의 얼굴이 굳어졌다. 잎사귀의 그림자가 엄마의 황금빛 머리카락 위에서 흔들렸다.

"널 알고 지낼 시간이 좀 더 많았으면 얼마나 좋을까……."

"그럴 거예요. 우리가 치료약을 가지고 돌아오면요."

리아가 단호하게 말했다.

"우리라고? 누가 너랑 같이 간다고 했어?"

나는 놀란 표정으로 리아를 바라보았다.

"내가. 넌 내 결심을 절대 바꿀 수 없어."

리아는 팔짱을 끼고 조용히 대답했다.

"아니! 리아, 죽을 수도 있다고!"

"그러든 말든, 난 갈 거야."

아바사가 이리저리 휘청거리자, 작은 집의 바닥과 벽이 삐걱거렸다. 밖에서 갑작스러운 돌풍이 불어와 아바사의 나뭇가지를 흔들어댔는지 어쩐지 알 수 없었지만, 난 그 바람이 집 안에서 불었을 거라고 확신했다.

"도대체 왜 나랑 함께 가려는 건데?"

내가 따지듯 물었다.

리아는 이상하다는 듯이 나를 바라보았다.

"넌 너무 쉽게 길을 잃고 방황하니까."

"그런 말 하지 마, 알겠어? 우리 엄마는 어떻게 하고? 누군가 필요하다고……"

"다람쥐 익스마가 도와줄 거야. 우린 전부 다 준비해두었어."

나는 입술을 깨물었다. 엘런을 바라보며 화난 목소리로 물었다.

"여자들은 전부 다 이렇게 고집이 세요?"

"아니, 강인한 천성을 타고난 사람들만 그렇지."

엄마의 눈길이 리아를 향했다.

"널 보고 있으니, 어릴 적 내 모습이 떠오르는구나."

리아가 얼굴을 붉혔다.

"당신을 보고 있으면……. 돌아와서 말씀드릴게요."

리아의 목소리가 잦아들었다.

붐벨리는 목을 가다듬었다.

"난 여기 남을 거야."

나는 펄쩍 뛰었다.

"뭐라고?"

"여기 남을 거라고. 네 엄마가 엄청난 죽음의 고통을 겪는 동안 말벗이 되어줄게. 그건 정말 끔찍할 거야. 엄청 끔찍하고말고. 확실히 알고 있어. 하지만 내가 그 짐을 약간 줄여줄 수 있을 거야. 가장 기운찬 멜로디를, 가장 재미난 이야기를 해드릴게. 죽음의 공포에 사로잡힌 사람을 위해서 말이야."

"당신은 그런 일 못해요! 당신은…… 우리랑 같이 가요."

나는 주먹으로 나무 바닥을 쳤다.

붐벨리의 짙은 눈동자가 커졌다.

"내가 같이 갔으면 좋겠니?"

"아니요. 그래도 어쨌든 저랑 같이 가요."

"멀린, 안 돼! 제발 저 사람과 같이 가지 마."

리아는 팔을 마구 흔들었다.

나는 고개를 무겁게 가로저었다.

"같이 가고 싶어서 그러는 게 아니야. 저 사람을 우리 엄마한테서 떨어뜨리기 위해 그러는 거라고. 저 사람이 유머라고 부르는 것이 우리 엄마를 더 빨리 죽게 만들 수 있단 말이야. 한 달이 아니라 일주일 만에……."

엘런은 나를 향해 떨리는 손을 뻗으며 상처 난 내 뺨을 가볍게 어루만졌다.

"네가 가야 한다면, 이 말만은 꼭 해주고 싶구나."

엘런은 사파이어 빛 눈동자를 내게 고정시켰다. 엘런의 강렬한 시선이 내 피부를 뚫는 것 같았다.

"무엇보다도, 네가 이걸 알았으면 좋겠구나. 네가 돌아오기 전에 내가 죽는다 하더라도, 널 다시 만나게 된 것만으로도 난 정말 기쁘다는 걸 말이야."

나는 몸을 돌렸다.

"그리고 또 있어, 아들. 난 내게 주어진 시간에 별로 배운 게 없어. 하지만 이것만은 알아. 날 포함해서, 우리 모두에게는 뱀의 사악함과 비둘기의 순수함이 다 존재한단다."

나는 이마에서 머리카락을 쓸어 넘겼다.

"저한테는 뱀이 있어요. 그건 분명해요! 하지만 절대 엄마한테 뱀이 있다고 믿지 않아요. 절대로 말이에요!"

엘런은 크게 한숨을 내쉬었다. 두 눈은 방 안의 얽힌 나뭇가지 사이를 정처 없이 떠돌았다.

"다른 방식으로 말해볼게. 넌 고대 그리스에 대한 이야기를 아주 좋아했어. 프시케*라는 소녀 기억하니?"

도대체 무슨 말을 하려는지 당혹스러웠다. 그러나 고개를 끄덕였다.

다시 한 번 엘런의 푸른 눈동자가 나를 뚫어지어라 쳐다보는 것 같았다.

"음, 그리스어로 프시케는 두 가지 의미가 있어. 때로는 나비를 의미해. 그리고 영혼을 의미할 때도 있어."

"무슨 말인지 모르겠어요."

"나비는 변신의 귀재야. 너도 알지? 나비는 한낱 벌레에서 가장 아름다운 생명체로 변힐 수 있어. 그리고 아들, 영혼도 마찬가지란다."

나는 침을 꼴깍 삼켰다.

"죄송해요, 엄마."

"걱정하지 마라, 아들. 난 널 사랑해. 너희 모두를 사랑해."

나는 몸을 숙여서 엘런의 뜨거운 이마에 입을 맞추었다. 엘런은 내게 머뭇머뭇 미소를 지어 보였다. 그러고는 리아를 향해 고개를 돌렸다.

"그리고 얘야, 네게 이걸 주마."

엘런은 청록색 옷 주머니에서 붉은 실로 묶은 어린 나뭇가지 부적

---

*미소녀로 에로스에게 사랑받은 영혼의 화신.

하나를 꺼냈다.

"참나무, 물푸레나무, 주엽나무로 만든 부적이란다. 받아라. 싹이 어떻게 새로운 생명을 잉태하는지 넌 알고 있지? 이건 꽃을 피울 준비가 되었단다. 너처럼 말이야. 잘 간직해라. 용기를 내게 해줄 거야. 그리고 네 본능을 믿어야 한다는 걸 항상 명심해. 네 본능에 귀를 기울여. 왜냐하면 그것이 진정으로 우리 모두의 어머니인 자연의 목소리니까."

덩굴을 엮어 만든 셔츠에 선물을 능숙하게 고정시키는 리아의 눈동자가 반짝반짝 빛났다.

"새겨들을게요. 약속해요."

"내 생각에는, 넌 벌써 그러고 있구나."

"사실이에요. 리아는 다른 사람들한테 열매를 믿어야 한다는 걸 상기시키는 것도 알고 있다니까요."

나는 믿음직스럽게 말했다.

리아는 참나무, 물푸레나무, 주엽나무의 부적을 손으로 매만지며 얼굴을 붉혔다.

"나한테는 아무것도 안 주세요?"

붐벨리가 중얼거렸다.

나는 붐벨리를 향해 얼굴을 찌푸렸다.

"왜 그래야 해요?"

"아, 내가 해줄게요. 소원이 하나 있어요."

엘런이 힘없이 말했다.

"소원이라고요? 날 위해서요?"

호리호리한 붐벨리는 엄마에게 가까이 다가가 나뭇가지로 된 바닥에 무릎을 꿇었다.

"언젠가 당신이 누군가를 웃게 만들길 바랄게요."

붐벨리는 고개를 숙였다.

"고마워요, 부인."

"멀린, 어쩌면 일곱 개의 노래는 헤르쿨레스의 일곱 가지 노력과 비슷할지도 몰라. 기억하고 있니? 다들 그건 불가능하다고 생각했어. 하지만 헤르쿨레스는 그 모든 걸 해냈지. 그리고 살아남았어."

엄마가 속삭였다.

나는 고개를 끄덕였지만, 기분은 좀체로 나아지지 않았다. 헤르쿨레스가 해야 했던 가장 힘든 일은 세상의 무게를 전부 자신의 어깨에 싣는 것이었다. 하지만 내가 지고 갈 무게는 그것보다 더 무겁게 느껴졌다.

2부

12

투아하

아바사의 작은 문이 삐거덕하고 열렸다. 나는 아바사에서 나왔다. 어두운 계단통을 떠나기에 앞서, 벽 안쪽의 축축한 향기를 마지막으로 흠뻑 들이마셨다. 그리고 아주 오래전에 투아하가 새겨놓은 룬 문자를 마지막으로 바라보았다. 머릿속에 맴도는 경고의 문구를 다시 읽어봤다.

일곱 개의 노래를 차례로 따라가라.
부분이 모여 전체가 된다.
각각의 노래에 담긴 가장 깊은 혼을 찾을 때까지
절대 움직이지 마라.

세 번째 문장은 무슨 뜻일까? 각각의 노래에 담긴 가장 깊은 혼. 일곱 개의 노래를 이해하는 것도 무척 어려울 것이다. 각각의 노래에 담긴 가장 깊은 혼을 완전히 익히는 건 거의 불가능해 보였다. 난 어디에서 시작해야 할지도 몰랐다.

리아가 열린 문으로 나와 풀밭에 섰다. 아바사의 나뭇가지 사이를 뚫고 들어온 빛줄기에 갈색 곱슬머리가 반짝반짝 빛났다. 리아는 허리를 숙여 커다란 나무뿌리를 부드럽게 어루만졌다. 리아가 허리를 펴자 우리 시선이 마주쳤다.

"정말 나랑 같이 가고 싶은 거야?"

내가 물었다.

리아는 고개를 끄덕이며 아바사의 뿌리를 마지막으로 쓰다듬었다.

"분명 쉽지는 않을 거야. 하지만 어쨌든 시도해봐야지."

붐벨리의 짤랑거리는 종이 계단을 내려오는 소리를 들으며, 나는 고개를 저었다.

"게다가 저 사람과 함께 가면 훨씬 더 힘들 거야."

리아는 문을 향해 고개를 치켜들었다.

"저 종소리를 듣느니 차라리 망가진 하프 소리를 하루 종일 듣는 게 더 좋겠어. 저 소리를 듣고 있으면 언덕을 데굴데굴 굴러가는 깡통이 떠올라."

나는 몇 주 동안 나와 함께했던 꽃 피는 하프의 경쾌한 가락을 떠올렸다. 하프를 망가뜨리는 위험을 감수하는 대신, 리아의 벽난로 옆에 안전하게 두기로 했다. 아바사가 하프를 잘 지켜줄 것이다. 하지만 하프의 아름다운 선율이 그리워지겠지. 그리고 소중한 사람도……

나는 리아의 얼굴을 유심히 살펴보았다. 나만큼이나 쓸쓸하고 황량해 보였다.

"어둠의 언덕에서 내 임무를 완수했어야 했어. 난 핀카이라 전부를 위험에 빠지게 만들었어. 이제 우리 엄마한테도 똑같은 짓을 저지르고 말았어."

나는 지팡이를 풀밭에 쿡쿡 찔러 넣으며 한숨을 내쉬었다.

"사실 난 하프를 받을 자격이 없었어. 넌 내가 하프를 가지고 의기양양하게 돌아다니는 꼴을 봤을 거야. 마치 마법사라도 된 것처럼 말이야. 음, 난 마법사가 아니야, 리아. 난 그렇게 강하지 않아. 그렇게 현명하지도 않아."

리아의 눈꼬리가 살짝 올라갔다.

"넌 벌써 살짝 더 현명해진 것 같은데."

"노래의 혼을 완전히 익힐 만큼 현명하지 않아! 난 어디서부터 시작해야 하는지도 모른단 말이야."

우리 머리 위에 있는 거대한 나뭇가지가 갑자기 흔들렸다. 나뭇가지가 흔들리고 서로 재잘거리며, 잎사귀와 잔가지를 바닥으로 마구 떨어뜨렸다. 아바사의 곁에 서 있는 자그마한 나무들은 꼼짝 않고 그대로 있었지만, 커다란 참나무는 마치 엄청난 강풍에 휩쓸리기라도 한 것처럼 휘청거렸다.

내 안에서 두려움이 마구 솟구쳐 올랐다. 나는 리아의 팔을 꽉 움켜잡았다.

"서둘러! 나뭇가지가 우리를 덮치기 전에 어서."

"말도 안 돼. 아바사는 절대 그런 짓 안 해. 그냥 귀담아듣기나 해."

리아가 내 손을 뿌리쳤다.

나는 머리카락에 붙은 잎사귀를 털어내며 똑똑 부러지며 바스락거리는 나뭇가지들이 실제로는 또 다른 소리를 만들어내고 있다는 것을 깨달았다. 똑같은 말을 반복하고 있었다.

투-아-하. 투-아-하.

흔들림이 서서히 잦아들었다. 나뭇가지는 마침내 잠잠해졌다. 웅장한 나무는 예전처럼 우리 위에 우뚝 솟아 있었다. 하지만 한 가지 달라진

게 있었다. 난 아직도 노래의 혼에 대해 아무것도 몰랐지만, 이제 어디로 가서 찾아낼지 떠올랐기 때문이다.

"투아하의 무덤. 그곳에서부터 여행을 시작할 거야."

내가 단호하게 말했다.

리아는 입술을 깨물었다.

"아바사가 그게 도움이 되리라고 믿는다면, 나도 그렇게 믿어. 하지만 그곳에 가는 건 그다지 마음에 들지 않아, 전혀."

바로 그때 붐벨리가 평소보다 훨씬 더 고통스러운 표정으로, 나무둥치 문밖으로 고개를 삐죽 내밀었다. 붐벨리는 배를 움켜쥐며 풀밭 위로 비틀비틀 걸어 나왔다.

"와, 엄청난 폭풍이었어! 내 약한 배가 완전 뒤집어졌어."

비쩍 마른 붐벨리는 몸을 꼿꼿이 세웠다. 모자에 달린 종이 짤랑짤랑 소리를 냈다.

"하지만 두렵지 않아, 전혀 두렵지 않아. 이런 짓궂은 날씨는 날 어디든 따라다녀. 그러니까 난 아주 익숙하다고."

리아와 난 걱정스러운 눈빛을 주고받았다.

"그래도 난 갈 거야. 비록 이 새로운 고통 때문에 너희를 즐겁게 해주는 게 훨씬 더 어렵더라도 말이야. 어쨌든 어릿광대는 최선을 다해야 하는 법이거든!"

붐벨리는 옆구리를 문지르며 말했다. 그러더니 망토를 머리 위로 잡아당기고는 아바사의 뿌리 근처에서 깡충깡충 뛰기 시작했다. 망토에 덮인 종이 쩔렁쩔렁 울려댔다.

나는 이마를 찌푸렸다.

"우리 엄마를 즐겁게 해주지 말고 차라리 우리를 즐겁게 해주세요."

붐벨리는 망토를 머리에서 벗겨냈다.

"아, 네 엄마는 걱정 붙들어 매. 아직 시간이 많이 남았으니까. 끊임없이 고통을 당해야 하긴 하지만 죽기 전까지 거의 한 달이나 남았어."

붐벨리가 무심하게 내뱉었다. 붐벨리는 공중에 떠 있는 리아의 작은 집을 흘끗 바라보며 생각에 잠겼다.

"네가 원한다면, 저 위로 올라가서 떠나기 전에 네 엄마를 웃겨줄 수 있어."

난 마치 붐벨리를 한 대 칠 것처럼 지팡이를 들어 올렸다.

"이 바보 아저씨! 당신은 사람을 웃게 만드는 재주가 하나도 없다고요! 차라리 썩은 내를 팍팍 풍기는 시체가 당신보다 웃기겠어요!"

붐벨리는 겹겹이 접힌 턱을 찌푸렸다.

"좀 기다려봐. 언젠간 누군가를 웃기고 말 테니까. 꼭 그럴 거야."

나는 지팡이를 내려놓고 싸늘하게 말했다.

"난 언제든 내 신발을 맛볼 준비가 되어 있다고요."

문이 닫히며 아바사의 거대한 나무둥치가 삐걱거렸다. 나는 나무둥치를 눈여겨보며, 높이 올려다보았다. 마침내 나무둥치는 뒤엉킨 나뭇가지로 이어졌다. 잠시 나뭇가지를 눈여겨보았다. 살아 있는 태피스트리*의 실처럼 엮여 있었다. 잎사귀는 햇빛을 받아 반짝이고, 큰 가지 밑에는 이끼가 털처럼 자라 있었다.

"아바사가 흔쾌히 내게 문을 열어줄 때가 있을까? 기쁘게 말이야."

내가 리아에게 물었다.

내 말에 나무가 온통 부들부들 떨었다. 더 많은 잎사귀와 부러진 나

---

*무늬를 놓은 양탄자

무껍질 조각이 우리 위로 비처럼 쏟아져 내렸다.

리아가 눈을 흘겼다.

"아바사는 우리를 보호해주고 있어, 그뿐이야."

나는 리아의 청회색 눈동자를 살펴보며 말했다.

"넌 같이 안 가도 돼."

"나도 알아. 그런데 정말 투아하의 무덤으로 갈 거야?"

리아가 생각에 잠겨 입술을 앙다물었다.

붐벨리는 숨을 헐떡이며 두 손을 움켜잡았다.

"위대한 마법사의 무덤을 말하는 거야? 아무도 그곳에 갈 수 없어. 아무도 살아 돌아오지 못한다고. 거기는 귀신이 나오는 곳이야. 끔찍한 곳이라고. 그럼, 그렇지, 그렇고말고."

"응, 그곳으로 가겠어."

내가 톡 쏘아붙였다.

"하지만 난 널 이끌 수 없어. 난 그곳이 어디에 있는지도 모른다고."

리아가 이의를 제기했다.

"내가 알아. 전에 한 번 가본 적 있어. 어쩌면 두 번 갔을지도. 확실한 건 다시 가봐야 알겠지만 말이야."

나는 울퉁불퉁한 지팡이 자루를 매만졌다. 공기 중에 솔송나무 향이 퍼졌다.

"안개 낀 언덕 아래에 있는 넓은 늪지대로 날 데려다줘. 그러면 거기서부터는 나 혼자 찾아갈 수 있을 거야."

리아는 곱슬머리를 의심스럽다는 듯 흔들었다.

"이러다 귀중한 시간을 낭비하겠어."

붐벨리는 짤랑거리는 머리를 흔들며 말했다.

"우린 그 이상을 잃게 될 거야."

"그래, 어서 출발하자."

나는 지팡이로 풀밭을 쿵 내리쳤다.

리아는 아바사의 큰 가지를 간절한 표정으로 흘끗 올려다보았다. 그러고는 뒤돌아서서 풀이 무성한 초원을 성큼성큼 걸어가 나무 사이로 사라졌다. 나는 그 뒤를 따랐다. 붐벨리는 맨 뒤에 처져, 귀신 나오는 무덤과 복수심에 불타는 마법사에 대해 혼자 구시렁거렸다.

한동안 우리는 구불구불한 오솔길을 따라 걸었다. 여우, 곰, 늑대는 물론이고 내가 미처 알아차릴 수 없는 발자국이 찍혀 있었다. 잠시 뒤 오솔길이 사라졌다. 우리는 폭풍에 쓰러진 커다란 나무가 있는 넓은 장소를 힘겹게 건넜다. 정강이가 긁혀 피가 났다. 마침내 소나무와 향나무의 숲을 찾아냈을 때, 리아는 우리를 고지대로 이끌었다. 그곳에서는 침엽수 사이의 간격이 넓어지며 숲 바닥으로 훨씬 더 많은 햇살이 쏟아져 들어왔다. 덕분에 투시력도 나아졌다. 나무뿌리에 걸려 넘어지고 나뭇가지에 찔리는 건 그나마 피할 수 있었다.

그렇다 할지라도, 리아를 따라가는 건 무척 힘들었다. 나처럼 리아도 우리 임무의 긴박함에 쫓기고 있었다. 어쩌면 붐벨리를 숲 어딘가에서 잃어버릴지도 모른다는 유혹적인 가능성에 쫓기고 있는 건지도 몰랐다. 하지만 붐벨리는 길고 호리호리한 다리 덕분에, 걸음을 옮길 때마다 짤랑짤랑 소리를 내며 많이 뒤처지지 않고 그럭저럭 잘 따라왔다. 그러는 내내 리아는 마치 한 마리 사슴처럼 우아하게 뛰어갔다. 때로는 언덕 위로 재빨리 내달리기도 했다. 리아를 지켜보자, 기적처럼 빨리 달릴 수 있었던 소녀 아탈란타에 대한 그리스 이야기가 떠올랐다. 나는 리아와 아탈란타를 비교하며 혼자 씩 웃었다. 그러다가 내게 그 이야기를 처음

해준 여인이 생각나서 이내 얼굴을 찡그렸다.

나는 뒤처지지 않으려 박차를 가했다. 땅이 보이지 않는 두 눈을 찔렀다. 태양이 우리 머리 위로 높이 솟아오를 즈음 땅은 점점 더 축축해졌다. 나무 옆에서 이끼가 피어나고, 땅에서 개울이 졸졸 흐르고, 진흙이 신발에 달라붙었다. 고여 있는 시커먼 물웅덩이가 더 자주 나타났다. 이 땅에서 내가 알아볼 수 있는 건 어떤 광경이 아니라 어떤 냄새였다. 축축하게 썩어가는 불길한 냄새. 마치 발톱이 살점을 파고드는 것처럼, 그 고약한 냄새가 내 기억을 파고들었다.

"여기야."

나는 동쪽으로 방향을 바꾸며 단호하게 말했다.

리아는 방향을 돌려 나를 따라오며, 진흙 사이로 가볍게 발걸음을 옮겼다. 이와 달리 붐벨리는 그 뒤에서 미끄러지며 발을 동동 굴렀다. 나는 그늘진 향나무 빈터로 둘을 이끌었다. 숲의 소리는 사라지고, 으스스한 침묵이 뒤를 이었다. 딱정벌레가 윙윙거리는 날갯짓 소리조차 들리지 않았다.

나는 숲속 빈터 가장자리에서 걸음을 멈추었다. 뒤를 흘끗 돌아보며, 둘에게 꼼짝 말고 그대로 있으라고 일렀다. 리아가 뭔가를 말하려고 했지만 나는 손짓으로 리아에게 잠자코 있으라고 했다. 조심스럽게 나는 혼자 앞으로 나아갔다.

갑작스럽게 바람이 불어와 향나무 가지를 뒤흔들었다. 평상시의 딱딱거리는 소리가 아닌, 구슬픈 장송곡을 나지막하게 부르는 것 같은 기이한 소리가 울려 퍼졌다. 상실과 갈망의 노래, 죽음의 노래. 빈터가 어두워졌고, 곧 솔잎이 흩뿌려진 땅을 딛고 있는 내 신발의 형태조차 거의 알아차릴 수 없을 지경이 되었다. 주위로 나뭇가지의 울부짖는 소리가 가득 차올랐다. 마침내 나는 늙은 향나무가 빙 두르고 있는 자그마한 빈 터에 들어섰다. 그것은 투아하의 무덤 표시였다.

서서히 아주 서서히 빈터가 밝아졌다. 햇빛이 새로이 비치는 건 아니었다. 늙은 향나무에서 나오는 빛이었다. 흔들리는 향나무 가지는 푸른빛으로 불길하게 빛나기 시작했다. 마치 노인의 수염처럼 나뭇가지가 바람에 흔들렸다. 나는 이 나무에 투아하의 제자들의 정령이 있는 게 아닐까, 이 나무가 투아하의 무덤을 지키며 끊임없이 애도하는 운명을 타고난 게 아닐까 궁금했다.

이제 확실히 깨달았다. 나는 이곳에 두 번 와본 적이 있었다. 한 번은 그리 오래전이 아니었다. 그리고 아주 어린 꼬마였을 때, 나는 아버지의 검은 말을 타고 투아하의 장례식에 참석하기 위해 이곳에 왔다. 숲속 빈터를 휘감은 슬픔의 감정을 제외하고는 당시의 상황에 대해 별다른 기억이 없었다.

내 시선은 빈터 한가운데 흙으로 만든 좁은 고분에 꽂혔다. 반짝반짝 빛나는 눙근 돌 열두 개가 고분 가장자리를 빙 누르고 있었다. 돌은 푸른 얼음처럼 빛났다. 좀 더 가까이 다가서다가 고분의 길이에 깜짝 놀랐다. 투아하가 모자를 쓴 채 묻혔거나, 아니면 실제로 아주 키가 컸었나 보다.

"둘 다 맞다, 이 맹랑한 애송이야!"

굵은 목소리가 두 귀에 들렸다. 아바사에서 룬 문자를 읽을 때 들었던 것과 같은 목소리였다. 바로 투아하의 목소리였다. 나는 그걸 뼛속 깊은 곳에서부터 알고 있었다. 하지만 나는 두려움을 넘고 공포를 넘어 기이한 갈망의 느낌을 받았다. 나는 고분에 집중하며, 그 생각을 표현했다.

"당신을 미리 알았더라면 좋았을 것 같아요, 위대한 마법사님."

푸른 돌은 더 환하게 빛났다. 마침내 빙 둘러져 있는 늙은 향나무보다 멀리 뻗어 나갔다. 마치 돌 안에서 촛불이 활활 타오르는 것 같았다. 투아하의 정령에서부터 불꽃이 솟아나는 것 같았다.

"네 말은 내가 너의 어리석음에서 널 구해주기를 바란다는 뜻이구나."

나는 초조하게 지팡이로 땅을 긁어댔다.

"그 말도 맞아요. 하지만 당신과 함께 있고 싶어서 당신을 알았으면 하는 거예요. 당신에게서 배우려고요."

"그럴 기회는 이미 사라졌다. 그 이유를 모르느냐?"

목소리가 비통하게 말했다.

"당신이 외눈박이 도깨비 벨러한테 졌기 때문이 아닌가요?"

"아니! 넌 사라진 이유가 아니라 사라진 방법에 대해 대답했다."

투아하가 천둥 같은 소리로 말했다. 돌은 횃불처럼 밝게 빛났다.

나는 침을 꼴깍 삼켰다.

"전…… 저는 사라진 이유는 몰라요."

"그럼 더 생각해보아라! 네 머리통은 네 아비만큼이나 멍청하더냐?"

그 모욕적인 말에 두 뺨이 붉어졌다. 하지만 나는 분노를 겉으로 드러내지 않으려 애썼다. 나는 이마를 찡그리며 뭐라 대답할까 궁리했다. 갑작스럽게 카이르프레가 음유시인의 마을 문에서 했던 경고의 말이 떠올랐다.

"그건…… 교만 때문이었나요?"

"그렇다! 그게 나의 가장 통탄스러운 결함이었다. 너처럼 말이다."

투아하의 정령이 천둥 같은 소리를 냈다.

나는 고개를 숙였다. 그 말이 진실이라는 걸 너무 잘 알았기 때문이다.

"위대한 마법사여, 저는 당신의 도움을 받을 자격이 없습니다. 하지만 엘런은 아니에요. 만약 엘런을 구할 희망이 있다면, 전 그 방법을 알아야 해요."

돌이 불길하게 어른거렸다.

"네가 엘런을 포기하지 않으리라는 걸 내가 어떻게 알 수 있겠는가? 넌 이미 리타 고르의 음모대로 어둠의 언덕을 포기하지 않았느냐?"

나는 몸서리쳤다.

"약속드릴게요."

"넌 대표자회의에서도 약속했었다."

"엘런을 절대 포기하지 않을 거예요!"

내 시선은 둥그렇게 서 있는 향나무를 훑었다. 향나무는 불만스럽다는 듯이 나뭇가지를 마구 흔드는 것 같았다. 내 목소리는 거의 속삭이는 듯 줄어들었다.

"엘런은 세 전부예요."

한참 동안 나뭇가지의 한숨 소리 말고는 아무 소리도 들리지 않았다. 마침내 푸른 돌들이 새롭게 빛났다.

"그럼 좋다, 애송이야! 무얼 알고 싶으냐?"

나는 조심스럽게 고분에 좀 더 가까이 다가갔다.

"노래의 혼을 찾는다는 게 무슨 뜻인지 알고 싶어요."

돌이 환하게 빛났다.

"아, 노래의 혼. 아주 적기도 하지만 무척 많기도 하지! 애송이야, 너도 알다시피 네가 읽은 일곱 개의 노래는 간단해. 그건 마법의 일곱 가지 신비한 기술의 근원을 나타내지. 각각의 노래는 시작에 불과해. 출발점이지. 그게 네가 상상하지 못할 지혜와 힘 그리고 그 이상으로 이끌어준다. 그리고 각각의 노래에는 수많은 구절이 있는데, 수 세기 동안 배워도 조금밖에 알지 못할 거다."

나는 고개를 저었다.

"마법사조차도 힘들다는 소리로 들리네요. 저 같은 어린애는 두말할 것도 없고요."

나뭇가지가 더 요란하게 흔들렸다. 투아하의 목소리가 다시 울렸다.

"넌 마법사가 될지도 모른다, 애송이야! 네가 살아남는다면 말이다. 하지만 이것만은 명심해라. 시간이 별로 없기에, 넌 노래의 일부를 그냥 지나치고 싶은 유혹을 느낄 거다. 그런 어리석음을 물리쳐라! 노래의 혼을 모두 찾을 때까지는 사후 세계 계단통을 찾으려 하지 마라. 이것만은 명심해라, 어린 애송이야. 대여섯 개만 찾아봐야 아무 소용없다. 일곱 개 전부가 없으면, 넌 여행보다 더 큰 것을 잃게 될 것이다. 바로 네 목숨을 말이야."

내 호흡이 떨렸다.

"제가 어떻게 알까요, 위대한 마법사님? 제가 노래의 혼을 찾았다는 걸 어떻게 알 수 있을까요?"

그 순간 돌에서 푸른 불꽃이 탑처럼 솟아올랐다. 그 불꽃이 공기 중에서 칙칙 딱딱 소리를 내며, 마치 푸른 번갯불처럼 내 지팡이 윗부분을 내리쳤다. 그 내리치는 힘 때문에 내 몸까지 부들부들 떨렸다. 그래도 어쨌거나 지팡이를 놓치지는 않았다. 손가락이 약간 데인 느낌이 들었다.

굵은 목소리가 내 두 귀에 다시 쩌렁쩌렁 울렸다.

"알게 될 거다."

나는 지팡이를 두드렸다. 지팡이는 전과 다름없는 것 같았지만, 왠지 뭔가 달라졌다는 걸 느낄 수 있었다.

"이제 가야 한다, 애송이야! 내가 한 말을 명심해라. 살아서 내 무덤에 다시 오기를 바란다."

돌에서 뿜어져 나오던 빛이 흐릿해지기 시작했다.

"제발 한 가지만 더 말해주세요. 인간의 피를 물려받은 아이만이 리타 고르 또는 리타 고르의 부하 벨러를 물리칠 수 있다는 그 예언이 사실인가요?"

나는 매달렸다.

빛은 돌아오지 않았다. 나뭇가지의 비통한 신음 소리 말고는 아무 소리도 들리지 않았다.

"제발 말 좀 해주세요."

마침내 돌이 깜빡거렸다.

"예언은 진실일 수도, 거짓일 수도 있다. 하지만 설령 진실이라 할지라도, 신실은 하나 이상의 얼굴을 지닌다. 이제 가라! 그리고 전보다 더 현명해지기 전까지는 돌아오지 말아라."

13

희한한 동반자

내가 숲속 빈터에서 나오자, 나무들은 다시 으스스한 침묵에 빠졌다. 나는 지팡이를 꽉 움켜잡았다. 내 자신과 마찬가지로, 투아하의 정령이 그 지팡이를 어루만졌다는 걸 알았다. 내 자신과 마찬가지로, 그 지팡이는 전과는 절대로 같을 수가 없었다.

내가 향나무 밖으로 걸어 나가자, 리아와 붐벨리가 다가왔다. 두 사람은 나란히 걸었지만, 너무나도 대조적이었다. 하나는 생동감 넘치는 어린 여우처럼 움직이며, 숲의 푸른 잎을 입고 있었다. 다른 하나는 나무 그루터기처럼 뻣뻣하고 침울해하며, 묵직한 갈색 망토를 입고 종이 달린 모자를 썼다. 하지만 적어도 지금은 둘 다 나의 동반자였다.

리아가 내게 다가와 자기 손가락을 내 손가락에 걸었다.

"뭐 좀 알아냈어?"

나는 리아의 손가락을 꽉 잡았다.

"조금, 아주 조금."

"그러면 안 되지! 그것 가지고 되겠어?"

붐벨리가 말했다.

"이제 우리 어디로 가지?"

리아가 내 뒤의 시커멓고 커다란 나뭇가지를 흘끗 바라보며 물었다.

나는 입술을 깨물며 일곱 가지 노래의 첫 번째 노래를 떠올렸다.

"음, 어쨌든 변신의 뜻을 알아내야만 해. 그러려면 트릴링을 찾아야 하고."

첫 번째는 '변신'의 교훈으로, 트릴링이 잘 알고 있다.

나는 한숨을 쉬었다.

"그런데 크웬이 트릴링 종족의 마지막 생존자라고 그랬지?"

리아는 고개를 끄덕였다. 침울한 표정이었다. 리아가 여전히 크웬의 배신으로 마음 아파하고 있다는 걸 느낄 수 있었다.

"크웬이 마지막 생존자였어. 진짜 마지막. 그리고 지금은 사라진 거나 마찬가지야. 어쩌면 그 고블린한테 팔이 잘리고 나서 피를 흘리다 죽었을지도 몰라."

나는 울퉁불퉁한 지팡이 자루를 쓰다듬었다.

"그러면 어떻게 노래의 영혼을 찾을 수 있을까? 노래의 영혼은 트릴링 종족과 관련이 있는데."

리아는 두 손으로 곱슬머리를 쓸어 넘기며 말했다.

"부딪혀봐야지, 멀린! 유일한 희망은 트릴링 종족의 오래된 고향, 파로 난나로 가는 거야. 하지만 거기서 많은 걸 찾아낼 것 같지는 않아."

"거기까지 거리가 얼마나 돼?"

"멀어. 핀카이라의 남서쪽 끝으로 계속 가야 해. 드루마 숲을 완전히 가로질러 가야 하는데, 그건 훨씬 더딜 거야. 더 빨리 가는 유일한 방법은 안개 낀 언덕을 가로질러 해안으로 가는 거야. 그러고 나서 남쪽으로 가는 거지. 하지만 그러려면 살아 있는 바위의 땅을 지나가야 해. 그건 현명한 생각이 아니야!"

붐벨리가 동의한다는 듯이 머리를 끄덕였다. 머리에서 짤랑짤랑 소리가 났다.

"말 잘했어, 젊은 아가씨. 살아 있는 바위는 여행자들을 닥치는 대로 먹어 치우지. 특히 어릿광대를 좋아한다고 들었어."

붐벨리는 침을 꼴깍 삼키고는 겹겹이 접힌 턱을 꿈틀거렸다.

"비위가 아주 좋은가 보네."

나는 비웃듯이 말했다. 그러고는 리아를 바라보며 물었다.

"거긴 그랜드 엘루사가 살고 있는 곳이잖아, 안 그래?"

붐벨리는 부들부들 떨었다.

"거기를 피해야 하는 빼도 박도 못할 이유로군! 살아 있는 바위조차 그 거대한 거미를 두려워하지. 거미의 식욕은 살아 있는 바위보다 더 왕성하거든. 훨씬 왕성하고말고."

나는 숨을 크게 들이쉬고는, 우리를 둘러싼 큰 나뭇가지의 향을 맡았다.

"리아, 그렇다 해도 네가 우릴 지름길로 안내해줬으면 좋겠어. 안개 낀 언덕으로 말이야."

리아와 어릿광대는 모두 깜짝 놀랐다. 조용한 향나무조차도 가지를 움직였다. 마치 씩씩거리는 것 같았다.

리아는 내게 가까이 다가왔다.

"정말이야?"

"당연하지. 우리가 하루를 벌 수 있다면, 아니 한 시간을 벌 수 있다면, 우리 엄마의 목숨을 구하는 데 그만큼의 가치가 있어."

나는 이마에서 머리카락을 쓸어 넘겼다.

붐벨리의 얼굴에 깊은 주름이 잡혔다. 붐벨리가 내 옷자락을 꽉 붙잡았다.

"그러면 안 돼. 그 언덕은 너무 위험하단 말이야."

나는 붐벨리의 손을 뿌리쳤다.

"투아하와 함께 이곳에 남고 싶다면, 마음대로 하세요."

붐벨리의 두 눈이 왕방울만큼 커졌다. 나는 솔잎이 뒤덮인 땅을 지팡이로 툭툭 두드렸다.

"어서 가자."

우리는 그늘진 숲속 빈터를 떠나 습지를 헤치고 걸어갔다. 붐벨리의 종에서 끊임없이 나오는 소리를 제외하고는, 아무 소리도 내지 않고 움직였다.

나는 침울하게 생각했다. 적어도 그랜드 엘루사는 우리가 오는 소리를 듣고 있을 것이다. 하지만 우리는 그랜드 엘루사의 소리를 들을 수 있을까? 그리고 그랜드 엘루사가 한때 리아와 나를 수정 동굴에 손님으로 환영했었다는 사실을 기억해낼 정도로 식욕을 억제할 수 있을까? 침이 툭툭 흐르는 그랜드 엘루사의 입을 생각하니 다리에 힘이 쭉 빠졌다.

우리가 진흙투성이 땅을 철퍽철퍽 걸어가는 동안, 나무가 점점 드문드문 보였다. 나는 더 많은 이정표들을 알아차렸다. 의자 모양의 기이한 바위 하나에 노란색 이끼가 반점처럼 붙어 있었다. 배배 꼬인 채 말라죽은 나무들, 타는 듯한 오렌지색 이끼, 기이하게 생긴 네모난 구멍. 짙게 물들어가는 황혼 녘, 땅에서는 더 많은 물이 배어나와 우리 신발에 스며들었다. 곧 저 멀리서 개구리가 울어대는 소리가 들려왔다. 물새들이 합류해 으스스한 소리로 울어댔다. 축축하고 썩은 냄새가 더 심해졌다. 머지 않아 우리는 웃자란 풀과 말라죽은 나무와 시커먼 유사* 웅덩이가 넓게 펼쳐진 습지 가장자리에 도착했다.

붐벨리는 진흙이 잔뜩 튄 옷소매를 털며 불만을 터뜨렸다.

"설마 지금 저길 건너가겠다는 건 아니지, 그렇지? 해가 다 졌다고."

"여기서 야영을 하거나 언덕에서 마른 땅을 찾아야 해. 넌 어떻게 생각하니, 리아?"

내가 물었다.

리아는 나지막한 덩굴에서 보라색 열매를 한 움큼 따서는 입안으로 집어넣으며 말했다.

"음, 꽤 달콤한데."

"리아?"

"여기 열매가 맛있기는 하지만 마른 땅으로 가야 해."

리아가 드디어 대답했다.

습지 두루미의 울음소리가 저쪽 그늘에서부터 음산하게 울려 퍼지자 붐벨리가 고개를 설레설레 저었다.

"정말 대단한 선택이로군. 습지에서 밤을 보내다 치명적인 독사에게 물려 죽거나, 그랜드 엘루사의 문 앞에 도착해 아침밥이 되겠네."

"어떤 걸 고를래요?"

나는 걸음을 옮겼다. 썩어가는 통나무를 폴짝 뛰어넘었다. 웅덩이에 물을 튀기며 착지했다. 잠시 뒤 내 뒤에서 물 튀기는 소리가 두 번 들렸다. 종소리와 엄청나게 투덜거리는 소리도 함께 들렸다.

잠시 동안 나는 손가락처럼 뻗어 있는 마른 진흙 지대를 따라갔다.

---

*흐르는 모래

하지만 그것도 이내 사라져서 우리는 풀로 뒤덮인 웅덩이 사이를 곧장 걸어갈 수밖에 없었다. 이따금 넓적다리까지 물속에 푹푹 빠졌다. 물속에 가라앉은 나뭇가지가 기다랗고 시커먼 손가락처럼 옷에 달라붙었다. 진흙이 신발 속으로 스며들었다. 그리고 무척 자주 기이한 모습이 깊이를 알 수 없는 웅덩이 속에서 어른거렸다.

빛은 계속 흐려졌다. 하지만 오늘밤은 달이 뜨지 않을 것이다. 짙은 먹구름이 흘러 다니며 하늘을 가리고 있었기 때문이다. 오히려 잘된 일이라고 혼잣말을 했다. 달을 바라보았자 사라지는 희망과 흘러가는 시간을 상기시킬 뿐이니까.

우리는 칠흑 같은 어둠 속에서 앞으로 계속 나아갔다. 한참 동안 물을 튀기며 무거운 발걸음을 옮기고 나자, 빛은 완전히 사라져버렸다. 내 신발 근처 어딘가에서 뱀 한 마리가 쉭쉭거리며 움직였다. 우리가 길에서 벗어난 건 아닌지 걱정이 되었다. 어둠이 끝없이 펼쳐진 것처럼 보였다. 갈수록 다리가 더 무거워졌다. 그때 약간씩 내 다리 밑에서 땅이 점점 딱딱해지는 느낌이 들었다. 처음에는 그 변화를 거의 알아차리지 못했다. 하지만 이윽고 우리가 점차 바위투성이 땅 위를 오르고 있다는 것을 알아차릴 수 있었다. 썩은 물웅덩이가 사라지자 냄새도 사라졌다. 개구리와 새 울음소리가 우리 뒤로 멀어져갔다.

드디어 습지를 건넌 것이다.

우리는 녹초가 되어, 커다란 바위로 둘러싸인 평평한 빈터로 비틀비틀 들어섰다. 나는 이곳에서 밤을 지내기로 했다. 우리는 다 함께 이끼 낀 땅 위에 털썩 주저앉았다. 차가운 손을 녹이기 위해 나는 두 손을 옷소매 안으로 쑤셔 넣었다. 눈이 스르르 감겼다. 나는 이내 잠이 들었다.

굵은 빗방울 하나가 코에 튀기는 바람에 화들짝 잠에서 깨어났다. 또

한 방울, 또 한 방울. 지평선 위의 구름이 갑자기 번쩍거리며 산마루 위에서 천둥이 우르릉 쾅쾅 울렸다. 비가 쏟아지기 시작했다. 비와 함께 바람이 몰아쳤다. 밤하늘은 더욱더 짙어졌다. 마치 구름이 커다란 바위로 모이기라도 한 것 같았다. 파도 같은 물이 하늘에서 마구 쏟아져 내렸다. 물고기가 된다 해도, 이보다 더 젖을 수는 없었다. 지금 내게 필요한 건 아가미뿐이었다.

추위에 벌벌 떨며, 나는 바위 하나로 가까이 움직였다. 적어도 자그마한 피난처를 찾을 수 있기를 바랐다. 그때 바위가 내게 가까이 움직이고 있다는 것을 깨달았다.

"움직이는 돌이야! 우리 잡아먹히게 생겼어……."

리아가 소리쳤다.

"아아-윽! 우리를 먹어 치우려 해!"

붐벨리가 비명을 질렀다.

나는 바위에서 벗어나려 버둥거렸다. 하지만 눈 깜짝할 사이에 어깨쪽 옷자락이 붙잡혔다. 나는 발버둥 치며 기를 쓰고 벗어나려 했다. 물이 내 얼굴에 강물처럼 줄줄 흘러내렸다. 나는 주먹으로 바위를 세게 후려쳤다.

주먹으로 축축한 바위를 내리치자, 주먹이 바위에 착 들러붙었다. 주먹은 꼼짝달싹하지 않았다! 그러고는 놀랍게도 바위가 내 주먹을 먹어 치우기 시작했다. 바위의 입술이 내 손을 삼키려 했다. 나는 비명을 질렀지만 천둥소리가 내 목소리를 삼켜버렸다. 어둠과 소나기 속에서 나는 온 힘을 다해 벗어나려 버둥거렸다.

곧 바위는 내 손 전체를 먹어 치웠다. 그러고는 내 손목, 내 팔뚝, 내 팔꿈치까지. 아무리 발길질하고 몸부림쳐봐도, 벗어날 수가 없었다. 손가락과 손의 감각은 아직 남아 있었지만, 거기에 가해지는 압력이 점점 단단해졌다. 곧 뼈가 으스러질 것이다. 살아 있는 바위의 입에서 부서져 버릴 것이다.

갑작스럽게 불빛 하나가 산마루를 훤하게 밝혔다. 그 순간 큰 바위보다 더 큰 형상 하나가 빈터로 들어섰다. 천둥보다 더 큰 그 목소리가 폭풍을 뚫고 불쑥 튀어나왔다.

"배가-고프다. 난 배-가 고프도다."

커다란 짐승이 으르렁거렸다.

"그랜드 엘루사야!"

리아가 소리쳤다.

붐벨리는 다시 비명을 질렀다. 이제 막 죽을 운명에 처한 사람이 내지르는 비명이었다.

풀쩍 딱 한 번 뛰어, 그랜드 엘루사는 내 옆에 내려앉았다. 다리 여덟 개가 사방으로 진흙을 튀겼다. 거세게 쏟아지는 비와 칠흑 같은 어둠에도 불구하고, 투시력은 그랜드 엘루사의 커다란 입이 떡 벌어지는 모습을 놓치지 않고 보여주었다. 끝없이 늘어선 울퉁불퉁한 이빨을 흘끗 바라보며, 나는 바위에서 탈출하려 아등바등거렸다. 그랜드 엘루사의 입이 닫혔다.

내가 아니었다! 오도독 커다란 소리를 내며, 그랜드 엘루사는 살아 있는 바위를 크게 한 입 베어 물었다. 큰 바위는 격렬하게 몸을 부들부들 떨더니, 내 팔을 놓아주었다. 나는 진흙투성이 땅으로 비틀비틀 뒷걸음질 쳤다. 무슨 일이 벌어지고 있는지 미처 알아차리기도 전에, 하얀색 빛이 산마루를 강타했고 누군가 내 위로 쓰러졌다.

14

수정 동굴

별처럼 반짝반짝 빛나는 빛이 내 주위에서 이리저리 춤을 추었다. 그리고 리아와 붐벨리 주변에서도……. 우리는 한데 마구 뒤엉켜 누워 있었다. 나는 흠뻑 젖어 물이 뚝뚝 떨어지는 누군가의 다리를 얼굴에서 밀쳐내고 일어나 앉았다. 온몸이 흠뻑 젖고 손이 엄청나게 아팠지만, 그것 말고는 괜찮았다. 내가 어디에 있든 말이다.

순간, 나는 반짝반짝 빛나는 수정이 쭉 늘어서 있는 걸 알아차렸다. 벽 위에서 어른거리는 물결처럼 빛이 흔들렸다. 으리으리하도록 웅장했다. 얼음처럼 부드러운 수천수만 개의 눈부신 보석이 사방에서 반짝이며 빛을 뿜어내고 있었다. 수정 동굴이었다! 내가 이곳에 처음 왔을 때, 나는 이처럼 아름다운 곳은 본 적이 없다고 생각했다. 지금도 마찬가지다.

뭔가 뒤에서 딱딱 소리가 났다. 고개를 휙 둘러보니 그랜드 엘루사가 있었다. 몸이 엄청나게 커서 빛나는 동굴 전체를 가득 채웠다. 그랜드 엘루사는 이제 막 멧돼지 뒷다리처럼 보이는 걸 한 입 베어 물었다. 먹이를 우적우적 씹으며 수정으로 이루어진 것 같은 커다란 두 눈으로 나를 유심히 살펴보았다. 마지막 한입을 꿀떡 삼키고는 팔을 엄청 꼼꼼하게 샅샅이 핥았다.

"내 동-굴에 온 걸 환-영한다."

그랜드 엘루사는 크게 외쳤다.

붐벨리는 몸을 벌벌 떨며 종을 짤랑짤랑 울려댔다. 겁에 질려 내 옷소매를 꽉 움켜잡았다.

"이제 우…… 우리를 먹어 치우려 할까?"

"물론 아니야. 우리를 살아 있는 바위에서 구해주기 위해 이리로 데리고 온 거라고."

리아가 단호하게 말했다. 리아의 축축한 곱슬머리는 주변의 수정처럼 반짝반짝 빛났다.

"그…… 그러니 우리를 직접 먹어 치울 수 있잖아?"

어릿광대가 더듬거리며 말했다.

"조-용. 난 이제 허-기를 좀 채-웠지. 너-희는 운-이 좋다. 살-아 있는 바위는 소-화시키려면 한-참 걸리거든. 이 멧-돼지는 그저 디-저트에 불과해."

나는 옷자락으로 얼굴에서 물방울을 닦아내며 말했다.

"고마워요. 그런데 어떻게 그렇게 빨리 우리를 이곳으로 데려올 수 있었어요?"

"도-약했지. 너-도 언-젠가 그 기-술을 배-우게 될 거-다."

그랜드 엘루사가 가까이 다가왔다. 그랜드 엘루사의 수정 같은 눈동자에 내 모습이 겹겹으로 비치는 게 보였다.

"도약은 내가 완벽하게 배워야 하는 일곱 개의 노래 중 하나예요! 당신이 방금 어떻게 했는지 배우라고 말하지 마세요. 그것만으로도 평생

175

이 걸릴 수 있으니까요."

"수-많은 평-생. 자기 임-무를 완-수할 수 없는 불-쌍한 자-에게는 특-히나 더. 꽃 피는 하프는 어-디다 두-고 왔-느냐?"

커다란 흰 거미는 나를 계속해서 살펴보았다.

내 이마에 땀이 송골송골 맺혔다.

"안전한 곳에 있어요. 아바사에요. 하지만 지금 당장은 어둠의 언덕으로 돌아갈 수 없어요! 먼저 해결해야 할 문제가 있거든요."

"네-가 일으킨 문-제겠지."

나는 고개를 숙였다.

"네."

"네-가 역-시 풀 수 있-는 문-제겠지."

그랜드 엘루사는 천둥 같은 소리를 냈다.

나는 천천히 고개를 들어 올렸다.

"정말로 우리 엄마를 구할 기회가 있다고 말씀하시는 건가요?"

다리 하나가 수정 바닥을 톡톡 두드렸다.

"아-주 희-박한 기-회도 기회는 기-회인 거지."

리아는 내게 좀 더 바짝 다가왔다.

"그렇다면 엘런이 살아남을 수 있을까?"

"분-명 그-러겠지. 그리고 그 여자의 어-린 아-들도 분-명 그-럴 거다."

그랜드 엘루사가 목을 가다듬었다. 수정이 박힌 구불구불한 벽 사이에서 커다란 소리가 찌렁찌렁 울렸다.

"하-지만 그 아-이는 이 여-정에서 먼저 살-아남아야 한다. 어-쩌면 언-젠가 네 자-신의 수-정 동굴을 찾-기 전까지."

"제 자신의 수정 동굴이라고요? 그게 정말 가능해요?"

그 생각을 하니 내 심장이 두근거렸다.

"뭐-든 가-능하다."

거대한 거미가 커다란 몸을 한쪽으로 기울였다. 그러자 반짝반짝 빛나는 물건들이 드러났다. 핀카이라의 보물들이었다! 나는 불의 고리를 알아보았다. 오렌지색 둥근 물체는 마치 수정처럼 반짝반짝 빛났다. 꿈의 소환자라고 알려진 우아한 뿔. 그리고 한쪽 날은 영혼까지 자를 수 있고, 다른 쪽 날은 어떤 상처도 치유할 수 있는 위대한 칼 디퍼컷. 그 보물들 바로 뒤에, 스스로 밭을 갈 수 있는 쟁기가 살짝 보였다. 혼이 자기 아들한테 설명해줬던 바로 그 보물이었다. 그 근처에 나머지 지혜의 도구들이 놓여 있었다. 잃어버린 하나를 제외하고 모두 다 있었다.

"언-젠가 네가 충-분히 현-명해지는 것도 가-능하다. 이 보-물 중 하-나를 가-지고 다니면서도 네가 만-든 것 이-상을 파-괴하지 않을 정-도로 말이다."

나는 침을 꼴깍 삼켰다.

"내-게 일-곱 개의 노-래를 말-해 보-아라."

그건 부탁이 아니라 명령이었다. 그랜드 엘루사의 말이 내 두 귀에 쩌렁쩌렁 울려 퍼졌다.

나는 잠시 주저했다. 이윽고 숨을 몰아쉬고 외우기 시작했다.

마법의 일곱 노래,

하나의 멜로디와 수많은 멜로디가,

그대를 사후 세계로 인도할 것이다.

비록 아무런 희망이 없다 할지라도…….

동굴 저쪽 구석에서 몸을 웅크리고 있던 붐벨리는 시무룩하게 고개를 저으며 종소리를 냈다. 거미는 커다란 눈을 붐벨리를 향하더니 이내 멈추었다.

수정의 환한 빛 속에서 나는 각각의 노래를 완전히 익히는 것과 관련된 경고를 차례로 낭독했다. 이제는 내 존재에 각인되어 있는 문장 '각각의 노래에 담긴 가장 깊은 혼'을 말할 때, 리아의 밝은 눈이 수정처럼 반짝반짝 빛났다. 그리고 나서 나는 일곱 개의 노래로 나아갔다. 마지막으로 벨러의 눈에 대해 언급할 때, 그랜드 엘루사는 불안한 듯이 몸을 움직였다.

한동안 아무도 말하지 않았다. 드디어 그랜드 엘루사의 목소리가 울려 퍼졌다.

"두-려운가?"

"네, 이 모든 걸 한 달 안에 해낼 수 없을까 봐 두려워요."

내가 자그맣게 대답했다.

"그-게 전-부냐?"

"노래의 혼을 찾는 일이 얼마나 힘들지 두려워요."

"그-게 전-부냐?"

나는 손으로 수정 바닥을 초조하게 쓰다듬으며, 날카로운 모퉁이를 느꼈다.

"저는 일곱 번째 노래, '시력'이 가장 두려워요. 하지만…… 왜 그런지는 모르겠어요."

"왜 그-런지 알-게 될 거다. 그-렇게 멀-리까지 간-다면 말이다."

그랜드 엘루사는 팔 세 개로 털투성이 등을 긁어댔다.

"또한 넌 약-간의 마-법도 배우게 될 거다. 하지만 정-말로 유-용한

178

마법을 배우지 못하는 건 유-감이구나. 이를테면 거-미줄을 치는 방-법 따위 말이다. 아니면 돌-을 씹어 먹는 방-법이라든가."

리아는 낄낄 웃었다. 그러더니 긴장한 표정으로 물었다.

"그게 무슨 뜻이에요? 벨러의 눈과 관련되었다는 말이에요?"

거미의 흰 머리카락이 곤두섰다.

"도-깨비 벨-러는 오직 눈 하-나밖에 없어. 그 눈을 보-면 누구든 죽-게 돼. 아-주 잠깐만이라도 말-이다."

리아는 내게 몸을 기울였다.

"그래서 투아하가 죽었나 봐."

"그-래, 맞-다. 그리고 너-희도 조-심하지 않-으면 그-렇게 죽-을 테고."

그랜드 엘루사가 단호하게 말했다.

나는 이마를 찌푸렸다.

"사실, 첫 번째 노래도 통과 못 할지 몰라요. 당신이 우리를 발견했을 때, 우리는 트릴링 종족의 땅 파로 난나에 가고 있었어요. 도움이 될 만한 걸 알 수 있을지 모른다는 희망을 품고요. 하지만 트릴링 송속이 남아 있지 않으니 아무런 희망도 없어요."

"그-건 너의 유-일한 희-망이다."

"파로 난나는 이곳에서 너무 멀어요. 족히 일주일을 걸어야 한다고요. 우리가 어떤 어려움도 마주치지 않는다 할지라도 말이에요."

리아가 절망적으로 말했다.

"일주일! 그 정도의 여유 시간이 우리한테는 없다고."

나는 한숨 섞인 소리를 냈다.

하얀 빛이 갑작스럽게 터지며 수정 동굴을 가득 채웠다.

15

변신의 노래

우리는 바다로 곧장 이어질 듯 깎아지른 절벽 끝자락의 풀이 무성한 들판에 앉아 있었다. 그 끝자락 너머를 흘끗 바라보니, 세가락갈매기와 은빛 날개의 제비갈매기가 절벽 위에 둥지를 틀고 있었다. 갈매기들은 꽥꽥거리며 어린 새끼들을 보살피고 있었다. 시원한 산들바람이 내 얼굴에 닿았다. 소금기를 머금은 바닷물 냄새가 공기 중에 퍼졌다. 저 아래에서 밀려오는 파도의 하얀 거품이 연한 파란색 속으로, 그러다가 옥처럼 짙은 초록색 속으로 녹아들어 갔다. 드넓은 수로 너머에 자그마한 섬이 어렴풋이 보였다. 짙은 신비의 섬. 그 뒤로는 핀카이라 전역을 둘러싸고 있는 안개 벽이 너울거렸다.

나는 리아와 붐벨리를 돌아보았다. 둘 다 새로운 환경을 이리저리 살펴보고 있었다. 바로 얼마 전까지 우리는 그랜드 엘루사의 수정 동굴에 있었다! 우리가 지금 어디에 있든, 이곳은 수정 동굴에서 한참 떨어진 곳이 분명했다. 사람들을 옮길 수 있는 이토록 경이로운 기술이라니! 그랜드 엘루사는 내 지팡이도 잊지 않고 함께 보내주었다. 나는 다섯 번째 교훈, 도약을 마음속 깊이 새겨두었다.

리아는 자리에서 벌떡 일어섰다.

"저기 봐. 저거 보여?"

리아가 자그마한 섬을 가리키며 소리쳤다.

나는 일어나 지팡이에 몸을 기댔다.

"저기 있는 섬, 그래, 마치 환상의 섬처럼 보이는데, 그렇지 않아?"

리아는 계속 뚫어져라 처다보며 말했다.

"그건 바로 저 섬이 존재하지 않는 거나 마찬가지기 때문이야. 저게 바로 '잊힌 섬'이야. 분명해."

나는 등골이 서늘해졌다.

"일곱 번째 노래! 저건 내가 시력을 배우러 가야 할 곳이야."

나는 리아를 잠깐 바라보고는 다시 섬을 돌아보았다. 섬은 둥둥 떠다니는 안개로 뒤덮여 있었다.

"전에 본 적 있어?"

"아니."

"그런데 어떻게 저기가 잊힌 섬이라는 걸 그렇게 확신할 수 있어?"

"당연히 아바사가 이야기해줘서 아는 거지. 저기는 핀카이라 섬에서 떨어져 있는 유일한 땅이야. 누구도, 심지어 다그다조차도, 오랫동안 저곳에 발을 들여놓지 않았다고 들었어. 그리고 이곳 좁은 해협에 사는 인어를 제외하고는, 항상 저 섬을 둘러싸고 흐르는 강력한 물살과 그 물살보다 더 강력한 마법을 어떻게 통과하는지 아는 이가 아무도 없어."

나는 내 얼굴 바로 앞으로 휙 날아드는 갈매기 한 마리를 얼른 피했다. 하지만 섬에서 눈길을 뗄 수는 없었다.

"사람들이 저곳에 가면 안 된다는 소리처럼 들리네. 이유야 모르겠지만 말이야."

배가 찌릿찌릿 아파왔다.

리아는 여전히 섬을 바라보면서 한숨을 쉬었다.

"어떤 사람들은 그것이 핀카이라 사람들이 옛날에 날개를 잃은 이유
와 관련이 있다고 믿어."

"그럼, 그렇지, 그렇고말고. 그때가 이곳 사람들의 역사상 가장 슬픈
순간이었어."

붐벨리가 우리를 향해 걸어오며 특유의 가락으로 의기소침하게 읊조
렸다. 걸을 때마다 짤랑짤랑 종소리가 났다.

뚱한 어릿광대가 날개를 잃어버리게 된 이유를 과연 알고 있을까? 갑
자기 희망이 샘솟았다.

"어떻게 된 일인지 아세요?"

붐벨리는 기다란 얼굴을 내게로 휙 돌렸다.

"아무도 몰라. 아무도."

나는 얼굴을 찡그렸다. 바람 누이 아일라는 알고 있었다. 하지만 아
일라는 내게 말해주려 하지 않았다. 아일라에게 다시 물어보고 싶었다.
하지만 그건 불가능했다. 바람을 잡는 건 불가능하니까……. 분명 아일
라는 지금쯤 귀네드까지 날아갔을 것이다.

리아는 마침내 섬에서 시선을 거두며 내게 물었다.

"지금 우리가 어디에 서 있는지 알고 싶어?"

나는 리아를 팔꿈치로 살짝 밀었다.

"넌 여전히 가이드처럼 말하는구나."

"넌 여전히 가이드가 필요해. 우린 파로 난나에 있어. 한때 트릴링 종
족의 고향이었던 땅 말이야."

리아가 웃음 띤 얼굴로 대답했다.

저 아래서 굽이치는 파도 소리를 들으며, 나는 고원지대를 훑어보았다. 크림색 가파른 절벽이 삼면에서 우리를 둘러싸고 있었다. 하지만 벽이나 벽난로를 떠올리게 하는 무너져 내린 돌덩이 몇 개를 제외하고, 고원지대에는 풀만 무성하게 덮여 있었다. 북쪽 저 멀리 짙은 초록색 띠가 숲의 가장자리를 나타냈다. 그 너머에 보라색의 옅은 안개 속에 지평선이 떠 있었는데, 안개 낀 언덕 같았다.

윤기 없는 거무칙칙한 갈색 나비 한 마리가 풀밭에서 퍼드덕 날아올라 내 손목에 내려앉았다. 나비의 다리가 간지러워, 나는 손을 휘저었다. 그러자 나비가 다시 날아올라, 울퉁불퉁한 내 지팡이 자루에 내려앉았다. 날개는 지팡이의 짙은 갈색과 뒤섞여 꼼짝도 하지 않았다.

나는 풀이 무성한 대지를 손으로 가리키며 말했다.

"우리가 어떻게 트릴링 종족의 변신의 기술을 배울 수 있을지 난 도저히 모르겠어. 정말로 트릴링 종족이 여기 살았다면, 그리 멀리 떠나지는 않았을 거야."

"그게 그들의 방식이었어."

리아가 하얀색 조약돌 하나를 집어 들어 절벽 아래로 툭 내던졌다.

"트릴링 종족은 방랑자였어. 항상 더 살기 좋은 곳을 찾아다녔지. 진짜 나무처럼 뿌리를 내릴 수 있는 곳. 그리고 집이라 부를 수 있는 곳. 트릴링 종족의 유일한 정착지는 이곳, 절벽 옆이었어. 하지만 저 바위더미를 보면 알 수 있듯이, 좋은 곳은 그다지 많지 않았어. 아주 늙고 아주 어린 자들을 위한 피난처에 불과했어. 도서관도 시장도 모임 장소도 없어. 대부분의 트릴링 종족은 핀카이라를 방황하며 보냈어. 짝을 찾거나 죽을 준비가 되어 있을 때만 이곳으로 돌아왔지."

"도대체 무슨 일이 있었던 거야?"

"그들은 탐험에 너무 빠져 있었던 것 같아. 그래서 점점 더 적은 수만이 이곳으로 왔지. 나중에는 아무도 돌아오지 않았고 정착지는 허물어지거나 바람에 날아가버렸어. 이곳을 돌볼 종족이 아무도 없었으니까. 그렇게 트릴링 종족은 하나씩하나씩 죽어갔어."

나는 풀 뭉치를 발로 뻥 걷어차며 말했다.

"방랑했다고 해서 그들을 비난할 수는 없어. 그건 내 피에도 흐르니까. 하지만 그들은 어디에서도 고향을 느끼지 못했던 것 같아."

리아는 생각에 잠겨 나를 곰곰이 지켜보았다. 바다에서 불어오는 바람에 리아의 잎사귀 옷이 나부꼈다.

"네 피에서는 어딘가를 고향처럼 느끼고 있다는 말이니?"

"그랬으면 좋겠어. 하지만 잘 모르겠어. 넌 어때?"

리아의 몸이 뻣뻣해졌다.

"아바사가 내 고향이야. 내 가족이고. 유일한 가족이지."

"크웬을 제외하면 말이지."

리아는 입술을 깨물었다.

"한때 크웬은 우리 가족이었어. 하지만 이제는 아니야. 크웬은 고블린의 약속에 속아 넘어가 가족을 팔았어."

나비는 내 지팡이에서 날아올라 붐벨리 너머로 날아갔다. 붐벨리는 여전히 침울한 표정으로 해협 건너에 있는 잊힌 섬을 물끄러미 바라보고 있었다. 다시 울퉁불퉁한 지팡이 자루로 돌아온 걸 보니 나비는 내려앉기 직전에 마음을 바꾼 것이 분명했다. 나는 나비의 빛바랜 갈색 날개를 보았다. 그중 하나는 아주 심하게 닳아 있었다. 나비는 느릿느릿 날개를 펄럭거렸다.

나는 리아를 다시 바라보며 단호하게 말했다.

"찾아야 해."

"누구를?"

"크웬 말이야. 크웬은 저 돌덩이가 말해줄 수 없는 걸 말해줄 수 있을 거야."

리아는 마치 쓴 열매를 한 움큼 먹은 것처럼 얼굴을 찡그렸다.

"그럴 수 없어. 크웬을 어떻게 찾아야 할지 모르겠어. 팔을 잃고 나서도 살아 있다 하더라도 말이야. 만약 찾아낸다고 해도, 크웬의 말을 믿을 수는 없어."

리아는 그 말을 겨우 내뱉더니 이어 덧붙였다.

"크웬은 배신자야. 하나부터 열까지 속속들이."

저 아래에서 거대한 파도가 절벽을 때리자 갈매기들이 물보라를 피해 새된 소리를 질러댔다.

"그렇다 해도 난 해봐야겠어! 분명 누군가 크웬을 보았을 거야. 만약 트릴링 종족이 요즈음 그렇게나 드물다면, 하나만 있어도 금방 눈에 띌 거라고, 안 그래?"

리아는 고개를 저었다.

"넌 이해 못해. 트릴링 종족은 어느 한곳에 만족하며 머무르지 못해. 뿐만 아니라 어느 하나의 몸에 머무르는 것도 만족하지 못한다고."

"설마……"

"맞아! 트릴링 종족은 변신하는 법을 알고 있었어! 대부분의 나무 색이 가을에 변한다는 걸 너도 알 거야. 그리고 봄이 되면 완전히 새로운 옷을 입는단 말이야. 트릴링 종족은 그 이상을 할 수 있어. 그들은 나무처럼 생긴 몸을 곰이나 독수리나 개구리로 자유자재로 바꿨어. 그래서 변신에 대한 노래에서 트릴링 종족의 이름이 나온 거야. 트릴링 종족은 변신의 귀재였거든."

지팡이에 내려앉은 나비의 날개처럼 이미 닳고 닳아 부서지기 쉬운 내 희망은 이제 완전히 사라졌다.

"만약 크웬이 살아 있다면, 다른 모습을 하고 있을 수도 있다는 말이네."

"뭐든 가능하지."

붐벨리는 내 절망을 눈치 채고는 큰 소리로 말했다.

"네게 노래를 하나 불러줄게. 네가 원한다면 말이야. 가볍고 신나는 노래를."

난 저항할 힘도 없었다. 그러자 붐벨리가 노래를 부르기 시작했다. 종이 달린 모자는 리듬에 맞춰 이리저리 흔들렸다.

삶은 끝없는 저주랍니다.
훨씬 더 나쁠 수도 있지요!
하지만 난 기쁨으로 가득하다오.
나보다 더 기쁜 자는 없을 거예요.

비록 죽음이 공기를 가득 채운다 할지라도,
나는 절망하지 않는답니다.
훨씬 더 나쁠 수도 있지요!
삶은 끝없는 저주랍니다.

즐거워하세요! 당신도 알겠지만,

훨씬 더 나쁠 수도 있거든요!

지금보다 훨씬 더 나쁠 수 있어요!

하지만…… 내게 그 이유를 묻지는 마세요.

"그만해요! 정말 그렇게 생각한다면, 왜 그냥 이 절벽에서 뛰어내려 당신의 불행한 삶을 끝내지 않는 거예요?"

리아가 소리쳤다.

붐벨리는 평소보다 얼굴을 세 배로 찡그렸다.

"못 들었어? 이건 즐거운 노래라고! 내가 좋아하는 노래 중 하나지. 아, 내가 제대로 전달하지 못했나 보네. 항상 이렇다니까. 음, 다시 해볼게."

붐벨리는 한숨을 내쉬었다.

"아니!"

어떤 목소리가 외쳤다.

그건 리아의 목소리가 아니었다. 내 목소리도 물론 아니었다. 그건 나비의 목소리였다.

자그마한 생명체는 날개를 마구 퍼덕거리며 앉아 있던 지팡이를 떠나 공중으로 솟구치더니, 아래로 빙글빙글 돌기 시작했다. 풀밭에 닿기 직전, 커다랗고 날카로운 소리가 허공을 갈랐다. 나비가 순식간에 사라져버렸다.

그 자리에 가느다랗고 울퉁불퉁한 모습이 하나 서 있었다. 반은 나무고 반은 여인이었다. 지푸라기처럼 거친 머리카락이 나무껍질 같은 얼굴 피부로 흘러내려, 검은 눈 두 개가 눈물방울 같은 모양이 되었다. 몸을 감싼 갈색 옷이 뿌리 모양의 옹이투성이 넓적한 다리까지 내려왔다. 옷에서는 팔 하나만 튀어나와 있었다. 여섯 손가락 중 가장 작은 손가락에는 은빛 반지를 끼고 있었다. 사과 꽃의 달콤한 향이 맴돌았는데, 언짢은 얼굴 표정과 완전히 대비되었다.

리아는 마치 죽은 나뭇가지처럼 뻣뻣하게 몸을 세웠다.

"크웬."

"그-래."

트릴링이 속삭였다. 목소리는 마른 풀처럼 바스락거렸다.

"난 크웬이야. 어-린 널 돌봐주고, 아-플 때마다 간-호해주던 바로 그 크웬."

"그리고 날 고블린한테 넘기려 했던 바로 그 크웬!"

크웬의 기다란 손이 헝클어진 머리카락을 쓸어 넘겼다.

"내-가 원해서 그런 게 아-니야. 그자들이 널 해치지 않겠다고 약-속했어."

"그자들이 거짓말을 하리라는 걸 알았어야지. 그 누구도 고블린 전사를 믿어서는 안 돼. 이제 누구도 널 믿을 수 없어."

리아가 크웬을 노려보며 덧붙였다.

"내가 그걸 모른다고 생-각하니?"

갈매기가 근처 풀밭에 앉아 부리로 풀을 쪼기 시작했다. 갈매기가 마구잡이로 잡아당겼지만 풀은 꼼짝하지 않았다.

"이-걸 봐."

크웬이 갈매기에게 가까이 다가서며 말했다. 자신의 가장 부드러운 목소리로 크웬이 갈매기에게 물었다.

"착한 새야, 네가 둥-지를 짓는 걸 도와주어도 될까?"

갈매기는 새된 소리를 내며 크웬을 향해 사납게 날개를 퍼덕거렸다. 시간이 조금 지나자 갈매기는 여전히 한쪽 눈으로 크웬을 주시하면서,

마침내 마음을 가라앉히고 다시 하던 일로 돌아갔다.

크웬은 슬픈 표정으로 리아에게 돌아섰다.

"봤지? 이-게 내가 받은 벌-이야."

"그래도 싸, 모두."

"난 비-참해, 완전히 비-참해! 내 생각에 이보다 더 나쁠 수는 없-을 거야. 그런데 갑-자기 네-가 나타났어."

크웬은 붐벨리에게 울퉁불퉁한 손가락을 겨누었다.

"이…… 형편없는 목-소리와 함께."

어릿광대는 기대에 차 고개를 치켜들었다.

"어쩌면 당신은 수수께끼를 더 좋아할지도 모르겠어요. 종에 대한 끔찍한 수수께끼를 하나 알고 있어요."

"아니!"

크웬이 새된 소리를 냈다. 그러더니 리아에게 말했다.

"제-발, 리아. 난 정말 후-회하고 있어. 날 용서해주지 않을래?"

리아는 잎사귀가 덮인 팔로 팔짱을 꼈다.

"절대 안 돼."

야릇한 아픔이 느껴졌다. '절대'라는 말이 내 귓가에 울렸다. 묵직한 문이 꽝 하고 닫히며 잠기는 것처럼. 놀랍게도 내 안에서 동정심이 솟구쳤다. 분명 크웬은 끔찍한 일을 저질렀다. 후회할 만한 일을 저질렀다. 하지만 나 또한 깊이 후회할 일을 저지르지 않았던가?

나는 리아에게 가까이 다가가 목소리를 낮추었다.

"힘든 거 나도 알아. 그래도 용서해줘야 할지도 몰라."

리아는 날 차갑게 노려봤다.

"내가 어떻게?"

"내가 엄마한테 나쁜 일을 저지른 뒤에 우리 엄마가 날 용서했던 것
처럼."

그 순간 엘런이 헤어지며 한 말이 불쑥 떠올랐다.

*나비는 한낱 벌레에서 가장 아름다운 생명체로 변할 수 있어. 그리고
아들, 영혼 또한 변할 수 있어.*

나는 아랫입술을 깨물었다.

"크웬은 분명 아주 무시무시한 짓을 저질렀어. 그래도 다시 한 번 기
회를 줘야 해, 리아."

"왜?"

"왜냐하면, 음, 크웬은 변신할 수 있으니까. 살아 있는 생명체는 모두,
그러니까 우리 모두는 변신의 가능성이 있으니까."

불쑥 내 지팡이가 파란 빛을 뿜으며 밝게 깜박였다. 마치 불에 타는
것처럼 나무 자루에서 지글지글 소리가 났다. 그러더니 순식간에 빛과
소리 모두 사라져버렸다. 지팡이를 손으로 만져보니, 황혼 녘의 하늘처
럼 푸른색 표시 하나가 자루 위에 새겨져 있었다. 나무 모양이었다. 그
순간 나는 알아차렸다. 투아하의 정령이 내 지팡이를 스쳐 지나갔다는
것을. 그리고 내가 변신의 영혼을 발견했다는 것을.

리아는 크웬을 향해 머뭇머뭇 손을 내밀었다. 크웬은 가느다란 눈을
반짝이며 리아의 손을 잡았다. 잠시 둘은 아무 말 없이 서로를 바라보
았다.

마침내 크웬이 내게 돌아섰다.

"고-마움을 표현할 방-법이 있을까?"

"너희 둘이 이렇게 있는 모습을 보는 것만으로도 충분해."

"정-말로 내가 할 수 있-는 일이 없어?"

"도약의 힘을 알지 않는 한 네가 할 일은 없어. 우리는 이제 얼굴 호수로 가야 해. 저 멀리 북쪽으로."

내가 대답했다.

"열흘은 족히 걸어야 해. 아니, 12일은 걸릴 거야. 아니, 14일은 걸릴 거야."

붐벨리가 신음 소리를 냈다.

크웬의 눈물방울 모양 눈이 나를 살피며 말했다.

"난 도약의 기-술을 몰라. 하지만 변신의 기-술이 너한테 유-용할지도 몰라."

리아는 숨죽였다.

"아, 크웬, 만약 우리가 물고기처럼 수영할 수만 있다면……."

"그러면 며-칠은 벌 수 있-겠지."

나는 펄쩍 뛰었다.

"그게 정말 가능해?"

크웬의 얼굴에 기이한 미소가 번졌다. 그러더니 자신의 앙상한 손가락으로 붐벨리를 가리켰다.

"너, 형편없는 목소리, 네가 먼-저 갈 거야."

"싫어! 넌 그럴 수 없어. 그럴 수 없다고."

붐벨리는 뒤로 물러서며 간청했다.

"플리파 슬리프나, 하나웨이 위시, 켈포노 버블림 투블림 피시."

크웬이 읊조렸다.

붐벨리는 자신이 거의 벼랑 끝에 이르렀다는 걸 깨닫고 갑작스레 동작을 멈추었다. 그러더니 일렁이는 파도를 내려다보았다. 놀란 두 눈이 커져 있었고, 옷소매가 바람에 펄럭거렸다. 붐벨리는 크웬을 돌아보았다. 눈은 여전히 왕방울만큼 커져 있었다.

"제……발, 난 물고기 싫어! 너무 미끄럽고, 온몸이 아주…… 아주 축축하다고! 너무…….'

붐벨리가 더듬거리며 말했다.

타다닥!

커다란 두 눈에 부루퉁한 입 아래 겹겹이 턱이 접힌, 보기 흉한 물고기 한 마리가 풀밭 위에 무기력하게 떨어져서 마침내 벼랑 너머로 뛰어들었다. 하지만 나는 차마 웃을 수 없었다. 다음이 내 차례가 되리라는 걸 알았으니까.

16

바다 속에서 느끼는 전율

갑작스레 숨을 쉴 수가 없었다.

바람이 휙 스쳐갔다. 나는 아래로, 아래로, 아래로 떨어져 내렸다. 숨을 쉬려 했지만 아무 소용이 없었다! 불어대는 바람이 나를 갈기갈기 찢어대는 것 같았다. 예전에 늘 하던 대로 폐로 숨을 쉴 수 없었다. 그러다 철퍽 하는 소리가 나더니 나는 차가운 물에 쾅 부딪혔고, 내 아가미가 쫙 펴졌다. 아가미! 드디어 다시 숨을 쉴 수 있었다. 물이 내 옆으로 움직이며 내 몸을 지나갔다.

팔은 더 이상 없었다. 다리도 없었다. 내 몸은 이제 달랑 유선형 꼬리 하나뿐이었다. 위와 아래 그리고 양쪽 옆으로 유연한 지느러미가 달렸다. 지느러미 하나에는 자그마한 막대기 하나가 구부려져 달려 있었다. 내 생각에는 지팡이 같았다. 작은 가죽 가방, 신발, 옷은 어떻게 되었는지 도저히 모르겠다.

몸의 균형을 잡느라 시간이 좀 걸렸다. 지느러미를 움직이려 할 때마다 한쪽으로 고꾸라졌기 때문이다. 투시력이 뜨문뜨문 비추는 바닷속 빛에 적응하기까지 한참 걸렸다. 수면에 가까운 곳을 제외하고는 사실상 빛이 전혀 없었기 때문이다. 점점 어둠만이 짙어졌다.

하지만 몇 분 동안 고군분투하고 나자 자신감이 붙기 시작했다. 헤엄치기 위해서는 인간의 형태로 했던 것과는 완전히 다른 움직임이 필요하다는 걸 깨달았다. 팔을 한 번 젓는 것도 불가능했다. 옛날 방식으로 발을 차는 것도 불가능했다. 내게 필요한 건 마치 살아 있는 채찍을 휘두르는 것처럼 내 몸 전체를 이쪽저쪽 좌우로 마구 흔드는 것이었다. 아가미에서부터 꼬리 끝까지, 피부의 비늘 하나하나가 몸이 움직일 때마다 함께 움직였다. 얼마 지나지 않아서 나는 내가 물살을 헤치며 몸을 자유자재로 휘두를 수 있다는 걸 알았다. 좌우는 물론이고 위아래로 움직일 수도 있었다.

초록색과 갈색 반점이 있는 날씬한 물고기 한 마리가 저 위쪽에서 헤엄쳤다. 난 그 물고기가 리아라는 걸 한눈에 알아봤다. 나보다 더 오래 물속에 있지는 않았지만, 마치 물살 그 자체인 것처럼 우아하게 움직였기 때문이다. 우리는 너무 반가워 서로 지느러미를 흔들었다. 리아는 기침 소리 비슷한 걸 냈다. 나는 리아가 자그마한 내 지팡이를 보고 웃고 있다는 걸 알아차렸다.

그때 붐벨리가 찢어진 해초를 리본처럼 꼬리에 매달고 우리를 향해 느릿느릿 헤엄쳐왔다. 종을 매달고 있지는 않았지만 붐벨리가 분명했다. 앞에서 보니, 붐벨리의 겹겹이 접힌 턱이 꼭 주름진 목걸이를 하고 있는 뱀장어처럼 보였다. 그 모습은 붐벨리가 그토록 갈망했던 우스꽝스런 광경에 퍽 가까웠다. 그 자신은 그걸 알아차리지 못했겠지만 말이다.

우리의 첫 번째 임무는 함께 있는 법을 배우는 것이었다. 리아와 나는 선두 자리를 교대로 맡았다. 붐벨리는 항상 뒤에서 따라왔다. 이윽고 리아와 나는 점차 조화롭게 헤엄치기 시작했다. 우리에게 육감이 서서히 나타났다. 물고기들이 함께 어우러지는 동일한 감각 말이다. 하루 종일 헤엄치고 나서, 우리 둘은 거의 하나로 이어진 존재처럼 움직였다.

이리저리 흔들리는 해초의 드넓은 숲 사이를 함께 헤엄치거나 굽이치는 파도 사이를 날쌔게 움직이는 동안, 바닷속에서 느끼는 전율이 내 몸을 타고 흘렀다. 나는 조류의 향기와 느낌을 맛볼 수 있었다. 돌고래 가족의 기쁨을, 이주하는 거북이의 고독한 사투를, 새로 태어난 바다 아네모네의 배고픔을 느낄 수 있었다. 하지만 진지한 내 여정을 결코 잊은 건 아니었다. 바닷속 생명체가 되었다는 경험을 즐기면서도, 나는 이 모든 게 그저 시간을 벌기 위한 수단이라는 걸, 엘런을 구하기 위한 수단이라는 걸 잘 알고 있었다. 만약 내가 이 여정에서 살아남아 언젠가 실제로 마법사가 된다면, 어쩌면 어린 왕이나 여왕의 스승이 된다면, 난 내 제자에게 물고기로 변신하는 덕목을 꼭 가르쳐야겠다고 다짐했다.

물고기로 변신하는 일의 장점 중 하나는 바다가 주는 엄청난 양의 음식을 발견하는 것이었다. 바다는 떠다니는 하나의 거대한 잔칫상이었다. 나는 매일같이 곤충, 알, 벌레를 실컷 먹어 배가 빵빵해졌다. 리아는 자그마하고 맛있는 가재를 잘도 잡아먹었다. 반면 붐벨리는 바다의 기이한 별미를 잘 먹으면서도, 벌레는 한사코 거부했다.

동시에 우리는 누군가의 별미가 될 수 있는 위험을 항상 경계했다. 한번은 연노란색 산호 터널 사이를 헤엄치고 있을 때, 날 기다리고 있는 아주 커다랗고 아주 배고파 보이는 물고기 한 마리를 발견했다. 나는 재빨리 달아났다. 분명 붙잡혔다고 생각한 순간, 갑자기 나타난 더 큰 생물체가 나를 쫓아오던 물고기를 위협해 쫓아버렸다. 날 도와준 생물체를 제대로 보지는 못했지만, 물고기 꼬리가 달리고 위쪽 몸통은 사람처럼 보였다.

5박 6일 동안 우리는 계속해서 북쪽으로 헤엄쳐 갔다. 어두워진 뒤에는 반달의 창백한 빛이 파도 위에서 가끔씩 춤을 추곤 했다. 하지만 달의 아름다움은 나를 피해 갔다. 난 달의 표면에서 그저 누군가 다른 사람의 얼굴만 보았다. 영원히 잃어버릴까 두려운 누군가의 얼굴을. 이제 채 3주도 남지 않았다.

마침내 리아가 해안을 향해 재빠르게 방향을 바꾸는 순간이 왔다. 리아는 우리를 이끌고 자그마한 삼각주로 갔다. 그곳에서 신선한 민물이 바다로 흘러들었다. 나는 드넓은 바다의 짭짜름한 향과 더불어 녹은 눈의 순결함, 수달의 장난기, 늙은 가문비나무의 흔들리지 않는 인내를 맛볼 수 있었다. 우리는 최대한 강 상류로 올라갔다. 생각을 집중하면서 크웬에게 배운 주문을 반복했다.

나는 갑자기 빠르게 떨어지는 무릎 깊이의 폭포에서 일어섰다. 한 손으로는 지팡이를 잡고, 다른 손으로는 리아의 팔을 잡았다. 바로 아래에서 붐벨리가 축축한 강둑 위로 몸을 내던지더니 요란하게 기침을 해댔다. 붐벨리는 사람은 고개를 물속에 넣은 채로는 숨을 쉬지 못한다는 사실을 까먹은 것 같았다.

붐벨리가 정신을 차리는 동안, 리아와 나는 옷과 몸에서 물을 털어냈다. 그러는 사이 리아는 이 강물이 얼굴 호수에서 흘러오는 게 분명하다고 설명했다. 곧 우리 셋은 모두 돌투성이 강둑을 따라 가파르게 솟아오른 땅을 기어올랐다. 강둑 옆에 있는 오리나무와 자작나무가 뒤엉킨 숲 때문에 걸어가기가 힘들었다. 붐벨리가 자기 옷을 붙잡는 나뭇가지에서 벗어나려 몸을 털 때마다 물기를 머금은 종이 쩔렁쩔렁 울려댔다.

나는 어느 한곳에서 멈추어 서서 숨을 헐떡거리고 있었다. 자작나무 뿌리에서 자라는 털투성이 버섯을 살펴보며 땅에서 뽑아냈다.

"이상하게 들리긴 하겠지만, 그 자그마한 하얀 벌레들이 그리워질 것 같아."

내가 버섯을 한 입 베어 물며 말했다.

리아는 이마를 쓱 닦고는 나를 보고 환하게 웃었다. 리아도 버섯을 땄다.

"어쩌면 넌 얼굴 호수에서 벌레를 더 많이 찾게 될지도 몰라."

"어떻게 그런 이름을 얻게 된 건지 알아?"

리아는 버섯을 씹으며 멍하니 생각에 잠겼다.

"어떤 사람들은 호수의 모양 때문이라고 주장해. 사람 얼굴을 닮았다고 말이야. 하지만 어떤 사람들은 물의 힘 때문에 그렇게 부른다고 하더라고."

"무슨 힘?"

"전설에 의하면, 호수를 들여다보면 자신에 관한 중요한 진실을 마주하게 될 거래. 자신도 모르는 진실일 수도 있다지."

17
결속의 마법

우리는 돌투성이 강둑을 따라서 계속 걸었다. 강둑은 오리나무 사이를 따라 이어지는 오르막길이었다. 발이 나무뿌리에 걸리고 옷이 가시에 찔렸지만, 우리는 속도를 늦추지 않았다. 정강이에 상처를 입어가며 몇 시간 동안이나 걸었다. 나무가 우거진 가파른 언덕으로 둘러싸인 아늑한 계곡으로 수로가 이어졌다. 소나무의 향기가 우리 위를 맴돌았다. 숲 한가운데에 늦은 오후의 햇살을 받은 석영이 하얗게 반짝이며 모습을 드러냈다.

하지만 계곡은 기분 나쁠 정도로 조용했다. 새 한 마리 울지 않고, 다람쥐 한 마리 재잘거리지 않고, 벌 한 마리 윙윙거리지 않았다. 나는 뭔가 살아 있는 생명체의 움직임이 들리기를 바라며 귀를 기울였다. 리아는 내 생각을 읽은 듯, 고개를 끄덕였다.

"동물과 새들이 이 계곡에서 멀찍이 떨어져 있어. 왜 그런지는 모르겠지만……."

"인간보다 더 똑똑한 거지."

붐벨리가 말했다. 모자에 달린 종에서 물이 뚝뚝 떨어져 내렸다.

나는 리아가 계곡 한가운데의 호숫가로 내려가는 모습을 지켜봤다. 호수는 거의 시커멨는데, 너무나 고요해서 수면을 깨뜨리는 잔물결 하나 없었다. 이쪽에서 보니, 그 모습이 강인하고 대담한 턱이 밖으로 툭 튀어나온 사람의 옆얼굴을 닮았다. 우리 아버지처럼 말이다. 아버지를 생각하자 몸이 굳어졌다. 아버지가 외모처럼 실제로도 강인했으면 얼마나 좋았을까. 기회가 왔을 때, 리타 고르에 맞설 수 있을 정도로 강인했으면 얼마나 좋았을까. 아내인 엘런이 아버지를 필요로 했을 때, 도움을 줄 수 있을 정도로 강인했으면 얼마나 좋았을까.

나는 째질 듯한 비명에 깜짝 놀라 그 생각을 떨쳐냈다.

호수 가장자리에서 리아가 시커먼 물속을 들여다보며 서 있었다. 리아는 자신을 보호하려는 듯 두 손을 앞으로 내민 채, 두려움에 몸을 숙이고 있었다. 호수 속의 무엇 때문에 그렇게 두려워하는지 모르겠지만, 리아는 움직이지도 않고 그곳을 벗어나려고도 하지 않았다. 리아는 물속을 똑바로 들여다보며 꿈쩍도 하지 않았다.

나는 리아에게 달려 내려갔다. 붐벨리도 나를 따라왔는데, 너덜너덜한 망토와 물가를 따라 자라고 있는 덩굴에 걸려 계속해서 넘어졌다. 내가 리아에게 다가가자, 리아가 뒤돌아섰다. 평소 생기가 가득하던 리아의 낯빛이 지금은 죽은 듯이 창백해 보였다. 리아는 나를 보자 마치 갑자기 두려움을 느끼기라도 한 것처럼 숨을 헐떡였다. 그러더니 몸을 부들부들 떨며 내 팔을 꽉 잡고 몸을 기댔다.

나는 리아의 무게를 지탱하기 위해 몸에 힘을 주었다.

"괜찮아?"

"아니."

리아는 힘없이 대답했다.

"호수에서 뭘 본 거야?"

"으……웅, 너…… 넌 안 보는 게 좋을 거야."

리아는 다시 고개를 젓더니 내 팔을 놓았다.

"좋아, 가자."

붐벨리가 시커먼 물을 초조한 표정으로 바라보며 꿋꿋하게 말했다.

"잠깐만."

나는 호숫가로 발걸음을 옮겼다. 잔잔한 물속을 들여다보았다. 호수에 비친 내 모습이 보였다. 너무나 또렷해서 나의 쌍둥이 형제가 호수안에서 나를 바라보고 있는 게 아닐까 싶을 정도였다. 이렇게나 완벽한 거울 같은 모습에 그처럼 놀랄 일이 뭐가 있을까, 하고 궁금했다. 거기에 쓸모없는 나의 두 눈이 비쳤다. 눈썹 밑이 석탄 덩어리처럼 보였다. 그리고 아직까지도 생생하게 느낄 수 있는 불꽃으로 상처 입은 두 뺨도 보였다. 난 두 뺨을 어루만지며, 언젠가는 턱수염이 이 상처를 덮을 수 있기를 바랐다. 투아하가 길렀을 것만 같은 곱실거리는 하얀 턱수염.

나는 깜짝 놀라 뒤로 물러섰다. 호수에 있는 소년에게서 구레나룻이 자라기 시작했기 때문이다. 처음에는 검은색, 그러고는 회색, 그러고는 언덕 위의 석영처럼 하얀색 구레나룻이 더부룩하게 자라났다. 구레나룻은 소년의 얼굴 대부분을 덮으며 점점 더 자라났다. 곧 구레나룻이 무릎까지 자랐다. 그게 가능할까? 얼굴 호수는 예전에 우리 할아버지처럼, 언젠가는 내게도 턱수염이 날 거라는 사실을 말해주고 있는 걸까? 내가 우리 할아버지처럼 마법사가 되리라는 사실을 말해주고 있는 걸까?

나는 미소를 지었다. 고요하고 짙은 물을 들여다보며 자신감이 점점 커져가는 걸 느꼈다. 리아가 무엇을 봤든, 그건 분명 지나간 일이다. 나는 좀 더 가까이 몸을 기울였다. 호수 속의 소년은 이제 수염이 없었다.

소년이 천천히 내게서 몸을 돌렸다. 소년은 무언가를 향해 달려가고 있었다. 아니, 누군가를 향해서였다. 덩치 큰 근육질의 전사가 저 깊숙한 곳에서 성큼성큼 걸어 나왔다. 그 전사는 이마에 빨간색 띠를 두르고 있었다. 전사가 가까이 다가오고 나서야, 나는 그 전사의 눈이 하나밖에 없다는 걸 깨달았다. 분노에 찬 거대한 눈 하나. 바로 벨러였다!

놀랍게도 외눈박이 도깨비 벨러는 소년을 순식간에 피해서 소년의 목을 움켜쥐고 높이 들어 올렸다. 힘센 두 손에 소년의 목이 졸리는 모습을 보니, 내 목도 단단히 죄는 느낌이 들었다. 아무리 노력해도, 그 끔찍한 장면에서 고개를 돌릴 수 없었다. 소년은 마구 버둥거리며, 벨러의 치명적인 눈을 보지 않으려 노력했다. 하지만 강력한 눈의 힘이 소년을 끌어당겼다. 마침내 소년은 굴복했다. 마지막으로 두 다리를 파드닥 움직이더니, 소년은 벨러의 두 손에서 축 늘어졌다.

나는 땅을 뒹굴며 헉헉거렸다. 머리가 빙빙 돌았다. 목이 욱신거렸다. 숨을 쉴 때마다 마구 기침이 터져 나왔다.

리아가 내게 손을 내밀었다. 붐벨리도 손을 내밀었다. 리아는 내 손을 잡고, 붐벨리는 안타까운 듯이 내 이마를 토닥여주었다. 기침이 서서히 잦아들었다. 우리 중 누가 미처 입을 열기도 전에, 누군가 물 저편에서 우리를 불렀다.

"그래, 그러니까 말이야. 삼키기 어려운 호수의 예언을 찾았느냐?"

경쾌한 목소리가 튀어나왔다. 숨소리가 섞인 호탕한 웃음이 그 뒤를 따랐다.

"아니면, 그러니까 말이야. 그저 목이 졸리는 느낌만 받았느냐?"

숨을 고르며, 나는 호수의 어두운 표면을 찬찬히 살펴보았다. 옆얼굴의 코처럼 생긴 곳 근처에 털이 무성한 거대한 수달 한 마리가 있었다.

흰색 얼굴을 제외하고는 온통 은빛이었다. 수달은 등을 대고 누워서 한가로이 물에 둥둥 떠다녔다. 아주 조금만 발을 움직였기에, 파문이 거의 일지도 않았다.

나는 손으로 가리켰다.

"저기 봐. 수달이야."

리아가 믿을 수 없다는 듯이 고개를 절레절레 저었다.

"이곳에 누가 살고 있다고는 생각하지 못했어."

"이곳에서 나 혼자 살고 있지. 나랑 같이 헤엄치지 않을래?"

수달은 앞니 두 개 사이로 물을 뿜어대며 유쾌하게 말했다.

"천만에. 난 평생 동안 칠 헤엄을 이미 다 쳤거든."

붐벨리가 단호하게 말했다. 붐벨리는 기다란 옷소매를 지느러미처럼 흔들었다. 그 바람에 종에서 얼굴로 물이 뚝뚝 떨어졌다.

"그럼 내가 물 노래 하나 불러줄까?"

수달은 우리를 향해 한가로이 발길질을 하며, 앞발 두 개로 자기 배를 톡톡 두드렸다.

"그러니까 말이야. 나는 목소리가 변해."

수달의 숨소리 섞인 웃음이 다시 터져 나와 호수 위에 울려 퍼졌다.

나는 지팡이에 몸을 기댄 채 똑바로 일어섰다.

"괜찮아. 우리가 신경 쓰는 유일한 노래는 물에 대한 게 아니니까."

불현듯 영감이 떠올라 내가 물었다.

"넌 결속의 마법에 대해서는 아무것도 모르지, 그렇지?"

리아가 이마를 찌푸리며 주의를 주었다.

"멀린, 넌 저 수달을 전혀 모르잖아! 수달은 어쩌면……."

"결속에 대한 거라면 내가 전문가야. 내가 가장 좋아하는 심심풀이지. 물에 드러누워 둥둥 떠다니며 구름을 보는 것 다음으로 말이야."

수달이 태평하게 말했다.

"봤지? 저 수달이 우리에게 필요한 걸 말해줄 수도 있어. 게다가 이 호수에서 도움을 청할 수 있는 건 저 수달 말고 아무것도 없잖아."

내가 리아에게 속삭였다.

"난 저 수달 안 믿어."

"왜 안 믿는데?"

리아는 무슨 말을 하려다 말았다.

"나도 잘 모르겠어. 그저 느낌이 그래. 그냥 직감이라고."

"아, 직감 따위는 집어치워! 우리한테는 시간이 없단 말이야!"

나는 호수를 둘러보며 우리를 도와줄지도 모를 생명체의 흔적을 살폈다. 아무것도 없었다.

"저 수달이 왜 우리한테 거짓말을 하겠어? 저 수달을 믿지 못할 이유가 없잖아?"

"하지만……."

나는 참지 못하고 버럭 화를 냈다.

"하지만 뭐?"

리아는 내게 뱀처럼 색색거렸다.

"그건, 음…… 나도 모르겠어, 멀린! 무슨 말로 표현해야 할지 모르겠어."

"그럼 내가 생각한 대로 할게. 네 직감대로가 아니라……. 그리고 이 매혹적인 호수에 살고 있는 생명체라면 분명 특별한 걸 알고 있을 거야. 어쩌면 특별한 능력이 있을지도 모른다고!"

나는 수달을 향해 돌아섰다. 수달은 이제 훨씬 더 가까이 다가와 있었다.

"난 결속의 예술이 지닌 영혼, 제1 원칙을 찾아야 해. 날 도와줄래, 착한 수달아?"

수달은 호숫가로 고개를 기울이며, 내게 물줄기를 뱉어냈다.

"내가 왜 그래야 하지?"

"내가 부탁했으니까. 그게 이유야."

수달은 물속에 거품을 불어댔다.

"아, 그 말을 들으니 귀가 간지럽군."

그러더니 거품을 더 불어댔다.

"그것보다 더 그럴싸한 이유를 대야 할 거야."

나는 땅속에 지팡이를 쾅 쑤셔 넣었다.

"우리 엄마의 목숨이 위태로우니까!"

"음, 엄마? 나도 한때는 엄마가 있었지. 우리 엄마는 더럽게 헤엄을 느리게 쳤어. 아, 그래, 널 도와줄 수도 있겠군. 하지만 기초적인 것들만."

수달이 느긋하게 말했다.

내 심장이 두근거렸다.

"내가 필요한 게 바로 그거야."

"그럼 거기 그 덩굴 좀 가져와봐. 네 발 옆에 있는 거 말이야."

수달은 호숫가에 좀 더 가까이 떠 있었다.

"덩굴이라고?"

"물론이지. 결속에 대해 배우려면, 넌 뭔가를 묶어야 해. 어서, 소년! 낮 시간을 이렇게 다 보낼 수는 없잖아. 저기 실실 웃고 있는 네 친구들한테도 좀 도와달라고 해."

수달이 발을 차며 느릿느릿 둥그렇게 돌았다.

나는 리아와 붐벨리를 향했다. 리아는 여전히 이마를 찡그리고 있었다. 붐벨리는 연신 웃고 있었다.

"날 좀 도와줄래?"

둘 다 마지못해 움직였다. 덩굴은 비록 잘 휘기는 했지만, 자그마한 가시로 덮인 것이 두툼하고 묵직했다. 잡기도 어렵고, 들어 올리기도 어려웠다. 덩굴을 뽑는 건 힘들었다. 엉킨 걸 하나씩하나씩 풀어내는 일은 더더욱 어려웠다.

마침내 우리는 성공했다. 덩굴 몇 가닥이 내 발치에 놓였다. 모두 내 키보다 서너 배는 컸다. 붐벨리는 지쳐서 쿵 하는 소리를 내며 바닥에 털썩 주저앉았다. 등이 물에 닿았다. 리아는 내 옆에 서서 근심 어린 표정으로 수달을 바라보았다.

나는 등을 꼿꼿이 세웠다. 어깻죽지 사이가 끔찍하게 아팠다. 낑낑거리며 덩굴을 잡아당기느라 그런 게 분명했다.

"다 했어. 이제 어떻게 할까?"

수달은 계속 빙글빙글 둥글게 헤엄쳤다.

"이제 덩굴 하나를 네 다리에 묶어. 최대한 단단하게."

"멀린!"

리아가 주의를 주었다. 리아는 엘런의 참나무, 물푸레나무, 주엽나무 부적을 만지작거렸다. 부적은 여전히 리아의 잎사귀 달린 셔츠에 매달려 있었다.

리아의 말을 무시한 채, 나는 자리에 앉아 덩굴 하나를 발목과 장딴지와 허벅지에 둘둘 감았다. 가시가 비죽비죽 나 있었지만, 나는 단단히 매듭 세 개를 묶었다.

"좋아, 이제 네 팔에도 똑같이 해."

수달이 하품을 하며 나른하게 말했다.

"내 팔에?"

"결속에 대해 배우고 싶은 거야, 아니야?"

나는 리아를 바라보았다.

"날 좀 도와주지 않을래?"

"난 하기 싫어."

"제발, 우린 소중한 시간을 낭비하고 있다고."

리아가 어깨를 으쓱해 보였다.

"알았어. 하지만 뭔가 단단히 잘못되어가는 느낌이 든단 말이야."

수달은 리아가 내 손을 묶고 나서 두 손을 가슴에 묶는 모습을 바라보며 만족스럽다는 듯이 킥킥거렸다. 수달의 털이 반짝반짝 빛났다.

"좋아. 이제 거의 다 되었군."

"제발 그랬으면 좋겠어. 가시가 자꾸 피부로 파고든단 말이야."

내가 성급하게 대답했다.

"이 덩굴 하나만 더 묶으면 돼. 그러니까 말이야, 묶고 나면 넌 기분이 좋을 거야."

수달은 앞발 하나를 물속에 넣고는 붐벨리한테 물을 튀겼다.

"거기, 너, 이 게으른 녀석아! 덩굴 하나로 저 아이의 몸을 전부 감싸도록 해. 몸 전체를 확실히 감싸라고. 머리까지 말이야. 이건 결국 정교한 마법이라고. 모든 게 정확해야 해."

붐벨리는 나를 흘끗 쳐다보았다.

"그래도 돼?"

나는 어금니를 깨물었다.

"그렇게 해."

붐벨리는 침울하게 나를 마치 고치처럼 둘둘 감았다. 다 끝마치고 나니, 내 입과 귀 하나만 달랑 밖으로 드러났다. 나는 꼼짝달싹하지 못한 채 땅 위에 누워, 드디어 결속의 영혼에 대해 배울 준비를 마쳤다.

닫힌 입 사이로 내가 물었다.

"이지에 어트케 해애?"

수달은 자그맣게 키득키득 웃으며 말했다.

"이제 넌, 그러니까 말이야, 주목해. 네가 부탁한 정보를 줄 테니까."

"지에발, 빠리 조옴 해주며언 안 되게써?"

덩굴 하나가 내 엉덩이 속으로 파고들었다. 나는 옆으로 구르려 했지만 꼼짝할 수가 없었다.

"다른 것과 마찬가지로, 결속의 첫 번째 원칙은 바로…… 사기꾼을 절대 믿지 말라는 거야."

수달은 물줄기를 분수처럼 허공에 뿜어내며 말했다.

"므어라고오?"

수달은 참지 못하고 마구 웃어댔다. 빵빵한 배를 붙잡고는 얕은 물속에서 데굴데굴 굴렀다.

"그래서 사람들이 날 호수의 사기꾼이라고 부르는 거야. 그러니까 말이야, 너무 오랫동안 묶여 있지 않기를 바랄게."

수달은 연신 웃어대며 저쪽 호숫가를 향해 느릿느릿 발길질을 했다.

나는 화가 치밀어 올라 꽥꽥 비명을 질렀다. 하지만 더 이상 어쩔 도리가 없었다. 덩굴로 나를 꽁꽁 묶느라 얼마나 오랜 시간이 걸렸든, 다시 풀려면 그보다 시간이 배는 걸릴 것 같았다. 내가 마침내 일어서서 좌절감에 호수 주변을 펄펄 날뛰었을 때, 태양은 이미 언덕 끄트머리 뒤로 사라지려 했다.

"거의 하루를 다 날려버렸어. 하루를 꼬박! 저 녀석을 믿었다니, 믿기지가 않아."

나는 손, 엉덩이, 이마의 상처에 아파하며 끙끙 신음 소리를 냈다.

리아는 아무 말도 하지 않았다. 하지만 리아가 무슨 생각을 하는지 충분히 알 수 있었다.

나는 몸을 휙 돌려 리아를 바라보았다.

"넌 날 따라오지 말걸 그랬어! 아바사와 함께 남아 있어야 했는데. 그곳에서라면 적어도 넌 무사했을 텐데."

리아의 청회색 눈동자가 나를 유심히 바라보았다.

"난 무사하고 싶지 않아. 난 너와 함께 있고 싶어."

난 뒤꿈치로 덩굴을 짓눌렀다.

"뭐하러 굳이 그러는데?"

"왜냐하면…… 그러고 싶으니까. 호수가 내게 뭘 보여주었든 상관없이 말이야."

리아는 슬픈 표정으로 시커먼 호수를 흘끗 바라보았다.

"호수가 도대체 너한테 뭘 보여준 거야?"

리아는 크게 한숨을 내쉬었다.

"그건 말하고 싶지 않아."

내게 도깨비 벨러의 눈이 보였던 걸 떠올리며, 나는 고개를 끄덕였다.

"알았어. 하지만 난 네가 왜 남아 있고 싶어 하는지 모르겠어."

하늘의 뭔가가 리아의 시선을 사로잡았다. 리아가 하늘을 올려다보았다. 리아의 시선을 따라가자, 저 멀리 떠 있는 두 개의 물체가 보였다. 그것은 지평선을 가로질러 누비듯이 나아갔다. 비록 제대로 보이지는 않았지만, 그게 뭔지 곧 알아차렸다. 매 한 쌍이 산들바람을 타고 함께 날고 있었다. 매는 마치 하나처럼 날면서, 머리를 까딱까딱 움직이며 한 몸처럼 방향을 틀었다. 리아와 내가 물고기가 되어 함께 움직였던 것처럼…….

"정말 아름답지 않아? 만약 저 새들이 드루마 숲의 매와 같다면, 함께 날아갈 뿐만 아니라 함께 둥지도 틀 거야. 평생을 함께할 둥지 말이야."

리아가 눈으로 새들을 쫓으며 물었다.

나는 그 순간 깨달았다. 매를 서로서로 묶어준 것은, 그리고 리아와 나를 엮어준 것은 덩굴과는 아무 상관이 없었다. 밧줄이나 어떤 종류의 체인과도 상관이 없었다.

나는 리아를 향해 돌아섰다.

"내 생각에 말이야, 리아. 가장 강력한 결속은 눈에 보이지 않아. 어쩌면…… *가장 강력한 결속은 마음의 유대관계일 거야.*"

내 지팡이가 푸른빛으로 환하게 빛났다. 불꽃이 사라지자, 새로운 표시가 지팡이에 새겨졌다. 나비에서 그리 멀지 않은 곳이었다. 그건 함께 날고 있는 한 쌍의 매였다.

18

경쾌한 비행사

지팡이에서 빛나던 푸른빛이 희미해졌다. 내 생각은 이미 세 번째 노래, 보호의 노래로 향했다. 나는 부드러운 수면이 희미하게 빛나는 호수에서 몸을 돌려 숲이 우거진 계곡으로 향했다. 가파르고 울창한 산마루를 건너는 것은 시작에 불과할 것이다. 세 번째 노래는 또 다른 긴 여정을 요구할 테니까.

세 번째는 '보호'의 기술로, 깊이 땅굴을 파는 소인들과 같다.

소인의 땅으로 가야 한다! 리아는 소인의 영토를 찾아가는 손님은 아주 드물다고 설명해주었다. 원해서 가는 경우는 거의 없다고도 했다. 소인들은 이웃들과 평화롭게 지내기는 했지만, 어떤 침략자도 환영하지 않았기 때문이다. 소인들의 지하 영토에 대해 알려진 것이라고는 그 입구가 마르지 않는 강의 수원 근처 어딘가에 있다는 것뿐이었다. 그곳은 안개 낀 언덕 북쪽의 높은 평원 지대였기에, 이번 목적지로 가는 방법에는 선택의 여지가 없었다. 줄곧 걸어가야만 했다.

해가 진 뒤에도 매일 한참 걷는다 해도, 언덕 위로 가려면 족히 일주일은 걸릴 것이다. 우리가 먹을 수 있는 건 주로 야생 사과, 초승달 모양의 껍질이 딱딱한 열매, 리아가 찾아낸 달콤한 덩굴 그리고 가끔씩 조심성 없는 뇌조의 둥지에서 찾아낸 알이 전부였다. 살아 있는 바위와 다시 마주치는 위험을 피하기는 했지만, 이렇게 계속 걷는 건 몹시 힘들었다. 또한 안개가 끊임없이 소용돌이칠 뿐만 아니라 자욱한 안개가 망토처럼 우리를 감싸고 있어 고지대가 보이지 않았다.

늪지대를 건너는 동안, 리아는 유사 구덩이에서 신발 하나를 잃어버렸다. 우리는 그날 오후 대부분을 마가목 나무 하나를 찾느라 허비했다. 결국 리아는 대신 마가목 나무의 질긴 나무껍질로 신발을 짜 신었다. 이틀 뒤, 우리는 얼음과 눈으로 덮여 미끄러운 고지대를 건넜다. 하지만 보름달이 뜬 밤에는 밤새도록 걸어야만 했다.

마침내 흙투성이에 지친 몸으로 우리는 강의 상류인 고지대에 이르렀다. 셀 수 없을 만큼 수많은 노란색 별 모양 꽃들이 평원을 담요처럼 덮고, 공기 중에 톡 쏘는 짙은 향기가 가득했다. 드디어 우리는 무서운 기세로 흐르는 마르지 않는 강에 이르렀다. 우리는 그곳 강둑에서 풀을 뜯어 먹고 있는 크림색 유니콘 한 쌍과 마주쳤다. 우리는 북쪽을 향해 뱀처럼 이리저리 휜 강을 따라 높은 산의 드넓은 초원으로 점점 높이 올라갔다.

초원 끝자락에 다다랐을 무렵, 리아가 발걸음을 멈추고 저 멀리 보이는 눈 덮인 산자락을 가리켰다.

"저기 봐, 멀린. 저 봉우리 뒤에 거인의 도시 바리갈이 있어. 지금은 폐허로 변했지만 난 늘 저길 보고 싶었어. 아바사가 그러는데, 저기가 핀카이라에서 가장 오래된 마을이래."

"거인이 아니라 소인이 우리의 목표라니 너무 안됐다. 거인들은 다섯 번째 노래를 해결할 때까지 기다려야 할 거야. 바리갈과 연관된 노래 말이야. 만약 우리가 거기까지 해낸다면 말이지."

나는 허리를 숙여 끝에 솜털이 뒤덮여 있는 풀 한 움큼을 뜯어냈다.

우리는 해가 진 뒤에도 계속해서 걸었다. 켜켜이 쌓인 구름 저 너머에서 희미하게 달빛이 흘러나왔다. 달은 이제 반쪽을 잃고 기울고 있었다. 나는 더 열심히 나아갔다. 실제로는 풀 덮인 강둑을 따라 달리다시피 했다. 내게 주어진 시간의 절반 이상이 지나가버렸다는 걸, 그런데 이제 겨우 신비한 노래 중 단 두 개만 풀었다는 걸 너무나 잘 알고 있었기 때문이다. 어떻게 나머지 다섯 개를 밝혀내고 사후 세계로 올라가, 묘약을 획득해 다시 엘런에게 돌아갈 수 있을까? 이 모든 걸 2주도 남지 않은 시간에 해낼 수 있을까? 진짜 마법사도 그처럼 많은 걸 한꺼번에 해낼 수 있을 것 같지 않았다.

달빛을 벗 삼아 우리는 또 하나의 가파른 언덕을 기어올랐다. 뒤로 넘어지지 않으려 나무뿌리와 관목을 꽉 붙잡았다. 마르지 않는 강은 이제 그저 물을 튀기며 흐르는 시내에 불과했는데, 우리 옆 언덕을 따라 흘러내리는 자그마한 폭포와 웅덩이가 은빛을 받아 반짝였다. 드디어 우리는 정상에 올라섰다. 우리 앞에는 달빛을 받은 드넓은 초원이 펼쳐졌다. 반짝 빛나는 리본 모양의 강줄기가 그 사이를 갈랐다.

붐벨리는 강물 옆에 짤랑짤랑 소리를 내며 주저앉았다.

"더 이상은 못 가겠어. 좀 쉬자! 음식도 필요하고. 어릿광대는 힘이 필요하다고."

나는 밤공기를 느끼고 헉헉거리며 지팡이에 몸을 기댔다.

"힘이 필요한 사람은 당신의 청중이라고요."

"그럼, 그렇지, 그렇고말고. 무엇보다도 나는 더워 죽겠어! 이 망토는 해가 떨어지고 나서도 땀을 질질 흘리게 한다니까. 게다가 우리가 견뎌

낸 이 무더운 날씨 속에서는 완전 고문이라고."

붐벨리는 두툼한 망토 끝자락으로 자기 이마를 닦았다.

나는 당혹스러워 고개를 절레절레 저었다.

"그렇다면 왜 그냥 벗어버리지 않는 거예요?"

"망토가 없으면 얼어 죽을 테니까. 얼음으로 변하니까! 그러니까 언제든 눈이 올 수 있잖아. 이 시간, 이 순간에 말이야!"

리아와 나는 유쾌한 눈빛을 주고받았다. 이윽고 리아는 몸을 숙여 별 모양의 꽃에 코를 대고 킁킁 향기를 맡았다. 활짝 웃으며 주먹 한가득 줄기를 뽑아, 노란색 공처럼 둥글게 만든 다음 내게 건네주었다.

"먹어봐. 별 모양 꽃은 도보 여행자들의 영양분이야. 길 잃은 여행자들이 아무것도 없이 이것만으로도 몇 주를 버텼다더라."

나는 돌돌 만 꽃을 먹었다. 달콤하지만 톡 쏘는 맛이었다. 불에 태운 꿀맛이 났다.

"음, 이걸 누가 좋아할지 알겠다. 우리 친구 심이 좋아할 것 같아."

"그래, 심이 말한 것처럼 확실히, 분명히, 완전히."

리아가 대답했다. 리아는 강물 옆에 대자로 누워 있는 붐벨리에게도 하나를 건넸다.

"심도 나처럼 꿀을 무척 좋아했지! 거인으로 자라기 전에도 꿀을 엄청 먹어댔어."

리아가 한숨을 쉬며 덧붙였다.

"심을 다시 볼 수 있을지 모르겠네."

나는 무릎을 꿇고 손을 컵처럼 모아 달빛에 어른거리는 물속에 집어넣었다. 그런데 물을 얼굴로 가져대자, 내 손안의 달빛에 흔들리는 무언가가 비쳤다. 나는 뒤로 물러났다. 그 바람에 옷이 흠뻑 젖었다.

"뭘 봤어?"

리아가 나를 조심스럽게 관찰했다.

"내가 피해를 주었던 그 모든 것들이 떠올랐어."

리아는 한참 동안 나를 살폈다. 마침내 부드러운 목소리로 말했다. 하지만 물방울을 튕기며 흐르는 강물 때문에 거의 들리지 않았다.

"넌 정말 마법사의 마음을 지니고 있어."

나는 손바닥으로 강물을 찰싹 내리치며 외쳤다. 우리 둘 모두에게 물이 튀었다.

"그렇다면 내게 소년의 단순한 마음을 좀 줘! 내가 이런…… 열망, 이런 힘, 이런 마법의 기술을 이용할 때마다 난 끔찍한 일을 저지른다고! 나 때문에 우리 엄마가 죽음의 문턱에 놓여 있어. 나 때문에 어둠의 언덕 대부분이 여전히 황폐해. 리타 고르와 고블린 전사들이 돌아오기만을 기다리면서 말이야. 나 때문에 난 두 눈이 멀고 쓸모없어졌다고."

붐벨리는 팔꿈치에 기대어 몸을 일으켰다. 짤랑짤랑 종소리가 울려 퍼졌다.

"대단한 절망이네, 소년! 내가 너한테 도움을 줄 수 있을까? 수수께끼를 내줄까?"

"됐네요!"

나는 소리치며 붐벨리를 물리쳤다. 나는 리아에게 돌아섰다.

"사실 돔누는 도둑질을 일삼는 추한 노파야. 하지만 돔누 말이 맞았어. 내가 핀카이라로 온 건 최악의 재앙이야."

리아는 아무 말도 하지 않았다. 그저 몸을 숙여 강물에서 물을 마셨을 뿐이다. 리아가 고개를 들며 턱에서 물을 닦아냈다.

"아니, 난 그렇게 생각하지 않아. 그건 내가 뭐라 딱 꼬집어 말할 수는 없지만…… 그건 그러니까…… 열매 그 이상이야. 내 말은, 하프는 실제로 널 위해 일을 한 거야. 적어도 잠시 동안은. 말하는 조개 또한 네 명령에 따랐잖아."

리아가 단호하게 말했다.

"내가 한 일이라고는 조개를 제대로 찾은 것뿐이야. 그러고 나서 조개가 능력을 발휘해 우리 엄마를 이곳으로 데리고 온 것뿐이야."

"네 말이 맞다면 투아하는 어떻게 설명할 건데? 만약 네가 그 노래를 완전히 익혀 사후 세계로 여행할 가능성이 없다면, 투아하는 네가 일곱 개의 노래를 읽도록 허락하지 않았을 거야."

나는 고개를 숙였다.

"투아하는 위대한 마법사였어. 진짜 마법사 말이야. 그리고 투아하는 나도 언젠가 마법사가 될 거라고 말했어. 하지만 마법사도 실수를 저지른다고! 내가 사후 세계로 여행하는 유일한 방법은 죽는 거야. 하지만 그즈음 되면 우리 엄마도 죽을 거야."

리아는 강물에 젖은 축축한 자기 손가락을 내 손가락에 걸었다.

"예언이 있잖아, 멀린. 인간의 피를 물려받은 아이만이 리타 고르와 그 부하들을 무찌를 수 있다고 말이야."

나는 몸을 돌려 강물 너머 드넓은 초원을 바라보았다. 풀밭 한쪽이 달빛을 받아 희미하게 빛나기는 했지만, 풀밭 대부분은 그림자에 덮여 있었다. 저기 어디쯤에 소인의 영토가 있으리라는 걸 알았다. 그리고 그 너머 어딘가에 정령들의 세상으로 들어가는 비밀 입구가 있을 것이다. 외눈박이 도깨비 벨러가 지키고 있는 곳…….

나는 리아에게서 손을 빼냈다.

"리아, 그 예언은 그 예언이 언급하는 사람에게만 가치가 있어. 난 그저 우리 엄마를 구하고 싶을 뿐이야. 리타 고르의 전사들과 싸우고 싶은 게 아니야. 그리고 내가 과연 그걸 해낼 수 있을지도 잘 모르겠어."

나는 손을 뻗어 조약돌 하나를 집어 올려 은빛 강물에 던졌다.

"아, 불행이네. 마침내 넌 지혜를 볼 거야. 내가 너한테 쭉 해준 말처럼 말이야."

붐벨리가 읊조렸다. 붐벨리의 얼굴은 초원처럼 그늘이 드리웠다.

나는 화가 치밀어 올랐다.

"당신이 내게 해준 말은 지혜와는 아무 상관도 없거든요."

"화내지 마, 제발. 난 그저 네가 해야 할 일이 딱 하나 남아 있다는 걸 알려주는 것뿐이야. 그건 바로 포기하는 거야."

내 두 뺨이 붉게 타올랐다. 나는 지팡이를 움켜잡고 일어섰다.

"그것만은 절대 하지 않을 거예요! 당신 같은 바보들이나 포기를 하는 거라고요! 어쩌면 이 여정에서 난 실패할지도 몰라요. 하지만 비겁하게 포기하지는 않을 거예요. 우리 엄마를 위해서 끝까지 최선을 다할 거라고요."

나는 저 앞에 펼쳐진 달빛 초원을 흘끗 바라보며 리아에게 말했다.

"원한다면 같이 가자. 소인의 땅이 여기서 그리 멀지 않을 거야."

리아는 숨을 크게 들이마셨다.

"그래. 하지만 지금 그곳을 찾으러 가는 건 어리석어. 우린 좀 쉬어야 해. 그리고 멀린, 저 초원은…… 저곳은 위험이 가득한 곳이야. 난 느낄 수 있어. 무엇보다 소인의 터널은 분명 숨어 있을 거야. 낮에도 찾아내기 쉽지 않을 거야."

"그냥 포기해."

붐벨리가 별 모양의 꽃에 손을 뻗으며 다그쳤다.

"난 절대 포기 안 해요!"

나는 버럭 고함쳤다. 그러고는 지팡이에 힘을 주고 몸을 획 돌려 걸어갔다.

"그러지 마, 멀린! 저 사람 그냥 무시해버려. 낮까지 기다려보자. 금방 길을 잃을지도 모른단 말이야."

불을 내뿜을 수 있다면, 분명 그렇게 했을 것이다.

"너는 낮까지 기다려! 난 혼자 갈 테니까."

나는 초원으로 터벅터벅 걸어 들어갔다. 웃자란 풀이 내 옷에 스쳤다. 달빛이 땅에 줄무늬를 남겼는데, 마치 어둠 속에서 빛나는 발톱 자국 같았다. 하지만 대부분은 그림자 속에 누워 있었다. 그런데 그때 몇 발자국 앞에 유별나게 작은 밭이 보였다. 그림자를 드리울 정도로 가까이에 절벽에서 선반처럼 튀어나온 바위나 나무가 없었기에, 그것이 어쩌면 터널일지도 모른다고, 아니면 적어도 구멍일지도 모른다고 생각했다. 그런 곳으로 곧장 걸어갈 만큼 어리석지는 않았기 때문에, 왼쪽으로 방향을 틀었다.

갑작스레 발밑의 땅이 무너져 내렸다. 나는 아래쪽으로 고꾸라졌다. 내가 미처 비명을 지르기도 전에, 완전한 어둠이 나를 집어삼켰다.

눈을 떠보니, 나는 연기 냄새 자욱한 묵직한 담요를 덮은 채 단단한 공처럼 몸을 웅크리고 있었다. 누군가 연신 투덜거리며 나를 나르고 있었다. 그게 어떤 종류의 짐승인지, 어디로 날 데리고 가는지 전혀 감을 잡을 수 없었다. 내 팔다리는 두툼한 밧줄에 묶이고, 입에는 천 뭉치가 가득 들어차 있었다. 내 아래쪽에서 숨죽여 투덜거리는 소리와 쿵쾅거리며 심장이 뛰는 소리 말고는 아무런 소리도 들리지 않았다. 곡물 자루처럼 이리저리 밀치고 떠미는 바람에, 점점 현기증이 나고 여기저기

멍이 들었다. 이런 고문이 몇 시간이고 이어질 것 같았다.

마침내 밀치락달치락하던 게 갑자기 멈추었다. 나는 반들반들하면서도 단단한 돌바닥에 던져졌다. 얼굴을 바닥에 처박고 그곳에 엎드렸다. 머리가 빙빙 돌았다. 담요가 벗겨져 나갔다. 나는 끙끙거리며 겨우 몸을 돌렸다.

내 허리에도 오지 않는 소인들 무리가 활활 타오르는 불꽃보다 더 붉게 빛나는 눈으로 날 노려보았다. 대부분 뒤엉킨 턱수염을 달고, 허리에는 보석 박힌 단검을 차고 있었다. 지글지글 타오르는 횃불 밑에 다리를 단단하게 버티고 선 채, 우람한 팔로 팔짱을 끼고 있었다. 주위를 둘러싼 바위 벽처럼 꼼짝도 하지 않는 것 같았다. 회색빛 턱수염이 달린 소인 하나가 등을 꼿꼿이 세웠다. 아마 투덜거리며 날 이곳까지 데려온 소인 중 하나인 것 같았다.

"끈을 풀어라."

날카로운 목소리가 명령을 내렸다.

곧 힘센 손이 나를 다시 굴려서 밧줄을 잘랐다. 누군가 입에서 천 뭉치를 빼냈다. 나는 뻣뻣하게 굳은 팔과 바싹 마른 혓바닥을 들썩이며 주춤주춤 일어나 앉았다.

내 옆 바닥에 지팡이가 있는 걸 보고는, 팔을 뻗었다. 소인 하나가 묵직한 신발을 들어 올려 내 손목을 쿵 밟았다. 나는 고통에 비명을 질렀다. 그러자 고함 소리가 바위 벽 안에서 울려 퍼졌다.

"그렇게나 재빠르진 않군."

방금 전의 날카로운 목소리였다. 하지만 이번에는 그 목소리가 어디서 나오는지 알아차렸다. 옥을 깎아 만들어 보석으로 장식한 왕좌 위에 땅딸막한 여자 소인 하나가 앉아 있었다. 그 왕좌는 돌바닥에서 툭 튀어나온 돌출 바위 위에 놓여 있었다. 창백한 피부의 여자 소인은 빨강 머리가 마구 헝클어졌는데, 귓불에는 조개 귀걸이가 대롱대롱 매달려 있었다. 움직일 때마다 귀걸이가 딸랑딸랑 소리를 냈다. 코가 엄청나게 컸는데, 거인이 되기 전 심의 코와 비슷한 크기였다. 여자 소인은 반짝이는 금실로 룬 문자와 기하학적 무늬로 수를 놓은 검은색 옷을 입고 있었다. 거기에 어울리는 뾰족한 모자도 썼다. 한 손에는 지팡이를 쥐고 있었는데, 내 지팡이만큼이나 컸다.

내가 일어서려 하자, 소인은 지팡이를 들지 않은 한 손을 들어 올렸다.

"잠자코 있어라! 넌 낮게 있어야 한다. 나보다 낮아야 한다. 다시는 네 지팡이에 손을 내밀지 마라."

소인은 내게 몸을 기울였다. 하얀 조개껍질 귀걸이가 딸랑딸랑 소리를 냈다.

"너도 알겠지만, 지팡이는 위험하다. 너처럼 무례하고 꼴사나운 마법사의 손에 있다면 더더욱. 그렇지, 멀린?"

나는 깜짝 놀랐다.

"어떻게 내 이름을 알아요?"

여자 소인은 툭 튀어나온 코를 긁적였다.

"누구도 네 진짜 이름을 모르지. 너조차도. 그건 분명해."

"당신이 날 멀린이라고 불렀잖아요?"

"그래, 그리고 넌 날 우르날다라고 불러야 할 거야. 하지만 그것도 진짜 이름은 아니지."

여자 소인은 콧방귀를 뀌듯 웃었다. 그 때문에 굴 안의 횃불이 더 환하게 밝아진 것 같았다.

나는 당혹스러워 이마를 찌푸렸다. 이윽고 다시 물었다.

"어떻게 알고 절 멀린이라고 부른 거냐고요?"

"아, 그 질문이 더 낫군."

우르날다가 고개를 끄덕이자 흰색 조개껍질이 딸랑딸랑 소리를 냈다. 우르날다는 오동통한 손가락 하나를 들어 올려 귀걸이를 매만졌다.

"조개가 내게 말해줬지. 조개 한 마리가 너한테 살짝 말해준 것처럼. 네가 너무 고집 세서 듣지 못한 것을 말이야."

나는 딱딱한 돌바닥 위에서 몸을 뒤척였다.

"그뿐만 아니라, 넌 침입자야. 그리고 난 침입자를 몹시 싫어하지."

우르날다가 팔을 흔들자 그림자가 벽에서 마구 춤을 추었다.

이 말에 소인 몇몇이 보석 박힌 단검을 향해 손을 뻗었다. 이마에 울퉁불퉁한 흉터가 난 소인 하나가 커다랗게 킬킬 웃었다. 그 소리가 지하 굴의 허공을 맴돌았다.

우르날다는 자기 지팡이를 어루만지며 한참 동안이나 나를 지켜보았다.

"그렇다 할지라도, 난 널 도와주기로 마음먹었어."

"정말요?"

나는 소인들을 훑어보았다. 모두 실망스러운 듯 으르렁거렸다. 문득 호수의 사기꾼을 만난 일이 떠올라 갑작스럽게 의심이 들었다.

"그런데 왜 절 도와주려는 거죠?"

우르날다는 콧방귀를 뀌었다.

"언젠가 네가 성공한다면, 넌 나와 같은 모자를 쓰게 될 테니까."

무슨 말인지 알쏭달쏭해 나는 우르날다의 뾰족한 모자를 좀 더 자세히 살펴보았다. 모자 끝이 한쪽으로 휘어져 있었다. 그 아래로 자그마한 구멍들이 수없이 많이 뚫려 있어, 우르날다의 빨간 머리가 그사이로

삐져나왔다. 모자의 은빛 자수는, 룬 문자가 아니라 별이나 행성이라면 훨씬 더 매력적일 게 분명했다. 내가 지금껏 본 가장 우스꽝스러운 모자였다. 내가 왜 저런 모자를 쓰고 싶을까?

우르날다가 마치 내 생각을 읽기라도 한 것처럼 눈살을 찌푸렸다. 우르날다는 좀 전보다 더 굵은 목소리로 단호하게 말했다.

"이건 마법사의 모자야."

나는 움찔했다.

"당신을 모욕하려고 한 게 아니에요."

"그건 거짓말이다."

"좋아요. 제가 모욕했다면 죄송해요."

"그건 진실이다."

"제발요. 절 도와주실 거지요?"

우르날다는 생각에 잠겨 지팡이를 손으로 톡톡 두드리고는 마침내 딱 한 마디로 대답했다.

"그래."

우르날다의 왕좌 옆에 서 있던 시커먼 수염을 단 소인이 화가 난 듯 투덜거렸다. 그러자 눈 깜짝할 사이에, 우르날다는 그 소인을 향해 몸을 돌리더니 마치 후려갈길 것처럼 손을 들어 올렸다. 그 검은 수염의 소인은 돌처럼 얼어붙었다. 천천히 우르날다는 손을 내렸다. 그 소인의 검은 수염이 곧장 얼굴에서 떨어져 나갔다. 그러자 그는 수염이 잘려 나간 뺨을 두 손으로 가리고 비명을 질렀다. 그러는 사이 다른 소인들은 바닥에 떨어진 수염을 가리키며 미친 듯이 깔깔거리며 웃어댔다.

"조용! 내 결정에 의심을 품으면 어떻게 되는지 똑똑히 봤을 거다."

우르날다는 화가 난 것처럼 몸을 흔들었다. 돌출 바위 위의 왕좌는

221

물론이고 조개껍질 귀걸이마저 마구 흔들렸다.

우르날다는 내게 다시 몸을 돌렸다.

"네가 지금까지 그 모든 난관을 극복하고 살아남았기에 널 도와주는 거야. 어쩌면 끝까지 살아남아 진짜 마법사가 될지도 모르니까."

우르날다는 나를 교활하게 곁눈질했다.

"그리고 지금 내가 널 도와주면, 너도 언젠가 날 도와줘야 할 거야."

"그럴게요. 그러겠다고 약속할게요."

횃불이 타닥타닥 소리를 내며 흔들렸다. 마치 바위 벽 그 자체가 움직이는 것처럼 보였다. 우르날다가 몸을 앞으로 기울였다. 그림자가 우르날다 뒤쪽의 보석으로 장식된 왕좌 위에서 커져갔다.

"약속은 중요한 거야."

"저도 알아요. 제가 보호의 영혼을 찾도록 도와준다면, 그 은혜를 절대 잊지 않을게요."

우르날다는 손가락을 튕겼다.

"경쾌한 비행사를 가져오거라. 그리고 조각돌하고 망치하고 끌도 가져오고."

나는 아직도 어떤 속임수가 있지는 않은지 의심이 들어 물었다.

"경쾌한 비행사가 뭐예요?"

"잠자코 있어."

횃불이 칙칙 타는 소리 말고는, 동굴 안에 침묵만 가득했다. 몇 분 동안 누구도 꼼짝하지 않았다. 이윽고 묵직한 신발이 쿵쾅거리며 지하 방 안으로 들어섰다. 소인 둘이 왕좌로 다가갔다. 첫 번째 소인은 벽처럼 거친 커다란 검은 돌 하나를 등에 지고 있었는데, 자기 몸무게보다 두 배는 족히 나갈 듯했다. 우르날다가 고개를 까닥이자, 그 소인은 어깨를 낮추어 돌을 바닥에 쿵 소리 나게 내려놓았다.

두 번째 소인은 한 손에는 망치와 끌을, 다른 손에는 반짝반짝 빛나는 자그마한 물건을 들고 있었다. 투명한 수정으로 만든 컵을 거꾸로 들고 있는 것처럼 보였는데, 컵의 주둥이 부분이 손바닥에 놓여 있었다. 수정 컵 안에서 이리저리 불빛이 흔들거렸다. 우르날다가 고개를 끄덕이자, 소인이 연장을 돌 옆에 놓았다. 그러고는 그 안에 든 것이 빠져나가지 못하도록 손을 재빨리 옆으로 빼면서 조심스럽게 컵을 바닥에 놓았다.

우르날다는 콧방귀 뀌듯이 웃었다. 그러자 횃불이 환하게 타올랐다.

"저 수정 우리 안에 경쾌한 비행사가 있지. 핀카이라에서 가장 희귀한 생명체 중 하나란다."

우르날다는 나를 보고 야릇하게 웃었다. 나는 그 표정이 그다지 마음에 들지 않았다.

"네 다음 노래는 보호에 대한 것이지, 그렇지? 네가 알아야 할 걸 배우려면, 넌 저 경쾌한 비행사가 다치지 않게 지켜줄 가장 좋은 방법을 찾아야 해."

나는 망치와 끌을 바라보며, 침을 꼴깍 삼켰다.

"당신 말은…… 저 커다란 돌로 동물 우리를 만들라는 건가요?"

우르날다는 생각에 잠겨 코를 긁어댔다.

"그게 저 연약하고 자그마한 생명체를 보호할 수 있는 최고의 방법이라면, 그렇게 해야겠지."

"하지만 그건 며칠이 걸릴 일이잖아요. 아니면 몇 주요!"

"터널을 뚫고 이 넓은 방을 만드는 데 몇 년이 걸렸지."

"저한테는 시간이 별로 없어요."

"조용."

우르날다는 지팡이로 천장의 구멍을 가리켰다. 그곳은 칙칙하게 빛나고 있었다.

"네가 떨어진 터널과 마찬가지로, 저 터널은 우리에게 빛과 공기를 제공해주지. 여기에는 수백 개의 터널이 있어. 각각의 터널은 네가 앉아 있는 바닥처럼 아주 반들반들하게 쪼아 만들었어. 터널은 모두 마법으로 그 표면을 가려두었지. 그래야 소인들이 제대로 보호받으며 머물 수 있으니까. 그래서 네가 여기에 노래의 영혼을 배우러 온 것이고."

"정말 다른 방법이 없어요?"

내가 이의를 제기했다.

귀걸이가 이쪽저쪽으로 흔들렸다.

"네가 교훈을 배울 수 있는 다른 방법은 없어. 네 임무는 저 자그마한 생명체가 다치지 않도록 보호하는 거야. 자, 이제 시작해."

우르날다는 방을 나갔다. 조개가 다시 한 번 딸랑딸랑 소리를 냈다. 측근들도 우르르 따라 나갔다. 나는 칙칙 타오르는 벽에 달린 횃불을 눈여겨보았다. 왕좌의 그림자가 커졌다 작아지고, 다시 커지는 모습을 지켜보았다. 그 왕좌는 벽처럼 단단한 돌을 잘라 만들어졌다. 소인들이 수 세기에 걸쳐 만든 소인의 이 땅 전체와 똑같은 돌이었다.

이제 내가 돌을 조각할 차례가 되었다.

19

보호의 마법

햇불의 흔들리는 불빛을 받아 망치와 끌이 짠하고 빛을 발했다. 연장을 움켜쥐고, 나는 자리에서 일어나 큼지막한 검은 돌로 다가갔다. 돌은 거의 내 허리까지 왔다. 망치를 들어 올려 한 번 두드렸다. 내 손, 팔, 가슴까지 모두 울렸다. 망치 울려 퍼지는 소리가 잦아들기도 전에, 나는 또 한 번 망치를 두드렸다. 그리고 또 한 번…….

일하며 시간이 하염없이 흘러갔지만 평범한 하루와 같은 흐름을 전혀 느낄 수 없었다. 우르난다의 왕좌가 놓인 지하의 방 안에서, 낮인지 밤인지 알 수 있는 유일한 표시는 내 머리 위 천장의 공기구멍뿐이었다. 밤에는 동그란 구멍이 은색의 달빛으로 반짝였다가 낮에는 황금빛 태양으로 환하게 빛났다.

하지만 낮이든 밤이든 내게는 별 차이가 없었다. 벽에 붙은 햇불은 끊임없이 칙칙 타들어 갔다. 나는 끌의 평편한 꼭대기 위로 끊임없이 망치를 두드려댔다. 검은 돌을 직접 두드려대기도 했다. 그리고 이따금 퉁퉁 부은 가엾은 오른쪽 엄지손가락 위에도 두드렸다. 망치는 내 숨소리와 박자를 맞추어 울렸다. 돌조각이 허공으로 날아오고, 때로 얼굴

225

로 날아오기도 했다. 하지만 소인들이 준 끈적끈적하고 누린내 나는 죽을 먹기 위해 멈추거나, 담요 위에서 이따금 선잠을 잘 때를 빼놓고는 계속 망치를 두드려댔다.

수염 달린 소인 셋이 항상 나를 감시했다. 하나는 돌바닥 위에 놓인 내 지팡이 너머에서, 우람한 팔로 팔짱을 낀 채 서 있었다. 벨트에는 단검과 함께 양날의 도끼가 매달려 있었다. 다른 두 명은 시뻘건 돌 칼날이 달린 기다란 창을 들고, 터널 입구 양쪽에 자리 잡고 있었다. 모두 하나같이 기분 나쁜 표정을 짓고 있었다. 우르날다가 방 안으로 들어설 때마다 그 표정은 더 험악해졌다.

우르날다는 몇 시간 동안 돌출 바위 위의 자기 왕좌에 앉아 내가 일하는 모습을 지켜봤다. 물집이 잡힌 내 손에 들린 망치의 끊임없는 소리에도 아랑곳하지 않고, 생각에 잠겨 있는 것 같았다. 아니, 어쩌면 내 안의 가장 깊은 생각을 살피고 있는 건지도 몰랐다. 나는 알지 못했다. 그리고 신경 쓰지도 않았다. 붐벨리의 제안과 달리 내가 포기하지 않으리라는 것만 알았다. 내가 붐벨리의 제안을, 아니면 엄마의 상태를 떠올릴 때마다 돌에서 불꽃이 튀었다. 하지만 난 점차 알아차렸다. 내게 주어진 시간의 제약을. 그리고 돌 쪼는 사람으로서의 내 능력의 제약을⋯⋯.

일하는 동안, 경쾌한 비행사에게서 나오는 빛이 깜빡깜빡 흔들리며 검은 돌 위에서 희롱하듯 어른거렸다. 조금씩 돌조각이 점점 더 많이 잘려 나갔다. 이윽고 나는 얕은 홈 하나를 만들어냈다. 만약 내 엄지손가락과 아픈 팔을 뻗을 수 있다면, 나는 경쾌한 비행사를 덮을 정도로 이 홈을 우묵하게 넓힐 수 있을 것이다. 그러기 위해서는 얼마나 더 시간이 걸릴지 몰랐다. 머리 위 공기구멍에서 들어오는 빛의 변화로 보아하니, 이틀 낮밤이 이미 지난 것 같았다.

일하는 내내, 나는 마음속으로 우르날다의 마지막 명령을 계속 떠올렸다.

네 임무는 저 자그마한 생명체가 다치지 않도록 보호하는 거야.

망치를 계속 두드려대며, 나는 이따금씩 그 말에 숨은 단서가 있는지를 궁금해했다. 경쾌한 비행사를 안전하게 지켜주는 다른 방법이 없을까? 내가 눈치채지 못한 다른 방법이 없을까?

아니, 없어. 나는 내 자신에게 말했다. 우르날다는 돌로 된 터널을 소인들이 안전하게 지키도록 했다. 돌이 영원히 견딜 수 없을지는 몰라도, 다른 그 어떤 것보다 단단하고 견고했다. 메시지는 분명했다.

돌 우리를 만들어야 해. 소인들이 이 지하 영토를 만든 것처럼. 내겐 선택의 여지가 없어.

여전히 망치를 두드리고, 갈라진 틈을 따라 돌을 쪼개려고 애썼다. 그러면서 뭔가 좀 더 쉬운 방법이 있었으면 하고 바랐다. 슈라우디드 성에서 싸울 때 커다란 칼 디퍼컷을 휘둘렀던 것과 같은 방식으로 말이다! 그때 나는 두 손을 사용하지 않고, 마음속의 숨은 힘으로 칼이 허공에서 날아가도록 했다. 그 방법을 알지도 못했는데 그때 나는 도약의 마법을 사용했었다. 그랜드 엘루사가 우리를 트릴링 종족의 버려진 땅으로 보내주었던 것처럼 말이다. 그런 힘을 다시 사용할 수 있을까? 망치와 끌이 내가 지금 하는 일을 직접 하도록 시킬 수 있을까? 그러면 내 굳은 등, 아픈 팔, 물집이 잡힌 엄지손가락을 쉬게 할 수 있지 않을까?

"바보처럼 굴지 마, 멀린."

나는 고개를 들어 우르날다의 얼굴을 바라보았다. 우르날다는 옥으로 된 왕좌에 앉아 나를 지켜보고 있었다.

"뭐라고요?"

"바보처럼 굴지 말라고 했다! 만약 정말로 네가 디퍼컷이 너에게 날 아오도록 만들었다면, 그건 너 때문이 아니라 다른 무엇 때문일 거야. 그 칼은 핀카이라의 보물이야. 그건 그 자체의 힘을 지니고 있다는 뜻이야."

우르날다는 옥 왕좌에 앉아 앞으로 몸을 기울였다. 귀걸이가 딸랑거렸다.

"넌 그 칼을 휘두르지 않았어. 그 칼이 널 휘둘렀던 거야."

나는 망치를 내려놓았다. 돌바닥에서 쨍그랑 소리가 났다.

"어떻게 그렇게 말할 수 있어요? 내가 했다고요! 내가 그 칼을 사용했어요! 내 능력으로 말이에요. 그건 내가……."

우르날다는 아니꼽다는 듯 웃었다.

"어디 말을 끝마쳐보시지."

내 목소리가 점점 잦아들었다.

"내가 꽃 피는 하프를 사용한 것처럼 말이에요."

"그럼 그렇지. 넌 배우는 게 더디구나. 그래도 아직 너한테 희망이 있을 수도 있겠지."

우르날다가 나를 바라보며 그 볼록한 코를 긁어대자 횃불이 흔들렸다.

"돌을 다루는 제 기술 말고 다른 걸 말하는 것처럼 들리네요."

우르날다가 콧방귀를 뀌며 모자를 매만졌다.

"물론이지. 난 네 시력의 기술에 대해 이야기하는 거야. 넌 당연히 일곱 가지 노래 중에서 그걸 가장 두려워하겠지."

내 얼굴이 창백해졌다.

내가 뭐라 말하기도 전에, 우르날다가 단호하게 말했다.

"넌 돌에 대해서도 배우는 게 느려. 넌 터널에서 소인으로 절대 성공하지 못할 거야! 그래서 그 예언이 진실로 밝혀질 수 있는지 의심하는 거야."

"무슨 예언요?"

"네가 어느 날 위대한 원형 돌을 다시 만들 거라는 예언. 에스토나헨지만큼이나 커다란 것 말이야."

나는 횃불처럼 탁탁 소리를 냈다.

"제가요? 그런 크기의 뭔가를 다시 만든다고요? 설마요! 에스토나헨지의 돌을 하나씩하나씩 집어 들어서 바다 건너 귀네드까지 옮기는 것만큼이나 터무니없어요."

우르날다의 붉은 눈이 기이하게 빛났다.

"아, 네가 그렇게 할 것이라는 예언도 있지. 귀네드가 아니라 로그레스라는 이웃 섬으로 말이야. 그래머리라고 부르기도 하는 곳이지. 하지만 그 예언은 다른 예언처럼 가능성이 없어."

"그만해요."

나는 단호하게 말했다. 나는 물집 잡힌 손바닥에 입김을 후 불고 나서 다시 망치를 잡았다.

"이제 난 내 진짜 일로 돌아갈 거예요. 돌 우리를 쪼는 일 말이에요. 당신이 저보고 하라고 시킨 일이죠."

"그건 거짓말이다."

난 망치를 들어 올렸다.

"거짓말이라고요? 왜요?"

우르날다의 귀걸이가 부드럽게 딸랑거리자 그림자가 방 안에서 춤을 추었다.

"당신이 이 돌을 저한테 줬잖아요."

"그건 진실이다."

"당신이 경쾌한 비행사를 다치지 않게 보호해주라고 말했잖아요."

"그건 진실이다."

"그건 저기 있는 수정 컵보다 훨씬 더 튼튼한 뭔가를 만들라는 뜻이었잖아요?"

"그건 네 결정이었어. 내 결정이 아니라고."

나는 천천히 머뭇머뭇 망치를 내렸다. 망치를 끌과 함께 내려놓고 수정 가까이 다가갔다. 그 안에 들어 있는 생명체는 자그마한 불꽃처럼 이리저리 몸을 떨었다.

"뭐 하나 물어봐도 돼요, 우르날다? 경쾌한 비행사에 대해서요."

"해봐."

나는 흔들리며 수정에서 흘러나오는 빛을 지켜보았다.

"당신이 말했어요. 저게 핀카이라의 희귀한 생명체 중 하나라고요. 저게 어떻게…… 살아 있죠? 저게 어떻게 안전하게 남아 있어요?"

횃불의 빛을 받은 우르날다의 얼굴에서 기이한 미소가 어렴풋이 나타났다.

"환한 햇빛 속에서 떠돌아 다녀서 안전해. 그곳에서는 눈에 띄지 않거든. 아니면 밤에 달빛과 물이 만나는 곳에서 춤을 춰서 안전하지."

"그건 다시 말해서…… 자유로울 때 안전하다는 거군요."

조개껍질 귀걸이가 부드럽게 딸랑거렸지만, 우르날다는 아무 말도 하지 않았다.

나는 수정 컵을 만져보려고 손을 뻗었다. 빛나는 표면 위로 손가락을 뻗으며, 나는 그 안에 잡혀 있는 생명체의 따스함을 느꼈다. 손목을 휙 꺾어 컵을 뒤집었다.

사과 씨보다 작은, 희미하게 어른거리는 빛이 동굴 속 허공으로 휘이익 날아올랐다. 내 머리를 지나며 올라갈 때, 윙윙거리는 소리가 아주 희미하게 들렸다. 경쾌한 비행사는 재빨리 천장으로 올라가 공기구멍의 입구로 빠져나가 사라져버렸다.

우르날다는 주먹으로 왕좌의 팔걸이를 쿵 내리쳤다. 입구를 지키던 소인 둘이 즉각 창을 내밀어서 나를 향해 곧장 창날을 겨누었다. 우르날다는 다시 쿵 하고 내리쳤다.

"무슨 짓이야?"

나는 잠시 숨을 들이키며 대답했다.

"제아무리 돌로 만든 우리라 해도 결국 부서질 테니까요. 무언가를 보호하는 최고의 방법은 그걸 자유롭게 해주는 거예요."

그 순간 내 지팡이에서 푸른빛이 갑자기 뿜어져 나왔다. 지팡이 너머에 서 있던 소인이 고래고래 고함을 지르며 허공으로 펄쩍 뛰어올랐다. 소인이 바닥에 떨어지기도 전에, 나는 내 지팡이에 푸른빛으로 새겨 넣어진 새로운 표시를 알아차렸다. 그건 부서진 돌이었다.

20

상쾌하고 온화한 강물

내가 떠났던 곳에서 그리 멀지 않은 상류 옆 야영지에서 나는 우리 일행을 발견했다. 우리는 3일 이상 떨어져 있었다. 군데군데 그늘을 드리운 녹색 풀밭이 산들바람에 잔물결을 일으켰다. 리아는 내가 다가가는 걸 보고는 달려나와 나를 맞았다. 내 지팡이에 세 번째 표시가 새겨진 걸 흘끗 보고는 근심 가득하던 얼굴이 부드러워졌다.

리아가 내 손을 잡았다.

"걱정 많이 했어, 멀린!"

내 목이 뻣뻣해졌다.

"정말 미안해, 리아. 넌 내가 길을 잃을 거라고 했지? 그런데 정말 길을 잃었어."

"어쨌든 이렇게 돌아왔잖아."

"그래. 하지만 시간을 너무 허비했어. 이제 열흘 정도밖에 안 남았어."

내가 대답했다.

붐벨리도 우리에게 다가왔다. 그런데 흐르는 강을 넘어오다, 자기 망토에 걸려 넘어질 뻔했다. 평상시처럼 눈살을 잔뜩 찌푸리고 있기는 했지만, 그래도 날 보니 반가운 모양이었다. 붐벨리는 내 손을 움켜잡고는 과장되게 흔들었다. 짤랑짤랑 울리는 종소리가 내 귀를 파고들었다. 붐벨리가 자신의 그 유명한 종에 대한 수수께끼를 다시 말하려는 걸 알아차리고, 나는 몸을 돌려 씩씩하게 발걸음을 옮겼다. 붐벨리와 리아도 나를 따라왔다. 머지않아 우리는 소인들의 영토에서 벗어났다. 하지만 아직도 가야 할 길이 멀었다.

네 번째 노래 '이름'은 슬란토스와 관련이 있었다. 이들은 신비에 싸인 사람들로, 핀카이라의 북동쪽 끝에 살고 있었다. 그곳에 가기 위해 더 이상 눈 덮인 산길을 오를 필요는 없었지만, 녹슨 평원의 그 넓은 땅을 전부 다시 가로질러야만 했다. 그것만으로도 며칠이 걸릴 것이다. 그러고 나서 어둠의 언덕의 북쪽 구역은 말할 것도 없고, 독수리 협곡의 깎아지른 낭떠러지를 지나야 한다. 나는 이 모든 곳에 숨어 있는 위험을 알고 있었지만, 어둠의 언덕을 지나야 한다는 생각이 무엇보다 가장 걱정스러웠다.

평원을 건너는 동안, 우리는 매일 새벽 일찍 일어났다. 새벽에는 첫 아침을 여는 새들과 마지막 저녁을 마무리하는 개구리들이 함께 합창을 했다. 우리는 이따금씩만 걸음을 멈추어 열매와 뿌리를 먹었다. 한번은 윙윙거리는 벌 떼의 언어를 이해하는 리아의 능력 덕분에 달콤한 시럽이 뚝뚝 떨어지는 벌집을 조금 맛보기도 했다. 리아는 우리가 어디서 물을 찾을 수 있는지 아는 것 같았다. 숨어 있는 샘과 물웅덩이로 우리를 이끌고 갔으니까. 마치 리아는 내 마음속을 들여다보는 것처럼 풍경의 비밀을 쉽게 들여다볼 수 있는 것 같았다. 밤에도 걸을 수 있을 만큼 달빛도 아주 밝았다. 덕분에 우리는 달빛에 의지한 채 드넓은 평원을 가로질러 걸었다. 하지만 달은 우리의 시간과 마찬가지로 재빨리

233

줄어들고 있었다.

마침내 3일을 꼬박 걷고 나서 우리는 독수리 협곡에 이르렀다. 우리는 바위투성이 끝자락에 앉아, 나란히 줄지어 선 낭떠러지와 버트레스*가 만들어낸 울긋불긋한 줄무늬를 바라보았다.

무척 피곤했다. 하지만 대표자회의의 시작을 알렸던 협곡 독수리의 감동적인 울음소리를 떠올리자 힘이 솟구쳤다. 나도 독수리처럼 하늘을 솟구칠 수 있다면 얼마나 좋을까! 그러면 이 다채로운 골짜기 위를 바람처럼 재빠르게 날 수 있을 텐데. 트러블의 등에 올라 하늘을 날았던 것처럼 말이다. 그때가 까마득한 옛날처럼 느껴졌다.

하지만 난 독수리도 매도 아니다. 리아와 붐벨리와 마찬가지로, 나는 계곡 속으로 걸어 들어갈 것이다. 그리고 맞은편으로 올라가는 길을 찾을 것이다. 투시력으로 낭떠러지 선을 따라 건널 수 있는 길을 찾아보았다. 우리는 독수리 협곡의 북쪽에 있었다. 저 아래 남쪽으로, 크게 갈라진 틈이 있었다. 틈은 어둠의 언덕 한가운데를 가르고 있었다.

우리 셋 중에서 발걸음이 가장 안정적인 리아가 우리를 이끌었다. 리아는 곧 낭떠러지 벽을 가로질러 계속 이어지는 좁다란 돌출 바위를 발견했다. 돌출 바위를 따라가면서 마침내 아래로 내려갈 수 있는 곳을 발견했다. 우리는 계곡 속으로 내려갔다. 때로 등을 기댄 채 미끄러지고, 때로 부서지기 쉬운 노출부를 넘어서 땀으로 범벅이 된 채 마침내 계곡 바닥에 이르렀다.

진흙투성이 강물은 무척 상쾌했다. 두꺼운 망토 아래에서 땀투성이가 된 붐벨리는 강물 속으로 곧장 달려들었다. 리아와 나도 따라했다.

---

*부벽.

우리는 강바닥에 일렬로 놓인 둥근 돌 위에 무릎을 굽힌 채 머리를 흠뻑 적시고 팔을 문지르며 서로에게 물을 튀겼다. 확실하지는 않지만 저 멀리 우리 머리 위의 낭떠러지 어딘가에서 한 번인가 독수리가 울어대는 소리를 들은 것 같았다.

드디어 우리는 상쾌한 기분으로 협곡에서 빠져나와 쉬지 않고 다시 오르기 시작했다. 머지않아 두 손을 사용해야 했기에 나는 지팡이를 허리춤에 찔러 넣어야 했다. 경사가 점점 가팔라지자, 붐벨리의 투덜거리는 소리도 높아갔다. 붐벨리는 고군분투하며 계속 올라갔다. 리아를 바짝 뒤따라 오르며, 리아가 디뎠던 곳을 기어갔다.

가파른 버트레스를 기어오르며 힘을 주느라 어깨가 아팠다. 나는 손을 놓치지 않을 정도로 최대한 납작하게 뒤로 몸을 기울였다. 계곡 벽의 꼭대기를 볼 수 있을 거라는 기대를 품었지만, 우리 위로 층층이 이어져 있는 적갈색과 갈색 낭떠러지만 보일 뿐이었다. 아래를 흘끗 바라보니 진흙투성이 강이 보였다. 강은 이제 계곡 바닥의 얇은 실개천처럼 보였다. 나는 바위를 꽉 잡으며 몸서리쳤다. 위로 올라가기도 싫고, 저 아래로 굴러 떨어지고 싶지도 않았다.

버트레스 위에서 나보다 살짝 왼쪽에 있던 리아가 갑자기 소리쳤다.

"저기 봐! '샤'야. 저기 분홍색 바위 위에."

균형을 잃지 않게 조심조심 몸을 돌려보니 새끼 고양이를 닮은 연갈색 동물이 하나 있었다. 고양이처럼 자그마한 공 모양으로 몸을 돌돌 말고 앉아, 조용히 가르랑거리며 햇볕을 쬐고 있었다. 고양이와 달리 그 녀석은 뾰족한 코가 있었는데, 거기에 부드러운 수염이 있고 종이처럼 얇은 날개 한 쌍이 등에 접혀 있었다. 가르랑거릴 때마다 날개가 미세하게 퍼드덕거렸다.

235

"정말 귀엽지 않아? 샤는 여기처럼 바위투성이 고지대에서만 볼 수 있어. 전에 딱 한 마리 본 적이 있어. 아주 먼 곳에서. 샤는 부끄러움을 많이 타."

리아가 돌벽을 꽉 잡은 채 말했다.

리아의 목소리를 듣자, 샤는 푸른 눈을 떴다. 샤는 긴장한 태도로 리아를 주의 깊게 바라보았다. 그러더니 이내 긴장을 푸는 것 같았다. 가르랑거리는 소리가 다시 들려왔다. 천천히 리아는 발을 옮겼다. 그러더니 한 손으로 부서져 내리는 낭떠러지를 꽉 잡은 채 샤를 향해 손을 내밀었다.

"조심해. 떨어지겠어."

나는 리아에게 주의를 주었다.

"조용히 좀 해. 너 때문에 저 녀석이 놀라겠어."

샤는 몸을 살짝 움직이며, 털북숭이 앞발을 바위에 올렸다. 마치 일어설 준비를 하는 듯했다. 앞발에는 각기 네 개의 자그마한 발톱이 있었다. 리아의 손이 샤의 얼굴 가까이 다가가자, 샤의 가르랑거리는 소리가 더 커졌다.

바로 그때 나는 샤의 앞발에서 뭔가 이상한 걸 알아차렸다. 처음에는 그게 정확히 뭔지 몰랐다. 왠지 모르게 약간…… 이상해 보였다.

갑자기 그것이 무엇인지 깨달았다. 발가락에 물갈퀴가 있었다. 마치 오리의 발처럼. 바위투성이 고지대 협곡에 사는 생명체에게 물갈퀴가 왜 필요하단 말인가? 순간적으로 머릿속에서 뭔가가 번뜩였다.

"멈춰, 리아! 저건 속임수의 유령이야!"

내가 소리치자마자 샤는 변신하기 시작했다. 번갯불처럼 순식간에 날개가 사라지고, 푸른 눈은 붉게 변하고, 털은 비늘이 되고, 고양이 몸은 단검처럼 이빨이 뾰족한 뱀으로 변했다. 그 녀석이 허물 벗는 뱀처럼 바스러질 듯한 투명한 피부를 내던지자 공기에서 딱딱 소리가 났다. 이 모든 게 눈 깜짝할 사이에 벌어졌다. 내 고함 소리를 듣고, 리아는 가까스로 고개를 숙일 수 있었다. 뱀처럼 생긴 생명체가 입을 쩍 벌린 채 발톱을 쫙 펴고 리아의 얼굴로 뛰어들었다. 무시무시한 비명을 질러대며, 그 녀석은 리아의 머리 바로 위로 날아올라 저 아래 협곡으로 곤두박질쳤다.

속임수의 유령의 주둥아리는 리아를 놓쳤지만, 꼬리는 리아의 뺨을 세게 후려갈겼다. 리아는 균형을 잃고 발을 헛디뎠다. 즉시 리아는 한 손으로 버트레스에 매달려 이리저리 아슬아슬하게 흔들렸다. 움켜쥐고 있던 돌이 이내 무너져 내렸다. 리아는 붐벨리 바로 위로 떨어졌다.

바위 표면에 딱 달라붙은 붐벨리의 손가락이 하얗게 변했다. 비쩍 마른 어릿광대는 그 충격으로 청승맞게 울어댔다. 어쨌거나 붐벨리는 버텨내며 가까스로 리아의 추락을 막아주었다. 리아는 붐벨리의 등에 여전히 거꾸로 대롱대롱 매달린 채 몸을 똑바로 세우려 버둥거렸다.

"꽉 잡아, 붐벨리!"

나는 위에서 내려다보며 소리쳤다.

"나도 최선을 다하고 있다고. 충분하지는 않지만 말이야."

붐벨리가 으르렁거렸다.

갑자기 붐벨리가 잡고 있던 돌이 산산조각 나며, 돌멩이 조각이 낭떠러지 아래로 부서져 내렸다. 붐벨리와 리아 두 사람이 일제히 비명을 질러댔다. 두 사람은 팔다리를 허우적거리며 바위 표면에서 미끄러져 내렸다. 다행히 툭 튀어나온 좁은 바위에 떨어져 더 이상 추락하지는 않았다. 둘은 거기에 그대로 매달려 있었다. 계곡 바닥 위의 높은 곳이었다.

흉측한 거미처럼 나는 낭떠러지를 엉금엉금 기어 내려갔다. 허리춤에 찬 지팡이가 이리저리 흔들렸다. 리아와 붐벨리는 저 아래, 툭 튀어나온 바위 위에서 낑낑거리며 드러누워 있었다. 종이 달린 어릿광대의 모자는 붉은 먼지를 뒤집어 쓴 채 그 옆에 놓여 있었다. 리아는 일어나 앉으려다 다시 픽 쓰러졌다. 오른팔이 옆으로 축 늘어져 있었다.

좁은 바위를 가로지르며, 나는 마침내 리아에게 손을 뻗었다. 리아가 일어나 앉도록 도와주려다 뒤틀린 팔에 닿자 리아가 숨을 헐떡거렸다. 리아는 몹시 고통스러운 표정으로 내 얼굴을 살폈다.

"아주 제때…… 경고해줬어."

"좀 더 일찍 해줬어야 했는데……."

갑작스러운 돌풍이 불어와 우리에게 먼지를 뿌려댔다. 돌풍이 잦아들자, 나는 작은 가방에서 약초 한 움큼을 꺼내 리아의 뺨에 난 상처에 살짝 가져다댔다.

"그게 속임수의 유령인지 어떻게 알았어?"

"물갈퀴 발을 보고 알았지. 우리가 숲에서 새 알리아를 발견했을 때 기억나? 그때 네가 나한테 알려줬잖아. 속임수의 유령에게는 항상 뭔가 이상한 점이 있다고 말이야."

나는 내 자신을 가리켰다.

"인간처럼 말이야."

리아는 팔을 들어 올려보려 했지만, 무척 고통스러워했다.

"대부분의 인간은 속임수의 유령처럼 위험하지는 않아."

돌출 바위 위에서 조심스럽게 움직이며, 나는 리아의 반대편으로 돌아가서 상처 난 팔을 좀 더 자세히 살펴보았다.

"부러진 것 같은데."

"불쌍한 늙은 붐벨리는 신경 쓰지 마. 난 아무 짝에도 소용없었으니까, 전혀."

어릿광대가 징징거리며 울었다.

리아는 고통에도 불구하고 방긋 웃어 보였다.

"붐벨리, 당신은 정말 멋졌어요. 만약 내 팔이 이 지경이 아니라면 당신을 꼭 안아줬을 거예요."

아주 잠깐이지만, 무뚝뚝한 어릿광대는 울음을 그쳤다. 살짝 얼굴을 붉히기까지 했다. 이윽고 붐벨리는 리아의 다친 팔을 바라보며 이마와 뺨과 턱을 찡그렸다.

"많이 안 좋아 보이는데. 넌 생명을 잃게 될 거야. 다시는 먹지도 잠들지도 못할 거야."

"난 그렇게 생각하지 않아요."

나는 리아의 무릎 위에 팔을 올려두고 부러진 곳을 어루만졌다.

리아가 움찔거렸다.

"어쩌려고 그래? 이 근처에는 부목으로 사용할 만한 게 아무것도 없어. 아얏! 거기 아프단 말이야! 두 팔이 없이, 아! 이곳을 기어 올라가는 건 불가능해."

"불가능하고말고."

붐벨리가 그 말을 따라했다.

나는 고개를 흔들어 머리카락에서 돌조각을 털어냈다.

"불가능한 건 아무것도 없어."

"붐벨리 말이 맞아. 넌 날 고칠 수 없어. 아! 저 약초 가방조차도 아무 도움이 안 돼. 멀린, 날 여기 그냥 남겨둬. 가……. 나는 그냥 놔두고."

리아가 제안했다.

난 어금니를 꽉 깨물었다.

"그럴 순 없어! 결속에 대해 배웠잖아. 우린 함께야. 너와 나, 바람을 가르는 저 두 마리 매처럼."

리아의 두 눈에 희미한 빛이 반짝였다.

"하지만 어떻게? 난 더 이상 올라가지 못해…… 두 팔이 없으면."

나는 아픈 어깨를 뻗었다. 그러고 나서 숨을 깊이 들이쉬었다.

"팔을 고칠 수 있기를 빌어야지."

"바보처럼 굴지 마. 그러려면 부목이 필요해. 들것도 필요하고. 치유의 기술을 지닌 사람들도 많이 필요하고. 말했잖아, 불가능하다고!"

붐벨리가 돌출 바위 위에서 가까이 기어오며 말했다.

리아의 부러진 팔을 어루만지며, 나는 내 두 손을 그 위에 올렸다. 내 투시력으로는 아무런 차이가 없었지만, 나는 집중하며 두 눈을 감았다. 온 힘을 다해, 빛, 따뜻함과 치유를 상상하며, 그걸 가슴속에 모았다. 내 심장이 빛으로 넘쳐났다. 나는 그 빛을 내 팔로 흘려보내 손가락으로 가게 했다. 눈에 보이지 않는 온화한 강물처럼 리아에게로 빛이 흘러갔다.

"아, 기분이 좋은데. 뭐하고 있는 거야?"

리아가 숨을 몰아쉬며 물었다.

"난 그저 현명한 친구가 내게 말해준 대로 하는 것뿐이야. 상처의 언어에 귀 기울이는 것 말이야."

리아가 미소 지으며 툭 튀어나온 바위에 등을 기댔다.

"바보처럼 굴지 마. 지금 네 기분이 좋아졌다면, 네가 나중에 열 배는 더 나빠질 것이기 때문이야."

붐벨리가 경고했다.

"상관없어요, 골칫덩어리 아저씨! 난 이미 훨씬 강해진 느낌이라고요."

리아가 팔을 들어 올리며 말했다.

"가만있어. 아직은 아니야."

내가 리아를 말렸다.

따뜻한 빛이 계속해서 내 손가락 끝으로 뿜어져 나왔다. 나는 리아의 피부 밑 뼈와 근육에 온 정신을 집중했다. 인내심을 갖고 조심조심, 마음속으로 리아의 몸속 조직을 하나하나 느꼈다. 내가 부드럽게 만지며 구슬리자, 조직은 다시 완전해지기 시작했다. 마침내 나는 손을 뗐다.

리아가 팔을 들어 올렸다. 손가락을 구부려보았다. 그러더니 내 목에 팔을 두르고 힘을 꽉 주어 안았다.

"어떻게 한 거야?"

리아가 나를 놓아주며 물었다.

"나도 잘 몰라. 하지만 내 생각에, 결속의 노래에 있는 또 다른 구절 덕분인 것 같아."

나는 울퉁불퉁한 시팡이 사루를 손가락으로 똑똑 두드렸다.

리아가 날 놓아주었다.

"넌 노래의 혼을 정말로 찾아냈구나. 네 엄마가 정말 자랑스러워하시 겠다."

리아의 말에 난 깜짝 놀랐다.

"가자! 이제 일주일도 채 남지 않았어. 내일 아침까지 슬란토스 마을 로 가야 해."

21

한밤에 울려 퍼진 비명

우리가 마침내 계곡 끝자락을 넘어섰을 때 이미 해는 기울었다. 그림자가 깎아지른 버트레스 위로 모이는 사이, 어둠의 언덕은 우리 앞에 시커먼 모습으로 솟아 있었다. 언덕을 바라보자 계곡 독수리 한 마리가 고독하게 우는 소리가 근처 어딘가에서 울려 퍼졌다. 핀카이라의 대표자회의의 시작을 알렸던 독수리의 울음소리가 떠올랐다. 만약 내가 꽃 피는 하프와의 약속을 지켰더라면 저 언덕이 지금쯤 생명으로 되살아났을 거라는 사실도 떠올랐다.

우리 셋은 깊어가는 황혼 속으로 걸어 들어갔다. 발아래의 평편한 바위들은 메마르고 먼지 풀풀 날리는 푸석푸석한 흙으로 금세 바뀌었다. 이따금 마주치는 말라죽은 나뭇잎의 바스락 소리를 제외하고는, 터벅터벅 신발 소리, 붐벨리의 종에서 흘러나오는 짤랑짤랑 소리 그리고 내 지팡이가 규칙적으로 땅을 툭툭 두드려대는 소리만 들렸다.

어둠이 우리에게 바짝 다가왔다. 슈라우디드 성이 무너지고 나서 이 언덕으로 돌아온 제아무리 용감한 동물이라도 해가 지고 난 뒤에는 안전하게 숨을 곳을 찾아야 한다는 걸 알았다. 왜냐하면 밤은 고블린 전사와 속임수의 유령 그리고 뭐든 지하에서 살고 있는 생명체들이 갈라진 바위틈 동굴에서 나오고 싶은 유혹을 느끼는 시간이었기 때문이다. 적어도 그런 생명체 하나가 감히 벌건 대낮에 나타났다는 걸 기억하며 나는 몸서리쳤다. 리아는 평상시처럼 내 생각을 귀신같이 알아차리고 내 팔을 가볍게 꼬집었다.

우리가 어둠의 언덕을 계속 올라가는 동안 밤이 내려앉았다. 뒤틀린 나무가 해골처럼 서 있고, 나뭇가지가 바람에 울어댔다. 묵직한 구름이 남아 있는 달을 가렸기 때문에 북동쪽으로 계속 가는 건 무척 힘들었다. 리아조차도 어두컴컴한 상태에서는 어쩔 수 없이 천천히 걸을 수밖에 없었다. 붐벨리가 드러내놓고 불만을 터뜨리지는 않았지만, 그 투덜거리는 소리에는 점점 두려움이 섞여 들었다. 피곤에 지쳐 흐느적거리는 나의 두 다리가 돌과 죽은 나무뿌리에 자주 걸렸다. 뭔가의 공격을 당하기 전에, 먼저 길을 잃지는 않을까 두려웠다.

마침내 리아가 언덕 아래로 이어지는 좁은 계곡을 가리켰다. 한때 강물이 세차게 흘러내렸던 곳이었다. 나는 그곳에서 새벽이 될 때까지 쉬는 게 현명하다고 판단했다. 잠시 뒤, 우리 세 사람은 골짜기의 딱딱한 땅 위에 누웠다. 리아는 베개로 쓸 만한 둥근 돌 하나를 찾아냈지만, 붐벨리는 그냥 공처럼 몸을 둥글게 웅크리며 말했다.

"난 화산이 터진다 해도 꿈쩍하지 않고 잘 수 있어."

나는 혹시 모를 위험에 대비해, 잠들지 않으려 최선을 다했지만 곧 리아와 붐벨리를 따라 잠이 들고 말았다.

느닷없이 높고 날카로운 비명이 울려 퍼졌다. 나는 잠이 완전히 달아나 벌떡 일어났다. 옆의 리아도 마찬가지였다. 우리는 숨죽인 채 귀 기울였다. 하지만 붐벨리의 코 고는 소리 말고는 아무것도 들리지 않았다.

구름 너머 희미한 빛만이 달이 떠 있다는 걸 알 수 있는 유일한 흔적이었다. 달빛은 주위의 언덕까지 닿지도 않았다.

비명이 다시 들려왔다. 비명은 허공을 가득 메웠다. 완전히 겁에 질려 울부짖는 소리였다. 리아가 날 말리려 했지만, 나는 지팡이를 꽉 잡고 일어나 비틀비틀 걸어 나갔다. 리아는 나를 따라 어두운 경사면으로 나왔다. 그림자를 유심히 살펴보며 투시력을 최대한 멀리까지 뻗어서 움직이는 게 있나 알아보려 했다. 하지만 아무것도 움직이지 않았다. 귀뚜라미 한 마리 움직이지 않았다.

갑자기 저 아래 바위를 가로지르는 무언가 큼지막한 모습이 눈에 띄었다. 어렴풋이 보이는 뾰족한 모자를 보지 않았다 할지라도, 곧 그게 무엇인지 알아차렸을 것이다. 고블린 전사였다. 고블린의 우락부락한 어깨 위로 자그마한 뭔가가 몸부림치고 있었다. 그 목숨은 분명 곧 끝날 듯했다.

생각할 겨를도 없이 나는 언덕 아래로 잽싸게 달려갔다. 고블린은 내 발자국 소리를 듣고 휙 몸을 돌렸다. 고블린은 자기 어깨 위의 먹잇감을 옆으로 툭 던져놓고는, 넓적한 칼을 순식간에 빼들었다. 칼을 머리 위로 들며 이글거리는 두 눈을 가늘게 뜨고 힘을 주었다.

지팡이 말고 아무런 무기도 없이, 나는 두 다리를 단단히 박고 고블린에게 곧장 몸을 던졌다. 내 어깨가 갑옷을 입은 고블린의 어깨에 쾅 부딪혔다. 고블린은 뒤로 뒹굴었다. 우리는 한데로 뒤엉켜 데굴데굴 구르며 바위투성이 언덕 아래로 튕겨났다.

나는 그 자리에 멈춰 섰다. 머리가 어질어질했다. 하지만 고블린 전사는 나보다 빨리 정신을 차려, 내 위에 서서 으르렁거렸다. 손가락 세 개짜리 손에는 여전히 칼이 들려 있었다. 저 하늘 위의 달이 구름을 벗어

나자, 칼날이 희미하게 반짝였다. 고블린이 칼을 아래로 휘둘렀다. 나는 한쪽으로 굴렀다. 칼은 곧장 땅을 내리치며, 나무뿌리를 산산조각 냈다. 고블린 전사는 화가 나 으르렁거렸다. 그러더니 다시 칼을 들어 올렸다.

나는 몸을 일으키려 했지만 지팡이에 걸려 넘어지고 말았다. 내 지팡이에 말이다! 자포자기한 나는 지팡이를 들어 올려 얼굴을 막았다. 고블린의 칼은 나를 벨 듯이 다가왔다. 나는 얇은 지팡이가 칼날의 속도를 전혀 늦추지 못하리라는 걸 알았다. 하지만 달리 어쩔 도리가 없었다.

칼날이 지팡이에 부딪히자 갑작스러운 폭발 소리가 울려 퍼졌다. 푸른 불꽃이 탑처럼 하늘 높이 치솟았다. 고블린의 칼이 마치 강풍에 휩쓸린 나뭇가지처럼 불꽃과 함께 위로 떠올라 빙글빙글 돌았다. 고블린 전사는 성질을 참지 못하고 울부짖었다. 이윽고 뒤로 주춤주춤 물러서다 언덕에 털썩 주저앉았다. 한 번 헐떡거리는 소리를 내더니 일어서려 했다. 그러다 다시 넘어져서는 돌덩이처럼 꿈쩍도 하지 않았다.

리아가 내게 달려왔다.

"멀린! 다치지 않았어?"

"괜찮아. 지팡이 덕분이야. 투아하가 이 지팡이에 마법을 주었기 때문인 것 같아."

나는 지팡이를 살펴보며 칼이 부딪혔던 곳의 희미한 자국을 어루만졌다.

리아는 무릎을 꿇었다. 곱슬머리 위로 서리처럼 달빛이 내려앉았다.

"내 생각에는 지팡이가 아니라 네 덕분인 것 같아."

나는 조금도 움직이지 않는 고블린 전사를 쳐다보면서 고개를 저었다.

"그만해, 리아. 너도 잘 알잖아."

"알아. 그리고 내 생각에, 넌 그 사실을 받아들이지 않고 있어. 그것이 사실이기를 간절히 원하기 때문에 말이야."

리아가 활기차게 말했다.

나는 깜짝 놀라서 리아를 뚫어져라 바라보았다.

"넌 내 마음을 읽어. 내가 아바사의 벽에 새겨진 룬 문자를 읽은 것과 같은 방식으로 말이야."

종소리를 닮은 리아의 웃음이 울려 퍼졌다.

"그래도 아직 이해하지 못하는 게 몇 개 있어. 예를 들면, 고블린을 보자마자 숨지 않고 왜 곧장 달려든 거야?"

내가 대답하기도 전에 우리 뒤에서 자그마한 목소리가 들렸다.

"당신한테는 분명 마법의 힘이 있는 것 같아요."

리아와 나는 휙 몸을 돌렸다. 동그스름한 얼굴에 키 작은 소년이 땅 위에 몸을 웅크리고 있었다. 많아야 다섯 살은 넘지 않을 것 같았다. 비명을 질러 우리를 깨운 불운한 생명체가 바로 그 소년이라는 걸 알아차렸다. 소년의 눈은 마치 자그마한 달처럼 반짝반짝 빛났는데 놀라움으로 가득 차 있었다.

나는 리아를 흘끗 바라보았다.

"저 아이 때문이야."

나는 다시 소년에게 돌아서며 손짓했다.

"이리 와. 해치지 않을게."

소년이 천천히 일어섰다. 소년은 머뭇머뭇 다가오더니 멈추었다.

"당신은 좋은 마법사예요? 나쁜 마법사예요?"

리아는 웃음을 꾹 참고, 잎사귀가 달린 팔을 소년에게 감쌌다.

"저 애는 아주 좋은 마법사야. 아주 나쁠 때를 제외하고는 말이야."

내가 리아에게 장난스럽게 화를 내자, 소년은 어리둥절해하며 얼굴을 찡그렸다. 소년은 리아에게서 몸을 빼내 그늘진 언덕으로 주춤주춤 물러났다.

"저 아이 말 듣지 마. 난 고블린 전사의 적이야. 너처럼 말이야."

나는 지팡이에 몸을 기댄 채 자리에서 일어섰다.

"난 멀린이야. 여긴 리아. 리아는 드루마 숲에서 왔어. 이제 우리한테 네 이름을 말해줄래?"

소년은 나를 유심히 바라보았다. 자신의 둥그스름한 뺨을 톡톡 두드리며 생각에 잠겼다.

"당신은 분명 좋은 마법사인 게 틀림없어요. 지팡이 하나로 저 고블린을 물리쳤으니까요."

소년은 숨을 꿀꺽 삼켰다.

"제 이름은 갈리예요. 전 지금껏 자그마한 마을에 살았어요."

나는 고개를 갸우뚱했다.

"여기에서 가까운 유일한 마을은……."

"슬란토스예요."

소년이 말을 마무리했다.

심장이 두근거렸다.

갈리는 쭈뼛쭈뼛 먼 곳을 바라보았다.

"어두워진 뒤에 문밖에 나와 있을 생각은 아니었어요. 정말이에요! 다람쥐들이 장난을 쳤어요. 저는 다람쥐를 쫓아왔어요. 아차 했을 때는 이미 한참 늦어버린 뒤였어요……."

갈리는 쓰러진 고블린 전사의 배배 뒤틀린 모습을 흘끗 바라보았다.

"저놈이 절 해치려 했어요."

나는 갈리 옆으로 발걸음을 옮겼다.

"이제는 널 해치지 못할 거야."

갈리는 눈을 반짝반짝 빛내며 고개를 기울여 나를 올려다보았다.

"당신은 정말 좋은 마법사 같아요."

22

암브로시아 빵

골짜기로 돌아왔는데 붐벨리는 아직도 코를 골고 자고 있었다. 화산이 터져 불꽃이 인 건 아니었지만, 꿈쩍도 않고 잘잘 거라는 붐벨리의 예언은 여실히 증명되었다. 리아와 난 갈리를 어릿광대의 망토 아래 조심스럽게 눕혀주었다. 갈리는 너무 피곤해 서 있을 수도 없었기 때문이다. 굉장히 피곤했던 리아와 나도 땅바닥에 드러누웠다. 난 지팡이를 꼭 잡은 채 곧 잠이 들었다.

머지않아 아침의 첫 햇살이 손가락처럼 내 얼굴을 쓰다듬었다. 일어나보니 붐벨리가 벌써 어릿광대 재주로 어린 갈리를 웃기려고 최선을 다하고 있었다. 갈리의 심각한 표정을 보면, 붐벨리가 썩 잘 해내는 것 같지는 않았다.

"그래서 사람들이 날 유쾌한 붐벨리라고 부르는 거야."

무뚝뚝한 어릿광대가 설명하고 있었다.

갈리는 붐벨리를 물끄러미 바라보았다. 마치 곧 울음을 터뜨릴 것 같은 표정이었다.

"내가 광대 재주를 또 하나 보여줄게."

붐벨리는 머리를 마구 흔들며 종을 울려댔다. 그러고는 망토를 감싸 여몄다.

"이제 종에 관한 유명한 수수께끼를 들려줄게."

이 모습을 지켜보던 리아는 붐벨리를 말리려고 했다. 하지만 나는 손을 들어 올렸다.

"어디 그 지긋지긋한 수수께끼 한번 들어보자. 그 소리 몇 주 동안 신물 나게 들어왔잖아."

리아가 싱글싱글 웃었다.

"나도 그런 것 같아. 우리 중 누구라도 웃으면…… 신발 먹을 준비 되어 있어?"

"준비되고말고. 그리고 운이 좀 따라주면, 슬란토스 마을에서 뭔가 더 맛있는 걸 찾게 되겠지."

나는 장난스럽게 입술을 핥았다.

붐벨리가 목청을 가다듬었다. 겹겹이 접힌 턱이 떨렸다.

"이제 준비 됐어."

붐벨리가 큰 소리로 말했다. 붐벨리는 기대감을 갖도록 말을 잠시 멈추었다. 마침내 수수께끼를 들려줄 수 있게 된 게 정말로 믿기지 않는 것 같았다.

"기다리고 있잖아요. 하루 종일 기다릴 수는 없다고요."

내가 재촉했다.

어릿광대의 커다란 입이 벌어졌다. 그러다 닫혔다. 다시 벌어졌다. 다시 닫혔다.

나는 앞으로 몸을 기울였다.

"뭐예요?"

붐벨리는 눈썹을 찡그렸다. 이윽고 다시 한 번 목청을 가다듬었다. 붐벨리는 마른 땅에 발을 쾅쾅거렸다. 종이 다시 짤랑짤랑 울렸다. 하지만 말을 시작하지는 않았다.

"수수께끼 낼 거예요, 말 거예요?"

어릿광대는 입술을 깨물었다. 그러더니 머리를 침울하게 흔들었다.

"그건…… 아주 길어. 너무 많은 사람들이 너무 오랜 세월 동안 나한테 그 수수께끼를 말하지 못하게 했어. 이제 난, 난…… 기억이 안 나."

붐벨리는 투덜거렸다. 그러더니 크게 한숨을 내쉬었다.

"그럼, 그렇지, 그렇고말고."

리아와 나는 눈을 흘겼다. 갈리는 환하게 웃으며 내게로 돌아섰다.

"이제 절 마을로 데려다줄 수 있어요? 당신과 함께라면 안전할 것 같아요."

나는 붐벨리의 굽은 어깨를 토닥여주었다.

"언젠가 기억이 날 거예요."

"그렇다 해도, 분명 제대로 말하지 못할 거야."

붐벨리가 대답했다.

잠시 뒤에 우리는 떠오르는 태양을 향해 발걸음을 옮겼다. 평상시처럼 리아와 내가 앞장섰다. 이번에는 내가 어깨에 갈리를 태우고 있었다. 붐벨리는 그 어느 때보다 침울하게 뒤에서 따라왔다.

다행히 우리는 한참 동안 순조롭게 내려갔다. 바싹 마른 어둠의 언덕과 그늘진 돌출 바위를 뒤에 남겨두었다. 우리가 마주친 고블린이 리타 고르의 유일한 전사가 아닐 거라는 불안감을 떨쳐낼 수가 없었다.

머지않아 우리는 풀이 무성한 드넓은 평원으로 들어섰다. 짹짹 울어대는 새와 윙윙거리는 곤충들이 나타났다. 손 모양 잎사귀가 달린 나무들이 더 많이 눈에 띄었다. 여우 가족이 털이 덥수룩한 꼬리를 높이 치켜든 채 지나갔다. 버드나무 나뭇가지에 앉아 있던 눈이 커다란 다람쥐 한 마리를 보니 리아의 친구인 다람쥐 익스마가 떠올랐다. 그리고 익스마가 보살피고 있는 죽어가는 여인이…….

마을이 가까이 있다는 첫 번째 흔적은 바로 냄새였다.

잘 익은 곡식의 풍성한 냄새가 스멀스멀 피어올랐다. 무성한 풀밭을 건너자 그 냄새는 더욱 짙어졌다. 발걸음을 옮길 때마다 그 냄새가 더욱 강해졌다. 갓 구운 빵을 먹어본 게 얼마나 오래되었는지 떠올랐다. 입안 가득 곡식의 맛이 느껴졌다. 밀, 옥수수, 보리…….

곡식 냄새에 다른 향도 섞여 있었다. 리아와 내가 아주 오래전에 소모라 나무의 가지 밑에서 맛보았던 산뜻한 오렌지색 열매와 같은 약간 톡 쏘는 맛, 엘런이 차에 자주 넣어주던 으깬 민트처럼 새콤하고 싱싱한 맛, 클로버 꽃에서 꿀벌들이 따낸 꿀과 같은 달콤한 맛. 그리고 또 다른 맛, 훨씬 더 많은 맛……. 냄새에는 톡 쏘는 향, 감칠맛 도는 향, 감미로운 향도 섞여 있었다. 또한 전혀 향이 아닐 것 같은 그런 향도 섞여 있었다. 느낌에 가까운 향, 태도와 가까운 향, 심지어…… 생각에 가까운 향.

우리는 드디어 슬란토스 계곡에 들어섰다. 그곳의 나지막한 갈색 건물들이 시야에 들어왔을 때, 냄새는 더욱 짙어졌다. 내 입에 침이 고였다. 카이르프레의 지하 방에서 전에 한 번 먹어봤던 슬란토스의 빵 맛이 떠올랐다. 카이르프레가 그 빵을 뭐라고 불렀더라? 맞다, 암브로시아 빵. 신들의 음식. 그리스인들은 분명 그 말에 동의할 것이다. 딱딱한 빵조각을 한 입 베어 물 때가 기억났다. 처음에는 나무처럼 단단했다. 하지만 몇 번 꼭꼭 씹고 나니, 빵은 깊은 향으로 터졌다. 내 몸 안에 자양분이 물결처럼 흐르며, 키가 쑥쑥 자라고 건강해지는 느낌이 들었다.

늘 아프던 어깨의 통증도 잠시 가신 것 같았다.

그때 또 다른 게 기억났다. 카이르프레는 암브로시아 빵을 한 입 가득 물고 내게 경고했었다.

아직까지 다른 지역에서 온 사람 중에서 슬란토스의 가장 특별한 빵을 먹어본 사람은 없단다. 그들이 이 특별한 조리법을 목숨을 걸고 지키고 있으니까.

나는 지팡이를 꽉 움켜쥐었다. 두려움의 물결이 내 안에서 새롭게 밀려왔다. 만약 슬란토스 사람들이 자신들의 조리법조차 알려주지 않으려 한다면, 그보다 훨씬 더 소중한 것, 그러니까 이름의 노래에 담긴 영혼을 어떻게 알아낼 수 있을까?

저 멀리 마을 문이 보이자, 갈리는 신이 나서 소리치며 내 어깨에서 폴짝 뛰어내려 아기 새의 날개처럼 두 팔을 펄럭이면서 잽싸게 달려갔다. 마을 문 너머, 수많은 나지막한 건물들의 벽난로에서 연기가 뿜어져 나왔다. 집의 크기는 모두 제각각이었지만, 모두 넓적한 갈색 벽돌과 노란색 모르타르로 지어져 늘어서 있었다. 그 모습이 버터 바른 큼지막한 빵 덩어리처럼 보인다는 걸 알아차리자 씩 웃음이 나왔다.

아침 내내 아무 말도 하지 않고 있던 붐벨리가 입술을 핥으며 물었다.

"저 사람들이 손님들한테 빵 한 덩어리 주는 풍습을 갖고 있을까? 아니면 배고픈 사람들을 그냥 쫓아낼까?"

"내 생각에, 저 사람들은 손님을 맞는 풍습에 그리 익숙하지 않은 것 같아. 독수리 협곡의 이쪽 지역에서 유일한 사람은……."

리아가 대답했다. 갑자기 리아가 말을 멈추고 나를 흘끗 쳐다보았다.

"감옥에 있으니까. 여기서 남쪽에 있는 동굴에. 이렇게 말하려 했지? 스탕마르, 한때 내 아버지였던 사람."

253

나는 얼굴로 흘러내린 검은 머리카락을 밀어내며 말했다.

리아는 나를 동정의 눈빛으로 바라보았다.

"그 사람은 여전히 네 아빠야."

나는 마을 문을 향해 기운차게 성큼성큼 걸어갔다.

"더 이상은 아니야. 내게 아빠 따위는 없어."

리아가 침을 꼴깍 삼켰다.

"네 기분이 어떨지 나도 알아. 난 내 아빠에 대해 알지도 못해. 엄마
도 모르고."

"적어도 너한테는 아바사가 있잖아. 그리고 드루마 숲도 있고. 네가
전에 말한 것처럼, 그게 네 진짜 가족이야."

리아가 뭔가 말하려 혀를 들썩였지만, 이내 말을 그쳤다.

우리는 마을 문 앞에 이르렀다. 나무문은 무척 커다란 가문비나무
두 개에 붙어 있었다. 문지기 하나가 나무둥치 옆, 그늘 밖으로 걸어 나
왔다. 문지기는 귀를 덮고 있는 헝클어진 모래 빛깔 머리카락을 흔들며,
험악한 표정으로 우리를 번갈아 노려보았다. 비록 칼은 칼집 안에 그대
로 있었지만, 손 하나는 칼자루를 쥐고 있었다. 공기를 가득 채우고 있
는 구운 곡식 냄새 너머로, 나는 문제가 일어날 것 같은 냄새를 맡았다.

문지기는 내 지팡이를 뚫어지게 살펴보았다.

"그게 고블린을 무찌른 마법의 지팡이냐?"

나는 깜짝 놀라 눈을 깜빡였다.

"그걸 어떻게 알았지요?"

"마을 사람들 절반이 이미 알고 있지. 갈리 도련님이 만나는 사람마
다 이야기하고 다니거든."

"그럼 우릴 안으로 들여보내 주실래요?"

문지기는 헝클어진 머리카락을 다시 흔들었다.

"들여보내 준다고는 하지 않았어. 네가 그 지팡이로 우리 마을 사람들을 해치지 않으리라는 걸 어떻게 알고?"

문지기는 신중하게 지팡이를 가리켰다.

"음, 내가 지금 당신을 해치지 않는 것과 같은 이유지요."

문지기의 얼굴이 굳어졌다. 문지기는 걱정스러운 듯 칼을 힘껏 잡아당겼다.

"그 정도 이유로 어디 되겠어? 넌 침입자일지도 모르잖아. 우리의 비밀을 알아내려고 말이야. 아니면 고블린의 심부름꾼이거나. 그걸 내가 어떻게 알겠어?"

리아가 짜증스러운 표정으로 앞으로 걸어 나왔다.

"그렇다면 저 애가 지난밤에 고블린을 왜 죽였겠어요?"

"책략일지도 모르지, 나뭇잎 계집아이야."

문지기는 한 손으로 숱이 적은 머리카락을 매만졌다.

"그렇다면 어디 말해봐. 왜 소년 하나와 소녀 하나와 그리고……."

문지기는 잠시 말을 멈추고는 붐벨리를 뚫어져라 쳐다보았다.

"그리고 거지 하나가 이곳 슬란토스까지 온 거지? 우연은 절대 아닌 것 같은데?"

"우연은 아니에요. 당신네 마을은 빵으로 아주 유명해요. 전 친구들과 함께 빵 만드는 기술을 배웠으면 해요."

내가 신중하게 대답했다.

문지기의 눈이 나를 꿰뚫을 듯 쳐다보았다.

"네가 배우고 싶은 게 그게 다는 아닌 것 같은데?"

나는 카이르프레의 경고를 떠올리며 침을 꼴깍 삼켰다.

"뭐든 억지로 얻을 생각은 없어요."

문지기는 얼굴을 들어 머리 위의 가문비나무 가지를 바라보았다. 마치 조언자를 찾고 있기라도 한 것 같았다. 문지기는 숨을 천천히 길게 들이쉬었다.

"음, 좋아. 널 들여보내 주지. 네 말을 믿어서가 아니야. 네 말은 여전히 의심스럽거든. 네가 갈리 주인님을 도와줬기 때문에 들여보내 주는 거야."

문지기는 대롱대롱 매달린 머리카락을 다시 한 번 흔들며 옆으로 비켜나, 나무 아래 그늘로 걸어 들어갔다. 문지기가 나를 경계의 눈초리로 바라보는 걸 느꼈지만, 나는 뒤돌아보지 않았다. 나머지 일행도 마찬가지였다.

문을 통과하자마자 마을 광장 한가운데 우뚝 솟은 나선형 모양의 높은 건물이 보였다. 아이들이 그 아래에서 소리치며 뛰어놀고 있었다. 반면 어른들은 끊임없이 건물을 드나들었다. 양동이, 바구니, 단지를 들고 있는 모습이 마치 자기가 속한 사회의 모든 짐을 등에 지고 실어 나르는 개미 떼처럼 보였다. 문득 나는 그 건물의 황금빛 표면 위에 이는 신기한 잔물결을 알아차렸다. 마치 움직이는 것 같았다. 마치 살아 있는 것 같았다.

내 지팡이를 가리키며 은밀하게 숙덕거리는 몇몇을 제외하고, 마을 주민들 대부분은 자신의 일에 너무 열중한 나머지 우리에게 별다른 관심을 보이지 않았다. 막대기로 뭔가 놀이를 하는 아이들을 지나, 나는 건물 가까이로 조심스레 다가갔다. 그곳은 이 마을에서 뿜어져 나오는 맛있는 냄새의 원천인 것처럼 보였다. 그리고 그 건물의 표면은 정말로 움직이고 있었다. 두툼한 황금빛 액체가 가장 높은 곳에 있는 주둥이에서 나와 구불구불 이어진 홈통을 지나 아래쪽의 넓은 웅덩이로 천천히 흘러내렸다. 사람들은 웅덩이에서 황금빛 액체를 양동이 가득 퍼 담았다. 그러고는 양동이를 건물 안으로 힘차게 옮겼다. 동시에 다른 사람들은 밀가루, 우유 그리고 기타 재료들을 바닥에 빙 둘러 있는 수많은 구멍 안으로 쏟아 부었다.

"분수야. 빵의 분수."

나는 그 모습을 눈여겨보며 놀라움을 감추지 못하고 말했다.

"반죽을 말하는 거겠지. 분명 황금 같은 걸 이용할 거야. 이거 보고 있으니 꿀이 생각나지 않아? 뭔가 좀 더 끈적거리는 거? 저 사람들이 빵을 구우려면 먼저 반죽을 해야지."

리아가 휘휘 돌아가는 웅덩이로 몸을 숙이며 말했다.

"사실 우리 빵은 모두 반죽이 필요하지."

우리가 몸을 휙 돌려보니, 살집이 좋고 뺨이 불그레한 금발의 남자 하나가 서 있었다. 그 남자는 분수에서 커다란 물 주전자 두 개를 채우는 중이었다. 다른 핀카이라 사람들과 마찬가지로, 귀 끝이 약간 뾰족했다. 하지만 목소리는 얼굴처럼 아주 특이했다. 냉소적이면서 동시에 유쾌했다. 분명 둘 중 하나인 것 같았는데, 어느 쪽인지 난 도저히 알 수 없었다.

물 주전자가 거의 넘치려 하자, 그 남자는 웅덩이에서 물 주전자를 잡아당겼다. 자신의 큼지막한 배 위에 물 주전자를 걸쳐두고, 잠시 우리를 유심히 바라보았다.

"손님들인가? 우리는 손님을 안 좋아해."

그 남자가 적개심을 지닌 건지 아니면 그저 장난을 치는 건지 확실하지 않아서, 나는 큰 소리로 물었다.

"빵 굽는 법을 좀 배우고 싶어요. 절 도와주실 수 있으세요?"

"도와줄 수야 있지. 하지만 지금은 너무 바빠. 다음에 보자고."

남자는 퉁명스럽게, 아니, 상냥하게 대답했다. 그러더니 저만치 걸어 가기 시작했다.

"저한테 다음은 없단 말이에요!"

나는 그 남자 옆으로 달려갔다. 그 남자가 건물 하나를 향해 성큼성 큼 걸어갈 때 계속 보조를 맞추며 따라갔다.

"당신 솜씨를 조금만이라도 보여주면 안 될까요?"

"안 돼. 말했잖아, 난……."

그 남자는 꾀죄죄한 사내아이 둘 위로 발이 걸려 넘어졌다. 갈리와 비슷한 또래 아이들이 거기 있었다. 그 아이들은 푸른 반점이 있는 빵 조각을 놓고 싸우고 있었다. 물 주전자 하나가 땅에 떨어졌다. 물 주전 자는 수십 개의 조각으로 부서지며, 분수에서 가져온 황금빛 액체를 쏟아냈다.

"네가 무슨 짓을 했는지 좀 똑똑히 봐!"

확실히 장난스럽지 않은 심각한 목소리로 버럭 화를 내며, 그 남자는 몸을 숙여 깨진 조각을 그러모았다. 내가 도와주려 하는 걸 보고는, 성 난 표정으로 손을 흔들어 날 내쫓았다!

"저리 가라! 네 도움 따위는 필요 없으니까."

침울한 표정으로 나는 빵 분수를 향해 뒤돌았다. 터벅터벅 발걸음 을 옮기는 동안, 빵 분수가 공기 중으로 끊임없이 내뿜는 그 풍부한 향 기를 거의 알아차리지 못했다. 무슨 일이 벌어졌는지 다 본 리아는 실 망해서 고개를 저었다. 이곳 슬란토스에서 우리에게 필요한 걸 찾을 수 없다면, 여기 올 때까지 들였던 그 모든 노력은 아무 짝에도 쓸모가 없 다는 걸 리아도 알고 있었다.

말다툼을 하는 두 소년을 지나쳤다. 두 소년은 쌍둥이 형제처럼 보였는데, 그 아이들의 논쟁이 큰 싸움으로 번지기 일보 직전이라는 걸 알아차릴 수 있었다. 주먹을 꼭 움켜쥐고, 목소리는 가시 돋친 듯 높아졌다. 아이 하나가 다른 아이의 다리에 놓여 있는 푸른색 반점의 빵 덩어리에 발을 얹으려 했다. 두 번째 아이가 콧구멍을 벌름거렸다. 그 아이는 어마어마하게 큰 소리를 지르며 상대편을 향해 돌진했다.

나는 지팡이를 허리춤에 꽂고, 둘 사이에 끼어들었다. 소년 하나의 옷 목덜미를 잡고, 다른 아이는 어깨를 잡아, 둘을 어떻게든 떼어놓으려 최선을 다했다. 두 소년은 소리치며 내게서 빠져나가려 발버둥 치며 내 다리에 마구 발길질을 해댔다. 마침내 두 팔에 힘이 다 빠지려 할 때, 나는 둘을 풀어주고 재빨리 빵 덩어리를 낚아챘다.

나는 빵 덩어리를 들어 올렸다. 빵은 흙먼지가 묻어 이제 푸른색이 아니라 갈색에 가까웠다.

"이것 때문에 싸운 거니?"

"내 거야!"

한 소년이 소리쳤다.

"내 거라고!"

다른 소년이 소리쳤다.

두 소년이 모두 빵을 향해 돌진했다. 하지만 나는 그 아이들의 손이 닿지 못하게 빵을 높이 들어 올렸다. 아이들이 화가 나 마구 대드는 걸 무시한 채, 나는 그 빵 덩어리를 두 사람 위에서 흔들었다. 여전히 따뜻하고 달콤한 당밀 냄새가 났다.

"이제 너희 둘 다 가질 수 있는 방법을 알고 싶지 않니?"

내가 물었다.

한 소년이 의심스럽다는 듯 고개를 갸우뚱했다.

"어떻게요?"

나는 어깨 너머를 수상쩍게 흘끗 쳐다보았다.

"비밀을 꼭 지킨다면 말해줄 수 있지."

아이들은 내 제안을 생각해보더니, 다 함께 고개를 끄덕였다.

나는 무릎을 꿇고 앉아서 아이들에게 속삭였다. 눈이 왕방울만큼 커진 아이들은 귀를 쫑긋 하고 내 말을 들었다. 마침내 나는 말을 다 마치고 아이들에게 빵 덩어리를 건네주었다. 아이들은 그 자리에 앉았다. 두 아이의 입은 순식간에 빵으로 가득 찼다.

"나쁘지 않은데."

고개를 들어보니 아까 그 살집 좋은 남자가 나를 지켜보고 있었다.

"말해봐라, 애야. 어떻게 저 아이들한테 빵을 나눠 먹도록 했지?"

나는 일어서며 허리춤에서 지팡이를 빼냈다.

"아주 간단해요. 그냥 각자 한 입씩 번갈아 베어 먹으라고 말했죠."

나는 살짝 미소를 지었다.

"그리고 안 그러면 제가 빵을 다 먹어버리겠다고 했어요."

남자는 쉰 듯한 굵은 소리를 냈다. 웃음 같기도 하고 신음 같기도 했다. 얼굴을 긁적이며, 그 남자는 지금까지와는 다른 존경의 눈빛으로, 아니, 걱정스러운 눈빛으로 나를 바라보는 것 같았다. 정확히 알아차리기 정말 힘들었다. 드디어 그 남자는 내 의구심을 없앤듯 말했다.

"빵 굽는 방법을 배우고 싶다면 애야, 날 따라와!"

23

진짜 이름의 마법

남자는 마을 광장에서 한참 떨어진 곳에 위치한 빵 모양의 건물 하나로 성큼성큼 걸어 들어갔다. 들어가기 전에 깨진 물 주전자 조각을 문밖에 있는 그릇 안으로 던져 넣었다. 그러고는 두툼한 손을 황갈색 옷에 쓱 문질렀는데, 그 옷은 이미 수없이 문질러서 반질반질했다. 남자는 문 옆 갈색 벽돌을 손으로 짚더니 인사하듯이 툭툭 두드렸다.

"이런 벽돌을 본 적 있냐?"

"아니요. 특별한 진흙으로 만든 건가요?"

남자의 표정이 짜증스러운 듯, 아니, 신나는 듯 변했다.

"사실 특별한 반죽으로 만들었지. 그 재료 때문에 무척 단단하단다, 봐라."

남자는 다시 벽돌을 툭툭 두드렸다.

"재료를 아는 것. 얘야, 그게 빵을 굽는 첫 번째 원칙이다."

'재료를 아는 것'이라는 그 남자의 말을 듣고, 그저 단순히 곡식이나 약초를 아는 걸 말하는 게 아님을 알아차렸다. 자세히 설명해달라고 부탁하고 싶었지만, 성급해 보일까 두려워 나는 입을 꾹 다물었다.

261

"우린 이걸 '브릭로프'라고 부른단다. 특별히 단단하게 만들려고 여섯 번씩 굽지."

남자는 짧고 두터운 손가락으로 벽을 꾹 눌렀다.

"이 벽돌은 나보다 100년은 더 오래 견뎌낼 거야."

뒤따라온 리아는 깜짝 놀라는 표정으로 벽돌을 바라보았다.

"딱딱한 빵을 먹어본 적은 있지만, 이렇게 딱딱한 건 처음 봤어요."

살집 좋은 남자는 리아를 향해 돌아섰다. 갑작스레 남자는 껄껄 웃기 시작했다. 너무 웃는 바람에 배가 출렁이고, 남자의 물 주전자 안에 남아 있던 황금빛 액체가 밖으로 철렁 넘쳤다.

"착한 것 같으니라고, 숲의 소녀."

리아가 미소를 지었다.

"리아라고 부르시면 돼요."

"전 멀린이고요."

남자가 고개를 끄덕였다.

"난 플루톤이란다."

"플루톤*은 그리스 이름 아닌가요? 데메테르**의 첫 옥수수 수확 이야기에 나오는 이름이잖아요."

내가 말했다.

"그래 맞다, 애야. 어떻게 그리스 신화를 알고 있지?"

목이 갑자기 막혀왔다.

"엄마가 가르쳐주셨어요."

"그렇구나. 사실 나도 우리 애들한테 가르친단다. 슬란토스에서 태어

---

* '풍요를 가져다주는 자'라는 뜻.

** 풀과 나무, 과일과 곡물을 주관하는 그리스 신화 속 풍요의 여신.

난 아이는 모두 추수와 빵 굽는 법에 대한 수많은 땅의 각기 다른 이야기를 배운단다. 그러니 아이들에게 그런 이야기 속 인물의 이름을 붙여주는 건 아주 자랑스럽지."

남자는 나를 모호한 표정으로 바라보았다.

"물론 내 진짜 이름은 아니란다."

리아와 나는 서로의 눈을 바라보았다. '진짜 이름'에 대해 우르날다가 한 이야기를 떠올리며, 나는 더 물어보고 싶은 유혹을 느꼈다. 게다가 가정에서 빵 굽는 기술과 이름이 지닌 마법적 기술 사이에 어떤 연관관계도 알아차릴 수 없다는 사실에 괴로웠다. 하지만 나는 유혹을 꾹 참았다. 어쨌든 일단 일이 술술 풀리고 있었고, 그걸 그르치고 싶지 않았다. 이름에 대해 배울 수 있는 또 다른 기회를 기다리는 게 더 나았다.

플루톤이 문의 빗장을 들어 올렸다.

"들어오너라, 너희 둘 모두."

플루톤을 따라 집 안으로 들어가는데 불현듯 붐벨리 생각이 났다. 분주하게 돌아가는 마을 광장을 훑어보며, 재빨리 붐벨리를 찾아냈다. 붐벨리는 여전히 빵 분수 옆에 서 있었다. 분수에 기대어 황금빛 액체 웅덩이를 허기진 표정으로 바라보고 있었다. 아이들은 붐벨리의 종 달린 모자에 호기심을 보이며 주위에 모여 있었다. 하지만 붐벨리는 더 이상 엮이고 싶지 않은 것 같았다. 나는 플루톤의 환대를 분산시키고 싶지 않았다. 그래서 붐벨리를 그냥 그곳에 놔두기로 했다.

건물 안으로 들어서자 새로운 향기가 파도처럼 밀려들었다. 구운 보리, 활짝 핀 장미처럼 향긋한 꽃의 넥타르 그리고 정확히 뭔지 모를 몇몇 향신료의 냄새가 났다. 큰방은 마치 떠들썩한 여관의 주방처럼 보였다. 벽난로에서는 냄비가 끓고, 천장에는 마른 약초와 뿌리와 나무껍질이 매달려 있었다. 곡물 부대와 밀가루 부대는 선반에 놓여 있었다. 방에는 대여섯 명의 사람들이 분주하게 뭔가를 휘젓고 붓고 자르고 섞고 맛보고 굽고 있었다. 표정을 보아하니, 사람들은 자신의 일을 즐기며 아주 진지한 태도로 임하고 있는 게 분명했다.

좁은 창문 틈으로 햇빛이 스며들었다. 하지만 빛이 주로 흘러나온 곳은 벽난로였다. 돌 오븐에 난 불구멍이 바로 벽난로였는데, 벽을 거의 전부 차지하고 있었다. 벽난로는 나무가 아니라 평편한 회색 덩어리를 태워 불을 피웠다. 그 덩어리는 슬란토스의 신비로운 레시피로 만든 게 분명했다.

벽난로 위에 손이 닿지 않을 정도로 높은 곳에 커다란 검 하나가 매달려 있었다. 그 밑에서 오랜 시간 불을 피웠기 때문에, 검 손잡이는 시커멓게 그을려 있었다. 금속 칼집은 세월에 녹이 슬고, 가죽 벨트에는 좀이 슬었다. 좀 더 가까이 다가가 그 검을 자세히 살펴보고 싶은 호기심이 일었지만, 활기차게 움직이는 방 안의 모습에 나는 곧 그 검을 잊어버렸다.

검은 머리카락이 어깨까지 찰랑찰랑 내려오고, 사과 빛깔처럼 뺨이 붉은 키 큰 여자아이가 플루톤에게 다가왔다. 그 여자아이는 내가 마을에서 봤던 이들과는 꽤 달라 보였다. 검은 머리카락 때문이기도 하고, 비쩍 마른 몸매 때문이기도 했다. 눈동자는 나처럼 새까맸는데, 반짝반짝 빛이 나 총명해 보였다. 여자아이는 황금빛 액체가 담긴 물 주전자에 손을 뻗다 말고, 리아와 내가 옆에 서 있는 걸 보고는 그 자리에 얼어붙었다.

플루톤이 우리를 향해 손가락을 탁 튕겼다.

"여긴 멀린, 여긴 리아. 빵 굽는 걸 배우러 왔단다."

264

플루톤은 여자아이를 가리키며 퉁명스럽게, 아니, 상냥하게 덧붙였다.

"여기는 내 견습생, 비비언이야. 부모님이 끔찍한 홍수에 돌아가신 다음에 나한테 왔지. 내가 남쪽으로 여행 갔을 때 비비언 부모님을 알게 됐거든. 그게 벌써 몇 년 전이더라?"

"6년이에요, 브레드 마스터*."

비비언은 마치 엄마가 갓난아이를 잡는 것처럼 조심스럽게 두 손으로 물 주전자를 들었다. 여전히 우리를 경계의 눈초리로 바라보며 물었다.

"저 아이들이 걱정스럽지 않으세요?"

"걱정스럽지 않냐고? 그래, 걱정스럽지. 하지만 내가 널 걱정하는 것보다 더하지는 않아."

플루톤은 비비언을 알 수 없는 표정으로 바라보았다.

비비언은 긴장하는 것 같았지만 잠자코 있었다.

"게다가 마을 광장에서 이야기를 들었어. 한 소년이 거대한 고블린 전사 하나를 때려눕혔다고 말이다. 그것도 지팡이 하나로. 그렇게 우리 아이 중 하나를 구했다더구나."

플루톤이 나를 향해 고개를 기울이더니 물었다.

"그게 너냐?"

나는 약간 당혹스러워하며 고개를 끄덕였다.

플루톤은 자신의 두툼한 손으로 내 지팡이를 가리켰다.

"그리고 저게 네 무기인 거고?"

나는 다시 고개를 끄덕였다.

"고블린에 대적하기에는 그리 대단해 보이지 않는구나. 마법의 힘이

---

*Breadmaster, 빵 장인, 빵 달인.

닿지 않는 이상 말이야."

플루톤이 무심코 말했다.

그 말에 비비언은 멈칫했다. 석탄처럼 새까만 두 눈이 내 지팡이를 뚫어져라 바라보았다. 나는 지팡이를 옆으로 돌려, 노래의 혼을 알아내며 생긴 표시가 다른 쪽을 향하게 했다.

플루톤은 지나가는 남자가 들고 있는 쟁반에서 김이 모락모락 나는 노란색 껍질 빵 한 덩어리를 집어 들었다. 그 빵 덩어리를 반으로 잘라, 갓 구운 빵 냄새를 허파 가득 채웠다. 그러더니 절반을 리아와 내게 건네주었다.

"지금 먹어라. 너희에겐 힘이 필요할 테니까."

플루톤이 제안했다. 아니, 명령했다.

조금의 망설임도 없이 우리 둘은 그 딱딱한 빵 조각을 베어 물었다. 단단해서 잘 씹히지 않는 따뜻한 빵이 혀에 닿았다. 옥수수와 버터와 딜과 그 밖의 다양한 맛이 났다. 우리는 서로를 바라보았다. 리아의 눈이 반짝였다. 마치 태양이 떠오른 바다 위의 하늘 같았다.

플루톤이 비비언을 향했다.

"우린 저 아이들에게 가장 단순한 일을 시킬 거다. 젓고 섞고 자르는 일. 레시피를 가르쳐주지는 않을 거야."

플루톤은 나무 양동이 두 개를 들어 올렸다. 거기에 밀가루가 묻어 있었는데, 그걸 리아에게 건네주었다.

"넌 이 양동이를 채우도록 해. 하나는 보리, 하나는 밀. 저기 있는 부대에서. 그리고 나서 그걸 빙빙 도는 숫돌로 가져가거라. 저기 높은 선반 뒤에 있는 방으로. 넌 거기서 맷돌로 갈고 체로 치는 걸 좀 배우면 된다."

플루톤은 옷에 묻은 밀가루를 털어냈다.

"그리고 너, 애야, 넌 자르는 일을 좀 거들어라. 저기 탁자 위에서 하트 브레드를 준비하도록 해."

비비언이 깜짝 놀라는 것 같았다.

"정말이에요, 브레드 마스터?"

"그래, 저 아이는 씨앗을 좀 잘라도 돼."

플루톤이 단호하게 말했다. 깜짝 놀란 비비언의 표정을 무시한 채, 플루톤은 내게 돌아섰다.

"애야, 네가 일을 잘 해내면 더 많은 걸 가르쳐주마. 어쩌면 너한테 하트 브레드를 조금 맛보게 해줄지도 모르지. 그 빵은 네 배를 채울 뿐만 아니라 네 마음에 용기를 채워주지."

나는 남은 빵을 마저 꿀꺽 삼키며 말했다.

"감사합니다. 하지만 방금 저한테 주신 것 말고 다른 빵은 필요 없어요. 정말 맛있어요."

플루톤의 둥근 얼굴이 환하게 빛났다.

"말했듯이, 모든 건 재료를 아는 것에서부터 시작하는 법이야."

플루톤의 입술에서 티 나지 않는 미소가 번지더니 이내 사라졌다.

"씨앗을 자르려면 칼이 필요할 거다. 당장은 칼이 부족해. 아, 좋아, 탁자에 하나 남아 있구나. 비비언, 왜 이 아이를 저리로 데리고 가서 어떻게 하는 건지 보여주지 않는 거냐? 곧 돌아와서 이 아이가 잘하고 있나 확인해보마."

이 말을 들은 비비언의 표정이 밝아졌다. 비비언은 나하고 리아 사이로 침착하게 걸어 들어왔다. 전보다 훨씬 부드러워진 목소리로 비비언은 내게 속삭였다.

"대부분의 사람들은 날 비비언이라고 불러. 하지만 내 친구들은 니뮤에라고 부르지. 널 도와줄 수 있게 되어 기뻐. 어쨌든 난 도와줄 수 있을 거야."

포근한 미소가 니뮤에의 사과 빛깔 뺨을 근사하게 물들였다.

"아, 고마워, 비비…… 아니, 니뮤에."

나는 우물쭈물 말했다. 그저 니뮤에의 관심에 기뻤던 걸까? 아니면 이 여자아이의 뭔가가 내 가슴을 이처럼 뛰게 만든 걸까?

리아의 두 눈에서 빛이 사라지며 니뮤에를 옆으로 쿡 밀었다.

"쟤한테 먼저 칼이나 주시지."

리아는 경고하듯 매섭게 날 노려보았다.

나는 리아의 간섭이 귀찮았다. 왜 내가 경고를 받아야 하는 걸까? 리아는 날 다시 어린아이 취급하고 있었다.

"이리 와."

니뮤에가 리아 곁을 스쳐 지나가며 말했다. 니뮤에는 내 손을 살며시 잡고, 손가락으로 내 팔을 어루만졌다. 니뮤에가 나를 데리고 채소, 씨앗, 뿌리, 약초가 가득한 탁자로 데리고 가는 동안, 따뜻함이 새롭게 전해져 나를 채웠다. 어떤 아주머니 하나가 탁자 한쪽 끝에 앉아 재료들을 능숙하게 분류해 쌓고 있었다. 다른 쪽 끝에는 수염이 거뭇거뭇한 젊은이 하나가 서서, 커다란 도토리처럼 생긴 거대한 견과류 껍질을 벗기고 있었다.

"여기서 시작하자."

니뮤에가 나를 이끌고 탁자 한가운데로 갔다. 니뮤에는 사각형 더미의 보라색 채소가 담긴 그릇 위로 미끄러지듯 나아갔다. 이제 막 구워 김이 모락모락 피어났다. 탁자 위에 있던 나무상자에서 반죽용 칼을 꺼

268

내고 채소를 능숙하게 잘라서 붉은색 윤이 나는 납작한 씨앗 하나를 빼냈다. 그러고 나서 자신의 따뜻한 손을 내 손 위에 올려놓으며, 내게 힘껏 비트는 동작을 보여주었다.

"넌 정말 운이 좋아. 하트 브레드는 브레드 마스터의 전문 분야야. 브레드 마스터는 외부인이 그 빵을 준비하는 걸 거들도록 허락하는 일이 좀처럼 없어. 특히 씨앗을 자르는 가장 중요한 일은 말이야."

니뮤에는 연신 손으로 나를 스치며 친절하게 말했다. 그러더니 가장 사랑스러운 미소를 지어 보였다.

"브레드 마스터가 너한테서 특별한 뭔가를 본 게 틀림없어."

니뮤에는 나를 살짝 꼬집으며 손을 들어 올렸다.

"다시 와서 볼게."

니뮤에가 걸어가며 탁자 옆에 기대 놓은 내 지팡이를 가리켰다.

"저 지팡이 쓰러지겠다. 안전한 곳에 갖다놔도 될까?"

이유는 모르겠지만, 내 안에서 막연한 떨림이 일었다. 결국 니뮤에는 날 도와주려는 것뿐이시 않은가?

"아니, 고마워. 그냥 놔둬도 괜찮아."

내가 대답했다.

"아, 하지만 난 저 지팡이가 망가지는 게 싫어. 저건 정말이지 너무…… 멋져."

니뮤에는 손을 뻗어 지팡이를 만지려 했다. 바로 그때 탁자 끝에 앉아 있던 아주머니가 어쩌다 무릎으로 탁자를 툭 치고 말았다. 지팡이가 옆으로 미끄러지며 내 엉덩이 쪽으로 떨어지려 했다. 나는 지팡이를 잡아 허리춤에 밀어 넣었다.

"자, 이제 안전해."

내가 니뮤에에게 말했다.

아주 잠깐 니뮤에의 눈동자에 이글거리는 분노가 비쳤다. 다시 순식간에 표정이 부드러워지기는 했지만 말이다. 어쨌든 니뮤에는 재빨리 몸을 돌려 걸어 나갔다. 몇 발짝 걸은 뒤, 뒤돌아보며 따뜻한 미소를 보냈다.

나도 어쩔 수 없이 미소로 대답했다. 그러고는 다시 탁자로 몸을 돌려 보라색 채소 하나를 집어 들었다. 여전히 김이 모락모락 났는데, 아주 쉽게 잘렸다. 조심스럽게 윤이 나는 씨앗을 빼냈다. 하지만 씨앗을 자르려 하자, 무딘 칼날이 조각조각으로 부서져버렸다. 운도 지지리도 없지! 나는 쓸모없는 칼을 옆으로 치웠다.

내 임무를 제대로 마쳐야 한다. 실수해서는 안 된다! 플루톤은 분명 나를 시험하고 있었다. 그렇지 않다면 왜 내게 이처럼 중요한 일을 맡겼겠는가? 플루톤은 내가 일을 잘 해내면 더 많은 걸 알려주겠다고 약속했다. 만약 제대로 해내지 못하면, 플루톤의 신뢰를 얻지 못할 것이다. 나는 미친 듯이 투시력을 총동원해 내가 쓸 수 있는 다른 칼이 없는지 샅샅이 찾아보았다.

아무것도 없었다. 방 안의 칼은 죄다 누군가 재료를 쓰는 데 사용하고 있었다. 나는 여전히 지팡이를 허리춤에 찬 채, 자리에서 일어나 다시 살펴보았다. 선반 위, 벽난로 옆, 탁자 아래. 아무것도 없었다.

칼은 전혀 보이지 않았다.

그때 내 시선이 벽난로 위에 걸려 있는 녹슨 검에 닿았다. 그 검은 다루기 불편할 것이다. 그리고 잡기에도 너무 더러웠다. 하지만 적어도 칼은 칼이니까.

아니, 나는 내 자신에게 말했다. 그 생각은 어리석어. 음식 재료를 자르기 위해 검을 사용하는 사람을 본 적이 없었다. 나는 입술을 깨물며, 다시 방 안을 살펴보았다. 어디에도 식칼은 없었다. 시간은 자꾸 흘러갔다. 플루톤이 곧 내가 어찌하고 있나 보러 오겠지. 나는 다시 먼지 묻은 검으로 시선을 향했다.

선반에 기대놓은 자그마한 사다리가 보였다. 나는 그 사다리를 벽난로 옆에 가져왔다. 꼭대기 가로장에 올라가, 최대한 손을 높이 뻗었다. 하지만…… 검에 손이 닿지 않았다. 나는 도움이 될 만한 키 큰 사람을 찾아 주위를 둘러봤지만, 방 안의 사람들은 모두 자기가 맡은 일을 하느라 여념이 없었다.

나는 발끝으로 서서 다시 손을 쭉 뻗어보았다. 가까스로 닿을 듯했다! 손을 좀 더 높이 쭉 내밀었다. 거의, 거의……. 하지만 닿지 않았다. 도저히 닿을 수 없었다.

나는 검을 흘끗 바라보며, 내 자신에게 욕을 퍼부었다. 도대체 왜 저렇게 높은 곳에 놔둔 걸까? 뭔가 도움이 되려면, 손이 닿을 곳에 있어야만 했다. 그리고 난 지금 분명 저 검의 도움이 필요했다. 단지 하트 브레드를 구우려고 씨앗을 자르려는 건 아니다. 더 많은 게 걸려 있었다. 만약 플루톤을 넘지 못한다면, 엘런을 구할 수 없다.

나는 낡은 검에 집중하며 거기에 닿을 수 있는 방법을 찾아보았다. 예전에 디퍼컷에게 그렇게 했던 것처럼 검이 내게 날아오게 할 수 있으면 좋으련만. 하지만 우르날다가 상기시켜준 것처럼, 그건 디퍼컷의 자체적인 마법 때문에 가능했다.

그 순간, 나는 검의 손잡이 위에 긁힌 자국을 희미하게 알아차렸다. 그저 그런 흔한 상처일 수도 있었다. ……어쩌면 그 이상의 무언가일지도 몰랐다. 룬 문자. 디퍼컷처럼 이 검에게 일종의 마법이 있다면? 그런 생각이 들기는 했어도, 그럴 가능성은 매우 희박하다는 걸 알았나. 빵을 굽는 이 외진 마을에 왜 마법의 검이 녹슨 채 사용되지 않고 매달려 있단 말인가?

그럼에도 긁힌 자국처럼 보이는 게 룬 문자일지도 모른다는 생각을 떨쳐낼 수 없었다. 어쩌면 검의 역사를 써놓은 건지도 몰랐다. 아니면 만약 정말 저 검이 마법과 관련되어 있다면, 어쩌면 사용법을 알려주는 건지도 몰랐다. 어떻게 하면 내게 날아오르게 할 수 있는가 하는 내용 말이다!

난 긴장한 채 투시력을 집중해 긁힌 자국이 뭔지 알아내려 노력했다. 켜켜이 쌓인 먼지와 검댕 아래, 나는 그 표시에 담긴 리듬과 문형을 찾아냈다. 거기에는 곧은 선이 있었다. 그리고 곡선과 모서리가 있었다. 온 힘을 다해 자국을 따라갔다.

첫 번째 문자가 분명해졌다. 읽을 수 있다! 그러고 나서…… 두 번째 문자, 그리고 세 번째, 네 번째, 다섯 번째……. 이렇게 해서 끝에 있는 문자까지 모두 읽었다. 손잡이에 적힌 모든 문자. 그것은 단 하나의 비범한 단어였다.

나는 그 단어를 읽었다. 큰 소리가 아닌, 마음의 벽 안에서 그 단어를 천천히 조심스레 소리 내어 읽으며 그 이름을 가득 맛보았다. 그러자 이번에는 검이 내게 말했다. 검이 자신의 거대한 과거를 그리고 훨씬 더 거대할 미래를 힘주어 말했다.

나는 빛의 검이다, 과거에도 현재에도. 나는 왕의 검이다, 한때 그랬으며 앞으로도 그러할 것이다.

갑자기 검이 벽에서 저절로 떨어졌다. 동시에 손잡이에 묻어 있던 그 모든 검댕이 사라지며 화려한 은빛이 드러났다. 칼집과 가죽 끈이 새로 나타나더니, 반짝반짝 빛이 나는 금속과 튼튼한 가죽으로 변했다. 거기에는 보라색 보석이 박혀 있었다. 이윽고 바람에 하늘 높이 떠오른 나뭇잎처럼 우아하게 검은 벽난로 위를 둥둥 떠서 내 손으로 들어왔다.

방 전체가 침묵에 빠져들었다는 걸 그때서야 깨달았다. 아무도 움직이지 않았다. 아무도 말하지 않았다. 모든 사람의 눈이 나를 쳐다보고 있었다.

가슴이 철렁 내려앉았다. 내게 침입자 딱지가 붙게 될 게 분명하다고 느꼈기 때문이다. 리아와 나는 추방당하겠지. 아니면 그보다 더한 처분을 당할지도 모른다.

플루톤은 괴롭다는, 아니, 놀랍다는 표정을 지어 보이며 앞으로 걸어나왔다. 허리에 손을 얹고, 나를 잠시 유심히 바라보았다.

"처음에는 널 그렇게 대단하게 생각하지 않았단다. 분명히 그랬지."

"검…… 검에 대해서는 죄송해요."

플루톤은 내 말을 못 들은 체하고 자신의 생각을 계속 말했다.

"하지만 좋은 반죽 덩어리처럼, 넌 부풀어 올랐어, 애야. 내가 예상한 것 이상으로 말이야. 부풀어 오르기까지 그저 시간이 약간 필요했을 뿐이야."

"당신 말은…… 제가 이 검을 사용할 수 있다는 뜻인가요?"

"그 검을 가져도 좋아! 그 검은 이제 네 것이다."

플루톤이 천둥처럼 큰 소리로 말했다.

나는 눈을 깜빡이며 이 모든 상황을 이해하려 했다. 나는 리아를 쳐다보았다. 리아는 자랑스럽다는 표정으로 나를 바라보고 있었다. 그리고 니뮤에는 두 손을 허리에 얹은 채, 나를 바라보고 있었다……. 뭔가 다른 표정으로. 적개심과 비슷했다.

"제가 한 거라고는 이 검의 이름을 읽은 것뿐이에요. 이 검은……."

"조용히 해라, 애야! 진정한 이름은 크게 말해서는 안 돼. 반드시 그 래야 할 필요가 있지 않다면 말이다. 넌 그 검에 대한 지배권을 얻었어. 그 검의 진짜 이름을 알아봤으니까. 이제 넌 그 이름을 충실하게 지켜 야 해."

플루톤은 손을 들고 말했다.

나는 방 안을 훑어보았다. 방 안은 벽난로에서 타오르는 빛으로 환하 게 빛나고 있었다. 이제 막 간 밀가루 냄새와 빵 굽는 냄새와 그 밖의 수천 가지 냄새가 그곳을 가득 채웠다.

"이해할 수 있을 것 같아요. 이 마을, 이곳에서 당신은 모든 재료의 진짜 이름을 알아요. 그것을 사용하기 전에 말이지요. 그 때문에 당신 은 그 재료들의 힘을 완전히 익히고, 그 힘을 당신의 빵에 집어넣어요. 그래서 빵이 이처럼 마법으로 가득 차 있는 거고요."

내가 말했다.

플루톤이 천천히 고개를 끄덕였다.

"오래전에 마법을 지닌 백조 떼가 그 검을 가지고 이곳에 왔어. 예언 이 있었단다. 언젠가 그 검이 백조처럼 날아 그 검의 진짜 이름을 읽을 수 있는 사람의 손으로 들어갈 거라고. 우리 핀카이라 사람들은 모두 진짜 이름의 힘을 소중히 여겼기 때문에 그 검을 우리가 맡고 있었던 거야. 오늘까지 말이다. 이제 그 검은 네가 맡도록 해라."

플루톤은 재빨리 내 허리에 가죽 벨트를 채우고 칼집을 조절했다.

"이 검을 현명하고 올바르게 사용하도록 해라. 그리고 안전하게 보관 하도록 해. 언젠가 이 검은 위대한 왕의 것이 되리라는 예언이 있었으니 까. 대단히 심오한 능력이 있는 그 왕이 돌로 만든 칼집에서 그 검을 뽑아낼 거라고 했어."

나는 플루톤의 얼굴을 바라보았다.

"그렇다면 그 왕 역시 이 검의 진짜 이름을 알겠네요. *진짜 이름이 진정한 힘을 지니니까요.*"

그 순간 내 지팡이에서 푸른빛이 폭발하듯 이글이글 터지며 검의 모양이 새롭게 새겨졌다. 내가 그 이름을 잘 아는 검이…….

24

날개도 없이, 희망도 없이

아홉 개의 각기 다른 빵을 맛보고 나서야(암브로시아 빵도 먹어봤는데 내가 기억하고 있던 맛보다 훨씬 더 좋았다) 리아와 나는 마침내 플루톤의 부엌에서 나왔다. 플루톤은 갓 구운 하트 브레드를 내 작은 가방 안에 넣어주며 이제 그만 떠나라고 말했다. 문을 나와 혼잡하고 활기 넘치는 마을 광장에 다시 들어서자 붐벨리가 보였다. 붐벨리는 커다란 빵 분수에 구부정하게 기대어 있었다.

호리호리한 어릿광대는 불룩한 배를 쓸어내리며 힘들어 끙끙거리고 있었다. 턱은 엄청 처지고 얼굴은 시퍼렇게 변했다. 황금빛 반죽 덩어리가 망토는 물론 머리카락, 귀, 심지어 눈썹에도 붙어 있었다. 반죽이 달라붙은 꼭짓점 세 개짜리 모자가 머리 위에 조용히 얹혀 있었다.

"아, 너무 많이 먹어서 죽을 것 같아! 정말 힘들어."

붐벨리가 끙끙거렸다.

나도 모르게 웃음을 터뜨릴 뻔했다. 하지만 신발을 먹겠다는 약속을 떠올리며 가까스로 웃음을 참아냈다.

붐벨리는 끙끙거리면서도 중간중간 우리한테 말을 걸고, 빵 분수 옆에 서서 분출구에서 흘러나오는 풍부하고 걸쭉한 액체를 바라보며 냄새를 맡았다. 마침내 더 이상 견딜 수 없었던 것 같다. 붐벨리는 더 가까이 몸을 기울여 향기를 들이마셨다. 그러더니 웅덩이에서 불가사의한 반죽을 두 손으로 떠서 곧장 자기 입안으로 가져갔다. 그 맛을 음미하며 좀 더 떠먹었다. 그리고 좀 더. 붐벨리는 반죽이 부풀기 시작한 걸 제대로 깨닫지 못했다. 반죽은 붐벨리의 배 속에서 부풀어 올랐다. 그 결과 붐벨리 본인조차도 뭐라고 설명할 수 없는 너무나도 끔찍한 복통에 시달렸다.

나는 분수에 지팡이를 기대놓고 붐벨리 옆에 앉았다. 리아도 우리에게 다가와 앉아 팔로 무릎을 감쌌다. 그러고 있으니 초록색과 갈색의 덩굴 다발처럼 보였다. 슬란토스 마을 주민들은 종종걸음으로 지나쳐가면서 일사불란하게 자신들이 맡은 일을 해냈다.

나는 한숨을 쉬었다. 우리에겐 이루어야 할 목표가 많이 있었지만 시간이 턱없이 부족했다. 그리고 여전히 가야 할 길이 멀었다.

리아가 잎이 무성한 팔을 내게 뻗었다.

"시간 걱정하고 있구나, 그렇지? 달이 지고 있어. 이제 닷새도 채 남지 않았어, 멀린."

리아가 머뭇머뭇 말했다.

"나도 알아, 안다고. 그리고 도약을 알아내기 위해서는 바리갈까지 그 먼 길을 다시 돌아가야 해. 독수리 협곡을 다시 건너야 하고, 어둠의 언덕에서는 분명 또 다른 문제를 만나게 될 거야."

나는 허리에 찬 칼집을 손으로 어루만졌다.

"마법의 지팡이와 검으로도 다룰 수 없는 문제와 마주치지 않을까 걱정이야."

리아가 붐벨리를 향해 고개를 끄덕였다.

"저 사람은 어떻게 하고? 걷는 건 고사하고 일어서지도 못하는데."

나는 반죽 덩어리를 덕지덕지 달고 끙끙거리며 신음하는 붐벨리를 주시했다.

"이런 말 하면 놀랄지도 모르지만, 난 저 사람을 여기에 남겨두고 가는 게 옳지 않지 않다고 생각해. 어쨌든 저 사람은 낭떠러지에서 널 구하기 위해 나름대로 최선을 다했잖아."

리아가 슬픈 표정으로 미소를 지었다.

"전혀 놀랍지 않은 말이네."

"그럼 어떻게 하면 좋을까? 날 수 있으면 좋으련만……."

나는 아픈 어깨를 쭉 폈다.

리아가 암브로시아 빵 조각을 꿀꺽 삼키며 말했다.

"날개를 잃기 전의 옛날 핀카이라 사람들처럼."

"난 날개 이상의 것이 필요해. 완전히 새로운 몸이 필요하다고."

붐벨리가 옆으로 몸을 일으키려 버둥거리며 말했다.

나는 분수에 기대어놓은 지팡이를 유심히 살펴보았다. 거기에는 나비 한 마리, 하늘을 솟구치는 매 한 쌍, 금이 간 돌 하나 그리고 이제 검 하나의 이미지가 희미하게 새겨져 있었다. 우리는 여기까지 왔다. 많은 것을 성취했다. 하지만 주어진 시간 내에 나머지 노래의 혼을 찾지 못한다면, 이 모든 건 아무런 소용이 없었다.

나는 혼자 노래를 되뇌며, 희망의 암시를 찾아보았다.

다섯 번째는 '도약'의 힘으로,

바리갈에서 조심하라.

278

여섯 번째는 '살생'으로,

잠자는 용의 동굴이다.

마지막은 '시력'의 재능으로,

잊힌 섬의 주문이다.

그리고 이제 사후 세계의 계단통을

찾으려 노력해라.

이 노래가 요구하는 그 어마어마한 거리를 생각하니, 가슴이 철렁 내려앉았다. 내게 날개가 있다 해도, 어떻게 그렇게 넓은 땅을 전부 날아갈 수 있을까? 여전히 남아 있을 그 도전들은 또 어떻게 헤쳐 나갈 수 있을까? 사후 세계 계단통을 찾아, 외눈박이 도깨비 벨러를 피해, 귀중한 묘약을 얻으러 다그다의 영역으로 올라가는 것. 이 모든 것을…… 단 닷새 안에 해치워야 한다.

어떻게 해서든 이 일들을 압축할 수 있다면! 노래 하나를 건너뛴다. 정령들의 땅으로 곧장 간다. 하지만 그런 생각을 하면서도, 그런 어리석은 짓을 피하라는 투아하의 경고가 떠올랐다.

나는 주먹으로 땅을 쿵 내리쳤다.

"우리가 어떻게 그 모든 걸 다 해낼 수 있겠어, 리아?"

리아가 막 대답하려고 할 때였다. 남자 넷이 분수 저 너머에서 거대한 검은 가마솥을 들고 비틀거리며 힘겹게 걸어왔는데, 지나가는 사람들을 미처 알아차리지 못하고 밀치고 부딪치며 광장을 가로질렀다. 그 남자들이 나와 리아 사이를 움직이다 불쌍한 붐벨리를 거의 밟을 뻔했다. 붐벨리가 끙끙거리며 옆으로 구를 때, 그 남자들은 분수의 웅덩이 가장자리 위에서 가마솥을 떠받치더니 안에 든 것을 붓기 시작했다. 정

향나무 향이 나는 부드럽고 매끈한 갈색의 혼합물을 콸콸 튀기며 웅덩이 안으로 다 비워냈다.

남자들이 다 비운 가마솥을 들고 떠나가자, 둥근 뺨의 자그마한 소년이 내게 달려왔다. 소년은 흥분을 감추지 못하고 내 옷을 잡아당겼다.

"갈리!"

내가 소리쳤다. 그러다 걱정스러운 그의 얼굴을 본 나는 얼어붙었다.

"왜 그러는데?"

"그 여자가 가져갔어요. 그 여자가 가져가는 걸 봤어요."

갈리가 숨을 헉헉거렸다.

"뭘 가져가?"

"고블린을 죽인 물건 말이에요! 그 여자가 가져갔다고요."

나는 무슨 말인지 당황스러워 갈리의 통통하고 자그마한 어깨를 꽉 움켜잡았다.

"고블린을 죽인 물건이라고? 그게 뭔데……."

순간, 나는 분수를 바라보았다. 내 지팡이가 사라지고 없었다!

"누가 가져갔다는 거야?"

"그 여자요, 키 큰 여자아이요. 저리로 달려갔다고요."

갈리가 마을 문을 가리켰다.

니뮤에였다! 나는 벌떡 일어나 분수 근처에 있는 마을 주민들 사이를 헤치고, 잠든 강아지 한 마리를 폴짝 뛰어넘어 나무 문 사이를 쏜살같이 달려갔다. 우뚝 솟은 가문비나무 아래 서서 풀이 무성하게 자란 평원에 뭐가 보이는지 샅샅이 살펴보았다. 하지만 두툼한 담요처럼 펼쳐진 안개 때문에 눈앞의 모든 게 희미하게 보였다.

니뮤에의 흔적은 사라지고 없었다. 내 지팡이의 흔적도 마찬가지였다.

"벌써 가려고?"

휙 돌아보니, 문지기가 있었다. 문지기는 여전히 칼자루를 꽉 잡은 채 그늘에서 나를 지켜보고 있었다.

"제 지팡이! 방금 제 지팡이를 들고 가는 여자아이 못 봤어요?"

내가 소리쳤다.

문지기는 천천히 고개를 끄덕였다.

"비비언 또는 니뮤에라고 부르는 아이?"

"맞아요! 어디로 갔어요?"

문지기는 머리카락 끄트머리를 귀 뒤로 넘기고는 굽이치는 안개를 향해 손을 가리켰다.

"저기 어디쯤, 바다 안개 너머로. 어쩌면 해안으로 갔을지도 모르지. 어쩌면 언덕으로 갔을지도. 난 몰라. 난 들어오는 사람들을 주의 깊게 지켜볼 뿐이지. 나가는 사람은 신경 안 쓰거든."

나는 발로 땅을 뻥 걷어찼다.

"그 애가 제 지팡이를 갖고 있는 거 못 봤어요?"

"봤지. 네 지팡이는 독특해서 놓칠 수가 없지. 하지만 그 애가 사람을 꼬드겨서 뭔가 귀중한 걸 가져가는 걸 본 게 처음도 아니거든. 그래서 대수롭지 않게 생각했지."

나는 눈살을 찌푸렸다.

"그 애는 절 꼬드기지 않았다고요! 제 물건을 훔쳐 갔단 말이에요!"

문지기는 알고 있다는 듯 빙그레 웃었다.

"그런 말도 몇 번 듣긴 했지."

나는 진저리치며 구름 낀 평원을 향해 몸을 돌렸다. 투시력을 최대한 발휘해 이 도둑의 흔적을 어떻게든 찾으려 해봤다. 하지만 발견한 거라고는 끊임없이 휘몰아치는 안개와 더 많은 안개뿐이었다. 내 지팡이. 내 귀중한 지팡이! 드루마 숲의 생명력으로 가득 차 있고, 투아하의 손길이 닿았고, 노래의 힘으로 표시가 생긴 지팡이가 사라져버렸다! 각각의 노래에 담긴 혼을 찾았다는 걸 알려주는 지팡이의 능력이 없으면 아무런 희망도 없었다.

고개를 푹 숙인 채 나는 문을 지나 다시 터벅터벅 마을 광장으로 들어섰다. 두 손에 빵을 잔뜩 들고 가던 남자 하나가 나랑 부딪혀 빵 덩어리 몇 개를 떨어뜨렸다. 하지만 나는 알아차리지 못했다. 나는 지팡이 말고는 그 무엇도 생각할 수 없었다. 분수에 이르자 리아 옆에 푹 쓰러졌다.

리아는 손가락을 내 손가락에 걸고, 내 얼굴을 유심히 살펴보았다.

"잃어버렸구나."

"모든 걸 잃었어."

"그럼, 그렇지, 그렇고말고."

붐벨리가 잔뜩 부풀어 오른 배를 손으로 쓱쓱 문지르며 신음 소리를 토해냈다.

리아가 손을 뻗어 내 작은 가방을 열었다. 플루톤의 하트 브레드를 꺼내, 한 덩어리 떼어내서 내 손에 얹어주었다. 구운 사슴 고기처럼 풍부하고 향긋하고 강한 냄새가 공기를 가득 채웠다.

"자, 받아. 플루톤이 말했잖아. 이 빵이 네 마음에 용기를 가득 채워줄 거라고."

"우리 엄마를 구하려면 용기 그 이상이 필요해."

나는 중얼거리며, 빵 한 조각을 씹었다.

빵을 씹자, 씨앗 조각들이 내 입안에서 터지며 강한 맛을 뿜어냈다.

그리고 뭔가 그 이상의 것을……. 나는 등을 곧게 펴고 가슴 가득 숨을 들이쉬며, 팔다리를 통해 밀려오는 새로운 힘을 맛보았다. 또 한 입베어 물었다. 하지만 진실을 잊어버릴 수는 없었다. 지팡이가 사라져버렸다. 내 여정도 사라져버렸다. 지팡이 없이, 시간도 없이, 핀카이라의 저쪽 끝으로 날아갈 수 있는 두 날개도 없이 도대체 뭘 할 수 있단 말인가?

보이지 않는 내 두 눈에 눈물이 그렁그렁 맺혔다.

"난 할 수 없어, 리아. 해낼 가능성이 전혀 없다고!"

리아는 딱딱하게 굳은 반죽 덩어리를 매만졌다. 리아는 엘런이 자신에게 준 참나무, 물푸레나무, 주엽나무의 부적을 가볍게 쓰다듬었다.

"우리가 희망을 갖고 있는 한, 기회는 분명 있을 거야."

"그래, 바로 그거야! 우리에게는 희망이 없다고!"

나는 주먹으로 허공을 내리쳤다. 빵 분수를 거의 칠 뻔했다.

그 순간, 내 뺨에 뭔가 따뜻한 게 스치듯 지나갔다. 가벼운 촉감, 포옹보다 더 가벼운 느낌, 공기보다 더 가벼운 느낌…….

"넌 아직 희망이 있어, 엠리스 멀린. 네겐 아직 희망이 있어."

익숙한 목소리가 귓가에서 살랑거렸다.

"아일라! 당신이군요."

나는 하늘을 향해 두 팔을 들어 올리며 펄쩍 뛰었다.

"저거, 너도 봤지? 저 불쌍한 녀석, 너무 긴장했어. 이제 허공에 대고 이야기하고 있잖아."

붐벨리가 슬픈 목소리로 말했다.

"허공이 아니에요, 바람이라고요!"

내 말에 리아의 눈동자가 반짝반짝 빛났다.

"그러니까…… 바람 누이라는 거야?"

"그래, 리아논, 난 여기 너희를 데리러 왔어. 너희 모두를 바리갈로 데려가려고."

부드러운 웃음이 속삭이듯 허공에 솟구쳤다.

"아, 아일라! 우리를 바리갈에 데려다주기 전에 다른 곳에 먼저 갈 수 있을까요?"

내가 소리쳤다.

"네 지팡이를 찾으러 말이니, 엠리스 멀린?"

"어떻게 알았어요?"

바람 누이의 말은 땅에서 샘물이 졸졸 흘러나와 땅 위로 쏟아지듯, 허공을 굴러다녔다.

"바람한테는 그 어떤 것도 오랫동안 숨길 수 없어. 은밀한 소녀든, 그 소녀가 자신의 보물들을 숨겨둔 비밀 동굴이든, 심지어 언젠가 마법을 통해 엄청난 힘을 휘두르고 싶어 하는 소녀의 욕망조차도 말이야."

난 화가 나 피가 들끓었다.

"그 아이가 자기 동굴에 도착하기 전에 우리가 먼저 그 애를 잡을 수 있을까요?"

바람 한줄기가 갑작스레 마을 광장을 휩쓸었다. 모자와 망토와 앞치마가 허공으로 솟구치며, 가을 낙엽처럼 소용돌이쳤다. 즉시 내 발도 땅에서 위로 솟구쳐 올랐다. 리아, 붐벨리 그리고 나는 하늘 높이 떠올랐다.

25

살아 있는 생명체들의
그 모든 목소리

우리가 마을 광장에서 하늘 높이 떠오르자, 분수 근처에 서 있던 주민들이 놀라 꽥 새된 비명을 질렀다. 하지만 불쌍한 붐벨리만큼 큰 소리를 지른 사람은 없었다. 나는 허공에 두 다리를 자유롭게 휘저으며 하늘을 나는 전율을 만끽했다. 예전에 딱 한 번 느껴본 전율이었다. 트러블의 깃털 달린 등에 올라타고 날던 때 말이다. 하지만 이번에는 그 느낌이 훨씬 더 강렬했다. 물론 이전보다 훨씬 더 놀라웠다. 그건 내가 다른 몸에 올라탄 게 아니라 바람 그 자체에 올라타 하늘을 날고 있었기 때문이다.

아일라는 우리를 순식간에 높은 곳으로 데리고 가며, 담요 같은 공기로 우리를 받쳐주었다. 슬란토스의 빵 덩어리 모양 건물들이 안개 속으로 녹아들고, 황금빛 빵 분수 웅덩이가 갈색으로 희미해지다 이내 하얗게 변했다. 구름이 우리 모두를 빨아들여, 우리 말고는 아무것도 보이지 않았다. 사방에서 공기가 울어대는 소리가 들렸다. 하지만 그 소리가 그리 크지는 않았다. 우리는 바람을 거스르는 게 아니라 바람을 타고 날고 있었기 때문이다.

285

"아일라! 안개 속에서도 그 애를 찾을 수 있어요?"

내가 소리쳤다.

"인내심을 가져봐."

아일라가 대답했다. 공기에 뒤섞인 아일라의 목소리는 위아래에서 튀어나왔다. 우리가 아래로 낮게 오른쪽으로 빙그르 돌자 구름이 더 짙어졌다.

리아가 내게 몸을 돌렸다. 리아의 얼굴을 보니 리아도 무척 흥분하고 있다는 걸 알 수 있었다. 우리는 구름 위에 올라탄 것처럼 보였다. 서로 닿을 정도로 가깝고 완전히 자유롭다고 느낄 만큼 충분히 떨어져서…… 그런데 붐벨리는 완전 비참해 보였다. 여전히 반죽이 덕지덕지 붙어 있는 붐벨리의 얼굴은 몸이 움직이며 흔들릴 때마다 점점 창백하게 변해갔다.

갑작스레 바로 우리 아래의 안개 사이로 무언가가 불쑥 나타났다.

니뮤에였다!

니뮤에는 풀이 무성한 평원을 가로질러 성큼성큼 걸어갔다. 기다란 검은 머리카락이 어깨에 찰랑거렸다. 손으로 내 지팡이를 꽉 움켜쥐고 있었다. 니뮤에가 기분 좋게 혼잣말을 하는 소리가 들려왔다. 분명 자신의 비밀 장소에 내 지팡이를 숨길 생각을 하고 있는 것 같았다. 아니면 내 지팡이의 숨겨진 힘을 유리하게 이용할 수 있는 방법을 어떻게 찾을지를 궁리 중인지도 몰랐다. 우리가 더 가까이 다가가자 땅 위에 유령 같은 그림자 세 개가 드리워졌다. 내 얼굴에 미소가 희미하게 번졌다.

니뮤에가 뭔가를 알아차리고 몸을 휙 돌렸다. 나와 내 친구들이 하늘에서 곧장 자신을 향해 떨어지는 걸 보고는 비명을 질렀다. 니뮤에가 몸을 돌려 달아나기도 전에, 나는 땅에 내려앉아 울퉁불퉁한 내 지팡이 자루를 두 손으로 꽉 움켜잡았다.

"도둑이야!"

니뮤에가 울부짖으며 자신의 전리품을 꽉 잡고 놓지 않으려 했다.

우리는 지팡이를 빼내려 서로 잡아당겼다. 아일라가 나를 다시 하늘 위로 데려가자, 니뮤에도 평원에서 솟아올라 마구 발길질을 했다. 지팡이를 잡아당기느라 내 등과 어깨가 아파왔다. 하지만 난 꼭 잡고 버텼다. 공기의 흐름이 니뮤에를 찰싹찰싹 때리며 니뮤에의 몸을 이리저리 마구 흔들었다. 하지만 니뮤에는 좀처럼 지팡이를 놓지 않으려 했다. 우리는 조금 낮게 날았다. 가시관목 덤불이 눈에 들어왔다. 가시관목이 곧장 니뮤에에게 닿았다. 가시가 니뮤에의 다리를 찌르고 옷을 찢었다. 하지만 여전히 니뮤에는 지팡이에서 손을 놓지 않았다.

땀으로 축축한 내 손에서 지팡이가 미끄러지는 느낌이 들었다. 니뮤에의 무게 때문에 어깨가 아프다고 비명을 질러댔다. 두 팔은 감각이 없어지려 했다. 그러는 내내 니뮤에는 몸을 이리저리 마구 비틀어 빠져나오려 용을 썼다.

왼쪽으로 급하게 선회하며 우리는 울퉁불퉁한 바위더미를 향해 나아갔다. 바위와 부딪히기 직전에 니뮤에는 눈앞에 다가오는 장애물을 보았다. 끔찍한 비명을 내지르며 드디어 니뮤에가 지팡이에서 손을 놓았다.

니뮤에는 쿵 하고 땅에 떨어졌다. 나는 바위더미 옆에 등을 대고 누워 지팡이를 내 쪽으로 힘없이 잡아당기며 익숙한 표시들을 눈여겨보았다. 매 한 쌍의 표시가 내 땀에 젖어 번들거렸다. 나는 다시 완전해진 느낌을 받았다. 지팡이와 희망 모두 다시 돌아왔다.

안개가 짙어졌다. 나는 니뮤에를 흘끗 내려다보았다. 자리에서 일어서는 니뮤에의 눈이 분노로 이글거렸다. 니뮤에는 아이처럼 뒤꿈치로 잔디를 툭 차며, 불끈 쥔 두 주먹을 허공에 대고 흔들면서 복수하겠다고 고래고래 욕을 퍼부었다. 니뮤에는 점점 작아지고, 또 작아졌다. 이내 니뮤에는 안개 속으로 사라졌다. 니뮤에의 외침은 바람 소리가 되었다.

나는 떨리는 두 손으로 지팡이를 꼭 움켜쥐었다.

"고마워요, 아일라."

"천만에, 엠리스 멀린. 아, 그래."

바람은 우리를 더 높이 데리고 갔다. 마침내 안개가 흩어지며 하얀 물결이 나타났다. 파도는 굽이치는 바다처럼 출렁거렸다. 안개 배가 출렁이며 뱃머리를 들어 올렸다. 그러다 안개 자욱한 해안으로 밀려갔다. 구름 파도가 우리 위에서 일렁이며, 우리를 물보라로 축축하게 적시며 끊임없이 휘저었다.

나는 리아를 돌아보았다. 리아의 두 눈은 즐거워 보였다. 니뮤에의 두 눈은 분노에 찼었는데……

"니뮤에에 대한 네 생각이 옳았어. 나도 왜 그랬는지 모르겠어. 하지만 니뮤에가 처음에 날 혼란스럽게 만들었던 것 같아. 나한테도 너처럼 그런 게 있었으면…… 우리 엄마가 그걸 뭐라고 불렀더라?"

"열매. 본능이라고도 부르지."

리아가 웃으며 대답했다. 리아는 팔을 안개 속에서 펄럭거리며 날개처럼 쭉 펼쳤다.

"아, 이거 정말 멋지지 않아? 난 무척 자유로워! 내가 바람이 된 것 같아."

"넌 바람이야, 리아논."

아일라의 가느다란 팔이 우리를 감쌌다.

"네 안에는 모든 생명체가 깃들어 있어. 그게 바로 본능이야. 네 안에 살아 있는 그 모든 생명체의 목소리 말이야."

나는 작아지는 구름의 모습을 바라보았다. 아일라의 목소리가 내 귀에 대고 속삭였다.

"너도 본능을 지니고 있어, 엠리스 멀린. 넌 그저 그 본능을 아직 제대로 듣지 못할 뿐이야. 네겐 그 모든 목소리가 있어. 노인과 젊은이, 남자와 여자 모두의 목소리가."

"여자 목소리라고요? 제가요? 전 남자아이란 말이에요!"

나는 내 검을 톡톡 두드리며 헛기침을 하며 웃었다. 공기가 휙 하고 지나갔다.

"그래, 엠리스 멀린. 넌 사내아이지. 그건 정말 멋진 거야! 어느 날, 어쩌면, 넌 네가 그 이상이 될 수 있다는 걸 배우게 될 거야. 네가 말할 수 있을 뿐만 아니라 들을 수 있고, 수확할 뿐만 아니라 뿌리기도 하고, 건설할 뿐만 아니라 창조할 수 있다는 것을. 그러면 넌 나비의 미세하게 떨리는 날갯짓조차도 산을 무너뜨리는 지진만큼이나 강력할 수 있다는 걸 알게 될 거야."

이 말을 하자마자 갑작스럽게 공기의 흐름이 우리를 마구 흔들어댔다. 리아와 나는 서로를 향해 마구 움직였다. 붐벨리는 소리치며 팔과 다리를 마구 휘저었다. 종이 달린 붐벨리의 모자가 허공으로 날아가려는 찰나, 리아가 모자를 움켜잡았다. 리아가 모자를 낚아채자, 반죽 덩어리 몇 개가 떨어져 나가며 종이 다시 시끄럽게 짤랑짤랑 울려대기 시작했다.

즉시 우리는 구름에서 벗어났다. 매처럼 재빠르게 우리는 솜털 모양 구름 밖으로 솟구쳤다. 이제 저 아래 핀카이라의 모습이 드러났다. 마치 태피스트리를 펼쳐놓은 것 같았다. 거기에 그림자에 둘러싸인 어둠의 언덕이 있었다. 흐르듯 솟아나는 산마루들은 이따금 나무와 바위가 나타날 때만 사라졌다. 거기에 독수리 협곡의 붉은색과 적갈색의 골짜기가 저 멀리 남쪽으로 굽이치며 뻗어 있었다. 그리고 그곳에 태양에 얼룩진 녹슨 평원이 굽이치듯 펼쳐져 있었다.

나는 몸을 앞으로 숙였다. 바람의 카펫 위에 엎드려 몸을 쭉 폈다. 땅 위에 거꾸로 솟구치며 다시 물고기가 되어 바닷물이 아니라 공기의 대양 속을 미끄러져 가는 느낌이 잠시 들었다. 눈에 보이지 않는 흐름에 둥둥 떠서 무중력 상태로 나는 자유롭게 날고 있었다.

나는 비뚤비뚤한 해안선을 따라 북쪽으로 갔다. 마침내 해안선은 안개 속으로 녹아들었다. 저 아래에서 이리저리 굽이치는 강이 반짝였다. 언덕이 솟구쳐 오르기 시작했다. 희미하게 언덕 너머에서 얼굴 호수의 섬뜩한 윤곽이 어렴풋이 보였다. 한줄기 서늘한 기운이 등을 타고 지나갔다. 내가 그 어두운 물속에서 보았던 이미지, 벨러의 치명적인 눈동자가 아직도 눈에 선했다.

그리고 나서 휙 불어대는 바람 위로 쿵쾅거리는 소리가 희미하게 들렸다. 그 소리는 눈 덮인 산 위 어딘가에서 흘러나왔다. 뾰족한 산 정상은 늦은 오후의 햇빛 속에서 반짝였다. 쿵쾅거리는 소리는 점점 더 커지면서, 마치 산사태처럼 언덕 아래로 점점 내려왔다. 번개가 이 땅을 산산조각 내기라도 할 것 같았다.

그리고 실제로 그랬다. 왜냐하면 우리는 거인의 땅으로 들어섰기 때문이다. 아일라가 우리를 짧고 억센 풀이 빽빽이 들어선 둔덕 위에 내려놓자, 쿵쾅거리는 소리는 더 커졌다. 가파른 언덕의 바위투성이 산마루에서 솟아난 둔덕은 얼마 안 되는 초록의 땅 덩어리 중 하나였다. 시끄럽고 요란한 소리 때문에 사방의 낭떠러지와 마찬가지로 땅이 마구 흔들렸다. 아니면 그 요란한 소리를 내는 무언가 때문에 흔들리는 건지도 몰랐다.

붐벨리의 발이 땅에 닿았다. 붐벨리는 둔덕 위의 잎사귀, 나뭇가지 그리고 어마어마한 고사리 무더기 위에서 아슬아슬하게 착륙했다. 그 무더기는 둔덕의 거의 절반을 덮고 있었는데, 마치 자그마한 덤불의 산처럼 솟아 있었다. 붐벨리는 그 무더기 속으로 떨어졌는데, 이내 높은 곳으로 기어올라 등을 대고 대자로 뻗었다. 붐벨리가 쿵쾅거리는 소리 너머로 외쳤다.

"어차피 지진으로 죽을 거라면, 난 좀 더 부드러운 곳에 있겠어!"

붐벨리는 머리 밑에서 부러진 나뭇가지를 떼어냈다.

"게다가 난 소화하는 데 문제가 좀 있어. 비행에서 회복되는 건 차치하고라도 말이야."

붐벨리는 두 눈을 감으며 고사리 속으로 더 깊이 파고들었다.

"상상해봐! 하루에 거의 두 번이나 죽을 뻔했다고."

붐벨리는 하품을 했다. 종이 짤랑짤랑 흔들렸다.

"만약 내가 이처럼 낙관주의자가 아니었다면, 하루가 지나기 전에 더 나쁜 일이 일어날 거라고 말하겠어."

잠시 뒤에 붐벨리는 코를 골았다.

"잘 지내길 바란다, 엠리스 멀린. 함께 더 있고 싶지만, 난 가야 해."

쿵쾅거리는 소리 때문에 평소보다 더 크게 아일라가 내 귀에 대고 말했다.

"가지 않았으면 좋겠어요."

"나도 알아, 엠리스 멀린. 나도 알아. 어쩌면 다음에 우린 다시 만나게 될 거야."

　아일라의 따뜻한 숨이 내 뺨을 어루만졌다.

　"그리고 다시 날게 될까요? 바람처럼?"

　리아가 두 팔을 마치 날개처럼 쭉 들어 올렸다.

　"어쩌면, 리아논. 어쩌면."

　갑작스레 소용돌이가 일더니 아일라는 떠났다.

26

도약의 마법

둔덕 아래 가파른 계곡 어딘가에서 요란한 소리가 들려왔다. 땅이 다시 들썩거리는 바람에 리아와 나는 뒤로 넘어지고 말았다. 풀밭에 앉아 있던 보라색 날개에 흰 점이 박힌 포동포동한 개똥지빠귀 한 마리가 시끄럽게 울어대며 멀리 날아갔다. 나는 일어나 앉으며 붐벨리를 쳐다보았다. 붐벨리는 여전히 잎사귀와 덤불 더미 속에서 태평하게 코를 골며 자고 있었다. 도대체 어떻게 하면 붐벨리를 깨울 수 있을지, 상상이 안 되었다.

리아와 나는 둔덕 가장자리로 천천히 기어갔다. 둔덕 끝자락 너머의 저 아래 계곡을 살펴보았다. 그 순간 계곡 위의 절벽이 금이 가며 쩍 벌어지더니 아슬아슬하게 붙어 달랑거렸다. 이윽고 돌이 굴러 떨어지고 먼지 구름이 일며 절벽이 무너져 내렸다. 또다시 쿵쾅거리는 소리가 허공을 가득 메우고, 땅이 다시 심하게 요동쳤다.

먼지가 가라앉고 나자, 저 아래 땀을 뻘뻘 흘리며 일하는 거인들이 보였다. 거인들은 이렇게 멀리서도 거대해 보였다. 그리고 무지막지하게 힘이 세 보였다. 몇몇 거인이 소나무 크기만 한 망치로 커다란 바위를 쪼개는 사이, 나머지는 바위 덩어리를 계곡 한가운데로 끌고 갔다. 그 정도의 돌 하나를 들려면 적어도 장정 쉰 명은 있어야 할 것 같은데, 거인들은 그게 마치 여름 건초더미라도 되는 것처럼 쉽게 옮겼다.

멀지 않은 곳에서, 더 많은 거인들이 회색과 흰색 돌덩이를 자르고 모양을 가다듬고 있었다. 다른 거인들은 돌을 조심스럽게 맞춰가며 탑과 다리를 만들어 번듯한 마을을 이루어갔다. 그렇다, 이곳은 바로 바리갈이다! 스탕마르의 고블린 전사들이 파괴한 핀카이라의 가장 오래된 도시가 다시 세워지고 있었다. 바위가 하나씩하나씩 쌓아 올려지고 있었다. 거칠게 다듬은 벽과 뾰족탑은 계곡을 둘러싸고 있는 절벽과 눈 덮인 산꼭대기와 모양이 비슷했다.

거인들은 열심히 일하며 나지막하게 합창을 했다. 거인들의 목소리가 절벽에서 절벽으로 울려 퍼졌다.

와이 고도딘 카탄 휴
허드 에이 예드리스 말 와이단
가운스 애 벨른 웬 카브리
바리갈 돈 핀카이라
드라비아, 드라비아, 핀카이라

허드 야 바단 텐달 페
로 사멘야, 야렌 카이
오시 완디 나 말 스토로
바리갈 돈 핀카이라
드라비아, 드라비아, 핀카이라

거인들이 춤을 추며 예드라를 합창하던 목소리가 떠올랐다. 그 춤은 마침내 슈라우디드 성을 무너뜨렸다. 그리고 엘런이 이것과 같은 노래를 불러주던 때가 떠올랐다. 그때 나는 갓난아기라 엘런의 팔에 안겨 있었다.

말하는 나무와 걸어 다니는 돌.
거인들이 섬의 뼈대라네.
이 섬에서 우리의 춤이 잊히지 않는 한,
바리갈이 핀카이라를 영예롭게 하리라.
영원하라, 영원하라, 핀카이라여.

거인들이 숨을 쉬고 사나운 비바람이 불어오고,
파도와 강을 어루만져 속도를 늦춘다.
이 섬의 눈의 왕국 안에서,
바리살이 핀카이라를 영예롭게 하리라.
영원하라, 영원하라, 핀카이라여.

붐벨리는 코를 골며 덤불 침대 위에서 뒤척였다. 고사리 잔가지 하나가 붐벨리의 머리카락에 붙었는데, 귀에서 곧장 자라나는 것처럼 보였다. 숨을 쉴 때마다, 그릇 한가득 들어 있는 조약돌이 움직이는 것처럼 종소리가 울려 퍼졌다. 하지만 어릿광대는 여전히 아무렇지도 않다는 듯 꼼짝 않고 잠을 잤다.

나는 뒤돌아서 헝클어진 머리카락의 여자 거인 하나를 바라보았다. 계곡 저쪽 끝에서 맨 어깨로 돌탑을 제자리로 밀고 있었다. 여기서 보니, 그 여자는 핀카이라의 대표자회의가 시작할 때 협곡 독수리가 내려앉은 헝클어진 머리카락의 거인처럼 보였다. 내 오랜 친구 심도 저기 어딘가에서 일하고 있지는 않을까 궁금했다. 아니, 오히려 게으름을 피우며 일하지 않으려 뺀질거리지는 않을까 궁금했다. 심을 다시 보고 싶은 마음이 굴뚝같았지만, 찾아볼 여유가 없었다.

"그래, 왜 거인의 땅에 온 거지?"

우리 뒤에서 노랫가락 같은 목소리가 물었다.

리아와 나는 휙 뒤돌아보았다. 방금 전까지만 해도 아무도 없던 이끼 낀 둥근 바위에 키가 크고 얼굴이 창백한 여인이 앉아 있었다. 거의 무릎까지 내려오는 황금빛 머리카락은 빛의 광선처럼 여인의 몸 주위로 떨어져 내렸다. 수수한 하늘색 옷을 입었지만, 그 여인의 자태만으로도 우아한 옷처럼 보였다. 눈동자는 아주 밝게 빛났는데, 마치 엄청난 불꽃이 그 안에서 타오르고 있는 것 같았다.

무척이나 매력적이었지만, 나는 흔들리지 않으려 애썼다.

난 리아처럼 그런 본능이 없을지도 몰라. 하지만 니뮤에와 있었던 일이 다시는 일어나지 않도록 할 거야.

나는 풀밭에 놓아둔 지팡이에 손을 뻗어 내 옆으로 가까이 끌어당겼다.

밝은 눈동자의 여인이 부드럽게 웃었다.

"날 믿지 않는 게로구나."

리아는 풀밭에 등을 꼿꼿이 세우고 앉아 잠시 그 여인의 얼굴을 유심히 관찰하는 듯했다. 그러더니 숨을 들이마시고는 말했다.

"난 당신을 믿어요. 우리는 도약을 배우러 이곳에 왔어요."

나는 놀라 자빠질 지경이었다.

"리아! 넌 저 여자 알지도 못하잖아!"

"모르는 거 나도 알아. 하지만…… 난 믿어. 저 여자는 내게 그걸 원하도록 만들어. 음, 열매를 믿도록 말이야. 저 여자한테는 뭔가가 있어. 뭔지는 잘 모르지만…… 밤하늘의 어둠 속에서 빛나는 별이 떠올라."

여인은 천천히 일어났다. 머리카락이 허리에서 소용돌이쳤다.

"그건 말이야, 귀여운 소녀야, 내가 별의 정령이기 때문이란다. 사실 넌 날 알아. 네 별자리 중 하나니까."

땅이 흔들렸는데도, 리아는 벌떡 일어섰다.

"그위리. 당신은 금발의 그위리군요."

리아가 나지막하게 말했다. 목소리가 하도 작아서, 끊임없이 쿵쾅거리는 소리에 묻혀 거의 들리지 않을 정도였다.

"그래, 난 서쪽 끝에 있는 하늘에 살고 있지. 난 널 쭉 지켜봤어, 리아. 그리고 멀린, 너 또한 마찬가지고. 네가 날 지켜볼 때 말이야."

나는 너무 놀라 할 말을 잃었다. 나도 벌떡 일어섰다. 아주 오래전 같았다. 리아가 소모라 나무 아래에서 내게 처음으로 금발의 그위리를 보여주던 그날 밤이 아주 오래전 일처럼 멀게만 느껴졌다. 그날 밤 리아는 내게 완전히 새로운 방식으로 별자리를 보는 법을 가르쳐주었다. 별 그 자체가 아니라, 별 사이 공간으로 모양을 찾아야 한다고 말이다.

리아는 무성한 풀밭의 낮은 언덕 위에서 한 걸음 앞으로 나아갔다.

"이곳까지는 왜 오셨어요?"

그위리가 다시 웃었다. 아까보다 더 크게. 이번엔 황금빛 원이 주변의 허공에서 빛났다.

"이 땅의 거인들이 자신들의 오래된 수도를 다시 세우는 일을 도와주러 왔지. 너도 알겠지만, 난 아주 오래전 바리갈이 처음 세워졌을 때 이곳에 왔었거든. 그때 나는 다그다 옆에 서서, 다그다가 일하는 데 필요한 빛을 비추어주었단다. 돌투성이 산에서 첫 번째 거인을 조각할 때 말이야.”

“당신은 아주 먼 길을 왔군요.”

“그래, 멀린. 난 도약으로 이곳에 왔단다.”

내 두 다리가 거의 꺾일 뻔했다. 흔들리는 땅 때문만은 아니었다.

“도약이라고요? 저한테…… 제가 알아야 할 걸 말해줄 수 있나요?”

“넌 이미 이 노래의 혼을 알고 있어. 그저 네 안에서 그걸 찾으면 되는 거야.”

그위리가 단호하게 말했다.

“우리한테는 시간이 정말 없어요! 우리 엄마는…… 우리 엄마는 돌아가실 거예요. 모두 다 저 때문이에요.”

목이 메어왔다. 내 목소리는 거의 속삭임처럼 들렸다.

그위리는 나를 주의 깊게 살펴보았다. 저 아래 계곡에서 끊임없이 들려오는 쿵쾅거리는 소리는 염두에 두지 않고, 내 마음속 깊숙이 자리한 생각을 듣고 있는 것 같았다.

“네가 뭘 어떻게 했다는 거지?”

“제가 말하는 조개를 찾아냈어요. 조개의 능력으로 우리 엄마를 이곳으로 데려왔어요.”

그위리는 고개를 갸우뚱했다. 팔에 머리카락이 찰랑거렸다.

“아니, 멀린. 다시 생각해봐.”

당혹스러워하며 나는 턱을 문질렀다.

“하지만 조개가…….”

“다시 생각해봐.”

나는 리아의 눈을 한 번 바라보았다.

"당신 말은 그러니까…… 내가 그렇게 했다는 거군요, 조개가 아니라……."

그위리는 고개를 끄덕였다.

"조개는 네 능력이 필요했을 뿐이야. 네 도약의 능력이. 지금은 미숙하지만 언젠가 넌 그 능력을 완전히 익히게 될 거야. 그러면 사람이나 사물이나 꿈을 보낼 수 있게 될 거야. 넌 공간 사이, 아니면 시간 사이를 여행할 수 있을 거야. 모두 네 선택에 달려 있지."

"시간이라고요? 아주 어렸을 때, 난 시간을 거꾸로 살아가는 꿈을 꾸곤 했어요. 정말이에요! 그렇게 해서 내가 좋아하는 순간들을 반복하고 또 반복해서 다시 체험할 수 있었어요."

내 안에 막연한 기억이 떠올랐다.

그위리의 얼굴에 약간의 미소가 번졌다.

"그것도 완전히 익히게 될지도 모르겠구나. 그러면 넌 매일 더 젊어질 수 있어. 네 주변의 모두가 점점 나이 들 때 말이야."

나는 흥미가 일었지만, 그 생각을 떨쳐내며 말했다.

"그건 그저 꿈에 불과해요. 전 아무것도 완전히 익히지 못할까 봐 두려워요. 제가 엄마를 핀카이라에 데려왔을 때 무슨 재앙을 일으켰는지 보시라고요."

"말해봐, 그것으로 넌 뭘 배웠지?"

그위리가 물었다.

또다시 땅이 흔들렸다. 우리와 가까운 낭떠러지에서 바위가 무너져 내려 저 아래 계곡으로 떨어지며 먼지구름을 일으켰다. 나는 지팡이를 단단히 잡고 균형을 잃지 않으려 애썼다.

"음, 전 다른 마법들과 마찬가지로, 도약이란 한계가 있다는 것을 배웠어요."

"맞아, 위대한 정령 다그다조차도 한계가 있지! 다그다가 우주의 힘에 대해 모든 걸 안다고 할지라도, 죽은 자를 살아서 돌아오게 할 수는 없단다."

그위리는 갑자기 고통스러운 표정을 지었다. 마치 아주 오래전에 일어났던 어떤 일을 회상하는 것 같았다. 한참 있다가 그위리가 다시 말했다.

"그밖에 또 배운 건 없고?"

나는 주저하며 풀밭 위에 서서 다른 쪽 발에 체중을 실었다.

"음…… 누군가를 또는 무언가를 새로운 곳으로 데려오기 전에 신중하게 생각해야 한다는 것을 배웠어요. 왜냐하면 그게 의도하지 않은 결과를 가져올 수 있으니까요. 아주 심각한 결과를요."

"그렇다면 왜 그런 결과가 생긴다고 생각하지?"

나는 울퉁불퉁한 지팡이 자루를 꽉 잡은 채 곰곰이 생각에 잠겼다. 바람이 산마루를 지나 불어와 내 얼굴을 비벼댔다.

"그건 그러니까, 하나의 행동은 다른 행동에 연결되어 있기 때문이에요. 조약돌 하나를 엉뚱한 곳에 던지는 것으로도 산사태를 불러일으킬 수 있어요. 사실 모든 것은 다른 모든 것에 연결되어 있으니까요."

그위리는 환하게 웃었다. 그때 내 지팡이에서 푸른 불꽃이 뿜어져 나왔다. 그위리 주변에서 둥근 황금빛이 빛나고, 원 안의 별 이미지가 내 지팡이 위에 새겨졌다. 나는 손가락으로 그걸 만져보았다.

"제대로 배웠구나, 멀린. 모든 건 별의 위대하고 영광스러운 노래에서 한 부분을 차지한단다."

나는 아바사의 벽에 적힌 문구를 떠올리며 고개를 끄덕였다.

"도약의 능력을 지금 당장 사용할 수 있을 정도로 잘 알았으면 정말 좋겠어요. 용의 굴로 가는 길을 빨리 찾아야 하거든요. 사실 어디를 살펴봐야 하는지도 잘 모르겠어요."

그위리는 동쪽으로 몸을 돌렸다. 긴 머리카락이 나부꼈다.

"네가 찾는 용은 네 할아버지 투아하의 마법으로 아주 오래전에 잠들었단다. 하지만 네 할아버지의 능력으로도 사후 세계 계단통을 지키고 있는 벨러를 물리칠 수 없었지. 만약 네가 용을 무찌르고 그곳으로 간다면, 정말로 더 잘 해낼 자신이 있니?"

"자신 없어요. 하지만 어떻게든 시도해보고 싶어요."

그위리는 한참 동안 날 유심히 살펴보았다.

"잠자는 용의 굴은 잃어버린 땅에 있단다. 이곳에서 바다 건너편에 있지. 그건 사후 세계 계단통에서도 그리 멀지 않은 곳이야. 그게 너한테는 그리 큰 문제는 아니겠지만 말이야. 왜냐하면 그곳에 가기 전에 먼저 잊힌 섬으로 곧장 가야 할 테니까."

나는 지팡이에 새겨진 새로운 표시를 손가락으로 만져봤다.

"당신이 우리를 용의 굴로 보내줄 수는 없나요?"

그위리의 눈이 살짝 더 밝게 빛났다.

"물론 할 수 있지. 하지만 난 다른 누군가가 그렇게 하도록 내버려두는 걸 더 좋아해. 나만큼 빨리 널 그곳으로 데려가줄 수 있는 누군가가 말이야."

리아와 나는 당혹스러운 눈빛으로 서로를 바라보았다.

그위리는 무뚝뚝한 어릿광대를 가리켰다. 어릿광대는 여전히 커다란 덤불 위에서 대자로 뻗어 있었다.

"저기 잠자고 있는 네 친구."

"붐벨리요? 말도 안 돼요!"

그위리의 웃음소리가 울려 퍼졌다.

"그 사람 말고. 비록 그 사람도 아주 놀라운 도약의 능력을 보여줄 수 있지만 말이다."

그위리는 다시 가리켰다.

"그 사람 밑에서 잠자고 있는 친구를 말하는 거야."

그게 무슨 말인지 그위리한테 물어보기도 전에, 그위리는 점점 더 밝아지더니 마침내 내 투시력으로도 지켜볼 수 없을 정도로 아주 환하게 빛났다. 리아와 마찬가지로, 나는 고개를 돌렸다. 잠시 뒤, 빛이 갑작스레 줄어들었다. 우리가 다시 몸을 돌려보니, 금발의 그위리는 사라지고 없었다.

그 순간 덤불 더미가 스르르 움직였다.

27

또다시 해협을 건너며

덤불 더미가 갑작스레 한쪽으로 요동쳤다. 그 위에서 잠자고 있던 붐벨리는 허공으로 붕 떨어져 내렸다. 모자에 달린 종이 대장장이의 망치 소리처럼 짤랑거렸다. 붐벨리가 지르는 비명에 리아와 나도 깜짝 놀라 소리를 질렀다. 붐벨리의 비명 소리가 저 아래 계곡에서 들려오는 쿵쾅거리는 소리 너머로 들려왔다.

나뭇가지, 잎사귀, 고사리 잎이 산골짜기를 가로지르며 흩날렸다. 잎사귀 더미가 몸을 웅크렸다 비틀더니 마침내 일어섰다. 큼지막한 팔 두 개가 양쪽으로 쭉 뻗어 나오고, 털투성이 다리 한 쌍이 튀어나왔다. 잎사귀 더미가 고개를 들어 올렸다. 커다란 분홍색 눈 두 개와 하품을 하느라 쫙 벌어진 동굴 같은 입이 드러났다. 눈 바로 밑에 엄청나게 커다란 코가 빵빵하게 부푼 감자처럼 툭 튀어나왔다.

"심!"

리아와 내가 동시에 외쳤다.

심은 하품을 마저 하고 나서 놀란 표정으로 우리를 내려다보았다. 두 눈을 비비고는 다시 우리를 바라보았다.

"꿈이야, 생시야?"

"생시야!"

내가 큰 소리로 말했다.

심은 의심스럽다는 듯 코를 찡그렸다.

"정말로, 진짜로, 솔직히?"

"정말로, 진짜로, 솔직히! 다시 만나게 돼서 정말 반가워, 심."

리아가 앞으로 걸어 나가 앞에 솟아 있는 심의 다리를 토닥였다.

심은 활짝 웃으며 한쪽 팔을 뻗어 우리 둘을 자기 손바닥 위로 부드럽게 올려 놓았다.

"아직 꿈을 꾸고 있는 것 같아! 하지만 너희구나, 정말 너희야."

심은 코를 좀 더 가까이 가져다대고는 킁킁거렸다.

"빵 냄새가 나는데. 아주 좋은 빵 냄새야."

나는 고개를 끄덕였다.

"암브로시아야. 우리가 카이르프레와 함께했던 그날 밤에 먹었던 빵 말이야. 기억나지, 착한 심? 널 위해 좀 가져왔으면 좋으련만! 하지만 너도 보다시피, 우린 좀 바빴어. 엄청 서둘렀거든."

큼지막한 코가 다시 일그러졌다.

"넌 여전히 미쳤어?"

"그렇게 말할 만도 해."

"우리가 처음 만난 뒤로 줄곧 넌 완전 미쳐 있었어!"

심은 우레와 같은 웃음을 터뜨리며 풀이 무성한 둔덕 위에서 이리저리 몸을 흔들었다. 바위가 흔들리며 계곡 아래로 굴러 떨어졌다.

"우리는 그날 너 때문에 벌 수천 마리한테 쏘일 뻔했다고."

"그리고 넌 꿀 뭉치 같았잖아."

리아가 두툼한 손바닥 위에서 겨우 무릎으로 일어나 끼어들었다.

"넌 너무 작았어. 그래서 우린 네가 소인이라고 확신했어."

심의 분홍색 눈동자가 자랑스럽게 빛났다.

"난 더 이상 작지 않아."

계곡에서 또 한 차례 우레와 같은 소리가 허공을 가득 메우며 산마루를 뒤흔들었다. 심의 튼튼한 팔도 강풍을 맞은 나무처럼 이리저리 흔들렸다. 리아와 나는 심의 엄지손가락을 꽉 잡고 버티었다.

심의 표정이 진지하게 변했다.

"저 아래에서 열심히들 일하고 있어. 저녁을 준비하려면 나뭇가지를 좀 가져가야 할 거야."

심은 갑작스레 부끄러워하는 표정을 지었다.

"난 나뭇가지를 좀 굴렸어. 그러고 나서 낮잠을 좀 잤지! 아주 조금."

"네가 여기 이렇게 있다니 정말 기뻐. 우린 네 도움이 필요해."

내가 대답했다.

서쪽 끝, 부러진 나뭇가지 쪽에서 고통스러운 신음이 들려왔다. 미처 뭐라고 말하기도 전에, 심은 다른 손을 뻗어 두툼한 망토를 입고 있는 붐벨리를 들어 올렸다. 축축 늘어진 고사리와 부러진 나뭇가지로 뒤덮인 채, 겹겹이 늘어진 턱에 잔뜩 찡그린 표정의 우울한 어릿광대는 거의 숨이 넘어갈 것 같았다.

리아는 대롱대롱 매달린 어릿광대를 유심히 지켜보며 내게 물었다.

"심이 깨어났을 때 붐벨리가 날아가는 거 봤니?"

나는 리아에게 환한 미소를 지어 보였다.

"어쩌면 저게 그위리가 말한 도약이었을지도 모르겠는걸."

"아, 내 머리가 꼭 저 낭떠러지에서 막 튕겨 내려간 바위 같아! 난 저 무더기에서 굴러간 게 분명······."

붐벨리가 머리를 붙잡은 채 끙끙거렸다. 그러다 갑작스레 자신이 거인 때문에 둔덕 위로 날아갔다는 걸 깨달았다. 붐벨리는 버둥거리며 자기 망토를 붙잡고 있는 커다란 엄지손가락을 마구 두들겼다.

"도와줘! 날 잡아먹으려고 해!"

심은 투덜거리며 흙투성이 어릿광대를 향해 고개를 설레설레 저었다.

"넌 정말 맛없겠는걸. 척 보면 알아. 난 절대 널 내 입에 넣지 않을 거야."

나는 붐벨리에게 손을 흔들었다.

"걱정 마. 이 거인은 우리 친구야."

붐벨리는 심의 코앞에서 비틀거리며 계속 마구 고개를 저었다.

"대단한 비극이야! 내 모든 유머와 지혜가 거인의 목구멍 안으로 영원히 사라져버릴 거야."

붐벨리가 울부짖었다.

심은 붐벨리를 다른 손바닥 위로 떨어뜨렸다. 그래서 붐벨리는 리아와 내 옆으로 쿵 떨어졌다. 붐벨리는 일어나려 버둥거리며 심의 코에 부딪히더니 이내 비틀거리다 다시 고꾸라졌다.

심이 크게 히죽 웃었다.

"정말 웃기는 녀석이네."

붐벨리는 다시 일어나려 버둥거리다가 그 말에 동작을 멈추었다.

"정말? 널 깔깔 웃게 만들 정도로 정말 웃겨?"

"그 정도로 웃기지는 않고. 그냥 날 히죽 웃게 만들 정도만."

심이 큰 소리로 말했다. 목소리가 너무나 우렁차서 우리 모두 손바닥 끝으로 날아갈 뻔했다.

306

어릿광대가 마침내 일어서서 균형을 잡으려 애썼다. 그러면서 어깨를 활짝 펴고 망토를 단정히 했다.

"착한 거인이구나. 넌 내가 처음 생각했던 것보다 훨씬 더 똑똑해. 난 유쾌한 붐벨리라고 해. 어릿광대……."

붐벨리가 어색하게 고개를 숙여 인사했다.

"저 어릿광대는 신경 쓰지 마."

나는 붐벨리의 노려보는 눈을 무시하고 이어 말했다.

"아까 말했듯이, 우리는 네 도움이 필요해. 잠자는 용의 굴로 가야 하거든. 투아하가 아주 오래전에 싸웠던 바로 그 용. 그곳은 바다 건너편 어딘가에 있어."

심의 웃음이 싹 가셨다. 솟구치는 바람이 낭떠러지를 가로질러 요란하게 불어왔다.

"지금 농담하는 거지?"

"저 애 농담하는 게 아니야. 그러니 네가 지금 당장 우리를 먹어 치우는 게 좋을 거야. 용이 우리를 먹어 치우기 전에."

붐벨리가 대신 말했다. 붐벨리는 평상시처럼 다시 침울해졌다.

"만약 그게 잠자는 용이라면, 얼마나 위험할까?"

리아가 물었다.

"아주 많이."

심이 큰 소리로 말했다. 심의 덩치가 폭풍 속에 있는 커다란 나무처럼 흔들렸다.

"우선 용은 잠자는 동안에도 배고파 해. 그리고 언제든 깨어날 수 있단 말이야."

심은 잠시 말을 멈추고는 생각에 잠겨 거대한 머리를 갸우뚱거렸다.

"투아하의 잠자는 용의 주문이 언제 풀릴지, 용이 언제 깨어날지는 아무도 몰라. 전설에 따르면 핀카이라의 삶에서 가장 어두운 날에 용이 깨어난다고 했어."

붐벨리는 한숨을 쉬었다.

"내게는 흔하디 흔한 날처럼 들리네."

"좀 조용히 해요!"

나는 붐벨리에게 윽박질렀다. 그러고 나서 심을 올려다보며 물었다.

"심, 우리를 지금 당장 그곳으로 데려다줄래?"

"좋아, 하지만 이건 미친 짓이야! 확실히, 분명히, 완전히."

심은 둔덕을 훑어보며 커다란 입술을 깨물었다.

"하지만 우선 저 나뭇가지를 바리갈로 가지고 가야 해."

"제발, 안 돼. 지금은 일분일초가 급해, 심. 시간이 별로 없어."

내가 간청했다. 나는 오후의 하늘을 훑어보았다. 떠오르는 은빛 달이 보일까 두려웠다.

"하긴, 난 벌써 늦었지."

"그럼 해줄 거지?"

심은 일어나서 산마루의 돌기를 따라 거대한 발걸음을 한 번 옮기는 것으로 대답을 대신했다. 심이 움직이자 우리는 비틀거리며, 심의 손바닥 위에서 한꺼번에 쓰러져 뒤엉켰다. 심의 걸음걸이 때문에 서로 뒤엉킨 몸을 바로잡는 게 매우 힘들었지만, 우리는 마침내 몸을 일으켜 세웠다. 붐벨리를 제외하고. 붐벨리의 망토가 머리와 어깨를 단단히 감쌌기 때문이다. 붐벨리가 벗어나려 버둥거렸지만, 다행히 좋은 망토 안에 있었기에 조용했다.

그러는 사이 리아와 나는 심의 손바닥 끝으로 기어가 손가락 사이

틈으로 밖을 배꼼 내다보았다. 풍경이 변하는 모습을 지켜보는 사이, 바람이 우리 얼굴을 향해 마구 불어댔다. 심의 보폭은 너무나 커서, 거인들의 합창과 거인들이 일하며 내는 굉음이 곧 완전히 사라져버렸다. 심은 늘어선 큰 바위 위로 발걸음을 성큼성큼 옮겼다. 마치 조약돌 무더기 위를 걷는 것처럼, 툭 튀어나온 바위들을 밟으며 걸어갔다. 그렇게 산을 지나쳤다. 그곳을 우리가 오르려면 몇 날 며칠이 걸릴 터였지만 심은 몇 분 만에 올라갔다. 심은 토끼가 막대 위를 깡충 뛰어넘는 것처럼 쉽게 산맥의 쩍 벌어진 틈을 가로질렀다.

머지않아 땅이 평평해지기 시작했다. 나무가 심어진 언덕은 눈 덮인 산마루로 바뀌고, 계곡은 보라색과 노란색 꽃으로 물든 드넓은 초원으로 변했다. 심은 딱 한 번 걸음을 멈추어, 사과나무 가지를 한 번 툭 쳐서 우리에게 과일 세례를 베풀었다. 아직까지 식욕을 되찾지 못한 붐벨리와 달리, 리아와 나는 사과를 게걸스럽게 먹어 치웠다.

심은 속도를 높였다. 너무 빨라서 나는 저 앞에 드넓게 펼쳐진 푸른 빛을 거의 알아차리지도 못했다. 이제 심의 묵직한 발에 물이 튀었다. 다음 순간 심은 시끄럽게 울어대는 갈매기 떼가 모여 있는 해협을 건너가고 있었다. 심의 목소리가 울려 퍼지자 새들은 화들짝 놀랐다.

"네가 날 데리고 사납게 흐르는 강을 건너던 때가 생각나는데."

"맞아! 강을 건너기가 너무 힘들었지. 널 내 어깨 위에 얹고 건너야 했으니까."

요란한 물소리와 시끄럽게 울어대는 새소리 너머까지 들리도록 나는 크게 외쳤다.

"지금은 절대로 그렇게 할 수 없을걸! 확실히, 분명히, 완전히."

나는 투시력을 통해 해협 너머를 바라보았다. 지평선 위에 어두운 언덕이 죽 늘어서 있었다. 마치 비뚤배뚤한 이처럼 울퉁불퉁했다. 잃어버린 땅이었다. 나는 카이르프레가 저 땅에 대해 묘사한 말을 기억해냈다.

지도에도 안 나오고 누구도 가본 적 없는 땅.

저 언덕 어딘가에 무시무시한 용이 잠을 자고 있을 것이다. 왜인지는 모르겠지만, 나는 본능적으로 칼자루에 손을 뻗었다.

잠시 뒤 심은 해협에서 벗어났다. 털투성이 발이 해안을 쿵쿵 밟았다. 심은 우리를 평평한 바위로 이루어진 넓은 제방에 내려놓았다. 이곳에서는 꽃 한 송이, 풀 한 포기 자라지 않았다. 다가오는 저녁노을의 밝은 빛도 지금은 이 땅을 부드럽게 비추지 못했다. 윤이 나는 검은 물푸레나무 한 그루가 저 멀리 언덕까지 뻗어 있었다. 공기에서 숯 냄새가 묻어났다. 버려진 화덕 같았다.

나는 이 모든 해안선과 이곳에서 한때 자랐던 그 모든 것들이 강력한 화염에 불타버린 게 분명하다는 사실을 깨달았다. 바위도 금이 쩍쩍 가고 무너져 내렸다. 엄청나게 뜨거운 돌풍으로 타버린 것이다. 나는 울퉁불퉁한 언덕을 훑어보면서, 이 냄새가 어디에서 나오는지를 알아차렸다. 가느다란 연기 한줄기가 멀지 않은 내륙의 동굴 속에서 피어오르고 있었다.

"저쪽이야."

내가 목소리를 높여 말했다.

심은 몸을 숙여 걱정스러운 얼굴을 아래로 내렸다. 턱이 내 지팡이에 닿을 정도였다.

"정말 저리 갈 거야? 누구도 용을 일부러 찾아가지는 않아."

"난 가."

"넌 멍청해! 그거 알아?"

"나도 알아, 아주 잘. 날 믿어."

심의 촉촉한 두 눈이 깜빡였다.

"그럼 행운을 빌어. 네가 그리울 거야. 그리고 너도, 사랑스러운 리아. 언젠가 너희들과 다시 해협을 건너기를 바랄게."

붐벨리가 고개를 끄덕이며 말했다. 종이 딸랑거렸다.

"용의 굴이 저기 있다면, 우린 분명 다음을 기약할 수 없을 거야."

그 말을 들으며 심은 등을 꼿꼿이 폈다. 심은 잠시 동안 우리를 내려다보더니, 이윽고 몸을 돌려 다시 해협 속으로 곧장 걸어 들어갔다. 지는 해는 서쪽 하늘을 연보랏빛과 분홍빛으로 물들이며, 심의 거대한 어깨와 머리의 윤곽을 실루엣으로 비추었다. 창백한 초승달이 저 높은 하늘 위로 떠올랐다.

28

잠자는 용

밤에 용의 굴로 다가가지 않고, 새벽이 올 때까지 기다리기로 했다. 리아와 붐벨리가 시커멓게 변한 바위 위에서 잠깐 눈을 붙이는 동안, 나는 생각에 잠긴 채 앉아 있었다. 여섯 번째, 살생의 교훈은 딱 한 가지를 의미한다는 걸 알았기 때문이다.

난 용을 죽여야만 한다.

그 생각을 하니 배가 뒤틀렸다. 제아무리 마법의 검으로 무장했다 할지라도, 어떻게 어린 사내아이가 그런 일을 해낼 수 있을까? 엄마가 이야기해준 대로, 용은 힘이 엄청나게 세고 놀라울 정도로 빠르며 매우 영리하다. 그날 밤이 떠올랐다. 흙으로 지은 오두막의 불가에서 엄마는 벌겋게 달아오른 얼굴로, 꼬리를 한 번 휘둘러 수많은 거인들을 죽이고 나서 입으로 불을 뿜어 거인들을 구워 먹은 용에 대해 들려주었다.

내가 감히 어떻게 할 수 있을까? 마법사 투아하와 달리, 나는 마법에 대해 아무것도 모른다. 용이 잠을 자든 자지 않든 용에게 가까이 다가가는 건 끔찍하고, 용을 죽이는 건 불가능에 가깝다.

파도를 가로질러 까맣게 탄 해안선에 여명이 불꽃처럼 퍼졌다. 나는 마지못해 일어났다. 손이 차가웠다. 심장 또한 차가웠다. 주머니에서 심이 따준 사과를 꺼내 한 입 베어 물었다. 아삭하고 향이 좋았지만, 전혀 맛을 느끼지 못했다. 씨앗만 남긴 채 다 먹고 나서 사과를 옆으로 톡 던져버렸다.

리아가 일어섰다.

"한숨도 못 잤어?"

나는 그저 울퉁불퉁한 언덕을 내려다보았다. 이제 햇빛을 받아 분홍빛으로 물들어 있었다.

"응, 어찌해야 할지 도통 실마리가 잡히지 않아. 넌 여기 그냥 있어. 만약 내가 살아남으면, 이리로 돌아올게."

리아는 고개를 저었다. 하도 세차게 저어서 갈색 곱슬머리 안에 꼽혀 있던 잎사귀 몇 개가 땅으로 떨어져 내렸다.

"그 이야기는 이미 다 했잖아. 얼굴 호수에서 말이야."

"하지만 이번에는 너무 위험해. 리아, 넌 어둠의 언덕에서부터 줄곧 경고했지. 내가 길을 잃고 방황할 수도 있다고 말이야. 음, 사실 길을 잃고 방황하는 것에도 여러 가지가 있어. 그리고 그게 바로 지금 내가 느끼는 감정이야."

나는 느릿느릿 길게 숨을 내쉬고 이어 말했다.

"모르겠어? 오직 마법사만이, 진정한 마법사만이 용을 무찌를 수 있다고! 나는 마법사가 되려면 뭐가 필요한지도 몰라. 정말이야. 능력? 기술? 정신? 카이르프레는 마법사가 되려면 이 모든 것과 더불어 그 이상의 뭔가가 필요하다고 했어. 내가 아는 거라고는 그게 무엇이든, 나한텐 아무것도 없다는 거야."

리아의 얼굴이 일그러졌다.

"난 그 말 믿지 않아. 네 엄마도 믿지 않을걸."

"너의 그 모든 본능에도 불구하고, 이번에는 네가 틀렸어."

나는 붐벨리를 흘끗 바라보았다. 붐벨리는 두툼한 망토 아래에 몸을 웅크리고 있었다.

"붐벨리는 어떻게 하지?"

호리호리한 어릿광대는 갑작스레 몸을 뒤척였다.

"난 갈 거야. 너희들이 말하고 있는 얘기가 그거라면 말이야. 만약 네가 내 위트와 멋진 유머를 필요로 하는 날이 온다면 바로 지금이야. 오늘은 네가 죽게 될 날일 테니까."

붐벨리는 기다란 팔을 쭉 뻗었다.

나는 붐벨리처럼 우울한 표정으로 언덕을 향해 돌아섰다. 언덕과 언덕 사이로 쉐기 모양의 움푹한 곳에서 시커먼 연기 기둥이 피어올랐다. 연기는 하늘을 향해 비비 꼬여 올라가며, 일출을 망쳐놓았다. 나는 그쪽을 향해 한 발 내딛었다. 그러고 나서 또 한 발, 또 한 발. 발을 내디딜 때마다, 내 지팡이 끝이 바위에 톡톡 부딪혔다.

내가 다 타버린 땅을 가로질러 걸어가는 동안, 리아는 내 옆에서, 붐벨리는 그리 멀지 않은 내 뒤에서 나를 따라왔다. 몰래 다가가는 게 중요하다는 걸 알았기에, 우리는 여우처럼 살금살금 발걸음을 옮기려 최선을 다했다. 말하는 사람은 아무도 없었다. 나는 지팡이를 어깨에 얹어 바위에 부딪히는 소리가 나지 않게 했다. 어릿광대는 두 손으로 모자를 꽉 쥐어 종이 울리지 않도록 했다. 연기가 피어오르는 곳에 가까이 다가갈수록, 불길한 느낌이 더욱 강렬해졌다. 용은 핀카이라의 가장 어두운 날에 깨어나기를 기다리고 있었다. 내 자신의 가장 어두운 날은 분명 다가왔다.

시커멓게 타버린 평지 저 너머에서 나지막하게 으르렁거리는 소리가 들려왔다. 거대한 하프의 저음 줄처럼 굵은 소리였다. 호흡처럼 규칙적으로 들렸다. 그게 용이 코를 고는 소리라는 걸 알았다. 우리가 다가갈수록 그 소리는 점점 크게 들렸다.

까맣게 탄 언덕이 눈앞에 나타났다. 공기가 답답할 정도로 뜨거워졌다. 한 발 한 발 조용히 우리는 연기 기둥에 가까이 다가갔다. 이곳의 바위는 불꽃에 그슬렸을 뿐만 아니라, 거대한 무게에 짓밟혀 부서지고 있었다. 커다란 바위들이 박살나 있었고, 계곡은 평평해져 있었다. 살아 있는 것은 모조리 파괴되고 제거되었다.

감히 숨을 쉴 엄두도 내지 못한 채, 우리는 박살난 돌 더미를 건넜다. 그 순간 붐벨리가 미끄러지며 넘어졌다. 그러자 바위가 돌 더미 위로 미끄러지며 부서졌다. 하지만 그 소리는 붐벨리의 요란한 종소리에 파묻혀버렸다. 종소리가 마치 천둥 소리처럼 언덕 사이에서 울려 퍼졌다.

나는 붐벨리를 노려보며 속삭였다.

"그 빌어먹을 모자 좀 벗어요, 바보같이! 가까이 가기도 전에 당신이 용을 깨우고 말겠어요!"

붐벨리가 얼굴을 찡그렸다. 붐벨리는 마지못해 꼭짓점이 세 개 달린 모자를 벗어 망토 아래 쑤셔 넣었다.

나는 앞장서서 가파른 벽에 둘러싸인 동굴로 들어섰다. 열기 때문에 이마를 계속 닦아야 했다. 신발을 신고 있었지만, 발바닥이 불에 타는 것 같았다. 무더운 공기는 물처럼 잔물결을 일으키고, 용의 코 고는 소리가 요란하게 울려 퍼졌다. 온통 숯 냄새가 났다. 한 발 한 발 걸을 때마다 바위벽이 점점 좁아지며 나를 어둠 속으로 빨아 당겼다.

나는 갑자기 멈춰 섰다. 그곳, 그늘 깊은 곳에 용이 누워 있었다. 용은 내가 두려워하던 것보다 훨씬 더 컸다. 언덕만큼이나 컸다. 커다란 뱀처럼 똬리를 튼 채, 갑옷 같은 비늘로 뒤덮인 초록색과 오렌지색 몸통은 얼굴 호수 안에 가득 찰 정도로 컸다. 콧구멍에서 연기가 뿜어져 나오고, 머리는 왼쪽 앞발을 가로질러 놓여 있었다. 코 아래 비늘이 한 줄로 늘어져 있었는데, 연기 때문에 시커멓게 변해서 거대한 콧수염처럼 보였다. 숨을 들이쉴 때마다 끝이 뾰족한 이빨이 드러났다. 숨을 내쉴 때마다 강력한 어깨 근육이 수축되고, 등에 접어놓은 거대한 날개가 떨렸다. 발톱은 내 허리춤에 찬 검처럼 날카롭고 열 배는 더 길었는데, 새벽빛을 받아 반짝거렸다. 발톱 하나 중간쯤에 거인의 것이라고 할 정도로 커다란 해골 하나가 특대형 반지처럼 놓여 있었다.

비늘 덮인 배 아래로 보물들이 반짝반짝 빛나고 있었다. 왕관과 목걸이, 검과 방패, 트럼펫과 플루트……. 모두 금이나 은이었는데, 보석이 박혀 있었다. 루비, 자수정, 옥, 에메랄드, 사파이어 그리고 거대한 진주가 사방에 흩뿌려져 있었다. 그처럼 엄청난 보석이 있으리라고는 평생 상상도 못해봤다. 하지만 그걸 샅샅이 뒤져보고 싶은 어떤 욕망도 느끼지 못했다. 사방에 온갖 크기와 모양의 해골들이 흩뿌려져 있었기 때문이다. 어떤 건 허옇게 번들거리고, 어떤 건 불에 까맣게 그을려 있었다.

나는 동굴 속으로 더 깊숙이 기어 들어갔다. 리아와 붐벨리는 내 뒤에 바짝 붙어 따라왔다. 용이 숨을 쉴 때마다 흘러나오는 느릿느릿하지만 요란한 박자 때문에, 우리는 한꺼번에 움츠러들었다. 용의 거대한 눈은 감겨 있었다. 완전히 감기지는 않았기에, 이글거리는 노란색 눈이 틈새로 보였다. 이 짐승이 깨어 있는 게 아닌가 하는 느낌을 떨쳐버릴 수 없었다.

그 순간 용의 입이 살짝 벌어졌다. 혓바닥 같은 불꽃이 뿜어져 나와 시커먼 바위와 흩어져 있는 해골들을 그을렸다. 붐벨리가 펄쩍 뛰어 뒤로 물러나, 종이 달린 모자를 망토에서 떨어뜨렸다. 종은 붐벨리 발아래 바위에 부딪히며 엄청나게 시끄럽게 울어댔다.

용이 갑자기 코를 골며 거대한 몸을 움직였다. 눈꺼풀이 떨리더니 살짝 더 벌어졌다. 붐벨리는 깜짝 놀라 숨을 헐떡였다. 붐벨리의 다리가 비틀거렸다. 금방이라도 기절할 것처럼 보여서 리아가 붐벨리의 팔을 꽉 잡아주었다.

그리고 나서 용은 소름끼치도록 느릿느릿 거대한 해골이 달려 있는 발톱을 들어 올렸다. 아주 맛난 음식을 먹으려는 것처럼, 발톱을 코로 가져가 냄새를 맛보았다. 불꽃을 내뿜으며 눈꺼풀을 떨었지만 눈을 뜨지는 않았다. 드디어 다 굽고 나자, 보라색 입으로 해골을 잡아서 발톱으로 으깼다. 오도독거리는 소리가 크게 울려 퍼졌다. 거대한 이빨이 부딪히는 소리가 맛난 음식이 깨지는 소리보다 크게 들렸다. 용은 거대한 연기를 내뿜으며 다시 코를 골기 시작했다.

우리 셋은 다 함께 몸서리를 쳤다. 나는 리아를 흘끗 바라보며, 내 지팡이를 건넸다. 동시에 내 오른손을 검의 은빛 손잡이에 가져갔다. 천천히, 아주 천천히, 나는 검을 칼집에서 뽑았다. 칼날이 희미하게 울렸다. 마치 저 멀리서 들리는 종소리 같았다. 잠자는 용이 갑작스레 으르렁거리며 콧구멍에서 짙은 연기를 뿜어냈다. 뾰족한 귀가 앞으로 실룩거리며 울려 퍼지는 소리에 귀를 기울였다. 그러는 사이 용은 이제 다른 꿈을 꾸는 것 같았다. 무시무시한 소리를 내며 이빨을 드러낸 채 발톱으로 허공을 갈랐다.

나는 조각상처럼 꼼짝 않고 서 있었다. 무거운 검을 머리 위로 들고 있었기에, 팔이 아파오기 시작했다. 하지만 또다시 소리가 날 수도 있다

317

는 두려움 때문에 감히 검을 내려놓을 수가 없었다. 몇 분 뒤 용이 약간 긴장을 푸는 것처럼 보였다. 으르렁거리는 소리가 잦아들더니 발톱을 가만히 내려놓았다.

나는 조심스럽게 바위 위에서 앞으로 기어갔다. 조금씩, 아주 조금씩. 용은 내 위에 솟아 있었다. 비늘 하나가 내 몸 하나만큼이나 컸다. 땀이 줄줄 흘러내려 눈이 따끔거렸다.

만약 검을 딱 한 번만 휘두를 수 있다면 어느 곳을 내려쳐야 할까?

갑옷 같은 비늘이 가슴, 다리, 등, 꼬리, 심지어 오렌지색 귀까지 다 덮고 있었다. 만약 감겨 있는 눈 하나에 검을 휘두른다면, 가능할지도 모른다.

나는 가까이, 더 가까이 다가섰다. 연기가 잔뜩 낀 공기 때문에 기침이 나오려 했지만 참을 수 있을 때까지 버텼다. 손으로는 검 손잡이를 꽉 쥐었다.

갑자기 용이 무시무시한 회초리처럼 꼬리를 휘둘렀다. 나는 달아나기는커녕 꼼짝할 시간도 없었다. 꼬리가 활짝 벌어지며 끝에 달린 뾰족뾰족한 비늘이 내 가슴을 단단히 감싸더니 꽉 눌렀다. 동시에 다른 뾰족한 비늘이 검을 들고 있는 내 팔을 감싸 검을 휘두르지 못하게 막았다.

꼼짝없이 붙잡히고 말았다.

리아가 숨죽인 비명을 내질렀다. 용이 다시 긴장하는 게 느껴졌다. 날 더 세게 눌렀으니까. 하지만 눈동자의 노란색 구멍은 더 크게 열리지 않았다. 용은 여전히 잠자고 있는 것처럼, 아니, 반쯤 자고 있는 것처럼 보였다. 입술을 말고 있는 모양으로 보면, 용은 검을 들고 있는 소년을 꿀꺽 삼키는, 완전히 현실적인 꿈을 즐기고 있는 것처럼 보였다.

투시력으로 보이는 광경 언저리에 리아가 무릎 꿇는 모습이 보였다.

붐벨리도 그 옆에서 어색하게 무릎을 꿇었다. 붐벨리의 머리는 불룩한 턱까지 축 늘어져 있었다. 문득 붐벨리가 뜬금없이 노래를 부르기 시작했다. 나는 그것이 장송곡이라는 걸 금방 깨달았다. 붐벨리는 신음하듯이 나지막하게 노래를 불렀다. 용의 손아귀에서 몸부림치며 괴로워하던 나는 붐벨리의 노래 때문에 더욱 괴로웠다.

용이 자기가 먹은 모든 걸 음미하네.
하지만 살아 있는 향응을 최고로 치지.
죽기 전에 몸부림치며 비명을 지르는 자,
용의 배를 채우네.

아, 용이여, 네가 먹는 건 내 친구라네!
아, 슬프다, 용의 고기가 얼마나 달콤할까.

용은 뼈를 아작아작 씹어 먹는 걸 즐기지.
그리고 죽어가는 자들은 소리치고 엉엉 흐느끼지.
사람들은 흔적도 없이 사라지네,
깊숙한 소화기관 속으로.

아, 용이여, 네가 먹는 건 내 친구라네!
아, 슬프다, 용의 고기가 얼마나 달콤할까.

용의 입에서 장사 지내는 내 친구,
유언조차 빼앗겼네.

저 구멍 속으로 들어가며,
그 친구의 작별 인사가 모조리 삼켜졌으니.

아, 용이어, 네가 믹는 건 내 친구라네!
아, 슬프다, 용의 고기가 얼마나 달콤할까.

붐벨리가 노래를 끝마치기도 전에 용의 입이 쩍 벌어졌다. 불꽃에 시커멓게 탄 들쭉날쭉한 이빨이 드러나는 모습을 나는 그저 멍하니 지켜보았다. 있는 힘을 다해 빠져나오려 버둥거렸지만 그럴수록 꼬리가 더욱더 내 몸을 조여왔다. 그러는 사이 용의 입은 더 크게 벌어졌다.

갑자기 열린 입 뒤의 깊숙한 곳에서 쉰 목소리가 거칠게 들려왔다. 그랬다. 그건 바로 저 깊숙한 마음속에서부터 뿜어 나오는 웃음이었다. 웃음과 동시에 연기구름이 굽이쳐 나오며 공기가 시커메졌다. 웃음은 계속 이어졌다. 웃음은 뱀처럼 생긴 몸체 아래로 구르듯 흘러가며, 먼저 머리를, 그다음에는 목을, 그다음에는 거대한 배를, 마지막으로 꼬리를 흔들었다. 머지않아 귀에 거슬리는 삐걱대는 웃음에 용의 온몸이 보물창고 위에서 마구 흔들렸다.

나는 꼬리에서 풀려나 땅으로 곤두박질쳤다. 숨이 차고 현기증이 났지만 어쨌든 살아 있었다. 재빨리 시커먼 구름 사이로 기어가 검을 찾으려 바닥을 더듬거렸다. 잠시 뒤 리아가 내 옆으로 달려와 내가 일어날 수 있도록 부축해주었다.

연기 때문에 연신 기침을 해대며, 우리는 동굴에서 비틀비틀 빠져나왔다. 우리 뒤로 용의 거친 웃음소리가 잠잠해지기 시작했다. 잠시 뒤 용이 코를 고는 소리가 다시 요란하게 들려왔다. 뒤를 흘끗 바라보니,

가느다란 두 눈의 구멍이 그늘 속에서 빛나고 있었다. 마침내 우리는 용의 굴에서 무사히 벗어나 검은 바위 위에 털썩 주저앉았다. 리아는 두 팔로 내 목을 감쌌다. 용의 포옹과는 달라도 너무 달랐다!

나도 리아를 꽉 끌어안았다. 그러고 나서 붐벨리한테 몸을 돌려 거친 목소리로 말했다.

"당신이 해냈어요. 당신이 용을 웃게 만들었다고요!"

붐벨리의 고개가 축 처졌다.

"나도 알아. 아주 끔찍하고 끔찍한 일이야. 난 굴욕을 당했어. 완전히 유린당했다고."

"그게 무슨 말이에요? 당신이 날 구해줬는데요!"

내가 붐벨리의 어깨를 잡고 흔들었다.

"끔찍해. 정말 끔찍해. 다시 한 번 제대로 표현하지 못했다고! 난 가장 슬프고, 가장 비탄에 잠긴 송가를 불렀어. 사람들의 심장을 아프게 만들어야 할 노래 말이야."

뚱한 어릿광대가 그 말을 반복해서 말하더니 입술을 깨물었다.

"하지만 어떻게 되었지? 용을 기쁘게 해주고 말았어. 용을 즐겁게 해주었다고. 내가 기쁘게 해주려 할 때는 슬프게 만들고, 내가 비통하게 해주려 할 때는 기쁘게 만든다고! 아, 난 실패작이야. 아주 끔찍한 실패작이야."

붐벨리는 시무룩하게 한숨을 지었다.

"게다가 난 모자를 잃어버렸어. 어릿광대 모자를! 그러니 어릿광대처럼 들리지도 않고, 이제는 어릿광대처럼 보이지도 않을 거야."

리아와 나는 의미심장한 눈빛을 주고받았다. 나는 더 이상 지체하지 않고 신발 한 짝을 벗었다.

붐벨리는 나를 우울한 표정으로 바라보았다.

"발을 다쳤구나, 그렇지?"

"아니요. 약속을 지키려고요."

그 말을 하며, 나는 발등을 덮는 신발의 가죽 혀 부분을 깨물었다. 나는 뜯고 또 씹었다. 아무리 씹어도 가죽은 부드러워지지 않았다. 흙, 풀, 땀 냄새가 입안 가득 퍼졌다. 굉장히 힘겹게 가죽 씹은 물을 꿀꺽 삼켰다.

붐벨리는 갑자기 숨을 멈췄다. 그러고는 등을 곧추세웠다. 축 처진 턱이 약간 올라갔다. 붐벨리는 웃지 않았다. 미소를 짓지도 않았다. 하지만 적어도 잠시 동안 더 이상 얼굴을 찌푸리지 않았다.

내가 다시 한 입 베어 물려고 하자, 붐벨리가 자기 손을 내 등에 올렸다.

"그만해. 한 입이면 충분해. 넌 그 신발이 필요할 거야. 다른 목적으로 말이야."

기이하고 숨죽인 소리가, 꾹 참은 웃음과 같은 소리가 붐벨리의 목에서 터져 나왔다.

"난 정말 용을 웃게 만들었어, 그렇지?"

"정말 그랬어요."

붐벨리의 찡그린 표정이 다시 돌아왔다.

"하지만 다시 그렇게 할 수 있을지 모르겠어. 그냥 운이 좋았을 뿐이야."

나는 신발을 신으며 고개를 저었다.

"운이 좋아서 그런 게 아니에요. 다시 할 수 있어요."

붐벨리는 가슴을 쭉 펴며 내 앞에 섰다.

"그렇다면 네가 저 짐승을 죽이기 위해 다시 저 연기 나는 오븐 속으로 돌아갈 때, 나도 너랑 함께 갈게."

"나도 갈게."

리아가 큰 소리로 말했다.

나는 잠시 두 사람의 충직한 얼굴을 바라보았다. 그러고는 내 검을 다시 칼집에 밀어 넣었다.

"그럴 필요 없어. 있잖아, 난 용을 죽이지 않을 거야."

나는 검게 그을린 바위 가까이 몸을 기댔다.

두 사람 모두 나를 뚫어져라 쳐다보았다. 리아가 내 지팡이를 들어 올리며 물었다.

"넌 용을 죽여야 해, 안 그래? 그렇지 않고서 어떻게 살생의 교훈을 배울 수 있겠어?"

나는 솔송나무의 울퉁불퉁한 자루에 손을 뻗어, 손에 쥐고 천천히 돌렸다.

"내 생각에, 어쩌면 이미 배운 것 같아."

"뭐라고?"

나는 울퉁불퉁한 지팡이 자루를 만지며 그늘진 굴을 흘끗 바라보았다.

"용이 웃을 때, 내게 뭔가가 일어났어."

"맞아, 넌 용꼬리에서 풀려났지."

붐벨리가 동의했다.

"아니, 내 말은 그게 아니에요. 그 웃음이 얼마나 통쾌하고 흡족했는지 못 들었어요? 그 웃음소리를 듣고 느꼈어요. 음, 용이 사악하고 잔인하지만, 철저하게 악하지는 않아요. 그렇지 않고는…… 그렇게 웃을 수는 없으니까요."

붐벨리는 마치 미친놈을 바라보듯 나를 보았다.

"장담하는데, 그 용은 마을을 파괴할 때마다 웃었을걸."

나는 고개를 끄덕였다.

"그럴지도 몰라요. 하지만 용의 웃음에 담긴 무언가가 내게 어떤 느낌을 주었어요. 웬일인지 그 용이 우리랑 완전히 다르지 않다는 느낌이에요. 그 용도 나름대로 가치가 있다는 것. 설령 우리가 그걸 이해하지 못한다 할지라도 말이에요."

리아는 살짝 미소를 지었다.

하지만 붐벨리는 이마를 찌푸렸다.

"이것이 살생과 무슨 관련이 있다는 건지 난 도통 모르겠는데."

나는 검댕이 묻어 더러워진 오른손을 들어 올리며, 보이지 않는 눈의 꺼풀을 만졌다.

"이 눈 보이지요? 쓸모없어요. 영원히 상처가 남을 거예요, 두 뺨처럼. 그런데 왜 그런지 알아요? 그건 내가 다른 소년의 삶을 파괴하려고 했기 때문이에요! 난 그 아이가 살아 있는지 죽었는지 잘 모르겠어요. 난 그 아이를 없애려고 했다고요."

붐벨리의 이마에 주름이 더 깊어졌다.

"여전히 무슨 말인지 도통 모르겠어."

"중요한 건 이거예요. 때로는 살생도 필요해요. 하지만 거기에는 반드시 대가가 따르기 마련이에요. 그건 당신의 몸일 수도 있어요. 아니면 당신의 영혼일 수도 있고요. 하지만 항상 대가가 따르는 건 마찬가지예요. 왜냐하면 모든 살아 있는 생명은 그 나름대로 소중하니까요."

내 지팡이 자루가 푸른빛을 내며 지글거렸다. 그냥 나무밖에 없던 곳에, 이제 용의 꼬리 이미지가 생겨났다.

"여섯 번째 노래의 뜻을 알아냈구나! 이제 딱 하나만 남았어. 시력의 노래 말이야."

리아가 큰 소리로 외쳤다.

지팡이 자루를 톡톡 두드리며, 나는 용의 꼬리를 살펴보았다. 원 안에 있는 빛나는 별에서 그리 멀지 않은 곳에 새겨져 있었다. 나는 한껏 뻗어 있는 생기 없는 해안선으로 눈길을 돌렸다. 해안선은 불구덩이의 내부만큼이나 시커멓게 변해 있었다. 저 멀리 진청색 해협과 그 너머 바리갈의 봉우리들이 보였다.

"이제 노래 하나만 남았어. 하지만 며칠 남지 않은 것도 사실이야."

붐벨리가 더 낮게 몸을 구부렸다.

"사흘도 채 안 남았지. 어젯밤에 달을 보니 그렇더라고."

"그리고 우리는 잊힌 땅으로 갔다 돌아와야 해요."

"불가능해."

어릿광대가 힘주어 말하며 강조하듯이 고개를 저었다. 그러다 자신에게 더 이상 모자가 없다는 사실을 떠올렸다.

"멀린, 넌 여기까지 정말 잘 왔어. 더 이상 잘할 수 없을 정도로 잘했어. 하지만 넌 우리들과 마찬가지로, 트릴링 종족이 사는 낭떠러지에서 그곳을 어렴풋이 봤어. 살아 있는 기억을 지닌 사람 중에서 잊힌 섬으로 간 사람은 아무도 없었어! 어떻게 사흘 만에 그곳으로 가는 길을 찾아 다시 돌아오기를 바랄 수 있겠어?"

나는 우리가 가야 할 길을 떠올려보았다. 바다 건너, 봉우리 너머, 숲을 지나, 마법이 그 섬을 보호하기 위해 쳐놓은 장벽을 극복해야 한다. 핀카라는 말로 표현할 수 없는 위험으로 가득 차 있다. 나는 슬픈 표정으로 리아에게 돌아서며 말했다.

"이번만큼은 붐벨리의 말이 옳을지도 모르겠어. 이번에는 우리를 도와줄 바람도 거인도 없잖아."

리아는 불에 그을린 바위 위에서 발을 쿵쿵 굴렀다.

"난 포기하지 않을 거야. 우리는 여기까지 왔어! 넌 일곱 개의 노래 중에서 여섯 개를 알아냈어. 그리고 난 사후 세계 계단통의 위치까지 안다고."

나는 벌떡 일어섰다.

"네가 뭘 안다고?"

"계단통의 위치. 벨러가 지키고 있는 곳 말이야."

리아는 한 손으로 머리를 매만졌다. 손가락에 곱슬머리가 감겼다.

"금발의 그위리가 알려줬어. 그곳의 모습을 내 마음속으로 보내줬어. 사후 세계 계단통이 용의 굴에서 그리 멀지 않은 곳에 있다고 말했을 때 말이야."

"왜 나한테 말하지 않았어?"

"그위리가 말하지 말랬어! 아마도 그위리는 네가 잊힌 섬을 건너뛰고 싶은 유혹을 느낄지도 모른다고 생각했나 봐."

천천히 나는 다시 검은 바위에 앉았다. 얼굴을 리아 가까이 바짝 대고는, 부드럽지만 단호하게 말했다.

"우린 그렇게 해야 해."

"그럴 순 없어. 넌 시력의 혼을 알아내야만 해. 그리고 나서 벨러에 대항할 기회를 노려야 해. 아바사에서 찾은 글귀 기억 안 나?"

리아가 거칠게 항의했다.

하지만 보라! 노래가 끝날 때까지

계단통에 발을 들여놓지 마라.

벨러의 외눈으로

위험이 그대의 모든 발자국에 몰래 다가가리니.

"노래 일곱 개의 뜻을 모두 알아내지 않고 벨러와 싸우려 한다면, 넌 분명 죽을 거야."

투아하가 내게 해준 경고를 떠올리자 배가 아팠다.

이것만은 명심해라, 어린 애송이야. 일곱 개 전부가 없으면, 넌 여행보다 큰 것을 잃게 될 것이다. 바로 네 목숨을 말이야.

나는 목을 가다듬고 말했다.

"하지만 리아, 만약 내가 일곱 번째 노래를 건너뛰지 않는다면, 우리 엄마는 분명 돌아가실 거야! 모르겠어? 건너뛰는 게 유일한 희망이야. 유일한 기회라고."

리아는 눈살을 찌푸렸다.

"다른 방법이 분명 있을 거야, 모르겠어? 난 느낄 수 있어."

"아니, 네가 틀렸어."

"아니, 안 틀렸어. 넌 뭔가를 두려워해, 안 그래?"

"또 그놈의 본능 타령이로군! 그래, 난 두려워. 시력에 대한 교훈이 두렵다고. 그건 다른 모든 걸 다 합한 것보다 더 두려워. 나도 그 이유를 모르겠어, 리아."

난 주먹을 불끈 쥐었다.

리아는 고개를 저으며 검게 그을린 바위에 등을 기댔다.

"잊힌 섬에서 널 기다리고 있는 게 무엇이든, 그건 중요해. 넌 그곳에 가야 해, 멀린. 엘런을 위해서뿐만 아니라 널 위해서도! 그리고 또 다른 이유가 있어.”

“또 다른 이유라고?”

“그위리가 내게 다른 것도 말해줬어. 그위리가 말하길, 네가 잊힌 섬에 있는 동안 넌 겨우살이 나뭇가지를 꼭 찾아내야 한다고 했어. 네가 사후 세계 계단통에 들어갈 때, 그걸 가지고 있어야 한다고. 그게 네가 다그다의 영역으로 안전하게 갈 수 있도록 도와줄 거야. 그게 없으면, 네 임무는 훨씬 힘들 거야.”

“지금보다 힘들어봐야 얼마나 더 힘들겠어? 제발, 리아. 우리한테는 시간이 없어. 겨우살이 나뭇가지가 없다고 뭐가 얼마나 달라지겠어? 제발, 날 좀 도와줘. 사후 세계 계단통으로 가는 길을 알려줘.”

리아는 나무껍질을 짜서 만든 자기 신발을 시커먼 바위 위에 비벼댔다.

“음…… 만약 내가 가르쳐주고, 네가 어떻게든 살아남는다면, 나한테 뭐 하나 약속해줄 수 있어? 내가 네 곁에서 그 약속을 상기시켜주지 못하더라도 말이야.”

리아의 눈동자가 갑작스레 촉촉해졌다.

나는 침을 꼴깍 삼켰다.

“물론 그럴게. 그런데 왜 네가 곁에 없다는 건데?”

“그건 신경 쓰지 말고. 그냥 나한테 약속해줘. 만약 네가 살아남는다면, 언젠가 잊힌 섬으로 가서 그곳에서 배워야 할 걸 배우겠다고 말이야.”

리아는 눈을 깜빡여 눈물을 참아냈다.

“약속할게. 그리고 널 데리고 갈 거야.”

리아가 벌떡 일어나더니 황량한 산마루를 훑어보았다.

“그렇다면 어서 가자. 앞으로 한참 동안 힘들게 걸어가야 할 테니까.”

3부

29

마지막 여행

아무 말 없이 리아는 앞장서서 돌덩이가 여기저기 흩어져 있는 황무지로 깊숙이 들어갔다. 이 산마루 위 어딘가에 정령의 세계로 들어가는 입구가 있다. 그리고 입구를 지키는 치명적인 외눈박이 도깨비 벨러가 있다. 하지만 만약 벨러가 정말로 이곳에 살고 있다면, 철저히 혼자서만 살고 있을 것이다. 숨을 쉬거나 싹을 틔우거나 움직이는 그 어떤 것도 없이 말이다. 어둠의 언덕이 이따금씩 보이는 말라 죽은 나무를 제외하고 생명이 없는 것처럼 보였다면, 이 언덕은 생명에 완전히 적대적인 것처럼 보였으니까. 용의 무시무시한 입김이 단 한 그루의 나무, 관목, 이끼조차도 남겨두지 않았다. 오직 검게 타버린 숯뿐이었다. 지금 내 어깨 위에 꽃 피는 하프를 가지고 있다면 그래서 그걸로 이 언덕에 풀 몇 포기만이라도 피어나도록 마법을 부릴 수 있다면 얼마나 좋을까?

드루마 숲의 푸릇푸릇한 빈터에 있는 리아의 집과 이렇게 대조적인 풍경은 어디에도 없을 듯했다. 하지만 리아는 향기로운 고사리 숲 사이를 종횡무진했던 것처럼, 검게 타버린 바위더미 위를 자신만만하게 움직였다. 리아는 방향을 바꾸지 않고 동쪽으로 향했다. 진로를 유지하기 위해 리아는 우리를 이끌고 부서져 내리는 바위 폭포를 곧장 기어 올라가거나, 깊숙이 갈라진 틈 위를 건너뛰었다. 우리는 몇 시간이고 계속 걸어갔다.

리아의 인내력도 감탄할 만하지만, 다른 자질도 감탄스러웠다. 리아는 생명을 그리고 살아 있는 모든 것을 사랑했다. 리아는 평온하며 영혼이 깃든 지혜를 지니고 있었다. 리아를 보고 있으면 그리스 여신 아테나의 이야기가 떠올랐다. 그리고 무엇보다 엄마가 떠올랐다.

리아가 자신의 생명을 내 생명과 엮어주고, 덩굴 옷처럼 단단하게 우리를 감싸준 것에 대해 감사의 마음이 밀려들었다. 나는 리아의 옷이 지닌 미덕을 처음으로 알아차렸다. 팔꿈치 주변의 단단하지만 유연한 짜임새, 어깨를 가로지르는 넓은 초록색 잎사귀, 옷깃을 따라 이어진 앙증맞은 생김새…….

황폐하고 적막한 산마루 위를 걸어가는 동안 리아의 덩굴 옷은 내 기분을 살짝 경쾌하게 해주었다. 그 초록색은 어쨌든 이 버려진 땅에서도 다시 꽃 피울 수 있으리라는, 그리고 제아무리 엄청난 실수를 저지르더라도 언젠가는 용서받을 수 있으리라는 희망을 주었다. 왜냐하면 리아 본인도 아주 잘 알고 있듯이, 덩굴로 짠 이 옷에는 놀라운 진실이 담겨 있기 때문이다. 아무리 뛰어난 마법사의 마법도 자연 그 자체의 마법보다 더 위대할 수는 없다. 그렇지 않고서 어떻게 생명이 없는 흙에서 새로운 싹이 피어날 수 있단 말인가?

남북으로 나란히 이어진 산마루 때문에, 계곡으로 내려가기 위해서는 방향을 바꾸어야 했다. 우리는 가파른 언덕을 기어 올라가, 이내 맞은편 언덕으로 내려갔다. 계곡 아래에 도착해서 다시 올라가야 했다. 태양이 우리 등 뒤 하늘에 낮게 내려앉고, 시커먼 바위에 기다란 그림자가 드리웠을 즈음, 무릎과 허벅지가 부들부들 떨렸다. 지팡이도 거의 아무런 도움이 되지 못했다. 붐벨리가 끊임없이 구르는 것을 보아하니, 더더군다나 때로 자기 망토에 걸려 구르는 것을 보아하니, 붐벨리 역시 기운을 다 쓴 것 같았다.

설상가상으로 물의 흔적이 전혀 없었다. 입안이 마른 나뭇조각처럼 느껴졌다. 나는 다른 사람들보다 더 목이 말랐는데, 분명 신발 가죽을 베어 물었기 때문일 것이다. 메마른 거친 돌 위를 하루 종일 걸은 까닭에 우리는 굉장한 갈증을 느꼈다.

하지만 리아는 결코 속도를 늦추지 않았다. 아무 말도 하지 않았지만, 리아는 그 어느 때보다도 단호하게 결심한 것처럼 보였다. 어쩌면 우리 여정의 급박함 때문이었을지도 모른다. 아니, 어쩌면 다른 무엇 때문일지도……. 리아만 알고 있는 뭔가 다른 이유 말이다. 어쨌든 내 기분은 그 어느 때보다도 섬뜩했다. 투아하의 목소리가 여전히 귓가에 쩌렁쩌렁 울리며 두려움을 더해주었다. 무덤을 둘러싼 푸른 돌에서 나온 빛이 그랬던 것처럼……. 투아하는 굉장히 현명하고 강력했지만, 벨러의 치명적인 눈빛에 목숨을 잃었다. 왜? 바로 교만 때문이었다. 나 또한 그런 결함에서 자유롭지 못한 게 아닐까? 여섯 개의 노래만으로 감히 벨러와 맞서려고 하니 말이다.

그렇다. 아니, 아니다. 교만이 처음부터 이 모든 혼란스러운 상황을 낳았다. 하지만 이제 나는 절망과 자포자기로 움직였다. 그리고 두려움에 사로잡혀 움직였다. 왜냐하면 리아가 옳았기 때문이다. 나는 잊힌 섬과 그것이 무엇이든 시력의 노래가 가져올 결과를 피했다는 사실에 마음이 놓였다. 정말로 마음이 놓였다. 그 노래는 끔찍한 꿈처럼 나를 따라다녔다. 녹슨 평원에서의 그날 밤, 내가 내 자신의 얼굴을 마구 할퀴

게 만들었던 그 꿈처럼 끔찍했다. 쓸모없는 두 눈과 제한된 투시력으로 시력의 영혼을 찾아낼 수 있을지 의심스러웠다. 그리고 마법사처럼 보기 위해서는 완전히 다른 무언가가, 내게 없는 무언가가 필요한 건 아닌지 궁금했다.

게다가 그것은 내 두려움의 시작에 불과했다. 인간의 피를 물려받은 아이만이 리타 고르 또는 그 하수인 벨러를 무찌를 수 있다는 예언이 진실이 아니면 어쩌지? 투아하 자신은 많은 것을 암시해주었다.

예언은 진실일 수도, 거짓일 수도 있다. 하지만 그것이 설령 진실이라 할지라도, 진실은 이따금 하나 이상의 얼굴을 지닌다.

그 예언이 무엇을 의미하든, 난 분명 그 예언을 믿을 수 없었다. 슬픈 진실은, 내 자신조차 믿을 수 없다는 사실이었다.

위에서 헐거운 바위가 부서져 내려 내 신발 끝을 간신히 비켜갔다. 고개를 들어보니, 리아가 마치 이목구비가 또렷한 코처럼 생긴, 산마루에 툭 튀어나와 있는 돌출 바위 꼭대기 너머로 사라지고 있었다. 뭔가 이상하다고 생각했다. 아직도 올라가야 할 길이 많이 남았는데 왜 리아는 그렇게 툭 튀어나온 돌출부를 돌아가지 않고 곧장 넘어가려고 하는 걸까?

그 답을 알고 나자 깜짝 놀랐다. 바로 앞, 바위 위에서 뭔가 촉촉한 것이 반짝거리는 걸 알아차렸다. 물이다! 하지만 어디서 나오는 거지? 돌출 바위를 높이 올라갈수록 축축한 곳이 더 많았다. 심지어 초록으로 살아 있는 덥수룩한 이끼 다발이 돌 두 개 사이 틈에 뿌리를 박고 있었다.

마침내 내가 꼭대기에 올랐을 때, 나는 우뚝 멈춰 섰다. 그곳에, 열 발자국도 떨어지지 않은 곳에, 자그마한 샘물이 졸졸 흘러나와 깨끗한 물웅덩이를 이루고 있었다. 리아는 이미 물을 마시고 있었다. 나는 리아 옆에 달려가, 얼굴을 물웅덩이에 풍덩 밀어 넣었다. 처음 한 모금을 마시자 혀가 살짝 따끔거렸다. 또 한 모금 마시니 물은 내 몸에 생기를 불어넣고 서늘한 느낌을 주었다. 리아와 마찬가지로, 나는 마시고 또 마시며 내 몸을 물로 가득 채웠다. 붐벨리도 샘물 옆에 털썩 주저앉았다. 헐레벌떡 게걸스럽게 물을 마시는 소리가 우리가 물을 마시는 소리에 더해졌다.

마침내 더 이상 물을 마실 수 없을 정도가 되어서야 나는 리아에게 몸을 돌렸다. 리아는 무릎을 가슴 가까이 잡아당긴 채 앉아서, 지는 해가 서쪽 하늘을 가로질러 붉은색과 보라색으로 물들이는 모습을 바라보고 있었다. 리아의 머리에서 어깨로 물이 똑똑 떨어져 내렸다.

나는 턱에서 물을 닦아내고 리아 곁으로 다가갔다.

"리아, 벨러 생각하는 거야?"

리아가 고개를 끄덕였다.

"난 얼굴 호수에서 벨러를 봤어. 벨러는…… 나를 죽이고 있었어. 나한테 자기 눈을 들여다보게 만들었어."

내가 말했다.

리아는 고개를 휙 돌렸다. 분홍빛 일몰에 리아의 머리카락은 활활 타올랐지만 리아의 눈은 슬퍼 보였다.

"나도 얼굴 호수에서 벨러를 봤어."

리아는 뭔가를 더 말하려다 말고 그만두었다.

내 목이 긴장되었다.

"우리…… 우리 가까이 온 거지?"

"아주 가까이."

"오늘 밤에 그곳으로 밀고 들어가야 할까?"

물웅덩이 옆에 누울 자리를 마련하고 있던 붐벨리가 펄쩍 뛰었다.

"안 돼!"

리아가 한숨을 내쉬었다.

"달이 거의 안 남았어. 잠을 좀 자야 해. 오늘밤에 우리는 여기에서 하룻밤을 보내야 해."

리아는 검게 그을린 거친 돌의 표면을 쓰다듬고 나서 내게 손을 뻗어 내 손가락을 감쌌다.

"멀린, 난 두려워."

"나도 마찬가지야."

나는 리아의 시선을 따라 지평선을 바라보았다. 뾰족뾰족한 언덕 위의 하늘은 이제 핏빛이었다.

"어렸을 때, 난 가끔씩 너무 두려워 잠을 잘 수 없었어. 그럴 때마다 엄마가 날 달래주려 항상 이야기를 들려주곤 했어."

나는 조용히 말했다.

리아의 손가락이 내 손가락을 단단히 눌렀다.

"정말이야? 정말 멋진 생각이다. 누군가의 두려움을 덜어주기 위해 이야기를 들려주다니! 엄마는 원래 그런 일을 하는 걸까?"

리아가 한숨지었다.

"응, 적어도 우리 엄마는."

내가 부드럽게 대답했다.

저녁노을로 붉게 물든 리아가 고개를 숙였다.

"나도…… 엄마에 대해 알았으면 좋겠어. 엄마가 들려주는 이야기를 들었으면 좋겠다. 지금 당장 떠올릴 수 있는 이야기를."

"유감이야, 리아."

나는 그 말을 도로 집어삼키려 했지만 그럴 수 없었다.

"하지만 네 엄마한테서 이야기를 듣는 것만큼이나 좋은 게 하나 있어."

"그게 뭔데?"

"친구한테서 이야기를 듣는 거지."

리아가 살며시 미소를 지었다.

"정말 듣고 싶다."

나는 저기 하늘 높은 곳에서 어른거리는 첫 번째 별을 흘끗 바라보았다. 그러고는 목청을 가다듬고 이야기를 시작했다.

"아주 오래전에 아테나라는 이름의 현명하고 능력 있는 여신이 살고 있었어."

30

외눈박이 도깨비 벨러

밤이 내려앉았다. 춥고 어두컴컴해졌다. 내 이야기를 듣고 나서 리아는 잠에 빠져들었다. 하지만 나는 바위 위에서 뜬눈으로 누워 계속 몸을 뒤척였다. 잠시 저 멀리 서쪽 끝 하늘을 바라보며 금발의 그위리를 떠올렸다. 하지만 대부분은 머리 위에 뜬 손톱만큼 남은 조각달을 응시했다. 아침이 되면, 기껏해야 우리에겐 이틀밖에 남지 않을 것이다.

밤새도록 나무 한 그루 없는 언덕의 차가운 공기 속에서 몸을 벌벌 떨었다. 그리고 그저 한 번 흘끗 보는 것만으로도 죽는다는 그 무자비한 괴물의 눈을 생각하며 벌벌 떨었다. 내가 얼굴 호수에서 본 이미지가 스멀스멀 떠올랐다. 가끔 꾸벅꾸벅 졸 때면, 난 발버둥 치며 팔다리를 마구 휘저었다.

아침 첫 햇살이 바위가 듬성듬성 있는 언덕에 닿았을 즈음, 나는 잠에서 깨어났다. 이 새벽을 맞아주며 지저귀는 새 하나, 재빨리 뛰어가는 짐승 하나 없었다. 길게 윙윙거리는 바람만이 산마루를 가로질러 청승맞게 불어댔다. 재빨리 나는 기지개를 켰다. 어깻죽지 사이가 욱신거렸다. 살얼음이 살짝 낀 깨끗한 물웅덩이로 몸을 숙여 마지막으로 물

한 모금을 마셨다.

춥고 배고프고 선뜩한 기분으로 우리는 길을 나섰다. 리아는 뾰족 바위를 넘어 진중하게 성큼성큼 걸어 나갔다. 리아의 나무껍질 신발은 숯 때문에 시커멓게 변해 있었다. 말없이 리아는 우리를 이끌고 해가 떠오르는 방향으로 나아갔다. 하지만 우리 중 누구도 걸음을 멈추고 지평선을 가로질러 퍼지는 오렌지색과 분홍색의 풍요로운 그 빛줄기를 음미하지 않았다. 각자의 생각에 사로잡혀, 우리는 서로 아무 말 없이 걷기만 했다. 발밑에서 푸석한 바위가 무너져 내리는 바람에 나는 몇 번이나 미끄러졌다. 한 번은 넘어지면서 바위에 무릎을 찧기도 했다.

그날 아침 늦게 또 다른 언덕의 정상에 이르렀을 때, 리아가 속도를 늦추었다. 이윽고 걸음을 멈추고는 내게 걱정스러운 표정을 지어 보였다. 아무 말 없이 리아는 팔을 들어 올려 다음 산마루를 가리켰다. 커다란 틈이 산의 정상을 갈랐는데, 아주 오래전에 신비한 짐승이 그 위를 입으로 꽉 물어, 바위를 찢어놓기라도 한 것처럼 보였다. 내가 그 틈을 바라보자 그 계곡 틈이 나를 노려보는 것 같았다.

나는 입술을 앙다물었다. 사후 세계 계단통이 분명 저곳에 있다. 왜 전지전능한 다그다가 직접 내려와 벨러를 무찌르지 않은 걸까? 분명 가장 위대한 전사인 다그다라면 아주 쉽게 무찌를 수 있었을 텐데. 어쩌면 다그다가 리타 고르와의 싸움에만 전념하고 있었기 때문인지도 모른다. 아니, 어쩌면 다그다는 이유가 무엇이든, 죽을 운명을 지닌 자들이 사후 세계로 들어오는 걸 원치 않는 걸지도 몰랐다.

내가 앞장섰다. 리아가 내 뒤에 바짝 따라왔다. 너무 가까이 따라와서 리아의 근심 가득한 숨소리가 들릴 정도였다. 검게 그을린 다음 계곡 안으로 들어서며, 나는 초록색을 띠는 살아 있는 것의 흔적을 찾아

주변을 유심히 훑어보았다. 하지만 이곳에서는 샘물이 졸졸 흘러나오는 곳이 하나도 없었다. 이끼가 가득 찬 계곡 틈도 없었다. 바위들은 마치 내 희망처럼 벌거벗은 채 휑뎅그렁하게 누워 있었다.

친천히 우리는 키다란 틈을 향해 기어갔다. 드디어 그 가장자리에 도착했을 때 리아가 내 옷자락을 꽉 잡았다. 잠시 리아는 나를 살펴보았다. 그러고 나서 아주 작은 목소리로 그날 처음으로 입을 열었다.

"눈. 절대 눈을 봐서는 안 돼."

나는 검 손잡이를 꽉 움켜쥐었다.

"최선을 다할게."

"멀린, 우리한테 시간이 좀 더 있었으면 얼마나 좋았을까. 단 며칠만이라도 함께 보내며 비밀을 나눌 수 있게."

나는 이마를 찌푸렸다. 무슨 말을 하는지 잘 몰랐기 때문이다. 하지만 지금은 그걸 따질 시간이 없었다. 나는 입을 꽉 다물고 리아에게 내 지팡이를 건넸다. 그러고 나서 둥근 틈 안으로 걸어 들어갔다.

양쪽에 우뚝 솟은 시커먼 절벽 사이를 터벅터벅 걸어 들어가면서, 나는 마치 괴물의 떡 벌린 입속으로 걸어 들어가는 느낌을 받았다. 용의 이빨만큼이나 들쭉날쭉한 작은 뾰족탑들이 절벽 가장자리에 툭 튀어나와 있었다. 싸늘한 바람이 내 얼굴을 후려갈기며 내 귀에 비명을 질러댔다. 둥근 홈 안으로 더 깊이 들어갈수록 공기는 점점 더 불길하게 흔들렸다. 마치 보이지도 들리지도 않는 발자국에 흔들리기라도 하는 것 같았다.

아무것도 발견할 수 없었다. 아침 햇살 속에서 반짝이는 울퉁불퉁하고 시커먼 바위를 빼면 이곳은 완전히 텅 빈 것처럼 보였다. 벨러는 없었다. 계단통도 없었다. 살아 있거나 죽은 어떤 흔적도 없었다.

뭔가를 놓쳤을지도 모른다는 생각에, 나는 뒤를 돌아보았다. 그때 갑작스레 바람이 다시 불어닥쳤다. 내 앞의 공기가 어두워지더니 흔들렸다. 공기가 눈에 보이지 않는 장막처럼 갈라지며 허공에서 거대하고 우락부락한 전사 하나가 걸어 나왔다. 적어도 나보다 몸집이 두 배는 되었다.

벨러였다! 내 위에 우뚝 섰는데 절벽만큼이나 어깨가 떡 벌어졌다. 분노에 찬 묵직한 으르렁거림이 거대한 굴 틈에서 울려 퍼졌다. 묵직한 신발이 바위 위에 쿵 내려왔다. 천천히 벨러는 반짝반짝 빛나는 칼을 뽑았다. 귀 위의 뿔과 거대한 한 눈 위의 시커먼 눈썹이 보였다. 나는 투시력을 재빨리 옆으로 돌렸다.

뭔가 다른 걸 봐야 해. 머리 말고! 칼, 칼을 봐야 해.

나는 가까스로 넓적하고 빛나는 칼날에 초점을 맞추었다. 칼날이 내 검과 짱 부딪혔다. 어찌나 힘이 센지 팔이 후들거렸다. 놀랍게도 벨러는 그 충격에 투덜거렸다. 내 검이 지닌 마법을 미처 알아차리지 못했던 것 같았다. 벨러는 다시 고함지더니 자신의 칼을 다시 한 번 힘껏 휘둘렀다.

나는 잽싸게 옆으로 몸을 빼냈다. 벨러의 칼날이 내가 방금 전까지 서 있던 바위를 내리쳤다. 불꽃이 허공으로 날리며 내 옷자락을 태웠다. 나는 벨러를 똑바로 바라보지 않으려 최선을 다했다. 눈을 흘끗 마주칠까 두려웠기 때문이다. 벨러가 팔을 다시 들어 올려 내리치려 할 때, 벨러에게 달려들었다. 하지만 벨러는 제때 몸을 피했다. 이윽고 엄청난 속도로 나를 곧장 공격해왔다. 벨러의 칼이 허공을 갈랐다.

나는 깜짝 놀라 주춤주춤 뒤로 물러섰다. 갑작스레 내 뒤꿈치가 바위에 부딪혔다. 나는 뒤로 굴렀다. 균형을 유지하려 필사적으로 버둥거렸지만 돌 더미에 걸려 넘어지고 말았다. 벨러는 복수심에 불타 으르렁 거리며 칼을 높이 치켜든 채 나를 향해 걸어왔다. 내가 할 수 있는 거라 고는 벨러의 얼굴, 벨러의 시선을 피하는 것뿐이었다.

그 순간 리아가 어둠 속에서 튀어나와 벨러에게 그대로 달려들었다. 리아는 벨러의 다리로 돌진해 넓적다리를 단단히 붙들었다. 벨러는 발 길질을 하며 벗어나려 했지만 리아는 계속 달라붙어 있었다. 리아가 벨 러의 주의를 끄는 사이, 나는 옆으로 몸을 굴려 벌떡 일어날 수 있었다.

내가 공격을 다시 시작하기도 전에, 벨러는 리아를 향해 미친 듯이 울부짖었다. 벨러는 리아의 팔을 잡아 자기 발에서 뜯어냈다. 그러고 나 서 다시 으르렁거리며 리아를 채찍처럼 휙 돌려 거꾸로 절벽에 집어던 졌다. 리아의 얼굴이 곧장 바위에 부딪혔다. 리아는 뒤로 주춤주춤 비틀 거리다 쓰러지더니 꼼짝하지 못했다.

그 모습을 보자, 내 심장이 찢어지는 듯했다. 바로 그때 붐벨리가 숨 어 있던 곳에서 나와 팔을 마구 휘저으며 리아 옆으로 달려갔다. 나는 화가 치밀어 올라 곧장 벨러에게 달려들어 검을 휘둘렀다. 그러면서도 여전히 벨러의 눈길을 피했다. 하지만 벨러는 날 간단히 피했다. 벨러의 주먹이 내 어깨를 쳤다. 나는 널브러졌다. 검이 내 손에서 빠져나가 바 위 위에 쨍그랑 부딪혔다. 나는 검을 잡으려 미친 듯이 기어갔다.

거대한 신발이 내 가슴을 찼다. 나는 허공을 날아 등부터 쿵 하고 떨 어졌다. 갈빗대가 고통스러운 비명을 질러댔다. 깎아지른 절벽이 내 위 에서 흔들리며 빙빙 도는 것 같았다.

내가 채 일어나 앉기도 전에, 벨러의 거대한 손이 내 목을 조여왔다. 숨이 막혀 헉헉거릴 때까지 내 목을 비틀었다. 이윽고 갑작스럽게 벨러 는 내 몸을 공중으로 들어 올렸다. 머리가 어질어질했다. 나는 허우적거리며 팔다리를 흔들어댔다. 하지만 벨러는 더 단단히 조이며 내 목을 졸라 숨통을 끊으려고 했다. 나는 벨러의 팔을 마구 때리며 숨을 쉬려 필사적으로 매달렸다.

천천히 벨러가 나를 내려놓았다. 마침내 내 얼굴에 거의 닿을 정도가 되었다. 벨러는 더 단단히 쥐었다. 으르렁거리는 소리에 귀청이 찢어질 것만 같았다. 이윽고 난 더 이상 저항할 힘도 없는 주문에 휘말려 벨러의 짙은 눈을 보고 말았다. 흐르는 모래 구덩이처럼 벨러의 눈이 나를 빨아들였다.

남아 있는 힘을 쥐어짜 벗어나려 발버둥 쳤다. 하지만 나는 그 눈에 저항할 수 없었다. 눈이 나를 깊이, 더 깊이 잡아당기며 내 힘을 빨아냈다. 어둠이 내 시력을 감쌌다. 녹초가 되는 느낌이 들었다.

포기해야겠어. 그냥 내버려두자.

나는 싸움을 포기했다. 숨 쉬려 애쓰지 않았다.

갑작스레 벨러가 고통에 신음했다. 벨러가 내 목을 놓아주었다. 나는 바위 위로 떨어져 기침을 하면서 헉헉거렸다. 내 폐에 다시 공기가 찼다. 한순간 어둠이 나를 붙잡았다. 그러더니 사라졌다.

힘없이 나는 팔꿈치에 기대 몸을 일으켰다. 바로 그때 벨러가 바위 위에 쓰러지는 게 보였다. 벨러는 나무가 쓰러지듯이 쿵 쓰러졌다. 벨러의 등에서 검이 튀어나왔다. 내 검이었다. 벨러 뒤에는 리아가 서 있었다. 리아의 얼굴은 온통 피범벅이었다. 목은 기이하게 구부러져 있었다. 마치 똑바로 들 수 없는 것처럼……. 문득 리아의 두 다리가 휘청거리며 쓰러진 벨러 옆에 고꾸라졌다.

"리아!"

나는 거칠게 소리치며 리아 옆으로 기어갔다.

붐벨리가 나타났다. 그 어느 때보다 더 암울한 표정이었다. 붐벨리가 내 팔을 잡아줬기에 나는 일어설 수 있었다. 내가 리아 곁으로 비틀비틀 갈 때, 붐벨리가 신음하는 소리가 들렸다.

"움직이면 죽는다고 내가 주의를 주었는데, 리아는 내 말을 듣지 않았어."

나는 리아 옆에 무릎을 꿇었다. 두 손으로 리아의 머리를 살며시 들어 올리며, 리아의 목을 곧게 펴보려 했다. 한쪽 귀 위에 생긴 깊은 상처에서 피가 마구 쏟아져 나와 바위는 물론이고 리아의 덩굴 옷까지 흠뻑 적셨다. 조심스레 나는 내가 가지고 다니는 작은 가방에서 약초를 꺼내 상처에 뿌렸다.

"리아, 내가 도와줄게."

리아의 청회색 눈동자가 반쯤 열렸다.

"멀린, 이번에는…… 네가 할 수 있는 게…… 아무것도 없어."

리아가 속삭였다.

"아니야, 넌 곧 괜찮아질 거야."

나는 고개를 힘껏 내저었다.

리아가 힘겹게 침을 삼켰다.

"이제 내가…… 죽을 시간이야. 분명해. 내가…… 얼굴 호수 속을…… 바라봤을 때…… 난 네가 벨러와 싸우는 모습을…… 그리고 지는 모습을 봤어. 하지만 난…… 우리 중 하나가 죽는 것도…… 봤어. 그건…… 네가 아니었어. 그건…… 나였어."

리아를 붙잡은 채, 나는 리아의 머리와 목을 가누게 하려고 노력했다. 옷소매 끝을 찢어 리아의 살갗에 대주며 상처를 치유하려고 했다. 내가 독수리 계곡에서 리아의 뼈를 붙게 해주었던 것처럼……. 하지만 이번 상처는 부러진 팔보다 훨씬 더 심각했다. 시간이 지날수록 찢어진 덩굴 옷이 점점 더 희미해지는 것처럼 보였다. 생기 가득하던 초록색에도 그늘이 드리워졌다.

"그럴 리 없어, 리아."

"아니야…… 사실이야. 네게 말하지 않은 게 있어……. 하지만 누군가 내게 말했어……. 아주 오래전에……. 내가 죽을 거라고…… 네 목숨을 구하기 위해서 말이야. 너랑 함께 있는 건…… 내 자신의 죽음을 의미한다고 말이야. 난 그 말을 믿지 않았어…… 지금까지는……."

"무슨 말도 안 되는 소리야? 어떤 바보가 너한테 그런 말을 했다는 거야?"

나는 상처에 더욱더 집중했다. 하지만 피는 계속 흘러나와 옷을 적시고 내 손가락 사이로 새어나왔다.

"바보 아니야. 아…… 바사가 그랬어. 그래서…… 네가 문 안으로 들어오는 걸…… 환영하지 않은 거라고."

나는 주춤했다.

"넌 지금 죽을 수 없어! 그 바보 같은 예언 따위 때문이라면 더더욱 죽을 수 없어!"

나는 몸을 숙여 말했다.

"내 말 잘 들어, 리아. 그 예언은 쓸모없어. 아무 짝에도 쓸모없다고! 예언에 의하면, 인간의 피를 이어받은 아이만이 벨러를 죽일 수 있다고 했어, 그렇지? 그런데 봐봐, 무슨 일이 벌어졌는지 너도 똑똑히 봤잖아. 난 벨러의 손에 죽을 뻔했어. 난 아무것도 못했어. 인간의 피를 이어받은 내가 말이야! 벨러를 죽인 건 내가 아니라 너였다고."

"그건…… 나도…… 인간의 피를 물려받았기 때문이야."

"뭐라고? 넌 핀카이라 사람이잖아! 넌……."

"멀린……."

리아의 눈꺼풀이 떨렸다. 절벽 아래에서 바람이 슬프게 울부짖었다.

"난…… 네 여동생이야."

나는 벨러의 신발이 다시 한 번 내 갈빗대를 밟는 느낌을 받았다.

"내 뭐라고?"

"네 여동생. 엘런은…… 내 엄마이기도 해. 그게…… 내가 여기까지 따라온…… 또 다른 이유였어."

리아가 힘겹게 숨을 쉬며 말했다.

나는 주먹으로 시커먼 바위를 내리쳤다.

"그럴 리 없어."

"사실이야."

붐벨리가 단호하게 말했다. 붐벨리의 호리호리한 몸이 내 옆에 무릎을 꿇고 앉았다.

"사파이어 빛 눈동자의 엘런이 핀카이라 해안으로 떠밀려온 난파선 안에서 널 낳았을 때, 엘런은 몇 분 뒤에 또 한 아이를 낳았어. 딸이었지. 엘런은 사내아이의 이름을 엠리스라고 짓고, 딸아이는 리아논이라고 불렀어. 핀카이라의 음유시인들은 모두 그 이야기를 알고 있어."

붐벨리의 침울한 한숨이 바람에 녹아들었다.

"그리고 어떻게 갓난쟁이인 그 딸아이를 잃어버렸는지에 대한 이야기도 알고 있어. 딸아이의 부모는 드루마 숲을 여행하고 있었어. 그때 고블린 전사들한테 공격을 당했지. 리타 고르의 병사들 말이야. 격렬한 전투가 벌어졌어. 고블린들은 마침내 뿔뿔이 흩어졌지. 하지만 그 소란스러운 와중에 쌍둥이 하나를 잃어버렸어. 수백 명의 사람들이 몇 주 동안 찾아봤지만 헛수고였어. 마침내 엘런조차 포기했지. 가슴이 찢어질 듯 아팠지만, 엘런이 할 수 있는 일이라고는 언젠가 자기 딸을 찾을 수 있기를 다그다에게 기도하는 것밖에 없었어."

리아가 힘없이 고개를 끄덕였다.

"마침내 트릴링 종족이 날 찾아냈어. 크웬, 날 아바사한테 데리고 간 게 바로 크웬이었어."

"내 동생? 네가 내 동생이라고?"

보이지 않는 내 두 눈에 눈물이 고였다.

"그래…… 멀린."

우뚝 솟은 절벽이 무너져 날 덮친다 할지라도, 이보다 더 큰 고통을 느끼지는 못했을 것이다. 난 형제자매를 찾았다. 하지만 전에 수없이 그 랬던 것처럼, 난 방금 찾은 걸 잃게 될 처지에 놓여 있었다.

불현듯 떠올랐다. 투아하는 인간의 피를 물려받은 아이에 대한 예언 이 뜻밖의 의미를 지닐 수 있다고 내게 경고했었다.

예언은 진실일 수도, 거짓일 수도 있다. 하지만 그것이 실령 진실이라 할지라도, 진실은 이따금 하나 이상의 얼굴을 지닌다.

그것이 리아의 얼굴이라는 걸 어떻게 알 수 있었단 말인가?

"왜 진작 말하지 않았어?"

나는 떨리는 목소리로 물었다.

"난…… 네가 날 보호하기 위해…… 그 과정을 바꾸는 걸…… 원하 지 않았으니까. 네가…… 목숨을 바쳐 하는 일은…… 중요하니까."

"네 목숨도 똑같이 중요해!"

나는 피 묻은 천 조각을 던져버리고 내 옷소매에서 새로 천 조각을 찢었다. 상처를 닦으며 책으로 가득 찬 카이르프레의 방 안에서 있었던 아주 오래전 밤을 떠올렸다. 이 때문에 카이르프레가 내가 태어날 당시의 이야기를 해주기를 그렇게 주저했던 것이다! 난 당시 의아하게 생각했다. 그리고 지금 깨달았다. 카이르프레가 뭔가 더 말하려 했었다는 것을. 같은 날 밤에 여동생이 태어났다는 것을…….

나는 리아의 머리를 내 무릎에 누이고, 팔에 닿는 리아의 따뜻한 호흡을 느꼈다. 리아의 눈꺼풀이 감겼다. 덩굴 옷의 그늘이 깊어졌다. 나는 눈물을 흘리며 말했다.

"내가 제대로 볼 수 있었다면 얼마나 좋을까."

리아의 눈꺼풀이 떨렸다.

"본다고? 지금 네…… 눈 이야기하는 거야?"

"아니, 아니야."

나는 리아의 갈색 곱슬머리에서 뚝뚝 떨어지는 피를 바라보았다.

"그건 내 눈에 대한 이야기가 아니야. 다른 뭔가에 대한 거야. 내 마음이 줄곧 알고 있었던 뭔가 말이야. 음, 넌 드루마 숲에서 그날 내가 우연히 만난 사람 이상의 사람이라는 것. 내 마음은 처음부터 그걸 알고 있었어."

리아는 입술을 살짝 달싹거렸다. 방긋 웃는 것 같았다.

"내가…… 나무에 너를…… 매달았을 때에도?"

"그때도 마찬가지였어! 리아, 내 마음은 볼 수 있었어. 하지만 내 마음은 이해하지 못했어. 난 내 마음에 좀 더 집중했어야 해. 사실이야! 마음은 눈에 보이지 않는 걸 볼 수 있어."

리아가 내 지팡이를 놓아둔 바위에서 푸른 불꽃이 터져 나왔다. 보지 않아도 지팡이에 눈의 형상을 한 새로운 표시가 새겨졌다는 걸 알았다. 내가 시력의 영혼을 발견했기 때문이다. 하지만 내가 얻은 것은 잃은 것과 비교하면 아무것도 아니었다.

같은 순간 쓰러진 벨러의 쭉 뻗은 팔 근처에서 공기가 움직이기 시작했다. 눈에 보이지 않는 장막이 걷히며 반짝반짝 빛나는 나지막한 하얀색 원형 돌덩이가 나타났다. 계단통이었다. 위로 이어진 계단통이 아니라 아래로 깊이 이어진 계단통이었다.

계단통을 찾아냈다! 그리고 사후 세계로(천국 혹은 지옥으로) 가는 통로는 위가 아니라 아래로 이어진다는 걸 처음으로 깨달았다. 내 자신으로부터 멀리 동떨어진 우주의 어딘가로 올라가는 것이 아니라 가장 깊숙한 곳까지 내려가는 것이었다.

거센 바람이 불어와 울부짖었다. 리아가 너무나 힘없이 말해서 무슨 말인지 알아들을 수가 없었다.

"넌…… 마법사가 될 거야, 멀린. 훌륭한…… 마법사가."

나는 리아의 머리를 내 가슴에 들어 올렸다.

"죽지 마, 리아. 죽지 말라고."

리아가 몸을 부르르 떨었다. 그러다 마침내 눈을 감았다.

나는 리아를 꼭 감싸 안은 채 조용히 흐느껴 울었다.

이윽고 마치 내 팔 안에서 여명이 밝아오듯, 내가 전에 눈치채지 못했던 뭔가의 존재를 느꼈다. 리아의 몸 안에서 무언가가, 하지만 리아의 몸과 별개인 무언가가 내 손가락 사이를 지나갔다. 마치 빛의 산들바람 같았다. 리아의 영혼이었다. 리아의 영혼이 몸을 떠나 그 너머의 영역으로 가고 있었다. 그 순간 어떤 생각이 나를 사로잡았다.

나는 리아의 영혼을 향해 소리쳤다.

제발, 리아. 날 떠나지 마. 아직은 아니야.

나는 리아를 내 가슴 가까이로 끌어당겼다.

나랑 함께 가. 나랑 함께 있어. 잠시만이라도.

나는 하얀색 원형 돌덩이를 흘끗 바라보았다. 사후 세계의 입구, 다그다에 이르는 통로. 다그다가 엘런을 구하기에 너무 늦었다 하더라도, 어쩌면, 정말 어쩌면 아직 리아를 구할 수는 있을지도 몰랐다. 만약 그렇지 않다 해도, 조금이나마 더 오랫동안 우리는 함께 있을지도 모른다.

나랑 함께 가. 제발.

나는 숨을 깊이 들이마셨다. 공기 너머의 무언가를 들이마셨다. 그리고 그 호흡과 더불어 새로운 감정이 내 안에 강하게 몰려왔다. 그 감정은 활기찼다. 기운이 넘쳤다. 그건 리아였다.

나는 붐벨리를 바라보았다. 붐벨리의 축 처진 두 뺨에 눈물자국이 얼룩져 있었다.

"날 좀 도와줄래요?"

붐벨리가 진지한 표정으로 나를 바라보았다.

"리아는 죽었어."

"죽었어요. 하지만 떠나지는 않았어요."

나는 내 안에 새로운 생명력을 느꼈다.

힘겹게 붐벨리는 내가 일어나도록 도와주었다. 나는 내 품에 리아의 텅 빈 몸뚱이를 안았다. 리아의 머리가 대롱대롱 매달렸다.

"이제 제 검을 가져다줘요. 그리고 지팡이도요."

어릿광대는 고개를 절레절레 저으며 벨러의 몸에서 검을 뽑아냈다. 그러고는 신발로 칼날을 깨끗이 닦았다. 그리고 바위에서 내 지팡이를 가져왔다. 검을 칼집에 꽂고, 지팡이를 피에 흠뻑 젖은 허리춤에 넣어주었다.

붐벨리는 슬픈 표정으로 나를 유심히 바라보았다.

"리아와 함께 어디로 가려는데?"

"사후 세계로요."

붐벨리가 눈썹을 추켜올렸다.

"그렇다면 난 여기서 널 기다릴게. 네가 영영 돌아오지 않는다 하더라도 말이야."

나는 하얀색 원형 돌덩이를 향해 걸어가다 멈추어서 다시 붐벨리를 바라보았다.

"붐벨리, 내가 돌아오지 못할 경우를 대비해 이것만은 말할게요."

붐벨리는 얼굴을 잔뜩 찡그렸다.

"그게 뭔데?"

"당신은 끔찍한 어릿광대예요. 하지만 충직한 친구예요."

나는 그 말을 남기고 계단통으로 돌아섰다. 바위를 성큼성큼 가로질렀다. 두 팔은 마음만큼이나 무거웠다.

31

안개 속으로

사후 세계 계단통을 들여다보자, 한줄기 따뜻한 공기가 내 얼굴로 휘몰아쳤다. 입구와 마찬가지로 광이 나는 하얀색 돌로 만든 나선형 계단이 원형 한가운데에서부터 아래로 빙글빙글 이어져 있었다. 계단이 얼마나 멀리까지 이어져 있을지 알 수 없었다. 그저 한참 이어져 있을 거라 추측할 뿐이었다.

리아의 축 늘어진 몸을 두 팔로 안은 채, 나는 조심스레 첫 번째 계단에 발을 들여놓았다. 어쩌면 마지막이 될지 모를 핀카이라의 공기를 깊이 들이마시고 나서 나선형 계단 아래로 내려가기 시작했다. 아래쪽으로 내려가면서 비틀거리지 않으려 조심하고 또 조심했다. 벨러와의 싸움에서 다친 갈빗대와 목과 어깨가 욱신거렸다. 하지만 친구이자 여동생의 몸을 안고 가는 내 마음은 더 아팠다.

계단을 100개 정도 내려가고 나서, 두 가지 놀라운 사실을 깨달았다. 첫째, 계단통은 점점 더 어두워지지 않았다. 마시는 우물이나 땅에서 파 내려간 터널과 달리, 깊이 내려가도 빛이 줄어들지 않았다. 사실 더 강하게 빛을 뿜어내는 것 같았다. 곧 계단의 하얀색 돌이 진줏빛으로 빛났다.

둘째, 뾰족한 통로에는 벽이 하나도 없었다. 오직 이리저리 굽이치며 움직이는 안개가 계단을 둘러싸고 있을 뿐이었다. 더 깊이 내려갈수록 손가락 같은 안개가 더욱더 복잡하게 얽혀갔다. 때로 안개가 내 다리를 휘감거나 리아의 머리카락을 휘감았다. 때로 내가 정확히 파악할 수 없는 기이한 모습으로 비비 뒤틀렸다.

이 계단통의 안개를 보니 핀카이라의 해안을 둘러싸고 있던 안개가 떠올랐다. 그 자체의 신비로운 리듬과 패턴이 있는 살아 있는 존재처럼 경계나 장벽도 없었다. 엘런은 올림포스 산, 얼 위드바 또는 핀카이라와 같은 중간 지대에 대해서 가끔씩 이야기해주었다. 우리가 사는 세상도 아니고 그렇다고 사후 세계도 아닌 장소, 진정으로 그 중간에 놓인 장소. 그곳과 마찬가지로 이 안개는 공기도 아니고 물도 아니지만, 둘 모두라 할 수 있었다.

나는 귀네드의 지저분한 오두막 바닥에 앉아 엘런이 핀카이라에 대해 처음으로 말해줬던 그날을 떠올렸다.

경이로움이 가득한 곳. 완전히 이 세상도 아니고 완전히 천국도 아니지만, 이 두 세계를 연결하는 다리라고 할 수 있지.

안개 속으로 더 깊이 들어가며 사후 세계의 계단통에 더 가까이 다가가는 동안 나는 도대체 그곳이 어떤 세상일지 생각해보았다. 만약 핀카이라가 정말 다리라면, 다리는 어디로 이어져 있을까? 그곳에 정령들이 살고 있다는 것 정도는 나도 알았다. 다그다와 리타 고르와 같은 강력한 정령들. 하지만 용감한 내 친구 트러블과 같은 정령들도 그곳에 살고 있을까? 그 모두가 같은 땅을 공유하고 있을까? 아니면 다른 곳에 살고 있을까?

뾰족한 계단은 끝없이 굽이치며 아래로 이어졌다. 이곳에서는 낮과 밤이 아무런 차이도 없을지 모른다는 생각에 나는 깜짝 놀랐다. 해가 지거나 뜨지도 않고, 머리 위로 달이 항해하지도 않는다면, 시간을 예측하기 어려울 것이다. 어쩌면 시간이라는 것 또는 내가 시간이라고 부르는 것조차 없을지도 몰랐다. 엘런이 시간의 두 종류에 대해 해주었던 말이 희미하게 기억났다. 역사적인 시간은 일직선으로 흐르고, 그곳에는 죽을 운명의 존재들이 살아간다. 그리고 신성한 시간*은 순환하며 흘러간다. 사후 세계는 신성한 시간의 장소일까? 만약 그렇다면, 그곳에서 시간이란 그 자체로 순환한다는 뜻일까? 이 뾰족한 계단처럼 빙글빙글 돌아간다는 뜻일까?

나는 걸음을 멈추고 계단 위에서 신발을 톡톡 두드렸다. 만약 이곳에 다른 종류의 시간이 존재한다면, 엘런을 구할 수 있는 시간 안에 지상으로 돌아갈 수 없을지도 모른다! 남은 이틀을, 심지어 몇 달을, 시간이 얼마나 지났는지 알지도 못한 채 그냥 흘려보낼지도 모른다. 나는 등을 곧게 펴고 리아를 팔에 단단히 들었다. 리아의 무게는, 내 여정의 무게만큼이나 무겁게 느껴졌다.

내가 할 수 있는 일이라고는 가능한 한 빨리 다그다를 찾는 것이다. 그 어떤 것 때문에라도 시간을 지체하거나 경로에서 벗어나서는 안 된다. 나는 다시 계단을 내려가기 시작했다.

계단통을 따라 더 깊이 들어가니, 안개 속에서 무언가가 달라지기 시작했다. 입구에서처럼 계단통 가까이에 떠다니지 않고, 안개는 멀리 떨

---

*그리스 신화에는 시간을 관장하는 두 신이 있는데, 흘러가는 물리적인 시간을 나타내는 크로노스와 자신의 선택과 의지에 따른 기회를 의미하는 카이로스가 있다. 신성한 시간은 단선적으로 흐르는 크로노스가 아니라 운명을 바꾸는 카이로스를 말한다.

어져 수시로 변하는 주머니 같은 것 안으로 들어갔다. 머지않아 주머니는 방으로 변하고, 방은 움푹 파인 곳으로 넓어졌다. 아래로 발걸음을 옮길 때마다 안개가 자욱한 전망은 넓어졌다. 마침내 나는 엄청나게 다양하고 끊임없이 변하는 풍경 한가운데 서 있었다.

안개의 풍경.

가느다란 흔적과 굽이치는 언덕, 넓은 공간과 날카로운 뾰족탑 속에서 안개는 빙글빙글 휘젓고 돌아다녔다. 어느 지점에서 협곡이 나타났다. 그곳은 구름 같은 지형 속으로 꺾이고, 내가 상상할 수 있는 것 이상으로 깊이 뻗어 있었다. 또 어느 지점에서는 산이 보였다. 저 멀리 우뚝 솟아 높게 또는 낮게, 아니, 동시에 높고 낮게 움직였다. 안개 자욱한 계곡, 언덕, 절벽, 동굴이 보였다. 확실하지는 않았지만, 뭔가가 점점이 뿌려져 웅크리고 걷고 떠다녔다. 그리고 이 모든 것 사이로, 안개가 구불구불 굽이치며 항상 변하면서도 항상 그 모습 그대로를 유지했다.

문득 계단이 변한 걸 알아차렸다. 더 이상 돌처럼 딱딱하거나 단단하지 않았다. 주위의 모든 것과 마찬가지로 물결이 일듯 출렁출렁 흘러갔다. 그 위에 서 있을 정도로 아직 딱딱하긴 했지만, 계단은 풍경과 마찬가지로 뭐라 말로 표현하기 힘든 물질로 이루어져 있었다.

불안감이 엄습해왔다. 날 감싸고 있는 게 안개가 아니라는 느낌. 그것은 공기나 물로 만들어진 물질적인 게 아니라 뭔가 다른 것, 빛이나 생각이나 느낌으로 만들어진 것이라는……. 이 안개는 그것이 감추고 있는 것 이상을 드러내 보였다. 이것의 진짜 본성을 조금이라도 이해하려면 수많은 시간이 필요할 것이다.

그렇다, 이곳은 사후 세계다! 변화하고 배회하는 세상이 켜켜이 쌓인 곳. 나는 계단 위에서 끝없이 더 깊이 나아갈 수 있었다. 소용돌이 속을 끝없이 움직여 나아갈 수 있었다. 아니면 안개 그 자체 속으로 끝없이 여행할 수 있었다. 영원히, 무한하게, 끊임없이.

그 순간 흐르는 풍경 속에서 어떤 모습 하나가 어렴풋이 나타났다.

32

황금가지

회색빛 자그마한 형체가 언덕에서 둥둥 뜨면서 솟아났다. 지켜보는 사이, 그 모습은 안개로 된 날개 두 개를 활짝 펼쳤다. 그것은 안개의 흐름을 타고 나를 향해 곧장 날아오더니 갑작스레 방향을 틀어 아주 가파르게 위로 솟구쳐 올랐다. 난 그것을 거의 놓칠 뻔했다. 돌연히 그것은 방향을 틀어 아래로 곧장 곤두박질쳤다. 마침내 계속해서 둥그렇게 빙글빙글 돌다 방향을 계속 틀었다. 그 모습은 하늘을 나는 순수한 기쁨 이외에는 어떤 목적도 없어 보였다.

트러블!

트러블이 다시 하늘을 나는 모습을 보니 심장이 벅차올랐다. 두 팔로 리아를 안고 있었지만, 내 엉덩이에 닿은 작은 가죽 가방을 여전히 느낄 수 있었다. 그 안에는 엄마가 준 약초와 트러블의 날개에서 떨어져 나온 갈색 깃털 하나가 들어 있었다. 트러블이 리타 고르와 싸운 후 그 깃털 말고는 아무것도 남지 않았다. 트러블의 정령 말고는 아무것도 없었다.

트러블은 굽이치는 안개 속에서 내게로 날아왔다. 트러블이 울어대는 소리가 들렸다. 전보다 훨씬 더 기운차고 활기가 넘쳤다. 나는 트러블이 내게 빠르게 내려오는 장면을 지켜보았다. 이윽고 따뜻한 바람이 불어오며 트러블의 발톱이 내 왼쪽 어깨를 움켜잡는 게 느껴졌다. 트러블은 날개를 접고, 내 어깨 위에서 이리저리 오락가락했다. 부연 깃털은 갈색에서 흰 줄무늬가 있는 은회색으로 변했지만, 두 눈에는 여전히 노란색 테두리가 남아 있었다. 트러블은 나를 향해 고개를 치켜들며 기쁜 듯 끽끽 울어댔다.

"그래, 트러블! 나도 널 다시 보게 돼서 무척 기뻐."

내 팔에 안긴 축 처진 피 묻은 몸을 들어 올리며 내 기쁨의 순간도 사라졌다.

"리아도 널 볼 수 있으면 좋으련만."

트러블은 잎사귀가 축축 처진 리아의 무릎 아래에서 퍼덕거렸다. 트러블은 리아를 잠시 살펴보더니 구슬프게 울어댔다. 그러더니 고개를 저으며 내 어깨로 다시 뛰어올랐다.

"리아의 영혼을 데리고 왔어, 트러블. 다그다가 리아를 구할 수 있으면 좋겠어. 그리고 우리 엄마도."

나는 침을 꼴깍 삼켰다.

갑작스레 트러블이 날카롭게 울어대며 발톱으로 내 어깨를 꽉 잡았다. 눈앞의 안개가 기이하게 흔들렸다.

"아아, 네가 오다니 정말 멋지군. 정말 끝내주게 멋져."

안개 속 어딘가에서 느릿느릿, 거의 기어들어가는 목소리가 흘러나왔다.

트러블이 걱정스럽다는 듯이 울어댔다.

"누구세요? 모습을 드러내세요!"

내가 구름 속에 대고 외쳤다.

"나도 그러고 싶군, 젊은이. 아주 잠깐이라도 말이야."

내 앞의 안개가 그릇에 담긴 스프처럼 빙빙 돌았다.

"게다가 너한테 줄 선물도 가지고 왔지. 끝내주게 귀한 선물이야. 아아, 그래."

목소리에 담긴 나지막하고 억눌린 어조 속에 담긴 무언가에 나는 살짝 나른해졌다. 하지만 내 안의 어딘가에서 나오는 막연한 감각이 그어느 때보다 더 조심성을 발휘하게 했다. 나는 조심해서 나쁠 게 없다고 마음을 다잡았다.

나는 팔에 안은 리아의 몸을 다시 바짝 끌어당겨 안았다.

"지금 예의 따위를 따질 시간이 없어요. 만약 저한테 줄 게 있다면, 직접 모습을 보여주세요."

"아아, 젊은이. 너무 조급하구나. 끝내주게 조급해. 하지만 걱정할 필요 없어. 네 요구를 들어줄게. 아주 잠깐 동안. 알겠지? 난 네 친구가 되고 싶어."

안개가 휘휘 움직였다.

그 말에 트러블이 날카로운 울음소리를 냈다. 두 날개를 힘차게 휘젓더니 내 어깨에서 날아갔다. 트러블은 다시 울어대고는 내 주위를 한번 빙글 돌고는 저 멀리 날아가 안개구름 사이로 사라져버렸다.

"날 두려워할 필요는 없어. 네 매 친구는 분명 날 두려워하는 것처럼 보이지만 말이야."

목소리가 중얼거렸다.

"트러블은 누구도 두려워하지 않아요."

"아아, 그럼 내가 착각했군. 왜 저 매가 멀리 날아갔다고 생각하지?"

나는 침을 삼키며 흘러가는 안개 속을 들여다보았다.

"나도 몰라요. 뭔가 분명 이유가 있을 거예요."

나는 다시 목소리가 흘러나오는 곳으로 시선을 돌렸다.

"만약 저와 친구가 되고 싶다면, 당신 모습을 보여주세요. 빨리요. 전 계속 가야 하니까요."

안개가 서서히 거품처럼 일었다.

"아아, 뭔가 중요한 모임이 있구나, 그렇지?"

"아주요."

"음, 그렇다면, 그럼 빨리 가야지. 아아, 그래. 네가 어디로 가든, 넌 그곳으로 가는 법을 알고 있는 것 같구나."

목소리는 졸음이 마구 몰려오는 것처럼 아주 나른하게 들렸다.

대답 대신, 나는 굽이치는 안개 속에서 트러블의 흔적을 찾았다. 트러블은 어디로 간 걸까? 방금 전에 다시 만났는데! 나는 트러블이 나를 다그다에게 데려다주었으면 했다.

"만약 가는 법을 알지 못한다면, 내 선물이 유용할 거다. 끝내주게 유용할 거야. 아아, 너한테 선물을 줄게. 네 가이드로 쓸 수 있게."

감미로운 목소리가 이어 말했다.

왠지 조심해야 한다는 느낌이 다시 들었다. 하지만…… 어쩌면 이 사람이 마침내 자신의 모습을 드러냈을 때, 소용돌이치는 구름 사이로 지나가는 길을 정말로 보여줄 수 있을지도 모르잖아. 그러면 소중한 시간을 아낄 수 있을 텐데.

나는 안개 자욱한 계단 위에서 몸의 균형을 잡으려 체중을 옮겨 실었다.

"그 제안을 받아들이기 전에, 당신이 누군지 먼저 알아야겠어요."

"조금 있다가, 젊은이. 조금 있다가."

목소리가 하품을 했다. 그러고 나서 내 뺨을 쓸어내는 한줄기 안개처럼 부드럽게 말했다.

"젊은 사람들은 너무 급하다니까, 정말 너무 급해."

의심스럽긴 해도, 목소리의 무언가가 점점 나를 편안한 느낌이 들게 만들었다. 거의…… 기분 좋게 느껴질 정도였다. 아니, 어쩌면 그저 피곤해진 건지도 모르겠다. 등이 아파왔다. 리아를 어딘가에 내려놓을 수 있으면 좋겠다고 생각했다. 잠시만이라도…….

"아아, 넌 무거운 짐을 지고 있구나, 젊은이. 내가 네 짐을 조금 덜어줘도 될까?"

목소리가 또 한 차례 몸부림치게 느릿느릿 하품을 했다.

내 의지와는 상관없이 나도 하품이 나왔다.

"좋아요. 고마워요. 하지만 절 다그다한테 안내해주신다면, 그렇게 하도록 할게요. 하지만 먼저 당신이 누군지 모습을 보여주세요."

나는 정신을 바짝 차리려 노력했다.

"다그다한테 안내해달라고? 아아, 위대하고 영광스러운 다그다. 전사 중의 전사. 다그다는 이곳에서 먼 곳에, 끝내주게 먼 곳에 살아. 하지만 널 기꺼이 안내해줄게."

나는 지팡이를 다시 세웠다.

"지금 갈 수 있을까요? 전 정말 시간이 없어요."

"아아, 조금 있다가. 하지만 쉬지 못하다니 정말 안됐어. 조금 쉴 수 있을 것 같은데."

안개의 굽이치는 팔이 내 얼굴 앞에서 흔들렸다.

여전히 리아를 안고서, 나는 몸을 구부려 허벅지로 리아를 떠받쳤다.

"저도 그러고 싶어요. 하지만 빨리 가야 해요."

"네가 뭐라고 말하든 들어줄게. 아아, 그래. 우리는 바로 떠날 거야. 조금 있다가."

목소리는 가장 길고도 가장 졸리게 하품을 했다.

나는 고개를 저었다. 머리에 왠지 구름이 잔뜩 낀 느낌이 들었다.

"좋아요. 이제…… 먼저 해야 할 일이 있어요. 그게 뭐였죠? 아, 그래요. 당신의 모습을 보여주세요. 제가 당신을 따라가기 전에."

"아, 물론, 젊은이. 난 거의 준비되었어. 널 도와주는 건 기쁠 거야, 끝내주게 기쁠 거야."

목소리가 느릿느릿 편안한 한숨을 내쉬었다.

조심해야 한다는 느낌이 다시 들었지만, 나는 그 느낌을 무시했다. 나는 리아의 다리를 떠받치고 있던 팔을 움직여 축축한 계단을 짚었다. 잠깐만이라도 자리에 앉으면 얼마나 기분이 좋을까 하는 생각이 들었다. 잠깐 쉰다고 해서 큰 문제는 없을 것 같았다.

"그래, 젊은이. 잠깐 쉬도록 해."

목소리가 무척이나 감미로운 어조로 가르랑거렸다.

쉬어, 조금 쉬도록 해.

나는 꿈꾸듯 생각했다.

"아아, 그래. 넌 현명한 젊은이야. 네 아버지보다 훨씬 현명해."

목소리가 졸린 듯 한숨을 지었다.

나는 반쯤 멍한 느낌을 받으며 고개를 끄덕였다.

우리 아버지. 아버지보다 더 현명…….

조심해야 한다는 느낌이 내 안에서 밀려왔다. 저자가 어떻게 우리 아버지를 알고 있지?

나는 다시 하품을 했다. 왜 지금 아버지를 걱정하지? 아버지는 사후 세계 근처 어디에도 없었다. 머릿속에 안개가 자욱한 느낌이 들었다. 마치 나를 에워싸고 있는 안개가 귓속으로 흘러들어 가기라도 한 것처럼……. 어쨌든 내가 무엇 때문에 이렇게 서둘렀지? 조금 쉬면 기억이 날 것 같았다. 계단 위에 쭈그리고 앉아서 나는 고개를 가슴에 가져다 댔다.

다시 한 번 조심해야 한다는 느낌이 나를 파고들었다. 하지만 그 느낌은 너무 약해서 거의 알아차릴 수도 없을 정도였다.

일어나, 멀린! 저자는 네 친구가 아니야. 일어나!

나는 그 느낌을 무시하려 했다. 하지만 그렇게 할 수 없었다.

네 자신의 본능을 믿어, 멀린.

나는 살짝 움직여 고개를 약간 들었다. 그 느낌에, 내 안의 그 목소리에 익숙한 뭔가가 있었다. 마치 내가 전에 어디선가 들어본 것 같았다.

네 자신의 본능을 믿어, 멀린. 열매를 믿어.

나는 깜짝 놀라 깨어났다. 그건 리아의 목소리였다! 리아의 지혜였다! 리아의 영혼이 내가 알아차리지 못하는 걸 알아차리고 있었다. 나는 머릿속에 잔뜩 낀 안개를 흔들어 떨쳐냈다. 계단에서 손을 떼고 리아의 다리를 단단히 잡았다. 끙끙거리며 천천히 자리에서 일어섰다.

"아아, 젊은이. 네가 조금 쉬었으면 좋겠는데."

졸린 목소리에 걱정하는 기운이 기어들어 왔다.

나는 두 팔로 리아를 단단히 붙잡은 채, 숨을 깊이 들이쉬었다. 내 손에 닿은 덩굴 옷 잎사귀는 말랐지만 여전히 부드러웠다.

"난 쉬지 않을 거예요. 당신이 나를 마법으로 잠에 빠져들게 하도록 놔두지 않을 거예요. 왜냐하면 난 당신이 누군지 아니까요."

"아아, 네가 안다고?"

"그래요, 리타 고르!"

마치 끓는 주전자처럼 안개에서 거품이 일기 시작했다. 내 앞에서 거품이 뽀글뽀글 일고 빙빙 돌았다. 소용돌이치는 연기 속에서 한 남자가 걸어 나왔다. 벨러처럼 키가 크고 어깨가 넓었는데, 흐느적거리는 하얀색 옷을 입고 반짝반짝 빛나는 빨간색 돌이 달린 얇은 목걸이를 하고 있었다. 머리카락은 나처럼 검었다. 머리는 한 가닥의 흐트러짐도 없이 빗질을 했다. 눈썹조차도 말끔하게 손질한 것 같았다. 그런데 내 눈길을 사로잡은 건 그 남자의 눈이었다. 눈이 완전 움푹 파인 것 같았다. 허공처럼 텅 비어 있었다. 벨러의 치명적인 눈이 소름끼쳤다면, 이 눈은 그보다 훨씬 더 섬뜩했다.

리타 고르는 손 하나를 입술에 들어 올리고는 손가락 끝을 핥았다.

"난 어떤 형태로든 변신할 수 있어."

리타 고르의 목소리는 거칠고 날카로웠다. 좀 전까지의 나른한 어조는 온데간데없었다.

"멧돼지는 내가 가장 좋아하는 모습 중 하나지. 앞다리에 상처가 있어야 완벽하지. 우리는 모두 상처를 안고 살아가. 너도 알겠지만."

리타 고르는 축축한 손가락으로 눈썹 하나를 쓰다듬었다.

"넌 전에 멧돼지를 본 적이 있어, 그렇지? 네가 귀네드라고 부르는 그곳의 해안에서 말이야. 그리고 또 한 번은 네 꿈속에서."

"어떻게⋯⋯. 어떻게 그걸 알지요?"

단검처럼 날카로운 엄니가 내 눈 속에 자라는 꿈을 떠올리자 이마에 땀이 송골송골 맺혔다.

"아, 진정해. 이제 이리 와. 분명 마법사가 될 자라면 적어도 도약에 대해 조금은 배웠겠지."

리타 고르는 손가락을 핥았다. 짐짓 웃는 체하자 입술에 주름이 잡혔다.

"사람들에게 꿈을 보내는 건 내가 좋아하는 오락거리 중 하나지. 수많은 노동에서 잠깐 기분을 전환하는 거야. 하지만 내가 그것보다 더좋아하는 게 있지. 바로 죽음의 그림자를 보내는 것이야."

선웃음이 더 커졌다.

나는 긴장하며 리아의 죽은 몸을 더 단단히 감싸 안았다.

"무슨 권리로 우리 엄마를 쓰러뜨렸어요?"

리타 고르의 텅 빈 눈이 내게 고정되었다.

"넌 무슨 권리로 네 엄마를 핀카이라로 데리고 왔지?"

"전 그럴 생각이 없었……."

"약간의 교만."

리타 고르는 손으로 자기 머리를 매만지며 머리카락을 가볍게 쓸어넘겼다.

"그게 네 아버지의 치명적인 결점이었지. 네 할아버지도 마찬가지였고. 네가 그들과 다르기를 정말 바라는 건 아니겠지?"

나는 몸을 똑바로 세웠다.

"난 달라요."

"또 교만이로군! 이제 네가 교훈을 배웠다고 생각했는데……."

리타 고르가 내게 한 발 내딛자, 흰옷이 펄럭거렸다.

"교만이 네게 죽음을 가져올 거야. 그건 분명해. 이미 네 엄마의 죽음을 불러왔지."

나는 안개 자욱한 계단 위에서 비틀거렸다.

"그래서 그렇게 내내 꾸물거렸군요!"

"물론이지. 그리고 이제 넌 알았을 거야. 네 엄마의 죽음을 막지 못했다는 걸 말이야. 네가 불러온 죽음이지. 내가 더 이상의 불행을 없애주마. 널 죽일 테니까, 지금 당장."

리타 고르는 조심스레 손가락 끝을 핥았다. 한 번에 하나씩.

나는 비틀거리지 않으려 애쓰며 한 발 뒤로 물러섰다.

리타 고르는 다른 쪽 눈썹을 쓰다듬으며 웃었다.

"네 영웅 다그다는 이번엔 널 구하기 위해 이곳에 오지 않을 거야. 귀네드에서 그랬던 것처럼 말이야. 그리고 그 멍청한 새도 없어. 그 녀석의 무모한 행동 때문에 슈라우디드 성에서 널 끝장내지 못했지. 하지만 이번에는 반드시 널 끝장내주겠어."

리타 고르는 안개를 뚫고 한 발 더 내게로 다가왔다. 거대한 손을 오므렸다. 내 두개골을 부숴버릴 준비를 하는 것처럼······.

"네가 얼마나 어리석은지, 얼마나 교만한지 넌 이미 알고 있으니, 다른 걸 설명해주지. 네가 교훈을 피하려고 시도하지 않았다면, 넌 알았을 거야. 네가 그 빌어먹을 황금가지, 겨우살이의 덮개를 입었다면, 넌 곧장 다그다의 굴로 여행할 수 있었어. 그러면 난 지금처럼 너를 습격할 수 없었을 거야."

내 얼굴이 새하얗게 질렸다. 겨우살이 가지를 얻고 사후 세계로 가라는 리아의 간청이 떠올랐다. 그때 나는 리아의 조언을 무시했다.

다시 한 번, 리타 고르가 야비한 웃음을 흘렸다. 리타 고르의 머리에서 튀어나온 팔뚝 같은 안개가 나를 더듬었다.

"난 교만한 태도가 정말 좋아. 그건 인간의 가장 사랑스러운 자질이니까."

리타 고르는 움푹한 눈을 가늘게 떴다.

"너한테 너무 많은 걸 알려줬군. 죽을 마당에⋯⋯."

그 순간 구름을 뚫고 날개 달린 짐승 하나가 불쑥 튀어나왔다. 비명 소리가 안개의 변화무쌍한 풍경을 가로질러 울려 퍼졌다. 트러블이 내게로 곧장 날아왔다. 트러블 뒤로, 매끄러운 황금가지 하나가 따라왔다. 겨우살이였다. 리타 고르는 화가 나 으르렁거리며 내게 달려들었다.

리타 고르가 날 붙잡기 일보 직전에 황금가지가 마치 망토처럼 내 어깨 위로 내려앉았다. 리타 고르의 억센 두 손이 내 목을 조르는 게 느껴졌다. 갑작스레 나는 연기가 되어 안개 속으로 녹아들었다. 발톱 한 쌍이 내 어깨를 꽉 부여잡고 있음을 느꼈었다. 그리고 내가 들은 마지막 소리는 리타 고르의 분노에 찬 외침이었다.

"다시 도망쳤구나, 꼬맹이 마법사! 다음번에는 그렇게 운이 좋지 않을 거다!"

33

경이로운 일들

피부와 뼈와 근육이 녹아들었다. 나는 공기와 물과 빛이 되었다. 그리고 무언가 더⋯⋯. 왜냐하면 난 이제 안개가 되었으니까.

나는 구름 같은 연기가 되어 굴러가며 무한한 내 두 팔을 앞으로 쭉 뻗었다. 겨우살이의 황금가지가 다그다의 집으로 가는 숨은 통로를 따라 나를 몰아갔다. 그곳 너머로 움직이며, 빙빙 돌면서 공기로 녹아들었다. 나는 나선형 안개 터널과 비비 꼬인 복도를 날아갔다. 그리고 직접 보이지는 않았지만, 어떤 형태를 취했든, 트러블과 리아가 나와 함께하고 있다는 걸 알 수 있었다.

셀 수 없을 정도로 자주 안개 속의 다른 풍경과 생명체들을 흘끗흘끗 바라보았다. 수없이 다양한 것들이 각각의 입자 속에 그리고 모든 안개 입자 속에 사는 것처럼 보였다. 세상 안에 있는 세상, 단계 안에 있는 단계, 생명 안에 있는 생명! 그 모든 광활함과 복잡함으로 사후 세계가 손짓하며 유혹했다.

하지만 지금은 탐험할 시간이 아니었다. 엘런과 리아의 생명이 위기에 처해 있다. 나는 한 사람 아니면 두 사람 모두를 구할 기회를 잃을

지도 모른다. 모두 내 자신의 어리석음 때문이었다. 그렇다 할지라도, 내 지팡이가 슬란토스에서 사라졌을 때 리아가 단호하게 말했던 것처럼, 희망을 지니고 있는 한 기회가 있다. 내 안에 희망이 남아 있었다. 비록 그 희망이 변화무쌍한 구름보다 단단해 보이지는 않았지만…….

안개처럼 넘실거리던 내 생각이 마침내 다그다에게 향했다. 나는 가장 위대한 정령을 마주하게 된다는 생각에 가슴이 아플 정도로 두려웠다. 내가 수없이 저지른 실수 때문에 다그다가 나를 가혹하게 판단할지도 모른다는 생각이 들었다. 나를 도와주지 않으면 어쩌지? 어쩌면 엄마의 생명을 구해주는 게 다그다만이 이해할 수 있는 미묘한 우주의 균형을 어지럽히는 일이 될지도 몰랐다. 어쩌면 다그다는 그저 나를 만날 시간이 없을지도 모른다. 내가 도착했을 때 다그다는 그곳에 없을지도 모른다. 대신 아주 먼 곳에서, 이 안개 자욱한 세상이나 다른 세상에서 리타 고르의 군대와 싸우고 있을지도 모른다.

그처럼 강력한 정령은 어떤 모습일지 궁금했다. 분명 리타 고르와 마찬가지로, 다그다는 자신이 원하는 대로 어떤 모습으로든 변신할 수 있다. 내가 파도에 휩쓸려 귀네드의 해안에 도착하던 날, 다그다는 수사슴의 모습으로 나타났다. 거대하고 막강하고 엄청난 뿔이 달렸었다. 무엇보다 인상적이었던 것은 두 눈이었다. 깜빡이지 않는 갈색 눈은 바다 그 자체만큼이나 깊고 신비로워 보였다.

다그다가 어떤 모습이든, 나는 그 모습이 다그다 자신만큼이나 막강하고 어마어마하다는 걸 알았다. 어쩌면 인간의 모습을 한 수사슴일지도. 리타 고르가 다그다를 뭐라고 불렀더라? *위대하고 영광스러운 다그다. 전사 중의 전사.*

언덕 안의 움푹 파인 곳으로 흘러들어 오는 구름처럼, 앞으로 향하는 움직임이 조금씩 느려지더니 마침내 멈추었다. 이윽고 처음에는 알아차릴 수 없을 정도로 주위의 안개가 옅어지기 시작했다. 천천히 아주 천천히 안개가 옅어지며 얇은 면사포처럼 갈라졌다. 점점 나는 면사포 뒤에 우뚝 솟아 있는 모습을 어슴푸레 알아차릴 수 있었다. 어둡고 음울한 그것은 내 앞에 둥둥 떠다녔다.

곧 남아 있던 안개가 눈 녹듯 사라져버렸다. 우뚝 솟아 있는 그 모습이 사실은 이슬 옷을 입은 거대한 나무라는 걸 깨달았다. 그 나무는 아바사처럼 웅장하고 튼튼하게 서 있었다. 하지만 한 가지 큰 차이가 있었다.

나무는 거꾸로 서 있었다. 거대한 뿌리가 위를 향해 뻗어, 엉킨 실타래 같은 안개 속으로 사라졌다. 뿌리는 구름 주변으로 위풍당당하게 물결치듯 굽실거렸다. 마치 그 위의 모든 세상을 껴안고 있는 것 같았다. 높이 솟은 뿌리에서부터 수없이 많은 겨우살이의 황금가지들이 우아하게 흔들리고 있었다. 그 아래 나무둥치 밑동에 우람한 나뭇가지들이 모락모락 피어나는 안개의 드넓은 평원을 가로질러 뻗어 있었다. 수천수만의 이슬방울로 덮여 있는 나무는 춤추며 흐르는 강물의 수면처럼 반짝반짝 빛이 났다.

나무의 모습에 흠뻑 빠져 있었기에, 나 역시 안개 자욱한 평원에 서 있다는 사실을 깨닫기까지 시간이 약간 걸렸다. 내 몸이 다시 돌아왔다! 리아는 내 팔에 구부정하게 안겨 있고, 트러블은 내 귓가에서 끽끽 자그맣게 소리를 냈다. 저 위에 매달려 있는 가지들처럼 생긴 겨우살이 나뭇가지 하나가 내 어깨에 걸쳐 있었다. 내 검은 옆에 걸려 있고, 지팡이는 여전히 허리춤에 꽂혀 있었다.

나는 트러블의 노란색 눈을 바라보았다.

"고마워, 친구. 네가 또 날 구해주었구나."

트러블은 부끄러운 듯 날카로운 소리로 울어대더니 회색 날개를 퍼드덕거렸다.

"영혼의 나무에 온 걸 환영한다."

휙 뒤돌아보니 미약하고 불안정한 목소리의 주인공이 보였다. 그 목소리의 주인공은 약해 보이는 노인이었다. 오른쪽 팔은 옆구리에 쓸모없이 대롱대롱 매달려 있었다. 나뭇가지에 기댄 채, 안개 바닥 위에 앉아 있는 노인이 너무 왜소해서 미처 알아차리지 못했다. 은빛 머리카락은 주변의 이슬 옷을 입은 나무껍질처럼 반짝반짝 빛이 났다.

"고마워요. 정말 고마워요."

또다시 놀림을 당하지 않기를 바라며 나는 어색하게 말했다. 여전히 시간이 별로 없었기에, 나는 직접 물어보았다. 다른 선택의 여지가 없었다.

"전 다그다를 찾고 있어요."

트러블의 발톱이 내 어깨를 움켜쥐었다. 트러블은 나를 탓하는 투로 시끄럽게 울어댔다.

노인은 부드럽게 미소를 지었다. 얼굴에 부드러운 주름이 잡혔다. 비쩍 마른 팔을 무릎에 놓으며, 노인이 나를 면밀히 살펴보았다.

문득 그 노인의 눈을 알아보았다. 동정과 지혜와 슬픔으로 가득 찬 깊은 갈색 눈. 전에 본 적이 있는 눈이었다. 커다란 수사슴에게서……

"다그다, 미처 알아보지 못해 죄송해요."

나는 입술을 깨물며 비쩍 마른 체구의 노인을 바라보았다.

노인의 미소가 사라졌다.

"제때 알아봤구나. 내 능력의 진정한 근원에 대해 제때 알게 되었구나. 아니면 벌써 알아차렸느냐?"

나는 주저했다. 어떻게 대답해야 할지 확신이 서지 않았다.

"당신의 능력이 진짜 어디에서 나오는지 전 아무것도 몰라요. 하지만 살아 있는 생명들이 자기 길로 가도록 도와준다고 믿어요. 그 길이 무엇이든 말이에요. 그래서 제가 해안으로 떠밀려갔을 때 절 도와준 거잖아요."

"아주 좋다, 멀린. 아주 좋아. 노래 하나를 피하려 했지만 말이다."

노인의 갈색 눈동자가 흡족한 듯 반짝였다. 하지만 괴로운 기색이 묻어났다.

나는 안절부절못하고 몸을 움직였다.

노인은 나를 유심히 살펴보았다. 마치 내 마음속 가장 깊숙한 곳을 들여다보기라도 하는 것 같았다.

"넌 큰 짐을 가지고 왔구나. 네 두 팔에 안긴 친구도. 여기, 그 아이를 내 옆에 내려놓아라."

"당신이…… 당신이 도와줄 수 있으신가요?"

"두고 봐야 알겠지. 내게 노래에 대해 말해보아라, 멀린. 각각의 노래의 영혼은 어디에 있느냐?"

이미 거미줄처럼 주름진 이마에 주름이 더 깊어졌다.

"우리 엄마는요? 아직 시간이 남아 있다 해도, 그리 많지는 않을 거예요."

"네 엄마도 두고 봐야 알겠지."

나는 안개 자욱한 땅 위로 몸을 숙여, 여동생의 몸을 다그다 옆에 조심스럽게 내려놓았다. 곱실거리는 안개가 리아의 어깨와 가슴을 가로질러 흐르며, 가느다란 담요처럼 리아를 덮었다. 다그다는 리아를 흘끗 내려다보았다. 무척이나 슬픈 표정이었다. 그러더니 내게 시선을 돌렸다.

"먼저, 네 지팡이를 보여주겠니?"

내가 허리춤에서 지팡이를 뽑자, 트러블은 놀란 것처럼 울었다. 나는 울퉁불퉁한 지팡이 자루를 다그다를 향해 내밀며 천천히 돌렸다. 해질 녘처럼 진청색의 모든 표시가 우리 앞에서 빛났다. 변신의 상징 나비, 함께 날고 있는 매 한 쌍, 경쾌한 비행사를 우리에 가두려고 했던 내 어리석음을 떠올리는 금 간 돌, 이름을 알게 된 검, 금발의 그위리의 밝은 웃음소리를 떠올리게 하는 동그라미 속의 별, 흙이 묻은 가죽의 맛을 떠올리게 하는 용의 꼬리, 그리고 마지막으로 벨러의 눈과는 무척이나 다르지만 그 자체로 무시무시한 눈.

다그다가 고개를 끄덕였다.

"검을 가져왔겠구나."

나는 은빛 칼자루를 톡톡 두드렸다.

"그 검을 잘 보관하렴. 그 검의 운명은 너와 함께할 것이다. 네가 그 검을 돌로 된 칼집 안에 꽂는 날이 올 때까지. 그러면 그 검은 소년에게 전해질 것이다. 지금 너와 비슷한 나이 또래의 소년이지. 왕이 되기 위해 태어난 소년이지. 그 소년은 땅에서 사라지고 나서도 사람들의 마음속에 오래도록 남을 것이다."

"잘 간수할게요."

"이제 말해보아라, 아들아! 일곱 개의 노래 안에서 어떤 멜로디를 들었느냐? 첫 번째 노래, 변신부터 시작해보아라."

나는 목청을 가다듬었다.

"전 나비한테 배웠어요. 그리고 배신자로부터도 배웠고요. 스스로 속죄를 한 트릴링 종족 말이에요. 우리 모두, 그러니까 살아 있는 모든 생명체는 변신의 가능성이 있다는 것을요."

노인은 나를 면밀히 살펴보았다.

"이것이 네 첫 번째 노래라는 건 우연이 아니다, 멀린. 네가 이미 그 노래의 선율을 여러 차례 들었을 것 같구나."

"네, 맞아요. 나비와 영혼을 뜻하는 그리스 단어가 왜 똑같은지 이제야 알겠어요."

"좋다, 이제 결속에 대해 말해보아라."

나는 리아의 얼굴을 흘끗 바라보았다. 창백하고 고요했다.

"가장 강력한 결속은 마음과 마음의 결합이에요. 저는 하늘 높이 함께 나는 매를 보며 그걸 배웠어요."

트러블은 내 어깨 위에서 날개를 부리로 다듬으면서 자랑스럽게 발걸음을 옮겼다.

"그리고 아마도 사기꾼으로부터도 배웠겠지?"

나는 한숨을 쉬었다.

"네, 맞아요."

다그다의 왼손 위로 안개 한 조각이 스쳐 지나갔다. 다그다는 손가락을 능숙하게 휘저어 안개를 복잡한 매듭처럼 묶었다. 그러고 나서 생각에 잠긴 듯 고개를 끄덕이며 저 멀리 떠나보냈다.

다그다의 시선이 다시 내게로 향했다.

"다음으로 넌 내 옛 친구 우르날다의 지하 영역으로 가는 길을 발견했다. 우르날다는 눈에 보이는 것보다 훨씬 더 현명해. 그건 분명하다! 우르날다가 네 스승이 될 기회를 분명 누렸겠지?"

나는 고개를 가로저었다.

"제가 얼마나 많이 배웠는지는 잘 모르겠어요. 전 좀 늦게 깨닫는 편이거든요. 하지만 결국 경쾌한 비행사의 도움으로, 마침내 노래의 영혼

374

을 찾아냈어요."

"그게 뭐지?"

나는 금이 간 돌의 이미지를 가리켰다.

"무언가를 보호하는 가장 좋은 방법은 그것을 자유롭게 놓아주는 거예요."

다그다는 몸을 뒤로 기댄 채 저 위쪽, 영혼의 나무의 우람한 뿌리를 바라보았다. 눈썹을 치켜뜨자, 구불구불한 안개가 나무둥치 위로 소용돌이쳤다.

"그다음 교훈은 놀라웠겠구나."

"이름. 진정한 이름에 진정한 힘이 있다는 걸 익히기까지 시간이 좀 걸렸어요. 그리고 빵 칼도 좀 부러뜨렸고요."

나는 말을 멈추고 곰곰이 생각했다.

"제 진짜 이름이 멀린인가요?"

노인은 은발을 흔들었다.

"그렇다면 제 진짜 이름을 알고 계시겠군요?"

"그래, 안단다."

"저한테 말씀해주시겠어요?"

다그다는 내 요청을 듣고 잠시 생각에 잠겼다.

"아니, 아직은 아니야. 하지만 이것만은 말해줄 수 있다. 네가 가장 강력한 적을 무찌르고 나서, 만약 우리가 지금보다 좀 더 행복한 시간에 다시 만난다면, 그때 네 진짜 이름을 말해주마."

나는 얼굴이 창백해졌다.

"가장 강력한 적이라고요? 리타 고르를 말씀하시는 건가요?"

"그럴 수도……."

다그다는 원 안에 있는 별을 가리켰다.

"이제 도약."

"그건 놀라운 기술이에요. 그랜드 엘루사는 그걸 이용해서 우리 모두를 트릴링 종족의 땅으로 곧장 보내줬어요. 금발의 그위리도 그걸 사용해서 리아에게 사후 세계 계단통의 모습을 미리 보여주었어요."

내 목소리가 잦아들었다.

"그리고 리타 고르는 그걸 사용해 죽음의 그림자를 우리 엄마한테 보냈어요."

다그다의 은빛 눈썹이 치켜 올라갔다.

"네 엄마라고?"

내 신발이 안개 자욱한 바닥 위에서 초조하게 움직였다.

"음, 아니에요. 제게 보냈어요. 하지만 그게 저 대신 우리 엄마를 쓰러뜨렸지요."

"그렇다면 도약의 기술이 지닌 영혼은 무엇이더냐?"

내 관심은 우리를 둘러싸고 흐르고 있는 안개로 돌아갔다. 안개는 우아하게 다그다와 내 주위를 감싸며, 우리 둘 모두를 어루만졌다. 마찬가지로 거꾸로 서 있는 나무를 어루만지고 커다란 뿌리를 감쌌는데, 그 뿌리는 그 위의 세상을 감싸고 있었다.

"모든 것은 다른 모든 것과 연결되어 있어요."

내가 단호하게 말했다.

"좋다, 아들아! 좋아, 그럼 이제 살생의 영혼은 무엇이더냐?"

"그건 잠자는 용에게서 배웠어요. 그리고…… 어릿광대에게서도요."

나는 살며시 미소를 지었다.

"용과 어릿광대는 살아 있는 모든 건 나름대로 소중하다는 것을 가

376

르쳐주었어요."

다그다는 내게 몸을 내밀었다.

"용조차도?"

"용조차도요."

다그다는 턱을 어루만지며 생각에 잠겼다.

"넌 분명 그 용을 다시 만나게 될 거다. 용이 깨어 있을 때 말이다."

나는 숨을 죽였다. 하지만 내가 뭔가를 묻기도 전에, 다그다가 다시
말했다.

"시력. 이제 내게 시력에 대해 말해보거라."

말이 나오기까지 어떻게 말을 꺼내야 할지 몰랐지만, 드디어 속삭임
보다 더 크지 않은 목소리로 말했다.

"마음은 눈에 보이지 않는 것들을 볼 수 있어요."

"음, 그리고 또?"

나는 잠시 생각에 잠겼다.

"이제 전 마음으로 보는 법을 조금 배웠어요. 어쩌면 제 자신을 좀
더 잘 볼 수 있을지도 모르겠어요."

다그다의 깊은 갈색 눈동자가 나를 유심히 들여다보았다.

"네가 그곳을 볼 때, 아들아, 뭐가 보이느냐?"

나는 목청을 가다듬고 말하려 했다. 그러다 멈칫했다. 올바른 단어를
찾으며, 잠시 망설였다.

"그건…… 음, 그건 사후 세계 계단통으로 내려가는 것과 같아요. 깊
이 가면 갈수록 더 많은 걸 발견해요."

나는 고개를 돌리며 숨죽여 말했다.

"그리고 제가 발견한 것은 정말 무서울 수도 있어요."

노인은 동정 어린 눈빛으로 나를 바라보았다.

"그밖에 또 뭐가 보이지?"

나는 한숨을 내쉬었다.

"제가 아는 게 정말 별로 없다는 사실이오."

다그다는 손을 뻗어 내 손을 잡았다.

"그렇다면 멀린, 넌 헤아릴 수 없을 만큼 귀중한 걸 배웠다."

노인은 나를 안개 바닥 위로 이끌었다. 안개 입자가 우리 두 사람을 둥글게 에워쌌다.

"진정으로 귀중한 것! 지금까지 넌 노래의 혼을 찾아다녔어. 하지만 자신이 정말로 아는 게 별로 없다는 사실을 아는 것, 즉 겸손함, 아들아, 그것이야말로 마법의 영혼이지."

당혹스러워서 나는 고개를 들었다.

"언젠가 때가 되면, 너도 완전히 이해하리라 믿는다. 왜냐하면 겸손은 경이롭고 놀라운 세상의 방식을 진정으로 존중하는 것이니까."

나는 천천히 고개를 끄덕였다.

"리아가 말한 것과 비슷하네요."

나는 리아의 죽은 몸을 다시 바라보며 걱정스럽게 물었다.

"리아를 구할 수 있으세요?"

다그다는 아무 대답도 하지 않았다.

"구할 수 있으세요?"

한참 동안 노인은 아무 말 없이 나를 바라보았다.

"나도 모른다, 아들아."

내 목을 마치 벨러가 여전히 짓누르고 있기라도 한 것처럼 나는 움츠러들었다.

"전 정말 바보였어요! 너무나 큰 해를 끼쳤어요."

다그다는 손가락 하나로 리본처럼 부드럽게 흐르는 안개를 가리켰다. 안개는 즉각 곧게 펴졌다. 동시에 다그다가 또 다른 가느다란 선을 흘끗 보자, 그것은 갑작스레 단단한 작은 공으로 변했다. 이윽고 다그다가 내게 시선을 돌리며 슬픈 미소를 지었다.

"그래, 넌 이제 네 안의 어둠과 밝음을 모두 보게 되었다. 용은 물론이고 별도, 뱀은 물론이고 비둘기도."

나는 침을 꿀꺽 삼켰다.

"저를 처음 맞이했을 때, 당신은 제가 당신 능력의 진정한 근원을 알게 되었을 거라고 말했어요. 음, 확실하지는 않지만, 제 생각에 당신의 능력은 그 무엇보다 고요하고 오묘해요. 머리와 손으로 그 능력을 다루지만, 사실 그 능력은 당신의 마음에서 나와요. 정말로 그 능력은 일곱 번째 노래와 관련되어 있어요. 눈으로 보는 게 아니라 마음으로 보는 것 말이에요."

다그다의 눈썹이 조금 더 올라갔다.

"제 자신의 두 눈으로 볼 수 있던 때가 있었어요. 다시 그렇게 볼 수 있었으면 좋겠어요. 아주 간절히 바라고 있어요. 하지만 이제 알아요. 다르게 보는 방법이 있다는 것을요."

나는 말을 이었다. 내 목소리는 아주 작아졌다.

다그다가 가볍게 내 손을 쥐었다.

"제대로 알아냈구나, 멀린."

다그다는 내 손을 놓아주더니 아주 오랫동안 나를 관찰했다.

"네게 이걸 말해주마. 네가 익히 알고 있든 아직 모르고 있든, 경이로운 일들이 널 기다리고 있단다, 젊은이. 진정으로 경이로운 일들이."

34

다그다의 묘약

다그다의 깊은 눈동자가 영롱한 이슬방울로 반짝이는 나무둥치를 바라보았다. 다그다는 기둥을 따라 위로, 더 위로 시선을 옮겨, 울퉁불퉁한 뿌리에 이르렀다. 뿌리는 그 위의 안개 속으로 녹아들었다. 다그다의 시선은 그곳에 잠시 머물렀다. 마치 안개를 뚫고 그 너머의 땅을 볼 수 있기라도 한 것처럼……. 그러다 드디어 입을 열었다.

"이제 피와 사랑으로 결합되어 있는 네 친구를 위해……."

다그다는 다치지 않은 한쪽 팔을 안개 자욱한 바닥에 누워 있는 리아에게 뻗었다. 리아는 무척 평온하고도 차분해 보였다. 잎사귀 옷은 물론이고 피부도 창백했다. 가슴이 찢어질 듯 아팠다. 가장 위대한 정령이 되살리기에도 리아의 몸이 너무 차갑게 변한 건 아닐까 걱정이 되었다. 그위리는 말하지 않았던가? 제아무리 막강한 힘을 지닌 다그다라 할지라도 죽은 자의 삶을 되돌릴 수는 없다고 말이다.

다그다는 두 눈을 꼭 감고 꼼짝도 하지 않는 리아의 손을 살며시 들어 올렸다. 저 멀리서 들리는 무슨 소리에 귀 기울이는 것처럼 보였다. 그러더니 눈을 꼭 감은 채 내게 명령했다.

"이 아이를 놓아주어야겠다, 멀린."

나는 주저했다. 이것이 분명 리아의 죽음을 의미하는 게 아닐까 갑자기 두려워졌다. 일단 리아의 영혼이 나를 떠나면, 일단 날아가버리면 리아가 다시 살아나기를 바랄 수 없을 것이다. 리아의 웃음소리를 다시 듣고 싶었다. 리아를 놓아주면 리아를 영원히 잃게 되는 게 아닌가 하는 두려움이 앞섰다.

"멀린, 시간이 되었다."

다그다가 다그쳤다.

마침내 나는 리아를 놓아주었다. 내 안 깊숙한 곳에서 리아의 영혼이 살며시 흔들리는 걸 느낄 수 있었다. 그러더니 영혼은 내게서 멀리 떠올라 처음에는 물방울처럼 힘을 모으더니, 마침내 둑을 뚫고 힘차게 흘러내리는 강처럼 느껴졌다. 보이지 않는 내 눈에는 눈물이 그렁그렁 맺혔다. 리아가 죽을 운명에서 살아나든 아니든, 리아와 나는 다시는 결코 이처럼 친밀하게 지내지 못하리라는 걸 알았으니까.

천천히, 아주 천천히, 나는 숨을 내쉬었다. 안개 조각이 공기 중에서 저절로 묶이며 내 가슴과 리아의 가슴을 잇는 다리를 어른어른 만들어냈다. 다리가 위로 붕 떠서, 아주 잠깐 동안 반짝이더니 완전히 사라져 버렸다.

바로 그때 리아의 머리 옆에 난 상처를 알아보았다. 상처가 아물기 시작하더니 안에서부터 치유되기 시작했다. 피부가 붙고, 이제는 붉은 색이 아니라 갈색으로 변해버린 핏자국이 곱슬머리와 목, 덩굴 옷에서 사라졌다. 뺨에는 다시 혈색이 돌았다. 잎사귀와 줄기에 초록색 생기가 모두 되돌아오면서 옷이 부드러워졌다.

리아의 집게손가락이 파르르 떨렸다. 리아가 목을 곧게 폈다. 마침내 청회색 눈동자가 뜨였다. 다그다의 눈동자도 뜨였다. 리아는 고개를 들어 겨우살이로 뒤덮인 뿌리를 바라보며 숨을 힘겹게 들이켰다. 그러고는 다그다에게 얼굴을 돌리며 미소를 지었다. 리아가 불쑥 말했다.

"당신은 나무와 함께 사는군요, 저처럼 말이에요!"

리아의 종소리 같은 웃음소리가 울려 퍼졌다. 나도 리아를 따라 웃었다. 다그다는 자신만의 완전하고 낭랑한 웃음을 터뜨렸다. 다그다가 유쾌하게 고개를 흔들자, 거대한 나무도 안개 자욱한 평원에서 흔들리기 시작했다. 이슬방울이 떨어지면서 공기 중에 빙글빙글 돌며 반짝반짝 빛이 났다. 내 어깨에 앉은 트러블조차도 기쁨에 가득 찬 노래를 불렀다. 우주 그 자체가 우리의 웃음과 함께하는 것 같았다.

리아가 눈을 반짝반짝 빛내며 자리에 앉아 내게로 고개를 흔들었다.

"멀린, 네가 해냈구나. 네가 날 구했어."

"아니, 다그다가 널 구해줬어."

"네 도움이 없었다면 못 구했어, 젊은이. 네가 저 아이의 몸과 영혼을 그렇게 사랑스럽게 잡고 있었기에 저 아이의 죽음을 막은 거다."

다그다는 이마에 흘러내린 은발을 뒤로 밀어 올렸다.

다그다의 시선이 리아에게 옮겨갔다.

"그리고 너도 도왔고."

"제가요?"

다그다는 천천히 고개를 끄덕였다.

"네 영혼은 눈부셨어, 리아논. 너무나도 찬란했어. 너한테는 생명력이 있어. 내가 핀카이라의 보물 중 하나인 불의 고리에 넣어둔 것만큼이나 강력한 생명력이 있어."

리아의 두 뺨이 불그스레해졌다.

나는 반짝이는 오렌지색의 둥근 물체를 떠올렸다. 내가 슈라우디드 성이 무너질 때 구해낸 보물을······.

"그건 치유와 관련이 있군요, 그렇죠?"

"치유, 맞다. 하지만 몸의 치유가 아니라 영혼의 치유야. 불의 고리는 누군가 현명한 자의 손에 있을 때, 희망과 기쁨에 불을 붙일 수 있어. 살고자 하는 의지에도 불을 붙일 수 있지."

다그다는 나를 돌아보았다.

"멀린, 넌 네 여동생의 영혼이 얼마나 밝게 빛나는지 누구보다도 더 잘 알고 있을 거다."

나는 내 안 깊숙한 곳에서 리아의 영혼의 숨결을 아직도 느낄 수 있었다. 여동생의 일부가 내 안에 남아 있었다. 그리고 언제까지나 남아 있을 거라는 걸 알았다.

"그래, 마법사로서의 네 훈련은 이제 시작이다. 네 여동생의 정령과 지혜를 기꺼이 감싸 안는 것도 그중 일부야. 아주 중요한 부분이지."

창백한 은발 노인이 단호하게 말했다.

"여덟 번째 '노래'를 말씀하시려는 거군요."

"그래."

나는 리아를 바라보았다.

"아일라가 내게 말해주려 했어. 그때는 이해하지 못했어. 하지만 이제 어렴풋이 알 것도 같아."

리아는 자신의 부적을 매만졌다.

"어쩌면······ 본능적으로 알게 된 거라고 말할 수도 있을 거야."

트러블은 꾸꾸거렸다. 웃음소리와 비슷했다.

저 아래에서 떠오르는 안개 사이로 손을 뻗으며, 나는 다그다의 얼굴을 찾았다.

"전 본능적으로 알아요. 핀카이라가 제 진짜 집이라는 것을요. 하지만…… 다른 본능은 핀카이라가 제 진짜 집이 아니라고 말해요. 어떤 게 옳은가요?"

노인은 슬픈 미소를 지었다.

"아, 넌 배우고 있구나! 진정한 사랑이 때로는 기쁘기도 하고 슬프기도 한 것처럼, 진정한 본능은 때로는 서로 반대되는 느낌이 뒤섞여 있지. 하지만 이 경우에는 널 도와줄 수 있겠구나. 인간은 핀카이라에 오랫동안 살 수 없어. 너는 핀카이라를 집처럼 느끼겠지만, 언젠가는 세상으로 돌아가야 해. 훨씬 더 오래 머물 수 있을지도 몰라. 넌 해야 할 일이 아직 남아 있으니까. 하지만 결국 넌 떠나야 한다."

나는 입술을 깨물었다.

"당신이 절 머물게 허락해주실 수는 없나요?"

다그다는 동정심 가득한 눈빛으로 고개를 흔들었다.

"난 할 수 있지. 하지만 그렇게 하지 않을 거란다. 세상은 반드시 떨어져 존재해야만 해. 왜냐하면 각각의 세상은 자기만의 구조, 자기만의 영혼이 있거든. 그것은 반드시 존중되어야 하는 법이란다."

다그다는 크게 한숨을 쉬었다.

"그것이 바로 내가 리타 고르와 그렇게 많은 전선에서 싸워야 하는 이유란다. 리타 고르는 사후 세계, 이 세상 그리고 핀카이라의 구조를 무너뜨리려고 해. 그것들을 모두 자신의 뒤틀린 세계로 엮으려고 말이야. 리타 고르는 그 모든 걸 자신의 왕국처럼 지배하고 싶어 해."

"그래서 핀카이라 사람들이 날개를 잃게 된 건가요? 핀카이라 사람들이 구조를 존중하는 법을 잃어버려서요?"

리아가 둥둥 떠오르는 구름을 흘끗 바라보며 물었다.

"네 본능은 정말로 강하구나, 리아논. 넌 제대로 해내고 있어. 하지만 나머지는 네 스스로 찾아내야 한단다."

"다그다, 뭐 하나 여쭈어봐도 될까요?"

내가 제대로 된 단어를 고르며 머뭇머뭇 물었다.

"예언이 있어요. 인간의 피를 물려받은 아이만이 리타 고르와 그 하수인들을 물리칠 수 있다고 말이에요. 그게 사실인가요? 그리고 만약 그렇다면 그 인간 아이가 우리 둘 중 하나인가요?"

노인은 근처에 매달려 있는 겨우살이 가지를 매만졌다.

"네가 알고 싶어 하는 모든 걸 다 말해줄 수는 없지만, 이것만은 말할 수 있다. 그 예언은 엄청나게 진중하지. 벨러를 무찌른 건 네 동생이었지만, 핀카이라에서 리타 고르를 멈출 수 있는 유일한 사람은 바로 너란다."

나는 침을 삼키려 했지만, 목이 다시 조여왔다. 엘런의 목으로 들어가버린 죽음의 그림자가 갑자기 떠올랐다. 나는 다시 입을 열어 속삭이듯 말했다.

"만약 제가 리타 고르와 싸우다 죽어야 한다면, 제게 이것만은 말해주셔야 해요. 우리 엄마가 살 수 있는 방법이 있나요? 어떤 방법이든 말이에요."

리아는 내게서 다그다를 향해 걱정스레 시선을 옮겼다. 트러블은 내 어깨 위에서 이리저리 움직이며 날개를 퍼덕거렸다.

다그다는 길게 숨을 들이켰다.

"아직도 시간이 있어. 아주 많지는 않지만 말이다. 이제 곧 달이 질 거야. 이제 몇 시간밖에 남지 않았어. 그리고 그 시간이 끝나면, 네 엄마도 죽게 될 거야."

"다그다의 묘약, 그걸 우리한테 줄 수 있으세요?"

내가 간청했다.

다그다는 우람한 나뭇가지에 손을 뻗었다. 조심스레 손가락 끝으로 이슬방울 하나를 만졌다. 이슬이 방울방울 떨어져 나와, 얇고 반짝이는 컵처럼 다그다의 손가락 끝을 덮었다. 다그다는 다른 손가락으로 컵을 옮겼다. 컵은 다그다의 손바닥 안에 똑바로 섰다. 마치 수정처럼 투명한 자그마한 약병 같았다.

다그다는 살며시 몸을 움츠렸다. 그러자 자그마한 약병에 붉은색 액체 한 방울이 찼다. 다그다의 피였다. 약병에 피가 찰랑찰랑 차자, 입구가 굳게 닫혔다.

"자, 여기. 이걸 받아라."

다그다가 탁한 목소리로 말했다. 자신의 피를 뽑느라 기운이 빠지기라도 한 것 같았다. 약간 떨면서 다그다는 내게 약병을 건넸다.

나는 작은 가죽 가방을 열고 다그다의 묘약을 그 안에 넣었다. 트러블의 발톱이 내 어깨로 파고드는 게 느껴졌다. 트러블은 자신의 부드러운 깃털을 내 목에 비벼댔다.

다그다는 내가 묻기도 전에 내 질문을 알아차렸다.

"아니, 멀린. 저 새는 너랑 함께 갈 수 없다. 네 친구 트러블은 슈라우디드 성에서 널 구하기 위해 자신의 목숨을 내놓았어. 저 새는 이제 이곳에 속한다."

트러블은 가냘프게 울어댔다. 안개가 굽이쳤다. 트러블의 노란색 두 눈이 내 눈과 마주쳤다. 우리는 마지막으로 서로를 바라보았다.

"보고 싶을 거야, 트러블."

트러블은 내 목을 다시 비벼댔다. 그러고는 천천히 비켜났다.

다그다의 표정 또한 고통스러워 보였다.

"이 말이 지금 네 마음을 가볍게 하지는 못할 거야, 멀린. 하지만 난 믿는다. 언젠가, 다른 땅에서 넌 다른 새가 네 어깨를 움켜쥐는 걸 느끼게 될 거다."

"전 다른 새는 필요 없어요."

"나도 이해한다. 너희는 이제 각자의 길을 가야만 해. 미안하구나. 하지만 그 길의 그 모든 반환점이 어디로 데려다줄지는 누구도 몰라."

다그다는 멀쩡한 한 손을 뻗어 내 뺨을 문질렀다.

"당신도 모르세요?"

"나도 모른단다."

다그다는 내 어깨에서 겨우살이 망토를 들어 올렸다.

"이제 가라. 얘들아, 용기를 가져라."

트러블의 마지막 울음소리가 귓가에 울려 퍼졌다. 휘몰아치는 안개가 파도처럼 나를 덮치며 모든 걸 삼켜버렸다.

35

마법사의 지팡이

빛은 점점 희미해지고 어둠이 찾아왔다. 머리 위에 흩어져 있는 별에서 나오는 빛만이 유일하게 우리를 비추었다. 내가 여전히 무릎을 꿇고 있다는 걸 알아차렸다. 리아는 여전히 내 옆에 앉아 있었다. 하지만 이제 안개 대신 뾰족뾰족한 바위와 가파른 절벽이 보였다. 영혼의 나무 대신 반짝반짝 빛나는 둥그런 돌덩이가 있었다. 멀지 않은 곳에 거대한 전사의 시체가 꼼짝 않고 누워 있었다.

나는 리아의 손을 잡았다.

"우린 다시 계단통으로 돌아왔어."

"그럼, 그렇지, 그렇고말고. 네가 돌아오리라고는 꿈에도 생각 못 했어. 그런데 그 아이의 몸을 가지고 왔네……."

근처의 어둠 속에서 붐벨리의 웅크린 모습이 보였다.

"전 이렇게 멀쩡하게 살아 있어요."

리아가 말을 끊었다.

붐벨리가 걸어 나오다 말고 얼어붙었다. 희미한 빛 속에서도, 붐벨리의 두 눈이 커지는 걸 알 수 있었다. 그러고 나서 아주 잠깐 붐벨리의 입과 겹겹이 접힌 턱이 순간적으로 아주 살짝 위로 올라갔다. 붐벨리가 실제로 웃었다는 걸 분명히 느낄 수 있었다.

나는 하늘을 바라보며 달의 흔적을 찾았다. 아무것도 보이지 않았다. 조금도. 나는 입술을 깨물었다. 이렇게 소중한 시간을 리타 고르를 상대하느라 낭비하지 않았더라면 얼마나 좋았을까.

문득 리아가 희미하게 깜빡이는 빛을 가리켰다. 그 빛은 막 구름 뒤에서 나타났다.

"아, 멀린! 달이 고작 저만큼 남았어. 새벽이 되기 전에 완전히 사라지겠어!"

나는 벌떡 일어났다.

"그렇다면 엄마도 그렇게 되겠지. 우리가 엄마한테 먼저 갈 수 없다면 말이야."

"하지만 어떻게? 아바사는 너무 멀리 있는데."

리아가 남쪽 하늘을 바라보며 일어섰다.

마치 대답이라도 하듯, 산마루 전체가 갑작스럽게 떨렸다. 이윽고 또다시 떨렸다. 이번에는 좀 더 강했다. 또다시. 양쪽에 우뚝 솟은 절벽 위에서 바위들이 굴러 떨어졌다. 나는 허리춤에서 지팡이를 꺼내 붙잡고 균형을 잡았다. 그러고는 투시력으로 지평선에서 솟아나는 새로운 형체를 알아차렸다. 재빨리 자라나는 언덕처럼, 그 형상이 별들을 가로막았다. 그게 언덕이 아니라는 걸 즉각 알아차렸다.

"심! 우리 여기 있어!"

내가 소리쳤다.

잠시 뒤 거인의 거대한 몸체가 우리 세 사람 위로 우뚝 솟아올랐다. 느슨한 바위를 발로 부수며, 심은 커다란 손을 아래로 내렸다. 재빨리 리아와 나는 심의 손바닥 위로 기어 올라갔다. 붐벨리도 마지못해 뒤따라왔다.

주먹코 아래에서 심이 어색한 표정으로 활짝 웃었다.

"다시 보게 돼서 반가워."

"저 거인이 우릴 잡아먹으려 해. 우릴 잡아먹으려 한다고."

붐벨리가 투덜거렸다. 붐벨리는 두 손으로 망토를 단단히 움켜쥐었다.

"우리도 다시 보게 돼서 반가워!"

나는 어릿광대의 말을 무시하고 심에게 대답했다.

"네가 필요한 걸 어떻게 알았어? 어떻게 우릴 찾아낸 거야?"

리아가 물었다.

심은 손을 들어 올렸다. 나는 두 발로 버티려 했지만, 두툼한 손바닥 안에서 뒹굴다 붐벨리의 웅크린 몸과 부딪힐 뻔했다. 리아는 땅으로 내려앉는 백조처럼 우아하게 우리 옆에 앉았다.

"잠을 자고 있었는데, 꿈을 꾸었지……."

거인은 잠시 말을 멈추더니 거대한 입술을 오므렸다.

"기억이 안 나! 어쨌든 꿈이 새로 바뀌었어. 매로 말이야. 한때 네 어깨 위에 올라탔었던 매. 대신 갈색이 아니라 온통 옅은 회색이었어."

나는 움츠러들었다. 내 어깻죽지 사이의 오래된 고통과 그 옆의 또 다른 고통이 느껴졌다.

"그 매가 나를 보고 울어댔어. 아주 시끄럽게 울어대서 잠을 깼지."

심은 코를 일그러뜨렸다.

"널 꼭 찾아야겠다는 느낌이 들었어! 그리고 정말 기이하게도 어디로 가야 할지 마음속에 그림이 그려졌지."

리아가 미소를 지으며 말했다.

"다그다가 너한테 꿈을 보냈구나."

심이 텁수룩한 눈썹을 치켜떴다.

"넌 정말 충직한 친구야, 심! 이제 우릴 아바사에게로 데려가줘."

나는 남아 있는 달의 흔적을 흘끗 바라보았다. 방금 전보다 훨씬 더 희미해진 것 같았다.

상쾌한 바람이 불어와 내 옷을 살랑살랑 흔들었다. 마치 돛이라도 되는 것처럼⋯⋯. 심은 몸을 돌려 잃어버린 땅의 언덕 너머로 다시 쿵쿵 걸어가기 시작했다. 서너 발자국 만에 심은 언덕을 올랐다. 우리가 직접 올랐으면 몇 시간이 걸렸을 것이다. 털투성이 다리는 잡석을 짓뭉갰다. 계곡 바닥에 이르자마자, 심은 다음 산마루로 오르기 시작했다. 몇 분 지나지 않아 공기 중에 연기가 피어올랐다. 우리가 잠자는 용의 동굴에 도착했다는 걸 알았다.

심은 남쪽으로 방향을 틀어 해협을 건넜다. 바다 안개가 우리 주변에 휘몰아쳤다. 심의 분홍색 눈이 반짝였다.

"언젠가 너희랑 같이 다시 한 번 바다를 건너면 좋겠다고 내가 말했지? 확실히, 분명히, 완전히!"

심의 다리에 찰싹 부딪히는 파도 너머로 심의 웃음이 일렁거렸다.

하지만 우리는 아무도 심과 함께 유쾌하게 웃지 않았다. 붐벨리는 종을 꼭 잡은 채 위대한 어릿광대의 죽음에 대해 중얼거렸다. 그러는 사이 리아와 나는 밤하늘을 유심히 살펴보며 희미해지는 달의 흔적을 계속 따라갔다.

어둠 사이로 흐르는 소리와 냄새로, 또한 심의 큰 걸음걸이가 바뀐 것을 통해 나는 지형이 달라졌다는 걸 알아차렸다. 해협에서 벗어나고 나서 심은 솟아 있는 해안 수평면 위로 걸어가며 언덕을 재빨리 넘었다. 곧 경사가 심해지고 심의 보폭도 좁아졌다. 우리는 바리갈에 가까운 눈 덮인 산마루로 나아갔다. 어느 한곳에서 저 멀리 굵은 목소리가 들려온 것 같았다. 하지만 그 소리는 금세 사라져버렸다.

언덕과 습지의 미로 속으로 내려서자, 높은 산의 공기는 안개가 자욱해 축축했다. 근처 어딘가에 그랜드 엘루사의 수정 동굴이 있다는 걸 난 알았다. 거대한 거미는 핀카이라의 보물 사이에서 몸을 웅크리고 혼자 있을까? 아니면 자신의 끝없는 식욕을 채우기 위해 속임수의 유령과 고블린 전사들을 찾아 동굴 밖에서 헤매고 있을까?

저 아래에서 나뭇가지가 탁탁 부서지는 소리가 났다. 우리는 드루마 숲에 들어왔다. 풍부한 송진 향이 콧구멍을 간지럽혔다. 우리를 이곳으로 데리고 온 거인만큼이나 커다랗고 거대한 그림자가 하늘을 향해 쭉 뻗어 나갔다. 심이 아주 오래전에 내게 털어놓은 열렬한 소원이 어쩔 수 없이 떠올랐다.

크고 싶어. 가장 높은 나무처럼 크게.

심의 소원은 분명 이루어진 것 같았다. 심의 커다란 손바닥 안에 앉아, 나는 우리 머리 위에서 어렴풋이 지는 달을 힘껏 바라보았다. 점점 확신이 들었다. 내 자신의 가장 깊은 소원은 이루어질 수 없을 거라고…….

내가 달을 알아차릴 수 있는 건지, 아니면 그저 달의 창백한 빛을 상상하고 있는 건 아닌지 의아하게 생각하던 바로 그 순간, 새로운 그림자가 우리 앞에 어렴풋이 나타났다. 그 무엇보다 크고 웅장하게 영혼의 나무의 위엄을 갖추고 서 있었다. 드디어 아바사가 솟아 있는 곳에 도착했다. 거대한 나뭇가지 안에 별처럼 빛나며, 사파이어 빛 엘런을 보듬고 있는 작은 집이 놓여 있었다.

심은 몸을 낮게 숙이고 손을 우람한 참나무 뿌리에 내려놓았다. 나는 지팡이를 꽉 잡고 땅으로 폴짝 뛰어내렸다. 리아가 내 뒤를 바짝 따라왔고, 붐벨리도 비틀비틀 내려섰다. 나는 심에게 고맙다고 크게 소리치고 나서 아바사에게 돌아섰다. 이번에는 이 나무가 나를 안으로 순순히 들여보내 주었으면 좋겠다.

그 순간 거대한 나무둥치가 자그맣게 갈라지는 소리가 났다. 나무껍질에 주름이 생기며 삐걱거리더니 문이 열렸다. 나는 출입구로 쏜살같이 뛰어들었다. 한 번에 두 계단씩 뛰어올라 갔다. 벽에 새겨진 룬 문자를 흘끗 바라볼 엄두도 내지 못했다. 계단 꼭대기의 잎사귀 장막 사이로 들어서자, 커다란 눈의 다람쥐 익스마가 꽥 비명을 질렀다. 다람쥐는 후다닥 몸을 돌리다 물이 든 그릇을 바닥에 떨어뜨렸다. 이윽고 리아가 바로 내 뒤에서 따라 들어오는 걸 보더니, 시끄럽게 재잘대며 리아에게 헐레벌떡 달려들었다.

엘런은 두 눈을 감은 채 바닥에 누워 있었다. 우리가 남겨둔 바로 그 자리에. 소나무 향이 나는 똑같은 베개가 엘런의 머리를 받치고 있었고, 어른거리는 똑같은 담요가 가슴을 덮고 있었다. 지팡이를 옆에 내려놓고 엘런 옆에 무릎을 꿇고 나서, 나는 많은 게 변했다는 걸 알아차릴 수 있었다. 한때 크림색이었던 뺨은 마른 뼈보다 더 하얗게 보였다. 이마에는 오랜 기간 동안의 고통의 자국이 확연히 드러났다. 훨씬 더 비쩍 말라 보였다. 사라지는 달처럼 야위었다. 나는 엘런의 가슴에 머리를 대고, 심장박동 소리를 들으려 했지만 아무 소리도 들리지 않았다. 갈라진 입술을 만져보며 숨을 느끼려 했지만 아무것도 느껴지지 않았다.

리아가 내 옆에 몸을 쪼그리고 앉았다. 리아의 얼굴은 엄마의 얼굴만큼이나 창백했다. 리아는 꼼짝 않고 지켜보았다. 나는 작은 가방에 손을 넣어 다그다의 묘약이 담긴 약병을 꺼냈다. 벽난로에서 나오는 불빛이 닿자, 약병은 무척 붉어 보였다. 핏빛이었다. 방 전체가 진홍색으로 물들었다.

난 숨을 죽이고 다그다의 묘약을 엄마의 입안에 떨어뜨렸다.

제발, 다그다, 당신께 간절히 빌어요. 너무 늦지 않게 해주세요. 엄마가 죽지 않게 해주세요.

나는 익스마가 흐느껴 울며, 털투성이 꼬리를 리아의 다리에 감싸는 걸 알아차리지 못했다. 아니, 붐벨리가 고개를 시무룩하게 저으며 방 안으로 들어서는 것도 알아차리지 못했다. 아니, 새벽녘의 희미한 첫 광선이 동쪽 창문에 드리운 나뭇잎에 닿는 것도 알아차리지 못했다. 하지만 내 존재 하나하나를 모조리 알아차렸다. 엄마가 눈을 뜨는 걸 알아차렸다.

엘런이 리아와 나를 번갈아 바라보며 놀라서 소리쳤다. 뺨이 장밋빛으로 물들었다. 머뭇머뭇 숨을 들이키더니, 우리 둘을 향해 손을 힘없이 들어 올렸다. 우리는 엘런의 손을 꽉 부여잡고 살아 있는 살을 꼭 감싸 안았다. 내 두 눈에 눈물이 그렁그렁 맺혔다. 리아는 조용히 흐느꼈다.

"내 새끼들."

리아는 눈물을 흘리며 미소를 지었다.

"우리 이제 왔어요…… 엄마."

엘런의 이마가 살짝 주름이 잡혔다.

"네가 떠나기 전에 미리 말하지 못한 걸 용서해라, 얘야. 만약 내가 죽으면 네 고통이 너무 클 거라고 생각했어."

"말할 필요 없었어요. 전 이미 알고 있었으니까요."

리아가 참나무, 물푸레나무 그리고 주엽나무 부적을 만졌다.

나는 리아의 옆구리를 쿡 찌르며 환하게 웃었다.

"얘가 본능에 대해 뭘 알든, 다 나한테 배운 거예요."

우리 모두 웃었다. 엄마와 딸과 아들. 마치 우리가 헤어져 지낸 그 모든 시간 동안 아무런 일도 일어나지 않은 것처럼······. 앞으로 언젠가 어쩔 수 없이 다시 떨어질지라도, 지금 당장은 단 하나의 변하지 않는 진실이 우리 가슴을 가득 채웠기 때문이다. 동이 트는 이날, 이 커다란 나무의 나뭇가지 안에서 우리는 함께 앉아 있었다. 드디어 다시 만났다.

엄청나게 웃고 엄청나게 떠들고 난 뒤에 우리는 잠시 쉬며 익스마가 정성껏 준비한 꿀을 바른 열매와 민트가 가득한 로즈메리 차로 아침을 먹었다. 다섯 그릇을 먹고 나서야 나는 벽난로 옆에 놓여 있는 반짝반짝 빛나는 물건을 알아차렸다. 꽃 피는 하프가 마법의 줄을 빛내며, 살아 있는 나무의 벽에 기대어져 있었다. 갑작스레 나는 숨을 쉴 수가 없었다. 하프 뒤에 몇몇 물건들이 더 쌓여 있었다. 깜짝 놀라 그 물건을 바라보며, 나는 손가락에 묻은 꿀을 마저 핥고, 바닥에서 몸을 일으켜 가까이 다가갔다.

도저히 믿을 수 없었다. 하지만 그게 사실이라는 걸 알았다. 핀카이라의 보물이 모두 이곳에 있었다! 바로 이곳 리아의 작은 집 안에······.

그곳에 희미하게 빛나는 꿈의 소환자가 있었다. 꿈을 살아 움직이게 할 수 있다고 카이르프레가 말해준 그 우아한 뿔. 그 옆에는 양날의 칼, 디퍼컷이 놓여 있었다. 손을 뻗어 그 칼자루에 대자, 벨트에 매달려 있던 날카로운 칼날이 부드럽게 울리며, 내 검이 진기한 운명을 이루기 위해 만들어졌다는 걸 상기시켜주었다. 그 옆 벽의 배배 꼬인 나뭇가지에 밭을 갈 수 있는 전설적인 쟁기가 놓여 있었다. 그 옆에는 씨를 키울 수 있는 괭이, 필요한 만큼만 나무를 자를 수 있는 톱 그리고 나머지 현명한 도구들이 있었다. 잃어버린 한 가지만 빼고 다 있었다. 나는 잃어버린 게 어떤 종류의 도구인지, 그게 지금 어디에 있는지 잠시 궁금했다. 그러고 나서 내 관심은 마지막 물건으로 향했다. 바로 불의 고리였다. 오렌지색 둥근 물체는 활활 타오르는 횃불처럼, 아니, 다그다가 말한 것처럼 활활 타오르는 정령처럼 환하게 빛났다.

"보물이야."

나는 눈을 떼지 못한 채 큰 소리로 말했다.

리아가 조용히 내 옆으로 와서는 내 팔을 잡았다.

"익스마가 말해줬어. 그랜드 엘루사가 가져왔대. 우리가 도착하기 얼마 전에 말이야."

다람쥐가 화난 듯 떠드는 소리를 들으며, 리아는 활짝 웃었다.

"다람쥐가 알려주었어. 그랜드 엘루사는 저 물건을 아바사 밖의 공터까지만 가져왔대. 그랜드 엘루사는 덩치가 너무 커서 직접 이 안으로 들어올 수 없었으니까. 그래서 그랜드 엘루사가 부탁했대. 음, 명령했대. 익스마와 그 가족이 나머지를 안으로 옮기라고 말이야."

어찌할 바를 모른 채, 나는 하프의 참나무 소리통 위로 손가락을 움직였다.

"다그다가 그랜드 엘루사한테 메시지를 보낸 게 틀림없어. 심한테 했던 것처럼 말이야. 하지만 왜지? 보물들은 원래 있던 곳, 그랜드 엘루사의 수정 동굴에서 충분히 안전했어. 그랜드 엘루사는 평생 잘 지켜주겠다고 약속했는데……."

"평생은 아니야. 그 보물들을 돌볼 올바른 수호자를 선택할 현명한 자를 찾을 때까지만 그랜드 엘루사가 보관하기로 했었잖아. 보물들은 스탕마르 이전에, 모든 핀카이라 사람들의 것이었어. 그랜드 엘루사는 다시 그렇게 되어야 한다고 믿고 있는 거야. 그리고 나도 동의해."

그 어느 때보다 혼란스러워 나는 고개를 저었다.

"하지만 누가 수호자를 선택할 수 있을 정도로 현명하다는 거지? 분명 그랜드 엘루사가 그 누구보다도 더 잘할 수 있을 텐데."

리아는 생각에 잠긴 채 나를 살펴보았다.

"그랜드 엘루사는 그렇게 생각하지 않아."

"넌 설마……."

"그래, 멀린. 그랜드 엘루사는 네가 그 일을 하기를 원해. 그랜드 엘루사가 익스마에게 말했듯이, 핀카이라 섬은 다시 한 번 마법사를 갖게 되었어."

나는 침을 꼴깍 삼키며, 벽 옆에 쌓여 있는 물건을 다시 한 번 쳐다보았다. 그 보물들 각각은 모양과 크기와 재질에 상관없이 핀카이라의 모든 주민을 풍족하게 만들어줄 마법의 능력이 있었다.

리아는 나를 향해 방긋 웃었다.

"그래, 넌 이제 어떻게 할 건데?"

"난 정말 모르겠어."

"분명 근사한 생각이 있어야 할 거야."

바닥으로 몸을 숙이며, 나는 마법사의 지팡이를 들어 올렸다.

"음…… 내 생각에, 꿈의 소환자는 카이르프레에게 가야 할 것 같아. 가장 현명한 음유시인 말이야."

나는 붐벨리를 가리켰다. 붐벨리는 여전히 견과류와 꿀로 배를 채우고 있었다.

"그리고 내 생각에, 분명 유머라고는 쥐뿔도 없는 어릿광대가 이걸

카이르프레에게 전달해줄 영광을 누리기에 적합한 것 같아."

리아의 웃음은 함박웃음으로 커졌다.

내 임무를 떠올리며 나는 스스로 밭을 가는 쟁기의 손잡이를 꽉 쥐었다.

"난 현명한 도구들 대부분을 어떻게 해야 할지 아직까지 잘 모르겠어. 하지만 이 쟁기는 달라. 혼이라는 남자를 알고 있어. 쟁기를 잘 사용할 사람이지. 혼이라면 쟁기를 기쁘게 나눠 쓸 거야."

이윽고 나는 몸을 숙여 빛나는 불의 고리를 집어 들었다. 그것의 고동치는 따뜻함을 느끼면서 무게를 어림짐작해보았다. 아무 말 없이 나는 그것을 리아에게 건넸다. 리아의 잎사귀 덮인 옷은 오렌지 빛으로 어른거렸다.

리아의 얼굴에 놀라움이 가득 찼다.

"나한테?"

"응, 너한테."

리아는 사양하려 했지만, 내가 먼저 말했다.

"다그다가 우리한테 했던 말 기억나? 불의 고리는 희망, 기쁨 그리고 심지어 살고자 하는 의지에 불을 붙일 수 있어. 불의 고리만큼이나 영혼이 밝게 빛나는 누군가가 이것을 돌봐야 해."

둥근 물체를 유심히 살펴보는 리아의 눈이 반짝반짝 빛났다.

"넌 이것보다 훨씬 더 소중한 뭔가를 나한테 주었어."

아주 오랫동안 우리는 서로의 눈을 바라보았다. 마침내 리아가 꽃 피는 하프를 가리켰다.

"이제 저건 어떻게 하지?"

나는 방긋 웃었다.

"내 생각에, 꽃 피는 하프는 정원을 가꾸는 두 사람한테 가야 할 것 같아. 녹슨 평원의 한가운데 주변의 모든 것이 죽어갈 때에도 번성했던 정원 말이야."

"테일린과 갈라타?"

나는 고개를 끄덕였다.

"이번에 내가 하프를 그 노부부의 집에 가져갈 때는, 친구의 환영을 받았으면 좋겠어."

나는 참나무 소리통을 다시 한 번 어루만졌다.

"하지만 우선은 내가 잠시 하프를 가져갈 거야. 어둠의 언덕에서 아직 끝내지 않은 일이 있거든."

아바사의 둥그렇게 굽은 나뭇가지를 올려다보며 리아의 얼굴이 빛났다.

"음, 늘 그렇듯이 나도 거기에서 끝마치지 못한 일이 있어."

"정말? 그곳에 무슨 일이 남아 있는데?"

나는 눈썹을 치켜떴다.

"안내하는 일. 알다시피 나한텐 오빠가 있잖아. 쉽게 길을 잃고 방황하는 오빠 말이야."

-2권 끝-

멀린2 일곱 개의 노래

1판 1쇄 인쇄 2017년 4월 21일
1판 1쇄 발행 2017년 5월 10일

지은이 | 토머스 A. 배런
펴낸이 | 김영곤
펴낸곳 | (주)북이십일 아르테
미디어사업본부 이사 | 신우섭
미디어믹스팀장 | 장선영
편집 | 이상화
문학영업팀 | 권장규 오서영
프로모션팀 | 김한성 최성환 김주희 김선영 정지은
해외기획팀 | 박진희 임세은 채윤지
홍보기획팀 | 이혜연 최수아 문소라 박혜림 백세희 김솔이
제휴마케팅팀 | 류승은
제작팀장 | 이영민

출판등록 | 2000년 5월 6일 제406-2003-061호
주소 | (우 10881) 경기도 파주시 회동길 201(문발동)
대표전화 | 031-955-2100 **팩스** | 031-955-2151
이메일 | book21@book21.co.kr
(주)북이십일 경계를 허무는 콘텐츠 리더

아르테 채널에서 도서 정보와 다양한 영상자료, 이벤트를 만나세요!
북이십일과 함께하는 팟캐스트 '[북팟21] 이게 뭐라고'
페이스북 facebook.com/21arte   블로그 arte.kro.kr
인스타그램 instagram.com/21_arte   홈페이지 arte.book21.com

ISBN 978-89-509-6936-3 04840
책값은 뒤표지에 있습니다.